胡明刚 ◎ 著

徒步寒山

和合文化源头探秘

中国文史出版社

图书在版编目（ＣＩＰ）数据

徒步寒山：和合文化源头探秘 / 胡明刚著. -- 北京 ： 中国文史出版社，2018.11

ISBN 978-7-5205-0797-4

Ⅰ．①徒… Ⅱ．①胡… Ⅲ．①随笔－作品集－中国－当代 Ⅳ．①I267.1

中国版本图书馆 CIP 数据核字 (2018) 第 264175 号

责任编辑：全秋生
封面设计：徐　晴

出版发行：中国文史出版社
地　　址：北京市海淀区西八里庄路 69 号　　邮编：100142
电　　话：010－81136602　　81136603　　81136606　（发行部）
传　　真：010－81136655
印　　装：北京地大彩印有限公司
经　　销：全国新华书店
开　　本：787×1092　　1/16
印　　张：22　　字数：300 千字
版　　次：2019 年 3 月北京第 1 版
印　　次：2019 年 3 月第 1 次印刷
定　　价：80.00 元

天台山明岩寺里供奉的寒山、拾得、丰干像

可笑寒山道
而无车马踪
联溪难记曲
叠嶂不知重
泣露千般草
吟风一样松
此时迷径处
形问影何从

杳杳寒山道
落落冷涧滨
啾啾常有鸟
寂寂更无人
碛碛风吹面
纷纷雪积身
朝朝不见日
岁岁不知春

——寒山子

寒山湖之晨

序一

徒步寒山的价值

高　汉

乡友明刚饷我以他的新作《徒步寒山》书稿。读罢，深为其对寒山及其周边山水、民情风俗了解之深入所惊叹。他是带着寒山子的诗集边走边读的，其体会之深可想而知。

我原以为自己对寒山环境是比较了解的。初中有个成州村来的同学，曾邀我去他家过暑假，我们俩整天在寒岩明岩一带转悠，白天看山，晚上打着火把下溪拦鱼捉虾。抗战期间，公路破坏，我去丽水上高中，徒步从天台出发，必经街头、寒山，过磐安、缙云，走的是"霞客路"，不是爬山就是涉水，樵径上只有鸟声、风声，绝少人声。那时，我为了求学，没有驴友，也没有寒山子诗集；跟现在明刚及其驴友们比，就自叹不如了。

现在，中央号召建设中国特色全面小康社会主义现代化强国，要求四个自信。其中文化自信是道路、理论、制度三个自信"题中应有之义"，它是"最根本"的，是"更深沉、更持久的力量"，"更广泛、更深厚的自信"。文化自信从何而来？除了"虚心学习，积极借鉴别国、别民族思想文化的长处和精华"，就必须深挖本国、本民族几千年来深藏于传统文化及民间的一切文化硕果。把这内外两种文化精华融会贯通于现代化的建设中，我们民族的复兴事业就将如日中天、光被寰宇。

《徒步寒山》让我看到故乡民间深藏着我国许多传统文化的珍宝和被挖掘的可能，这是此书最大的价值。

天台山已被评为我国5A级风景名胜区，发展旅游当成龙头产业。在它的带动下，衣、食、住、行、购各业以及必需的正当服务业必将随之振兴。与此密切相关又自成体系，其权重绝不亚于物质形态的，正是精神形态的历史文化的宣传与思想道德的感染。如果我们能让来过天台山的游客，临别时感觉到自己心灵上的收获比所带的行李更重、更宝贵，仿佛懂得了禅悟、遇到过神仙，那么我们旅游事业的成就就该是"5A+"级了。要言之，把天台山打造成圣地，超过天堂：因为世上本没有天堂。"与君一夕谈，胜读十年书"，古已有之，可见这并非空想。

根据《徒步寒山》的记述，我设想天台山旅游，可由四大文化板块构成。所谓板块只是相对而言，因为文化本来就如风似气：是一种精神，一种品位；可以感受，却难以捉摸，那就是要在游客心中留下深深的永难忘记的回忆。

第一板块以国清、佛陇为中心，包括华顶、高明、方广、万年诸寺，可称佛国，以广积善缘必得福报为主旨。因果关系本属于科学。

第二板块以桐柏宫、琼台仙谷为中心，包括赤城、桐柏诸景区，可称仙境，以天人合一、超凡养志健身为主旨。这是道家及人生所必需。

第三板块以寒岩明岩为中心，包括天台县西北部诸景区，以和合为主旨，寒山子为代表。和平、和谐早已列为我国社会主义核心价值观，"一带一路"倡议和人类命运共同体的提出，合作、共建、共享，今天已成为举世欢迎的理念。

第四板块以老城区为主，祠堂、书院等古建为中心，它们散见于城乡各处：如能以孔庙、宗祠为代表，结合全面小康社会主义建设，以扩散儒学的四维八德为主旨，就可为世人树立清新鲜明的天台山文化氛围。它们就将如枯木逢春，又出新枝新叶，这绝非空想，证据就是隋梅，千余年古梅至今仍在开花结果。把它们改造成文化展厅，展出村史、文化创作新成果。我至今保存着天台县第四届"财税杯"书展作品集，其中有很多学生作品，精彩惊人。轮流展出，经营其中珍品，或将成为新产业，亦未可知。

明刚此书是以上述第三板块为中心，无意中或多或少地涉及其他板块，它给我们的启发是：寒山所在的天台山，正蕴藏着这四大板块的历史文化渊源，丰富而深邃。寒山诗和寒山一带的风景，也是唐诗之路的精华部分，在海内外有很大影响。这里是和合文化的圣地之一，也应当属于天台山和世界的文化与自然遗产，更能举世瞩目。如能以此为契机，与建立我国与中华民族的文化自信相融会，本书无异于一场早春时节的及时雨。

2018 年白露于京华

（作者系中华诗词学会顾问、北京电影制片厂原副厂长）

追随寒山的脚步

何善蒙

　　我不知道从何时开始，真正对寒山感兴趣。也不知道因为什么原因，寒山似乎在我的生命中占有了越来越重要的地位，留下了越来越多的印记。以佛法来说，可能是一切皆有缘定。我从小就生活在寒山当年所隐居的这一片土地上，可能对于这一切的了解，都是耳濡目染的，或者说，是潜藏在生命的深处，是与生俱来的。但是，这其实都只是一种解释而已，重要也不重要，关键是我们似乎都在追随着寒山的脚步，这也就够了。

　　什么是寒山的脚步？其实，在很多时候，我们都不曾清晰地知道，那个我们今天称他为寒山的人，究竟是何方神圣，究竟是怎样的一副尊容呢？按照一般的说法，寒山外表丑陋，破衣褴褛，桦巾木屐，布裘藜杖，就这样行走在山间，时而大笑，时而发狂，这样一副另类的样子，估计在当年也是不受待见的。当然，在后来《寒山诗》的翻译者施耐德看来，寒山的形象，可能是比较清新而又具有震撼力的，"一个衣衫破烂，长发飞扬，在风里大笑的人，手握着一个卷轴，立在山中的一个高岩上"，没错，就是这样的寒山形象，深深地打动了施耐德，从而也影响了凯鲁亚克，在凯鲁亚克看来，"这一个不可捉摸的人，在高山上，在云雾间，能摆脱一切世俗的文明的纠缠，自在、自足而冷漠，而他表面上却装疯做傻，状如乞丐"，这也就是垮掉的一代所崇奉的偶像。当然，在我从小生活的那个区域，他被尊称为"寒山老佛"，据说灵验无比，由此获得了村民们最为朴素和虔诚的敬意，佛也好，菩萨也好，那都是我们对于美好生活的向往和渴望的表达。所以，其实我们很难说寒山到底是怎样的一个人，寒山的精神生命究竟是如何，等等，诸如此类的问题，它始终还是一个问题。可是，不管怎样，我们都从寒山那里获得了我们所需要的东西，传统的读书人是这样，嬉皮士们也是这样，今天的我们其实也是如此。这样说，或者追随寒山的脚步，实际上就是对自己精神世界的一种追寻，对自我生命的一种确认吧。寒山终究还是寒山，还是一种朦胧的存在，而我们经由寒山，获得了自我的认同，感受了精神的洗礼，这才是最重要的。寒山的脚步，就是我们自己成长的足迹吧。所以，寒山到底是怎样，可能就显得不那么重要了，尤其是随着时间的推移，他的那种现实性的、具体性的特征（诸如外貌、籍贯、年龄等等）都慢慢地消失在历史的长河之中，而恰好是我们在一次又一次地唤起那些已经模糊的记忆碎片，来拼凑出我们想要追求的图景。

关于寒山的记忆，是属于被唤起的那种，可能是补丁式的，可能是盲人摸象式的，当然，也可能是镜花水月式的。这一些其实都不重要的，重要的是，我们在一定程度上需要寒山，需要这样的一个人，来慰藉我们的灵魂，来塑造我们的生活。我们其实都是从自己出发，然后返回到寒山。就精神的返回来说，寒山是一个最恰当不过的人选了，因为，其实我们可以说对他毫无了解，但是，又好像很熟悉、很清楚，这种若有若无之间的感觉，恰好契合了我们精神生命的维度。"吾心似秋月，碧潭清皎洁。无物堪比伦，教我如何说？"很多东西很难言说，尤其是内在的那种感动和执着，或者是顿悟，所以，这个时候，我们可能在寒山的身上找到了某种寄托，通过寒山的存在，我们描摹出来了一种我们自己想要的东西。

"人问寒山道，寒山路不通。夏天冰未释，日出雾朦胧。似我何由届，与君心不同。君心若似我，还得到其中。"是的，既然我们对于寒山的理解很多时候都是出于自身的种种需要的话，那么，到底什么是寒山就显得非常的难以言说了。可能人人都有自己的寒山，都有自己通达寒山的道路，但是这是无法言说的道理，只有经由我们自己，才能感受到。

感受寒山，由此可能是一种比较重要的方式吧，只有在其中，方能知得其中味吧。这些年来，寒山在天台也受到了越来越多的人关注，这是好事，至少说明寒山还可以在某些程度上能够带给我们一些慰藉。在众多的对寒山的推广中，徒步寒山是一种非常特别的形式，这是我的好朋友丁舒鸣先生倡导的，这几年在天台当地颇有影响。作为一位成功的企业家，丁先生几年前就对寒山文化有着独特的兴趣，正是因为这个缘分，我们也就比较熟悉，我虽然忝列寒山文化研究会会长，但是，几乎所有相关的事情，都是作为秘书长的丁先生一手策划的，这其中以徒步寒山更是具有创意。从寒山湖开始，丁先生的眼光逐渐地拓展开来，延伸到寒山石径，再到周边的村落，在丁先生的带动下，这一带现在也成了一个非常热闹的文化旅游中心，这肯定是当年寒山所想不到的，但是，可能通过这样的方式，我们才能对寒山的内心世界有比较直接的把握吧。当然，最为重要的是，我们自己在这样的活动中，获得了对自己精神世界的重新认识和把握。所以，其实我们都不知道当年寒山究竟是在哪条路上行走，具体去了哪些地方，但是这不重要，重要的是，我们在这样活动中，用自己行动去感知了一种文化，去体验了一种精神。

当我们行走在这一片土地上的时候，我们每个人都是寒山。而我的朋友胡明刚先生，则是这些寒山中最为特殊的一个。作为一个天台人，作为一个专业的作家，他对天台的每一寸土地都有着深厚的感情，对于寒山尤其如此。《徒步寒山》，这是他以自己的方式追随寒山的脚步，从书中我们可以直接地感受到他发自内心的那种情感。书中那些熟悉的地名、熟识的景物，都让我感慨良多，仿佛我也跟随着他的脚步，重温了一次儿时的记忆。文化重在感知，在行走中，我们可能会更加接近真实本身。在明刚先生《徒步寒山》付梓之际，我勉为其难，赘言几句，希望更多的人能够从他的书中，感受到那种对于故乡的真诚的爱。也希望能有更多的人去走寒山路，感受寒山的精神世界。只有在路上，我们才能真切地感受文化的魅力。

寒山是不朽的，因为他就在我们每个人的生命里，你我其实都是寒山。

2018 年 7 月 30 日于贵阳孔学堂大成精舍

（作者系浙江大学人文学院哲学系教授）

目录
CONTENTS

第九章　寒山徒步者印象

第十章　寒山一百伴你风行

第一章

朝圣经行寒石山

寒山湖

携寒山诗集到湖边

　　我总是想带一本书到一个安静的地方，住上一段日子。边看风景，边读书，边写作，放松一下情绪，消除身心疲劳，获得自然自在自由的快乐，获得天大的幸福。这人间唯美的大寒山，在浙江天台西部的重峦叠嶂中，岩峰簇拥，云蒸霞蔚。

　　寒山子，生活于中唐年间，隐居在离国清寺四十公里外的寒石山，一直住了七十多年，终老于此。他一路漫步，一路行吟，尽管生活清寒艰苦，他嬉笑怒骂，针砭时弊，与山水自然融为一体。而写在竹木屋墙和路边石头崖壁的诗句，使他成为中国白话诗的开创者、欧美青年的偶像，也成为举世公认的行吟诗人、著名的徒步文学家。在日本、欧美等国，他的影响在李白、杜甫、白居易之上，在中国诸多诗人当中，是唯一全部作品被翻译传播的诗人。自然而然，寒山一带也成为中华和合文化发祥地，浙东唐诗之路的精华地带。寒山子是一个介于世俗和禅道之间的漂泊者，为什么能在这偏僻山林居住了七十多年，活了一百多岁，并终老于此，到底是什么样的自然风景，什么样的风土人情，什么样的文化积淀，给他一个契合点，在这片土地找到皈依之所？到底是什么样的人，什么样的事，潜移默化寒山子的人格，提升他的精神？寒山子和天台人都在此带行走，贯穿路上萦绕他们心灵的精神是什么，渗透脚步和骨子里的精髓又是什么，在现在这个充斥着压力浮躁和功利的社会里，这里的山水间又将呈现什么样的景象，记载着什么样的岁月变迁呢？

　　这是我真正需要读解的谜。因此我义无反顾地选择了山间的徒步。我是天台人，在山中生活，我耳濡目染寒山诗的神韵，曾经几度怀揣着寒山诗，也在山上反复地行走，但还是隔着水云雾罩。我当年的理解是多么漂浮，多么浅薄。我想重新深入寒山，行走我曾经熟悉的土地，用自己的情感生命的脚步去丈量，去体验，试图探究这方水土对寒山子和我以及身边这些人的真正意义。

于是我马上动身。在北京买好高铁车票，直奔寒山而去。

我的前方，目之所及的，就是寒山子隐居的寒石山，奇岩怪石，洞府幽深，溪流萦回，草木含芳，水石轻灵，在寒山湖与寒岩明岩周边，当年他们曾行走过的村野山道，宛如珠链一般将美丽奇秀的风景相互串联扭结一起，成为驴友徒步的首选胜地，一转一奇，洋溢着浪漫诗意。徒步在寒山道上，奇山秀水，就如亲人一样伸开双臂，热情地拥抱着我。

当然，徒步寒山，诵读寒山诗是必修的功课。我徒步寒山，带一本寒山诗，是必不可少的选择。我先到国清寺请本线装的寒山诗，那是宋刻的影印本，随手一卷，边走边读。我曾经在国清寺请过十几本寒山诗。我最早读寒山诗在山村里，因为没有他书，就日夜捧着这本寒山诗，几乎把它翻破了，背诵滚瓜烂熟，但到城里谋生，寒山诗也不翼而飞了。

将近国清，就看见山谷之间摇曳的油菜花。它们一片辉煌，等结籽成熟，就被僧人收获。随后田里灌满泉水，经过翻耕，再插上嫩绿的秧苗，到秋天满眼又是金黄的稻浪。天台丛林农禅并举的修习方式，在这里淋漓尽致地体现出来了。隋代建造的古塔下面，就是一字排开的七佛塔，再转过一个就是一个路廊，人说是寒山拾得亭。寒山子有诗句道：

丹丘迥耸与云齐，空里五峰遥望低。雁塔高排出青嶂，禅林古殿入虹霓。

风摇松叶赤城秀，雾吐中岩仙路迷。碧落千山万仞现，藤萝相接次连溪。

诗中五峰为八桂峰、灵禽峰、祥云峰、灵芝峰、映霞峰，国清寺坐落在幽深的山谷中。丹丘山就是县城东面的皇榜山，雁塔高排就是七佛塔，赤城山和中岩寺就在云霞里，与隋塔静静遥望。走过寒山拾得亭，踏上一座古石拱桥，此桥建造于唐代，直到现在完好无损，人称丰干桥。丰干出生在天台东门丰家村，骑着一只老虎，为国清寺放牛。而寒山就在国清寺扫地，丰干在赤城山的路上，见到一个无家可归的孩子，将其带到寺院，帮助烧饭。国清寺附近有山岭，名叫拾得岭。

寒山子外表丑陋，破衣褴褛，被人当成大痴。在国清寺里，人家总是踢一脚头打一嘴刮，尽管寒山子骂不还口打不还手，笑容可掬，但还是待不下去，只好隐居翠屏山和寒石山。拾得把僧人吃剩下的饭粒洗净晒干，等积累一定数量，就装在竹筒里，让寒山背过去。寒山、拾得、丰干相依为命，相互慰藉。在国清寺大雄宝殿的西侧，我找到了伽蓝佛殿和三贤殿，发现伽蓝和寒山、拾得、丰干成了邻居。伽蓝是护法神，寒山、拾得为和合神，他们各司其职，受人崇拜：求梦的到伽蓝殿，

天台山国清寺外的寒山拾得亭

丰干桥

求婚姻的到三贤殿。

自清代雍正皇帝敕建国清寺，封寒山、拾得为和合二仙起，寒山、拾得就成了主婚姻之神。三贤殿建在大雄宝殿西边，地位是相当显赫，与寒山子生前的遭遇判若云泥。三贤殿后门，西墙上有一首传印大师写的寒山诗，东墙上有一幅寒山的石刻图像，上有一首经亨颐先生书写的寒山诗：寒山中，足清风，扇不摇，凉气通。明月照，白云笼，独自坐，一老翁。画面上，寒山子如同木石，非常清瘦孤独。在三贤殿前门墙上，有寒山、拾得问答云：昔日寒山问拾得曰：世间谤我、欺我、辱我、笑我、轻我、贱我、恶我、骗我，如何处治乎？拾得云：只是忍他、让他、由他、避他、耐他、敬他、不要理他，再待几年你且看他。此段文字曾记载于《古尊宿语录》中。不与人争，忍耐安详，不恨不恚不愤不怒，保持平常恬淡心态与豁达随和的心境，尤其重要。

在国清寺转了一周，到天王殿东边的法物流通处，请了一本寒山诗，直奔寒山湖去。寒山湖是寒山徒步线路的中间地带，东边可去寒岩明岩，南边可去九遮山、大雷山，西边可去磐安，北边可去方山雷马坑，位置折中，最适合驴友落脚打尖。它与寒岩明岩地处台州金华的交界关隘地带，但峡谷幽深，林深木茂，苍峰奇石，点缀村舍田园，农家隐隐，充满野趣，犹如桃花源境界。寒山子住在寒石山，与当地民众往来密切，有诸多故事流传，当地村民则尊他为寒山老佛。

二十几年前，我曾在编辑民间文学集成，搞天台水系名考调查，曾到寒山一带拜访老人，搜集有关寒山、拾得的民间传说，实地考察寒山一带的溪流，得知流经寒山湖的始丰溪的主流，发源于大盘山南麓，从直盆坑到大盘镇，与牛路溪汇合，向东北流方前镇，入里石门水库，在寒山湖库区汇合了金满坑、小溪坑等支流，在寒山湖下又汇合了雷马坑、茶山溪、峇溪、崔岙溪等支流，自西到东穿过天台县境，

国清寺三贤殿里的寒山、拾得、丰干像

成为灵江和椒江的源头。

　　眼前这段峡谷的始丰溪，在朗日清空之下，显得温和柔婉，宛如乡村少女一般羞涩，但到了夏天遇到大雷雨时，就汹涌澎湃，野性难驯，引发山洪，冲垮下游的房屋和堤坝桥梁，把田地掏挖成深坑，冲出几处沙渚。这条溪左右开弓，三年倒东，三年倒西，结果引发下游的大规模宗族械斗，村民为水和沙渚田地展开争斗，寒山子也曾通过诗歌的形式教化，但个性桀骜不驯的天台人，尽管一时之间听从规劝，但时间一长故态复萌，械斗不但没有平息，反而愈演愈烈。要把水患根除，必须把溪水关在笼子里，让它服服帖帖，为人民服务，为民干实事，造福百姓。让百姓和合起来。20世纪的70年代，寒山湖的前身里石门水库建设完成，它与明岩寒岩一样，成为天台大景区之一，与淳安的千岛湖不同，因为寒山诗在这里驻足流连忘返，自然给这里的山水带来浓郁的诗禅味道。寒山子没想到，当年他行吟地方成了一方福地，引得人们的驻足流连，乐而忘返。那石阶路黄土路，田间地垄的阡陌，林间溪中的樵道，村镇的街巷，成了当今驴友徒步的绝佳首选。

　　我放下行囊，顿感轻松，疲累和焦虑，在城市不堪忍受的喧嚣和烦躁，被寒山湖的净水清洗得干干净净。行到寒山湖的大门口，花树下有两块石碑赫然入目。第一块碑上正面题写"和合光华"四字，自然遒劲，刚柔相济，背面是雍正皇帝亲自撰写的寒山拾得诗集的御制序，见之于《御选语录》卷三。雍正十一年（1733），皇帝下诏，将寒山大士封为"和圣"，拾得大士为"合圣"，并称"和合二圣"或"和合二仙"。以寒岩明岩寒山湖为中心的一带地域，与国清寺一起，成为中华和合文化的发祥地之一。在另一块碑的正面上，刻的是国清寺可明方丈题写的"慧文慧意"四字，背面是著名的寒山拾得问答。就像眼前的这片平湖，处变不惊，一片平和，不起汹涌澎湃的波澜，于宁静中达到欢乐融合的境界。寒山湖的涟漪微风，撩动的

寒山湖静如处子

寒山湖波光潋滟

寒山湖畔的小径

是智慧的情愫，慧文慧意，与和合光华是一个美好的对应。

我想起与我一样的行旅中人，沿着寒山的足迹，把这里当成最好的落脚点和中转站。他们一边行走山道石径，也提起笔来写作，在湖畔举行诗会朗诵会，自然成为寒山的知音。我想他们徒步在和合的光华里，与我一样得到同样的幸福与快活。来这里徒步旅行的人络绎不绝，上海、江苏等地的驴友纷至沓来，留下许多美好的诗意与怀想。踏着寒山的脚步来，探寻寒山的影踪，在这里感知山水，一路享受风景，拾取美丽的诗行。徒步寒山，一代诗僧的隐居地，寒山诗的原创地，是最和美绝伦的！

孟湖已经厘为水田

在孟湖岭随孟浩然访寒山

徒步寒山，实际上是朝圣寒山。从寒山湖出发，驱车西行，过街头镇，在乡村公路上缓行，杉柳成荫，两旁的翠绿庄稼和农舍一派恬静。转过埠头村，经过山头下村，这是街头通往寒山的必经之路，在始丰溪的南岸，山南边叫作鲤鱼山，依山傍水，但老宅已经不多。山上有一处新修的长城，周围人常到这里谈情说爱，锻炼身体，登高望远，视野非常开阔，最近，寒山美食节在这里举办，相当热闹，特别红火。在溪边，我看见了村人撑着鸬鹚排捕鱼，很悠闲的。生活美满欢愉，沿路都是农家乐。

经过何村就穿过一个山口，如同天然关隘，人说是孟湖岭。孟湖岭在张家桐村前约五百米处，是进入寒石山、张家桐、九遮山的必经之处。村里人带我在岭下行走，农舍旁边有一片稻田，据说就是一片很大的沼泽地，大概就是孟湖岭之所在了，山下有两块石头，就像寒山、拾得，天台城里到明岩寒岩的古道就在岩下通过。人们将这片水域称名为"孟湖"，通往寒山的小山岭称"孟湖岭"。后来孟湖逐渐淤塞，被人盖了房子，逐渐形成村落，昔日的沼泽地成了良田。

经过一个天皇宫，就是穿岭的公路。岭不高，原先古道是在右边的竹林里穿过的，村民指着公路西边处的老屋说，屋前的台阶就是古道，不过打通山口做公路后，古道就少人走，荒芜了多年。让人盖了房子，现在这房子没人住，倾斜了将要倒塌，村人说这就是当年我的好友、寒山文学社社长、街头镇文化站站长陈兵香的老房子，现在他去世多年，我也无法再在这里喝茶了。村人又指着对面的一处泉眼说，这是神泉，修通公路后泉水也就干涸了。

公路穿过山口，两旁几户人家，有桥一座，桥下九遮山溪自南向北而来，转向西流，到了屏障一样的岩壁下，汇合西边的岩前溪水。两溪在山头下村附近汇入始丰溪。站在孟湖岭前的桥上，我看着静静流淌的清澈溪水，寻找着唐代诗人孟浩然的踪迹。据《天台县志》记载：孟浩然到这里寻访寒山子的隐居地，是唐开元十八年（730），在这里留下一首七律《访寒山隐寺过霞山湖上》，诗云：

> 一湖清水漾晴霞，凋柳残杨影半斜。雁啄野菰窥浅浦，鸦归暮霭过平沙。
> 千寻倒石波涵碧，几树飞丹岩落花。岭外寒山明月上，肯留乞梦饭胡麻。

这是一首佚诗，记在孟湖岭和张家桐的宗谱上，将孟浩然的情感与寒山风景紧紧联系在一起，因为孟浩然的到来这里才有现在为人熟知的孟湖和孟湖岭的地名。清代的史地大家齐召南题写了"浩然胜迹"四字。

霞山村背靠紫凝山，前临始丰溪，是一个风景秀丽的山村，霞山村居蔡姓，北宋皇佑元年（1049）任处州缙云县令进士蔡逊之（字仲贤），自北宋治平二年（1065）到了宅东紫凝山建宝兴寺（《天台县志》称宝兴院），捐资出田地山塘。北宋元祐癸酉年（1093）出生的四世缓公，由祖居霞山的孟湖，移入霞山现今的老村址居住。他有四兄弟，其他的勤、谨、和三人仍世居孟湖。

何善蒙是浙江大学的教授，岭根村人。他研究寒山子，写了一本《寒山传》，后改名《荒野寒山》重版。他说，孟浩然这首七律，"就诗中描写的景物而言，可以确信，霞山确实是天台街头镇的一个山村。事实上，这个村就跟我们的村相毗邻，只是当年孟浩然写霞山村，而不是我们这小山村，很遗憾的，我们村错过了在文学史上留名的机会，虽然只有咫尺之遥。"何善蒙有点惋惜地说。

孟浩然在孟湖岭时，歇息在一个小庙里。他到天台寻访道友太乙子，自遥远的长安城千里迢迢而来。他与王维齐名，两个人经常一起喝酒，正在兴头上，不料爱诗的唐玄宗来了，他只好躲在床底下。唐玄宗早看出端倪，王维据实相告。唐玄宗让孟浩然爬出来，吟诵自己的作品，但孟浩然不懂规矩，不合时宜，居然吟出两个牢骚满腹的句子："不才明主弃，多病故人疏"。唐玄宗被激怒了，心想是你不来朝廷求仕做官，反而怪到我的头上，是何道理！唐玄宗拂袖而去，孟浩然与仕途也绝了缘，于是也一拍屁股，真的游山玩水去了。

孟浩然与寒山子走的道路相类似，同样是"不才明主弃"，他吟唱过"微云淡河汉，疏雨滴梧桐"的佳句，也让当年宰相张九龄刮目相看，令王维叹绝不已，但他与李白寒山一样，清淡潇洒，不为世俗所拘。古书记载，说孟浩然"颀而长，峭而瘦，衣白袍，靴帽重戴，……提书笈负琴而从"，仙风道骨，相貌萧然。他与李白、王维、贺知章、陈子昂、司马承祯、毕构、宋之问、王适、卢藏用结为仙踪十友，在李白和司马承祯的话语里也知道了天台山的神秀之处，于是沿着曹娥江、剡溪、新昌江溯流而上，在去天台山的舟中，他兴致盎然，写下这样一首诗：

　　挂席东南望，青山水国遥。舳舻争利涉，来往接风潮。

　　问我今何适，天台访石桥。坐看霞色晓，疑是赤城标。

　　孟湖岭之路是寒山古道，也是浙东唐诗之路的重要一段，在这条诗路上，李白曾写过《华顶晓望》，而孟浩然也写过《舟中晓望》，一上一下异曲同工之妙。孟浩然与寒山、李白走的同样的一条山水之路。在天台山水中行走，他写了二十多首诗歌。"高高翠微里，遥见石梁横"，"焚香宿华顶，挹露采灵芝"，据说，在石梁方广寺他喝茶后，无以馈赠，就将《舟中晓望》和《登天台山》的两首诗充当茶资，自然而然，寺僧欣悦非常。

　　在孟湖岭这个不起眼的地方，我找不到任何孟浩然的遗迹。走过溪桥，看见溪对岸的一带山脉，如苍龙横空，那连绵直立的排排悬崖，宛如苍龙的肋骨。崖背和树木积压的层层冰雪，如同闪光的鳞片。此刻是暮冬时间，我们看见是山崖的北面，阳光照射不到，更为幽冷。蓦然发觉，我走的也是孟浩然和寒山子同样的道路。

孟湖岭前的山溪

明岩空谷中的寒山背拾得岩

穿过明岩的空谷

吟诵着孟浩然的诗句，听着优雅的琴箫和合的梵乐《寒山僧踪》，我穿过溪桥，走在乡野的路上，奇岩怪石和青山绿水扑面而来。迎面吹拂温柔的风。我看到的每块溪石、每个水波、每片悬崖，都是寒山子的行吟。我曾对人们这样反复说，寒石山不仅是和合文化的发祥地，也是浙东唐诗之路最精华的路段所在，寒山子的诗歌与山上的崖壁洞穴溪流相映衬，山以人名，人亦因诗名，山、人、诗合而为一，则为寒石山情韵独具，他处所无。寒山诗是真正的大和合的境界，寒山诗歌体现的人与自然的和谐，人与人的和谐，人与生活的和谐，人与宗教的和谐。寒山是生命艺术的最高境界。

脚下流淌的这条北行的溪流，发源于九遮山泄上村，人称茶山溪，因出产茶叶而得名。天刚下了一场雪，林立的山峰，壁立的悬崖，挺拔的松树，留着些许的飞白，寒气逼人，真是名副其实的寒山啊。寒石山从东到西蜿蜒十数里，远远望去，犹如"铁甲龙"，山崖层层卓立，地学上称为"海蚀石"。"十里铁甲龙"一直从东往西绵亘，东边岩谷向阳，名曰明岩，西边洞穴朝北，叫暗岩，又名寒岩。寒岩的得名，因其向北，阳光很少照耀，洞中寒气袅袅之故。而明岩则反之，阳光充和温煦。

二十几年前，来自美国的比尔·波特还是精壮的小伙子，他到这里是坐着农用三轮卡来的。他是寒山的虔诚朝圣者。几年前，我带着他的《空谷幽兰》来到这里。在书中，我得知，比尔·波特在哥伦比亚大学攻读人类学博士期间，通过接触中国

明岩螳螂钓蟾

佛道典籍后，潜心钻研中文，后来到了台湾佛光山，跟随星云法师学佛，读到了寒山子的诗歌后，出于内心的敬爱，他翻译出版了中英文对照的寒山子诗集，用的是"赤松"（Red Pine）这个笔名，距今已经有三十多年了。我到寒山来的时候，恰恰带了一本新出版的《南方人物周刊》，比尔·波特接受记者采访时说，"我出版的第一本书，便是寒山诗的翻译。""我一直怀疑，中国还有这样的人吗？或者只是学问很高，并非真正的隐士？于是我便开始寻找。"他边行旅边写作，著作《空谷幽兰》一书。记者问："寒山子最打动你的是什么呢？"比尔·波特说："寒山子很自由、很简单。他不是专门描写风景、月亮、山河如何美，他是把你的眼睛打开，帮你看破。我很尊敬他，很喜欢他。我把翻译他的诗歌当作我的修行。"他说，"不修行，无隐士"，这与寒山的生活是一致的。我想这寒明两岩的风景，比尔·波特与寒山子一样是熟稔于心的。

　　明岩是一个幽深的峡谷，谷口朝东。溪流在前面静静流过，左右两山冈如手臂拥抱，一为狮子，一为白象。20 世纪 80 年代，为了交通旅游的方便，在狮头上打通了一个隧洞，似乎损伤了此间的气场。明岩的景色，可以用"石怪岩明"形容之。过去空谷里有小小的明岩寺。吴越昭仪孙氏于后周显德四年（956）在僧全宰（？～927）栖禅处所建的云光院，已经成了一片废墟，现在新建一个大寺院，一个很高大的山门，基本上把谷口拦了起来。五元一张门票进寺。墙壁写着醒目的大字，五代后周古刹，表明寺院的历史悠久，但山门风格与寒山的风格不甚相配。进了寺门，看到右侧象岩旁一个丈余高的岩柱，两块风化的岩石组成了一个天然的雕塑，上面一分为二，像个"丫"字，有人说是目连背母，天台歌谣说，"晴天落白雨，和尚背妪孺"，指的就是这个最有特色的标志性景致。有人说是寒山、拾得的化身，也是最切合实情的。我再将目光前移，看到了一个行走如僧的岩石，步履匆匆，我想这就是丰干了。而所谓的"晴天落白雨"，说的就是明岩洞口的常年滴挂下来的多条丝丝缕缕的灵瀑，犹如风中的珠帘，摇曳生姿，闪耀着阳光。

　　所谓石怪岩明诗满山，是指这里自然与人文特色而言的。这里我没有看到一首寒山诗，但能看到无名氏题写的"石怪岩明"的摩崖。上次我来，遇到这明岩寺里的老太太，江苏人，六十多岁了，她问我哪里来，干什么的？我说，是从北京来的，搞写作的，问她有没有寒山诗，她一脸惘然。她也许不知道寒山诗到底是何物，但听说我是个作家，就一直跟随我的左右，我问有三块人形石的下面三块石头品列着，是寒山、拾得、丰干坐卧吟唱的地方，到底在哪里？她说她是外地人不清楚，很模糊。我约略知道，寒山、拾得、丰干所面对的岩石，能发出如月色一般的银光，当地人叫作石月，石头做的月亮。他们三人边唱边用石块敲打节奏，这岩石也叫作"响岩"，它们发出的声音如钟鼓还如木鱼呢，我也不知道。

再进几步则有天然岩石如黄狗盘踞，惟妙惟肖，伏在水泥地上。从右面沿道进去，有一岩隙宽不盈尺，叫作八寸关，须侧身而入，但为了建设方便，好心人将其拓宽，用水泥填平了。路是好走了，但八寸关名存实亡了。过了八寸关，则有一石擎天，四面凌空，犹如一位护法的韦驮，威武雄伟，人称石柱撑云，是文史大家齐召南命名的，并称之为"明岩仙迹"，为天台山新增十景之首，列入台山小十景之目。据说早时候这里的石柱顶上有一根长藤垂下，刚好挂到底下的蛤蟆石上，又被人命名为"唐郎钓蟾"。再过去，我把身子嵌入岩缝之中，两旁的崖石挤压过来，尤其逼仄，几乎让人透不过气来。抬头望去，天空仅狭窄一线，人说一线天是也。我们穿行过去，犹如穿过狭长的时空隧道，似乎进入了唐代，而迎面很现代的高大建筑物，又把我拉回现实中来。下了几条石阶，我们就转到明岩洞中，洞府幽深，宽敞明亮，但凉气袭人、透彻肺腑，更有如帘的岩泉，颇能荡涤身心。所幸的是，明岩洞内没有遭到破坏。洞内大石杂陈，估计是在洞顶掉下来的。洞下的地面有些坡度，现在被铺了石阶，行走比较方便，人称为石弄堂。明岩洞有点北边的崖壁，如同合掌，人们从相合的掌心空档钻过去，下一段台阶，就看见一亭子，其顶塑成荷叶状，其支撑的柱子为寒山像，创意甚好。下面是为一小孤石，顶上有一座"寒山拾得纪念塔"。塔作"串"字形，站在塔前，我忽然看见对面的岩壁上，那斑驳的水痕竟映出五匹马的图案来，乃是传说中的五马隐。台州刺史闾丘胤患了头疼症，久治不愈，后来遇到丰干，丰干给他抹了一碗清水，头疼即消。他问台州有何高明之士，丰干回答："有，他名叫寒山子，与拾得一起在国清寺，是文殊、普贤的化身。你可别以貌取人呀！"刺史来到国清寺，果然找到了寒山、拾得。刺史恭敬行礼，寒山子和拾得高笑道："丰干饶舌，你不识弥陀，礼我何为？"携手跑出山门。刺史立即派五名亲兵策马追赶。到了寒石山，寒拾二人手一扬，岩壁裂开，五匹骏马也长啸一声，将亲兵抛下，穿壁而去。岩壁复又合拢，五马影子永远留驻此间了。在寒山子诗集中，就有闾丘胤撰写的序赞。齐召南把寒山子与葛玄、白云先生、司马承桢和张伯端同列为天台五仙，作歌咏之：

> 寒山子，居寒山，题诗多在溪石间，国清白日往复还。
> 是仙是佛总玩世，当时颇目为痴顽。荷衣萝带桦皮冠，竹筒饭渖欣加餐。
> 拍掌大笑对拾得，狂歌骑虎随丰干。丰干饶舌定无益，作礼文殊太相逼。
> 闾丘策马马嘶傲，嘶入寒山万仞壁。

面对斑驳的水痕，我一一细看，真的看出五马痕迹：第一匹马三只脚已进入岩壁，只留下一只脚在壁上，第二匹马头与颈已经进入岩壁，第三匹马头已进去，马身露

左：明岩洞中的石弄堂　右上：五马隐
右下：寒山、拾得二大士纪念石塔

在岩外，第四匹马正昂首直追，第五匹马则回头顾盼。这就是人们所说的五马隐（影），充满隐逸的高人情调。但我还是喜欢生活化的纯自然的寒山拾得，他们绝无做作虚张声势，而自然亲切。寒拾纪念塔前，望对面岩壁，一挂小瀑布从崖顶留下，长年不断流，人们说是"老龙喷水"，以前总是有许多人用竹笕或名"水索"，把这泉水接过来饮用，如天水法雨，非常圣洁珍贵，点点滴滴，宛如寒山诗句。读书后得知，寒山子尽管生于名门望族，家境富裕，皆因相貌丑陋，多次投考不第，但是才不尽用，而立之年，满怀凄楚，抛家别业，从中原直奔天台山而来。他在诗中说，"我闻天台山，山中有琪树。永言欲攀之，莫晓石桥路"，他把天台山当成了真正的归宿。在国清寺，寒山与拾得、丰干成了真正的朋友，"惯居幽隐处，乍向国清中。时访丰干道，仍来看拾公。独回上寒岩，无人话合同。寻究无源水，源穷水不穷"。三个人的关系

明岩瀑

是和谐的，如同诗歌与山水禅道的契合。

明岩向阳而居，比较温暖，估计是寒山子和拾得他们冬天居住的，到了夏天炎热季节，他就从明岩洞的小穴里，跑到寒岩洞去居住，那里一片阴凉爽快。在明岩下他们一起打坐参禅，品茶吟诗，算高山流水觅知音了。眼前，我见到的明岩寺，体量很大，主殿和配套的设施尤其显眼，崖壁上齐召南写的"高大""日光"两处摩崖石刻，被建筑物挡住了。整个空谷被充塞严严实实，有些逼仄憋闷。据说明岩南边象山的顶上，有一个地方叫作唐坟，就是寒山子的葬身之所。新近建了一座塔，作为纪念的标记。我遇到张家桐村来的老陈。他指着五马隐下面崖石的纹路说，那里也有寒山子和拾得、丰干的形象呢，我顺着他手指的方向望去，不怎么直观，显得隐隐约约，需要反复领会。我想到那位老太太带我走上岩下朝南的大殿，进了边上的厢房，请我喝茶，并拿了佛前供着的橘子，说这是吉祥的佛果，絮絮叨叨地说起她的宏誓大愿，要继续扩大基建，建造钢筋水泥多层楼房，供香客们吃饭住宿。我仔细看了看，建筑类似宾馆式，看起来似乎很突兀，尤其是那个主殿把空谷堵塞得严严实实。但看多了习以为常，她的出发点很好，出于善意，也不会指责她。不过像这样的景区，建设还得需要与山水和谐的规划设计，有关部门也应该监管，仓促上马，会看出时下一种浮躁和不安的情绪。但反过来想，建了房子毕竟满足信众的食宿方便，满足人们的生活需求，给予人们精神安慰，这也无可厚非的，算是另一种世俗化的方便法门罢。全社会在这方面做得非常不够，老太太却替补上去了，做得很出色。这世界没有什么对错，只要有好的出发点和践行力就好了，我们无法把我们想法强加上去，只能顺其自然吧，唯一能调整不协调的，只是沟通，只有时间。时间就是我们信奉的大师，滴答滴答，如水一般柔弱而坚硬，调和着变异了的一切风貌。我忽然想起明代崇祯二年（1629）的刑部主事文学家王思任说的一句话："寒岩奇，是诗料，明岩巧，是画料。"而今这诗料画料还能找出来不？

寒岩洞和寒岩瀑远眺

虔诚拜谒寒岩洞

日头已经偏离了中天。我们小坐片刻，又开始了行走。我抬头一看，一朵白云挂在寒岩绝壁的顶上，如一面旗帜，在摇晃，在飘扬。想起寒山的诗句：

独卧重岩下，蒸云昼不消。室中虽暗暧，心里绝喧嚣。

梦去游金阙，魂归度石桥。抛除闹我者，历历树间瓢。

离开那些闹我者，我也乐得自在安详起来。我找到在寒山湖一样愉快的感觉。

寒岩不像明岩，不是山谷，而是一片开阔地。站在小木屋前，可以把寒岩的景色看得一清二楚，每当夕阳西下的时候，金黄色的阳光把这岩壁和树木映照得灿烂绚丽，衬着幽蓝的天幕，崖上流过红云几朵，如同西天佛国一样圣洁。这是天台山八景寒岩夕照的所在地，仿佛看到在夕阳下寒山、拾得边唱边风行的影子，潜入寒岩洞中的时候，是多么自在逍遥。阳光把山崖映照得一片通红，该是什么样的境地啊！

细看这寒岩洞，上面还有小洞，小洞上面又是绝壁，就像两重楼一样，所以叫作重岩。当地的村民传说，寒山子大部分修行是在上面的小洞里，先到崖顶之上，用绳子把自己缒下去，打坐在里面，打坐完了，就沿着绳子从山顶上下来，然后到寒岩洞里烧饭，这也算是独特的闭关之所，没有任何打扰。洞外还比较宽敞。端坐在虚空之上，与白云飞鸟明月为伴，自然也少有人打扰，寒山子这样作诗自况：

重岩我卜居，鸟道绝人迹。庭际何所有，白云抱幽石。

住兹凡几年，屡见春冬易。寄语钟鼎家，虚名定无益。

此洞是为天生修道之所，别处所无，站在崖下则是仰望不到的。

寒岩下一片空旷的土地，有一些庄稼，原来这是寒岩寺的旧址，现在看到的地垄是当年寺庙的地基，据考此寺建于五代梁开平元年（前907），初名崇福寺。后周

寒岩洞从里往外看

显德年间吴越王宫中的孙昭仪，非常喜欢寒山子的诗歌，就拿出所有的积蓄，重修寺院，改名圣寿寺。而寒岩寺的名字，则是宋代以后才出现的。我们在地垄上转过去，这是真正的寒山古道，是用石头铺成的。寒岩之东，则有瀑布，平时不甚大，但是不论朝暮晴雨，四季不绝，宛如下雨，我们行到瀑布下面，顿觉走进水珠帘里。雨落在瀑布下的大石上，噼啪作响，溅起点点的水花，这大石原来是上面高崖的一部分，因为天长日久风化掉了下来，把下面的水潭填充了。设若夕阳西下，瀑布被阳光照亮，也宛如金珠链子坠落。风吹过，珠链就飘荡起来，有万种韵味。有人所说的寒岩夕照，也是针对这瀑布而言的。清代邑人齐召南有七律描绘：

眼中都作紫金山，山洞岈岈容易攀。溪映余霞翻石壁，人占佳气满幽关。

桥边鸱鹊栖何稳，岩际骊驹去不还。朗咏卜居聊徙倚，徐闻欸乃起渔歌。

可惜碧潭已被巨石所堵，难见当年佳景了。飞瀑、古道、岩穴、草木，与诗歌、人物、故事互为和合，足以让人沉静，寄托无限幽思。元代天台人曹文晦的《寒岩夕照》诗句：

岩户阴森隔万松，暮云卷尽寺林空。天边渐蚀千峰紫，木杪犹余一缕红。

两个归僧开竹院，数声残磬度溪风。凭谁唤起寒山子，共看回光入梵宫。

这寒岩与寒山子及其他的诗歌，成为不可分割的整体。

走上名副其实的寒山道，上了一段坡路，就到了举世闻名的寒岩洞。洞口右面有一棵石笋，高约三米，酷似"大蛇出洞"，洞左山崖土有岩作"申"字形，则是"乌龟上山"，合称"玄（龟）武（蛇）"，是道教中北方太阳神的形象，是风水四灵兽（左青龙右白虎前朱雀后玄武）之一，寒岩洞所在之处也算风水宝地。

寒岩洞是一个天然的石穴，旧名拊石洞，面积很大。原来洞底高低不平，坑坑洼洼的，有原始的风貌。去年洞里来了一辆挖土机，正在吭哧吭哧地钻洞底，把它推平了，打算浇上水泥地，也很快被人制止了。我觉得这个洞还是保持原始的风貌最好，高低不平长满苔痕的岩坡洞底是最自然不过的，最适合寒山子的诗意了，何苦多此一举呢。人家说是好心，整平地面，方便百姓，实际上是破坏了亿万年自然形成的风景呢。早几年，洞里被人用砖垒砌了几间两层楼，有一对老年夫妻在这里管理着，有人打算把寒岩寺建在洞里，也被叫停了。我想，既然寒岩洞地面被搞平了，当一个音乐厅，演奏演唱根据寒山诗创作的乐曲歌曲，倒也有许多好处。不过寒山子本人是不喜欢这种热闹的，他更多的还是喜欢宁静。

洞里边有一口水井，净水清凉，长年不断，被人称为圣水。此井曾经在"文革"时被捣毁过，但现在修复了，井边放着水桶和长炳的竹筒水勺，可以随时饮用。我想这井水，寒山子应该饮用过吧，他喜欢躺在洞前的石床，两个人躺上去不够宽，一个人躺上去刚好，我也尝试躺了躺，感觉很舒服。这寒岩洞夏日里清寒，也适合性格清寒的寒山子。

寒岩因为寒岩洞得名，但寒岩洞还是被阳光照耀的，光线非常好，据说在宋朝的时候，这里叫作寒岩洞，洞壁上曾有过宋书法家米芾"潜真洞"三字的摩崖，而今它与王思任的"洞天振迹"摩崖找不到了，我只看到"寒岩洞天"四个字，刻在风化的洞壁上，也似乎有些模糊了，光线暗淡，很高，仰头可望。几年前这寒岩洞里住过一个怪异的画家，他名叫湛然，是苏州人，他取的与天台宗湛然大师一样的名字，我在新昌彩烟卢姓宗谱上也发现一个名叫湛然的明代佛家居士。这个画家湛然，穿的是明代过膝长衫，长发披肩，白天住在寒岩洞里，晚上住在农家乐里，在这里弹琴作画，据说弹琴的时候，能引来猫头鹰和小燕子，他把雪花画成了墨点。他曾是日本公司负责电气设备的主管，他有位日本友人大西重好，是工程师，因为脑出血不治，死在他的怀里。他觉得人生不可测，就放浪形骸起来，住在这里效仿寒山子，但住了一阵就回去了，我没有见过湛然，湛然是不是住在寒岩洞当年还没有拆除的小屋子里呢，我不知道，他有没有念经一样读过寒山诗，我更不知道。

作为画家的苏州人湛然住了一段时间，就回老家去了，他应该知道苏州的寒山寺，也知道张继写过"姑苏城外寒山寺，夜半钟声到客船"的诗句。苏州寒山寺，也就是苏州妙利普明塔院，寺院很小，文化底蕴和规模很难与国清寺寒岩相比的，寒山寺的得名，源于唐代诗僧寒山子曾经在那里做过主持，这只是一个传说，但通读三百一十四首寒山诗，但没有一首写寒山寺的，更多的是写寒岩的景色，许多都是他的自白，寒岩与他的身心已经融合成一体。寒山子有许多诗中带着寒岩两字。如："独回上寒岩，无人话合同。寻究无源水，源穷水不穷。""寒岩人不到，白云常叆叇。细草作卧褥，青天为被盖。""寒岩深更好，无人行此道。白云高岫闲，青嶂孤猿啸"，"栖迟寒岩下，偏讶最幽奇。携篮采山茹，挈笼摘果归。""寒山无漏岩，其岩甚济要。八风吹不动，万古人传妙"，"世间有王傅，莫把同周邵。我自遁寒岩，快活长歌笑"等等，寒岩进入他的血液和骨髓，也成为他诗歌艺术生命中的一部分了。寒山诗云：

久住寒山凡几秋，独吟歌曲绝无忧。蓬扉不掩常幽寂，泉涌甘浆长自流。

石室地炉砂鼎沸，松黄柏茗乳香瓯。饥餐一粒伽陀药，心地调和倚石头。

站在寒岩洞口，有人指着对面的山崖，说下面有个清古洞，这个洞也叫作新妇洞、媳妇洞、新屋洞、摄妇洞，现在却隐在逆光里，看不大清楚，从寒岩村后的杨梅山上去，就会到达那里，因为朝北，一片清凉，站在洞口，可以看到明岩全景，阳光从寒岩洞的顶上斜照下来，闪烁着玄妙的光芒。我俯身拾取，忽然想，每个花朵每块石头都是寒山子的字句。

金牛洞，也叫牛鼻洞。

身依寒山崖洞间

我们出了寒岩洞，往西边行走，绕过寒山石床，就登上寒山道，沿着崖壁行进，几经风化的崖壁，给人满目的苍凉，往下看去，对面是寒岩和后岸之间的开阔田野。崖下有一块孤零零的圆石，两侧各有一棵树，长得很对称，像个猫头。猫头岩的上方不远处，寒山道分两支，右边石阶而上就到鹊桥。当地人称为旱石梁、水桶档，一根巨石下分上连，为天生桥，桥下是倾斜的石坡，仰望高耸的鹊桥，确实仙佛可渡，据说这里是寒山子曾经与人诀别的地方。鹊桥不远处崖壁顶上长着一棵松树，如少女一般婀娜。在鹊桥下细细地探路，从另一个方向下坡，我回到寒山古道。路崎岖不平，或绕过跳过大树盘根曲折的根，或是靠着岩壁小窄凹坑侧着身子紧贴在崖壁上，手抓脚踏着小岩钉，步步落到实处，才能放心过去，每走一步得小心翼翼。

这段寒山道，名副其实的羊肠樵道，高低起伏，弯曲盘结，没有修整，都是最原始的。在崖壁和丛树之间蜿蜒穿行，忽上忽下，没走几步就喘一口粗气。行一个转弯，有人指着左上方的崖壁对我说，这是如来佛。我抬头望去，是一个侧面的释迦牟尼头像，尤其传神，惟妙惟肖，细看它的身边，还有好几个佛的侧面像，面对远山，低眉敛目。冥想凝思之中，阳光正斜照在他们的额头上，一片安详。头顶是幽邃的蓝天。

徒步寒山

——和合文化源头探秘

寒岩鹊桥

　　有人提醒我，你回头看，注意背后。我看到一个奇洞。这岩洞隐在身后，一不小心，就会忽视过去。洞上面悬垂下一石柱，如同阳具，洞下面的岩壁有洞如女阴，惟妙惟肖。这两大男女性征具备，同在一处岩洞之中，如石梁飞瀑，在中国和世界就此一处。但我没有任何淫荡猥亵想象，只觉得很神圣庄严，体现着生命根源，这是自然法则与伟力，是值得我们虔诚崇拜的，同行的驴友说旧时这里也有人经常来求子。有人说是阴阳洞，有人说雌雄洞，我觉得还是太俗了，我觉得叫和合洞合适。这寒山、拾得是和合二仙，这和合洞也能令人想起新婚洞房之事，也是美好快乐的。

　　复行几个弯，口干舌燥，有醴泉洞，山泉特别甜美，是真正岩壁水，点点滴滴，以手掌掬而饮之。再过去是罗汉洞，一个是伏虎罗汉，一个是坐鹿罗汉，很有佛家的精神的。这降龙罗汉、坐鹿罗汉与伏虎罗汉一样，有美丽的传说。伏虎罗汉是济公活佛的化身。而降龙罗汉，几百年还是没有修成正果，就去向观音请教。最后把巨龙擒住了，镇压在此间，化成了连绵的山脉，是谓十里铁甲龙。这也成了寒石山。当夕阳西照，铁甲龙金光闪闪，如李贺所说的"甲光向日金鳞开"，云雾起时，这铁甲龙也会腾飞破空而去的。

　　既然如此，我要找龙的印记。转过罗汉洞，看到了龙须洞。龙须洞有上下两洞，是相通的。到上洞后，不能往下走，如果双脚一打滑，就会轰的一声从空中掉下去，落在下面洞里。尽管驴友也寻刺激，但还是安全第一，不会贸然冒这个险。我们便从边上下来，走进下面大洞。旧传洞口旁岩纹隐约现"龙"字，但我没发现，环顾此洞，犹如倒挂金钟，又仿佛覆瓮。细细看来若烧砖瓦的圆顶老窑。抬头望去洞顶有两个窗口，上窗浑圆下窗较大，都能见着一点的天光，几缕细流洒下来，被下面洞里的风吹飘起来，如同雾一般的缥缥缈缈了，就像龙须一样隐隐约约，同行的驴友说这叫龙须瀑布，此洞叫龙须洞。龙须瀑也叫寒井瀑，瀑布从寒岩峰巅下来的，流到"龙须洞"顶，瀑布就从水井口倾泻下去。但从洞下仰望，这圆洞犹如天窗一般。龙须小瀑飘忽千万年，丝丝缕缕，是一首绝妙的诗。传说龙须瀑流下来，所含石灰质在深潭中凝结成灵芝一般的钟乳。在《台州府志》中，则说此灵芝石为"即石髓石脂类"，早已名闻遐迩，现在被乱石填塞了。这龙须洞在《台州府志》里，被赞美成"台山绝胜处"。诗僧寒山子作诗状其龙须洞的形神：

　　　　迥耸霄汉外，云里路迢迢，瀑布千丈流，如铺练一条。

　　　　下有栖云窟，横安定命桥，雄雄镇世界，天台名独标。

在陆树栋的书中，我得知所谓的"定命桥"，指的是洞口和西窗间的"斜倚石梁"。但现在水少了许多，"瀑布千丈流，如铺练一条"的景色再也找不到。同行的"锋"告诉我，这龙须洞也成了许多户外徒步和探险者的胜地。好几批户外探险者从寒井瀑布的圆洞上面架起绳索，然后将人一个个缒下来，人与瀑布同行，这叫作岩降，尤为惊险刺激，算是挑战生命极限了。

　　沿着崖脚几度上坡下坡，转过奇石绝壁和幽洞，移步换形，美不胜收，因为靠北，尽管行走时满身大汗淋漓，但一站着就暑热顿消。复转，见一石卓然，我停住脚步细细观察，想象送子的观音她正面朝崖壁而立，上方则有一个童子在嬉戏，身边有岩石如三人，喁喁私语，我权当成它是寒山、拾得、丰干。

　　转过弯来回望，背光的崖壁一片黝黑，远处的山脉和后岸村田地一片明亮，崖上松树的剪影更显精神醒目。复前行，见一洞口在崖壁上，有人将坐在洞口拍照，很是惊险，人说这是猫鱼洞，也叫佛魔洞。据说洞里有光影一如猫，一如鱼。所谓的猫指的是修行人，鱼是诱惑，修道者抵抗各种诱惑，才能修得正道成佛，挡不住诱惑就成了魔。佛魔洞对面有一石柱与崖壁相连，整座山崖犹如一头白象，山路从象

送子观音岩

大佛岩

鼻下穿过，上方有罗汉洞，被称为骑象洞。从象鼻下来，路很难走，得翻转身来，肚皮贴着路面，双手抓住岩钉，双脚踏住岩突，缓步退下，方能成功。

再东行，则看到金牛洞。据说金牛洞的岩石就像一头牛，我站在路边仔细观看，看出牛角牛眼牛鼻子牛嘴巴。如果在东侧上洞，得手脚并用抓住岩钉上去，洞内很宽敞，有两个洞口，就像牛鼻孔一样，人们称呼为牛鼻洞，阳光充裕，适合打坐。透过洞口，能看到张家桐的房舍。当地人告诉我，这金牛洞也叫飞鱼洞，远远望去，西洞口很大，如腾空翔舞的鲫鱼，底部离地约三米多高，但很难攀缘进洞。驴友们从北洞口离岩脚仅米余的岩槽，稍一使力就进入洞中。金牛洞上方的象鼻岩，则被当地人称为仙人桥，与寒岩洞附近的鹊桥是美好的呼应。

铁甲龙沿着崖壁的驴道据说有十公里，沿途遍布着大大小小的玄武岩洞穴三十余个，都是自然天然造化，除了寒岩洞有所被改造外，其他的没有任何破坏，驴行山路累了，可以到洞里歇息拍照，畅然快事，乐享天然！仰望屏岩耸峙，洞府清幽，非喀斯特地质的喀斯特地貌，是天台特有的。铁甲龙崖上许多悬棺，是值得探究的地域丧葬文化。天台民谣云，"有困难嫁张家桐，死后棺材塞山洞"，乃是调侃幽默嬉笑之语，因为驴行时间不够，留点悬棺的神秘感也是好的！

上：寒山、拾得、丰干岩
下：寒山石床

上：和合洞，俗称雌雄洞，阴阳洞。
下：龙须洞

吴冠中画过的张家桐村前的巨石

云水漫游岩前溪

自金牛洞下来，穿过竹林，到了张家桐。"桐"字应是"衕"字，是"胡同"的"同"的异体字，将错就错，叫作张家桐。村庄俗称张家弄，符合村名本意，张家桐原先是属于祥明乡管辖的，有祥明中学的旧址。祥明与祥和祥里等地名，都富有和合文化精神，应该好好保留的，不知有没有因为"撤扩并"而消失掉。

寒石山离得最近的是村庄是张家桐，在溪对岸看去，寒石山是张家弄的屏风。张家弄位于寒山的北面，阳光似乎不大充足，但翠屏奇岩成了最大的旅游资源。所幸的是"文革"时，这"十里铁甲龙"的崖石没有被打掉建大寨田，也算是幸运了。或许这十里铁甲龙主宰着周围村庄的风水，山崖如一打掉风水就没了。"左行二三里，曰张家桐。民居静穆，林木荫翳，仰视千尺石屏，排列里许，即方山顶所见仿佛天上芙蓉城也……"被自称为天台独孤跛仙的怪才齐周华在《台岳天台山游记》中如是说。何况在崖顶崖脚打石头是多么危险。

张家桐老者陈熙先生是我的忘年交，1986年我参加民间文学集成采风活动与他相熟的。他民国时与蔡达文先生一起在浙江省政府工作。1949年回到故乡当教师，业余写诗作文。陈熙与陈兵香考证，寒山子在寒石山活了七十多年，坟墓修在明岩对面的山冈上，人称唐坟。

在村中，我遇到了一位年轻人，他叫陈坚刚，喜欢寒山文化研究，正张罗寒山文化研究会和重建寒山老佛的庙宇。村里人告诉我，村里有一个寒山子石像，原先是供奉在村后的寒山老佛殿里。寒山是石雕，拾得是木雕，均披着红绸，现在一起供奉在土地堂里，旁边还有一首寒山子的诗：

老病残年百有余，面黄头白好山居。布裘拥质随缘过，岂美人间巧样模。

心神用尽为名利，百种贪婪进己躯。浮生幻化如灯烬，冢内埋身是有无。

土地庙是什么时候建造的，村里人也说不清楚。

据说寒山老佛很灵，邻村为了求雨，得到张家桐村同意，将寒山石像请过去，想留下佛像不归还，制作了一个一模一样的寒山老佛像，两个佛像放在一起，分辨不出真假。张家桐人去要，做了一个梦，寒山子对他说，我的脸上有痣的。于是张家桐人挑石像的时候，发现一个石像脸上刚好停着一只蜜蜂，这就是寒山老佛所说的痣啊。于是选定了它迎了回来，村里有两个寒山佛像，除了供奉土地庙的一个，另一个供奉在孟湖岭两水合流的水口庙里。寒山的生日是农历九月十七日，这里也举行庙会。

我与沱沱曾专程去张家桐，陪我行走的是"七彩天空"陈彩虹，她就在寒岩放蜂，她是张家桐村人，是我徒步浙东大峡谷田冈岭认识的，她写了很多诗，在网上卖天然蜂蜜，生意做得很不错。她撑着小黄伞，冒雨带我们爬上村后的大岩背上，这岩石村里人用来晾晒谷物菜干。寒石山松树之间云雾迷漫，崖壁隐隐约约，她指着东北天打罅说，这是天然的铜壶滴漏，雨天石罅上空飞瀑高悬，罅内激流汹涌，平时没有水流。它离村庄很近，要观赏很方便，而纱帽岩兀立天打罅北边山冈上，像乌纱帽一样逼真，边上有个人形石，对乌纱帽岩祈望，非常传神。绕过乌纱帽，经过石弄堂，身边左右崖壁相夹，尤其逼仄，藤萝纠缠，沿着左边的石弄堂迤逦而下，行近弄堂口，眼前忽然一亮，石弄堂尽处，迎面一棵苍松，兀立于高四五十米孤零零石峰的顶端，与黄山"梦笔生花"极为相似。我陪著名林业生态学家徐凤翔到这里，她感到好奇，黄山梦笔生花的松树早已被松材线虫松毛虫革了命，而寒山"梦笔生花"，则是独一无二了。邻近的圣旨岩，一块长方形的大岩石，岩面很平整，远远地看去，岩面纹路宛如天书，在村后还有"灵芝石"，只要从张家桐村后的西缺岭上就能看到它，紧贴着崖壁，只是还没有发育成熟罢了。

张家桐村有许多旧屋名声很大，主要是画家吴冠中来画过。吴冠中画了村中的小巷和村前的池塘边上的三块巨石，那巨石村里人称"老虎镶牙"，现在石头上长满青苔，还有几丛纤纤的小草，我陪徐凤翔到这里，她说这三块石头是从后面的崖壁经水侵风化掉落下来的。一千年时间后石头上才能存一指头小泥土，几万年后才能出苔藓，而能长草的则需要十几万年数百万年的时间才行。吴冠中画的弄堂依旧老样子，但石子路已经被水泥硬化了，左下角的四合院是民国时期建造的，可惜已经破败不堪，门头字也不能分辨。吴冠中画过张家界，也画过张家桐，它们好像两兄弟一样，皆因岩峰取胜的。当年吴冠中画张家桐的时候，发现房子很破，但很有

吴冠中画过的张家桐村小弄

韵味。他在散文《天台行》中，专门写到张家桐村一个拿着笔跟着他画的十几岁看起来才七八岁的小女孩，现在也不知她的去向了。现在吴冠中画那个弄堂和村口池塘边上的三块大石头韵味依然，房子却倒掉了不少，村口竖着"吴冠中写生处"的彩绘布，早已被风撕裂，残破不堪了。

村人告诉我，张家桐的人原先是姓张的，有许多梧桐树，在南宋的时候就非常出名了，张家弄就是张家古街，有两里多长，张家曾经出了个进士张鲁斋，曾任襄阳府五品官，他九个儿子和女婿均在京城为官，人称"九子十尚书"，但最后还是犯案了，被朝廷诛杀，族人一夜之间搬离张家弄村，留下只有马头没有马尾装饰的舞蹈"舞马"。张氏族

雨中的张家桐

寒岩对面的岩前村及其花田

寒山脚下桃花盛开

人为避难迁移到了西张村，也将"舞马"带到了那里，张家桐村空了，陈姓居住过来。

有人告诉我，张家桐陈姓始祖出身贫寒，原来是放鸭的，叫作陈孟珍，从石柱过来，先住在"桐园"茅厂篷里。我们找不到陈姓祖上住的地，但转过一处崖壁，在石缝中进去，豁然开朗，一片很大的空地，长满许多树木芭蕉，一个相当不错的奇妙的园子，是不是当年的桐园，我确定不了，也找不到残留的建筑构件。我询问村中有何老建筑，"七彩天空"把我带到接官亭，这是三退大院建筑的一部分，是名叫"方天相"的陈锡添建造的。陈锡添是咸丰丁巳贡生，同治六年（1867）丁卯蒙左督抚宪赏戴六品军功，地位显赫，道德高尚，被村里人敬重。走在石板地上，感到厚重庄肃。我们看到了不少捷报，得知这里文风的鼎盛。我们到了村里有被风雨揭去屋顶的大四合院前，看到残破门楣石匾上的四个大字，曰："循理家风"，寒山一带乡村百姓，耕读传家，诗礼传承，终为宗族传统。

我想，陈孟珍放鸭子肯定在村前的溪上，这条溪叫作岩前溪。行走这岩前溪上，细雨蒙蒙，透过摇曳的芦苇，看到远处的村舍崖石和花树。在寒山子的诗中，我看到许多溪水的意象，体现隐居生活的情趣。我不厌其烦地细读流淌着溪声的寒山诗："我向前溪照碧流，或向岩边坐磐石"，"今日岩前坐，坐久烟云收。一道清溪冷，千寻碧嶂头"，还有"林幽偏聚鸟，溪阔本藏鱼"，"猿啼溪雾冷，岳色草门连"，"瑞草联溪谷，老松枕崒嵬。可观无事客，憩歇在岩阿。""涧底松常翠，溪边石自斑"，"盘陀石上坐，溪涧冷凄凄。静玩偏嘉丽，虚岩蒙雾迷"，寒山诗中的山溪总是与岩石草树鸟兽相和，非常超尘脱俗，与自然和合，达到一种至高无比的诗意境界，他的身心与大自然融为一体。

深圳大学的钱学烈教授考据说，中唐诗人徐凝的一首诗《送寒岩归士》中的归士就是指寒山子；这首诗也提到岩前溪："不挂丝纩衣，归向寒岩栖。寒岩风雪夜，又过岩前溪。"现在我看到的岩前溪与唐代的似乎没有多少变化，溪流依然清澈，溪石垒垒。我们沿着溪水溯流而上，在阳光下，铁甲龙更显得遗世独立，雄伟瑰奇。溪中鱼儿散欢，伴随流声，溪上有花朵茂盛的连绵花树，正是桃花盛开的季节，花朵灼灼夭夭，给人浪漫的想象，行走桃林深处的男女，脸上带着粉红的神色，春心荡漾。这是后岸村开辟的旅游休闲项目，名声在外，许多旅游者，尤其少男少女把这里当成谈情说爱的地方，因为寒山是婚姻之神，和合美满，是多么吉祥的事儿。村里游客众多，此刻我来时桃花盛开，正在举办桃花节，村路上大旅游车停得到处都是，许多都是上海杭州来的，一时路塞。幸好我是驴友，双脚自由，很快地从村道中穿过去。

走过横贯的小石桥，就到了后岸村，与岑寂的张家桐比，这几年后岸村发展得有声有色，以前村里的人以打石头为生，很早以前就是远近闻名的富村，有自己的电影院，被人叫作小香港，但长年累月打石头的村民就患上了尘肺病去世了，尽管村庄周围花岗岩是建筑的好材料。村民想，打岩是一锤子的买卖，没延续性，一开采风景就没了。陈文云当选村书记后，发现这里就在寒岩对面，是一个天生的旅游胜地，就鼓励村民办农家乐。他们到上海等地拉客，花了九牛二虎之力，很快带领全村人发家致富了。岩前溪畔，一个小亭子形状像个大竹笠，衬着远山，别有情味。溪边一溜亭子上，游客们坐着吊椅子上悠然晃荡，溪水上游被砌了拦水坝，水从坝上漫流过去，如挂布帘一般。水坝拦成一个人工湖，有鸭船在穿梭。铁甲龙的身影隐在喷泉的帘幕里，耳边传来一阵阵欢呼声，有人在歌唱，一台文艺节目在排练，歌唱桃花与寒岩的美妙。后岸村有文友开农家乐，其中陈云芬在十三点群里熟悉的，经常参加采风活动。去年我们在搞平桥镇文化班，就去了赵金的农家乐，在那里我讲了一堂写作课。赵金是达斡尔族人，原名阿乐腾布音，是北京的音乐教授，一个词曲作家，写了许多民族歌曲，主编过中国音乐家协会的《中国民族歌曲选粹》五大卷，及其他音乐教材和专著多种。他妻子陈文萍，是通过另一位音乐教授介绍，当了他的学生。赵金患过小儿麻痹症，拄着双拐走路，行动不方便，陈文萍悉心料理帮助他，两个人产生了爱情，在2007年组建了家庭，生了一个男孩，叫赵陈天乐。赵金成了后岸村名副其实的女婿，他们写了歌唱后岸和寒山的歌曲，也把自己的农家乐办成声歌缘音乐创作培训中心，传授音乐理论、歌唱技巧。陈文萍、文娟、保平三姐妹，艺名天艺、天缘、天骄，在赵金辅导下组成"天台天使组合"，成为后岸音乐艺术三朵金花。他们演唱的《桃花开，好运来》，就是以后岸桃花为题材创作的新歌。赵金也写了《寒山之恋》《天台梅雨》等歌曲，开始演出传唱。《寒山之恋》唱道：

登寒山，看寒山，寒山就在眼前，

朋友朋友，请你到寒山看一看呃。

到了寒山，走进寒山，胜读书万卷，

迷在寒山，醉在寒山，忘记把家还。

这次徒步寒山，我带北京《天时》纪录片拍摄团队来后岸，到了赵金家，得到他的热情接待，一边喝酒一边唱歌，情趣盎然。站在赵金的阳台上，与寒山的崖壁正好打一个照面。阳台栏板上雕刻着五十六个民族的歌舞形象，浓郁的音乐元素赫然在目。赵金神采盎然地说，我喜欢寒山，住在这里非常幸福，许多外地朋友都到这里居住，胜似天人。

我和沱沱曾在后岸农家乐住了好几天，清早五点起来，村庄朦胧，岩前溪起了

后岸村的书吧

一缕缕平流的"倒坑雾"，把村庄抬升到空中，每家农舍都显得那么灵动抒情，与黝黑的十里铁甲龙成了映衬。这是多么充满诗意的风景。跨过溪上的水泥桥，往寒岩方向行走，就到了岩前村，这村就叫寒岩村。村民在宋代的时候从黄水村分出来的，大多姓叶，一些原始的石头土墙屋，雨过天晴，村道反映天光，透过瓦脊，我看见又一幅崖壁景象。一个背着孩子老人，指着崖壁说，那就是月亮洞，就是寒山子望月写诗的地方。岩前村现在也开始搞旅游规划设计，一个大院子正在修葺，我们进去看见，工匠在打造书架和花格门窗，可能改造成一家书院。出来走了一段路，我看到寒山茅舍，它既是一个农家乐，也是一个文化讲堂。

沱沱目前在做乡村文化建设的田野调查，打算写一本书，叫作《寻找桃花源》，得知岐石山在建设龙溪书院的卢震老师，就约定到这里进行一次访谈，说有关乡建的话题，非常轻松愉悦，天渐渐暗了下来，我们拱手作别。夜幕就要降临，卢震回岐石山，我们准备回到寒山湖。

寒岩村的荷塘

从寒岩村走出来，穿过村庄西折，又回到岩前溪，过桥看见村前一片池塘，种了荷花，每到季节，荷叶田田，花朵盛开，衬托远处的寒山，更显和合精神。寒山村与寒岩洞西山村都属于龙溪管辖的地带。再上去就是黄水村。这是岩前溪的上游。

寒岩脚下养蜜蜂

远眺寒岩背

驾诗踏月寒山之巅

我要在铁甲龙山顶上漫步。读中国大驴徐霞客的游记，他也是从寒岩走向明岩的，但他没在山顶行走过。《徐霞客游记》中说：

渡溪左行，又八里，南折入山。陟小岭二重，又六里，重溪回合中，忽石岩高峙，其南即寒岩，东即明岩也。令僮先驰，炊于明岩寺，余辈遂南向寒岩。路左俱悬崖盘列，中有一洞岈然。洞前石兔蹲伏，口耳俱备。路右即大溪萦回，中一石突出如擎盖，心颇异之。既入寺，向僧索龙须洞灵芝石，即此也。寒岩在寺后，宏敞有余，玲珑未足。由洞右一上，视鹊桥而出。由旧路一里，右入龙须洞。路为莽棘所翳遮掩，上跻里许，如历九霄。其洞圆耸明豁，洞中斜倚一石，颇似雁宕之石梁，而梁顶有泉中洒，与宝冠之芭蕉洞如出一冶。下山，仍至旧路口，东溯小溪，南转入明岩寺。寺在岩中，石崖四面环之，止东面八寸关通路一线。寺后洞窈窕非一，洞右有石笋突起，虽不及灵芝之雄伟，亦具体而微精细小巧矣。

徐永恩与我一起去寒岩，他说徐霞客就是名副其实的大驴，行走的时候能忍饥数日，遇食即饱，徒步行走几百日，不知疲倦，犹如黄犊，而攀登绝壁猿猱，尤为轻便。霞客，餐霞，本是修道成仙之人，徒步也是修仙的方式。他到天台山驴行，更多与寒山子有关。徐霞客的天台行旅，是因为朋友陈函辉的介绍，勾起了他的热切向往。陈函辉是临海人，他母亲应氏曾梦见寒山子到他家，就生下了陈函辉。陈函辉把自己取名为小寒山，把自己当作了寒山子的后身，1646年六月初六，他去了一趟寒岩寺，作了一首诗，道：寒山古洞寒山游，今日寒山认得否？应以旧身来旧

地,孤臣归去白云留,颇有"前度刘郎今又来"之意。陈函辉一直为天台山宣传鼓舌,作了这样一首诗:

> 万仞嵯峨壁立青,古云地阔海冥冥;琪花瑶草山中果,雨鬓风鬟洞口婷;
>
> 鹤驭吹笙开石壁,鹅群染翰写金经;无端醉后逢天姥,月照琼台梦未醒。

这首诗让徐霞客驴行的兴趣更加浓烈,天台山让徐霞客成了一位强驴。崇祯十三年(1640)徐霞客患病回到故里,去世前几天就写信给陈函辉,说"寒山无忘灶下",陈函辉接信后立即去徐霞客家,可惜徐霞客早已仙逝了。有人说,寒山子是驴友,徐霞客也是驴友,与我徒步的是同一条道路。

从寒石山的山脚行走,仰望石峰如削,岩石突兀,摇摇欲坠,时时惊险,处处摄魂。但是到了寒岩顶上却是一片仙域桃源。最近黄水村两委、老人协会深挖和合文化,查询史料,探寻了"寒山修炼洞"。寒山修炼场就在寒岩洞的上方悬崖的"寒山修炼洞"上,黄水村的叶小存带领驴友,用绳索将一群驴友缒下去,丁舒鸣写道:

> 通往洞穴的小路就在悬崖边,有点险;进洞穴须垂直下降五到六米,一般人需要绳索帮忙,洞穴可容纳十几人,悬崖边的洞口,靠一块大石头挡住,往外张望,蓝天白云、广阔无垠的田野,让人陶醉。

> 寒山修炼场位于"寒岩夕照"上方的悬崖上,有一片宽阔的崖壁,边上有一凹进的静修地,一股细细的流水飞泻而下,溅在悬崖下的岩石上,夕阳西照,便有了"寒岩夕照"的美景。此地恰对"乌龟上山"一景的龟头,那种"独坐常忽忽,情怀何悠悠。山腰云缦缦,谷口风飕飕。猿来树袅袅,鸟入林啾啾。时催鬓飒飒,岁尽老惆惆"和"云山叠叠连天碧,路僻林深无客游。远望孤蟾明皎皎,近闻群鸟语啾啾。老夫独坐栖青嶂,少室闲居任白头"的意境,岂是常人能体会得到。

叶小存说,寒山子的墓地位于"寒岩夕照"左侧,恰在"乌龟上山"一景的龟尾,现在已经长满了毛竹,稍做清理便是一个寒山子自选的"细草作卧褥,青天为被盖。快活枕石头,天地任变改"的安息地。

铁甲龙东西方向蜿蜒,当地村民说,龙首是在寒岩,龙尾是在明岩。我上寒岩顶上,就从一个通天洞钻出来。所谓的通天洞,就是直通寒岩山顶的通道,这个洞不甚很高,是几块石头天然叠起来,需要我们弯着腰过去从下面的空隙中钻上来,一抬头寒山铁甲龙就匍匐在我的身下了,身边的近处,就是展旗峰,细细看去,好似一面猎猎风中舒展的旗帜。站在岩背上,我想寒山子曾经向往着安详日子,诗礼传家,渔樵耕读,但还是未能如愿以偿。他注定是个漂泊者,想到自己才不尽用,明珠暗投,就犹如"天生百尺树,剪作长条木。可惜栋梁材,抛之在幽谷。"他为自己贫病生活叹息哀怨，"吁嗟贫复病，为人绝友亲"，而现在寒山一带，在岩穴中栖身，与大自然为伍，渴饮眼泉，饥餐山果，濯足清流之畔，端坐于崖端之上，显得那么的逍遥："吾家好隐沦，居处绝嚣尘。践草成三径，瞻云作四邻。助歌声有鸟，问法语无人。今日娑婆树，几年为一春。""岁去换愁年，春来物色鲜。山花笑绿水，岩岫舞青烟。蜂蝶自云乐，禽鱼更可怜。朋游情未已，彻晓不能眠。"

寒山子与我一样在山顶上行走，"布襦零落，面貌枯瘁，以桦皮为冠，曳大木屐"，即使是衣衫破敝，以桦皮为冠，破裘为衣，"夏天将作衫，冬天将作被。冬夏递互用，长年只这是"，尽管穷愁潦倒，甚至食用国清寺僧人吃剩洗干的米粒，但是活得安闲自在，无忧无虑，乐享天年。"一住寒山万事休，更无杂念挂心头。闲于石壁题诗句，任运还同不系舟。"

寒山子常说自己是大痴："忆得二十年，徐步国清归。国清寺中人，尽道寒山痴。痴人何用疑，疑不解寻思。我尚自不识，是伊争得知。低头不用问，问得复何为。有人来骂我，分明了了知。虽然不应对，却是得便宜。""时人见寒山，各谓是风颠。貌不起人目，身唯布裘缠。我语他不会，他语我不言。为报往来者，可来向寒山。"我想，大痴是一种境界，疯癫也是一种境界，只不过常人不理解罢了。他心性自由，逍遥自在，他把自己当成仙人一样："有一餐霞子，其居讳俗游。论时实萧爽，在夏亦如秋。幽涧常沥沥，高松风飕飕。其中半日坐，忘却百年愁。"据说他在寒岩一带活了七十多年，终老于此。这也是生命艺术的奇迹。

坐在山顶的岩石上，山风徐来，我翻开随身所带的寒山诗，感受到他的日常点滴。"家住绿岩下，庭芜更不芟。新藤垂缭绕，古石竖峻岩。山果猕猴摘，池鱼白鹭衔。仙书一二卷，树下读喃喃。"

"欲得安身处，寒山可长保。微风吹幽松，近听声愈好。下有斑白人，喃喃读黄老。十年归不得，忘却旧时道。"这真是人与自然合一，物我两忘了。其实，寒山顶上很平坦，但许多人还是沿着悬崖的边缘走，觉得很刺激。我坐在崖石上，忽然想起一幅四睡图，寒山、拾得、丰干还有一只老虎，睡在崖端之上，远山隐隐，泉水泠泠，明月皎皎，别有一番情味，这是一个和合的图景："智者君抛我，愚者我抛君。非愚亦非智，从此断相闻。入夜歌明月，侵晨舞白云。焉能拱口手，端坐鬓纷纷。"据说，寒山子一生创作诗歌六百首，流传下来三百多首。但寒山子说自己的诗句被人不理解，被弃如敝屣："多少天台人，不识寒山子。莫知真意度，唤作闲言语。"可见诗歌也需要人欣赏的，文学和朋友都需要知己。

寒山顶上自东往西，有一个特别的天池，常年不涸，清澈见底。转而北行，就到龙须洞的上方，一个瀑布就在这里直捣下去，我们看不到它到底落在何处。有人

寒岩山顶

在上面挖了石阶，一直通到龙须洞的顶部。我从山顶上走到天池的旁边，望见远处就是张家桐村，房屋近在咫尺，一棵孤树卓立在孤崖之上。

寒山子想得很透彻，也很旷达，他的身心已经与自然融为一体了。他不再牢骚满腹自怨自艾，因为寒石山给他一种精神的依傍，引领他进入最高境界。他的身心与云水明月融为一体。寒山诗中经常出现云和月的意象，这是我在山顶上经常所见到的高邈境界："寒山唯白云，寂寂绝埃尘，草座山脚有，孤灯明月轮。""岩前独静坐，圆月当天耀。万象影现中，一轮本无照。廓然神自清，含虚洞玄妙。因指见其月，月是心枢要。"他又说："谈玄月明夜，探理日临晨"，"独坐无人知，孤月照寒泉。泉中且无月，月自在青天。"他以明月自况："吾心似秋月，碧潭清皎洁。无物堪比伦，教我如何说！""众星罗列夜明深，岩点孤灯月未沉。圆满光华不磨莹，挂在青天是我心。""千年石上古人踪，万丈岩前一点空。明月照时常皎洁，不劳寻讨问西东。"寒山子道："寒山中，足清风，扇不摇，凉气通。明月照，白云笼，独自坐，一老翁。"寒山子是明智的，他已经在一个高度上看人生，就像我们在寒岩顶上读诗论禅一样。王安石、陆游、苏东坡等都写过一些寒山体的诗歌，黄庭坚还专门写庞居士寒山诗帖，为中国书法珍品。黄庭坚另有寒山诗书法摩崖刻在国清寺后面的山岩之上，他这样说："若寒山子者，虽唐宋再也莫能及"，他认为杜甫若看到了寒山子也会"结舌尔"，估计也写不出话来。

我往东走了一段路，看到一处黄茶的基地，据说，这寒山顶上的黄茶也是一个九遮山人投资种植出来的。他看见一本杂志上有关于天台黄茶的记载，便四处寻访，终于在寒山隐居洞的附近发现了几棵野茶，进行繁殖，开始大面积地种植。天台黄茶则是以黄化茶树这一珍稀树种的芽叶来生产黄茶的。天台黄茶是茶叶自然变异、黄化的珍稀品种，这在唐朝就有文字记载，被当作贡品进献给皇家享用。这寒山黄

北望寒岩

寒岩顶上的黄茶园

茶也成为天台茶的一张名片。我在寒山诗中没有看到他饮茶的诗句，但在民国时黄泽的《古佛画谱》中看到寒山、拾得的烹茶图，他们在风炉上添柴，拿着芭蕉扇在煽火。风炉上坐着一壶茶，很有生活悠闲宁静的情趣。在山顶上喝茶、赏月、作诗，是寒山、拾得的一种福分，寒岩顶上种茶的人是有福分的。茶园里面有几间小屋可以品茶，我想起寒山子许多野趣的生活细节，在他的诗歌中体现得淋漓尽致。

寒山子生前籍籍无名，但是，死后声名逐渐显赫，对后世的隐逸文化生活影响极为深远。浙东唐诗之路和和合圣地，寒山子和他的隐居地是绕不过的一个高峰。在唐代，寒山子去世后不久，桐柏道士徐灵府收集了寒山子诗作，编辑行世，寒山子已经被人所知，沿着唐诗之路一直登临天台山的诗人，如元稹、张祜、李绅、许浑等，都是深受寒山子诗歌的熏陶，直接来拜谒寒山子的隐居地，五代以后来的人就更多了，他们都拜谒国清寺和寒明两岩。

坐在寒山茶园的屋前，纵览寒山子诸多诗作，我们找到许多天台的地名，石梁、华顶、国清、寒岩等等，诗歌把这些散落的地名穿成美好的珠链。他的诗题材广阔，通俗幽默，为百姓所喜欢，很适合大众心理需求，思想深邃，却介于佛道之间，诗情恣肆，毫无顾忌，无所拘束，灵性得到极大地张扬。尽管寒石山峭冷非常，但寒山子的知音并不寡，自从他去世后一千年，寒山诗被翻译成英语、日语、法语等，为不同地域不同文化背景的人们所吟咏。首先是日本发行宋版的寒山诗集，作家森鸥外还专门以他们的题材写了一篇小说；五四时期，中国也提倡白话运动，胡适等人也予以竭力推扬，二十世纪五六十年代，寒山子竟远渡重洋，经过加里·施耐德和凯鲁亚克和比尔·波特等人的翻译和推介，他也成为现代美国青年人尤其是披头士心目中的英雄了。

再往东行，我看到明岩的全景。我看见那座金属塔，也就是陈熙和陈兵香所考证的那个寒山子墓塔，与黄水村的叶小存所谈的另一说并存。寒明两岩远离尘嚣，寂静清幽，行止坐卧，虚月长随，令我不住地啸傲。万籁俱静，唯有幽邃的月华涂抹在寒山的丛林之间，却是寒山诗的悠悠韵律。自由的生命的行走，就像我与寒山子月下徒步行旅。他在呼唤知音，我也寻找知音，在寒山顶上，我们的心灵重合了，我们头顶上就是山间的明月。

在寒山的墓塔下，我翻开手头两本比尔·波特的书，一本是《江南之旅》，一本是《寻人不遇》。对照这实景一一细读，我感知到穿越国度和大洋的艺术共鸣。比尔·波特在《江南之旅》中写到天台山国清寺的丰干，清晰地记起"随意"两个字，我想，拾得是丰干随意带来的孤儿，而老虎也是丰干随意骑的，寒山诗歌是随意写出来的，他们随意烧饭扫地，随意嬉笑怒骂，出来的才是真性情的诗歌。

比尔·波特也专门去了寒岩明岩好几次。遗憾的是书中把始丰溪写成了"始奉溪"，把"后岸"写成了"后岩"，他去时，寒岩洞里砖砌的房子还在，现在早就没有了。可惜《江南之旅》一书写寒岩明岩的寥寥几笔，着墨不多，但他的《寻人不遇》就把寒山、拾得、丰干写了专门一章，作为结束。他说丰干的意思，像是大棍子，我想也是。丰干两个字形很瘦弱，如芦柴棒一般，像摊谷子的篾笆，就像饥饿中行走的诗人。比尔·波特推断寒山子到天台山是为了避安史之乱，出生于公元730年左右，在公元760年左右到达寒岩的，大约在公元850年去世。在比尔·波特的书里，我知道那个寒山子的墓塔是铝做的，他说寒山子会喜欢这个铝塔的，我不知道他喜欢的理由是什么，我觉得寒山子是什么塔都不要的人。

在书的最后，比尔·波特举行了一个别致的祭奠寒山子的仪式。他拿出个空酒杯，不倒酒，让名叫罗宾的朋友打开笔记本为寒山子播放美国西部乡村歌曲《听风》，还有翻译过寒山子诗歌的加里·斯耐德的《危险的山峰》，比尔·波特朗诵诗歌的声音和听风的音乐还有远处的钟声响成一片，这是最和合的境地。比尔·波特已经七十五岁了，最早是从寒山诗出发，最后还是从寒山诗归来。我明白寒石山寒山子中"寒"字的真正含义。如同"空"一样，它是孤独，它是凄清，也是踏实安详的幸福与平静。沿着寒山经行一周，山中有无限的清风明月白云，有灵秀的绣崖和飞泉幽林，还有泉月一般寒明的画意诗情，足以让我流连忘返，沉迷其中了。

碧涧泉水清，寒山月华白。默知神自明，观空境逾寂。

寒山梦笔生花

第二章

九遮内外自在行

双峰对峙天门开

走到九遮稻蓬岩

明岩前流淌的山溪，叫作茶山溪，本地方言茶和遮字音相近，又名遮山溪了。这条溪水发源于九遮山深处的泄上村，从南往北流，在山谷中转过九个弯，每一弯就一遮挡。龙吐舌、鲤化龙、狮挂壁、月初升、鹰舞翼、龙嬉滩、下山虎、龟蛇顽和龙背印，很有灵气。清代时九遮土著诗人何登云，有诗道：

　　九里遮山秀碧峰，九重叠嶂似蟠龙。山环水曲疑无路，石破崖穿别有踪。

　　丹洞常留红日影，青峦乍见白云封。樵夫欲访神仙窟，踏破芒鞋何处逢？

此诗清新典雅，自然成趣，透着隐逸的味道。

九遮山也叫茶山，明堂村老书记何元清告诉我，九遮山不但九个遮挡，每个遮挡有奇峰怪石，有老村古庙石桥水磨水碓，各有美丽的传说。九遮山有八景：仙皇佛殿名曰"仙庵石桥"，另有"花涧观鱼""独鲤朝天""云洞仙迹""岩阙烟树""石门关山""神庙古樟"和"九龙叠嶂"等胜景。水曲山环，清溪婉转，左右观看，极目四顾，秀崖林木，田垄水车，烟村点点，确是风水佳胜之地。人居其中，自然和谐，万物合一，真正和合境界。

九遮美篇有九章，第一章就是稻蓬岩，稻蓬岩村因村中有岩石如稻秆蓬（稻草垛）而得名，也写作道蓬岩。村后是凤凰山，望东南而飞，村西是蛎山，有天然的十八罗汉像。一路而行，我看到许多奇景，村口左边起伏不定的青山，直入涧边，似一只威武无比的雄狮。右边峰峦雄伟的石仓山，犹如一只伸鼻巨象，峥嵘峙立，狮象守水口，村口有庙，村外还有伏地虎，瞪眼皱鼻，与双狮挪球近在咫尺。这里又叫作"遮山口"。这村口溪上，曾有一座清代建造的石拱桥，可惜在1958年被毁，这里有十一个险渡，何姓祖上迁居此地之后，将其一一整治完毕。

九遮山的牌坊

稻蓬岩村舍

遮一村村主任很热情地向我打招呼。他是我徒步时认识的，村中的文化礼堂，原是何氏宗祠，挂着村庄周边风景照片，还有一些九遮诗句，云：

山溪有鲤羽化龙，曾向天河阻取经。

不是观音玄妙法，怎能模相现世尘？（鲤化龙）

游宾遵路到三遮，壁上缤纷堕落花。

隔渚先闻流水响，山弯水径达仙家。（狮挂壁）

黄龙背印阻溪源，古木青青映碧潭。

更有坝头清清水，无缘怎得饮玉泉？（龙背印）

九遮秀谷居住的村民都姓何。据宗谱记载，何氏渊源自周成王弟、唐叔虞孙韩王安，为秦所灭，子孙为避秦乱"散处江湖间"，谐音以韩为何，何姓由此为始。何氏第二十九世何廓为台西始迁祖，字尚创，精医术，担任宜兴刺史三年，尽管民声所望，政声甚好，但性格耿直，得罪上司，看了寒山诗后，为诗中意境沉迷陶醉，就下决心辞官隐居山林，先从东阳来寒山，与寒岩寺明岩寺方丈品茶，听方丈说九遮秀谷风景好，就卜居于东江村，捐资两百金重建明岩禅寺，舍田五十亩作为明岩寺香灯，同时将范增信仰也带到了这里。九遮山何氏的十三世为何永锡，四儿子分为四房，岩、石、浪、涧，皆以自然实体有关，与九遮风景的化身。何岩为贡元，任池州教授，居稻蓬岩；何石居东江村，后人迁至明堂村；何浪居岭根村；何涧居桐桥村。宗祠里有族规家训，主旨围绕一个"和"字。

万派原来萃一门，千枝都是共株根，

宗人世世要亲睦，家训遗传教子孙。（睦宗族）

古道相沿洽一乡，协同闾里著谦光，

恤孤怜寡能周急，彼此雍容意味长。（和乡里）

兄弟怡怡手足情，一家和气又同声，

推财让食归和顺，欣看庭前荆树荣。（和兄弟）

　　虽生在偏远之地，但九遮山何姓融入周围其他姓氏，互相和合，和谐共处，九世祖云鹄公以女适曹雅斋无后嗣，公以次孙入主其后，曹氏十一世祖八丸公继何氏，又有何氏二十三世祖明守公归宗紫凝上曹。上曹祖上曹璟宗，曾护送昭明太子萧统到开岩，编辑《昭明文选》。何曹虽系两姓，实同一祖，历世有喜同庆，有急相济，大义永存。九遮山何氏与平桥八角亭张氏关系也很和谐。何者和也。在和合文化的圣地寒山侧畔，看到许多姓何（和）的家族聚居的村庄，我觉得和合文化不是空穴来风，而是有着深厚的历史积淀和传承空间的。

　　在稻蓬岩的茶山溪上，横架着许多牮桥。这牮桥不是江南常见的乱石砌成的石拱桥，而是几块条石板相牮而成，牮音 jian，是一个地方字，意思是斜牮着。细细一看桥面石板的两端，是靠两块短的石板斜牮着的，相互借力，倒也结实稳重，不管风吹雨打，纹丝不动，这里横架着五座牮桥，分别为同善桥、稻蓬岩桥、仙渡桥、桐桥、明堂桥，成为溪流两山的诸多锁钥。

　　牮桥是独有的乡土建筑，填补了中国桥梁史的空白，列为浙江省级文物保护单位，专家称之为"浙江天台弯板三折边拱桥"，载入《中国科学技术发展史（桥梁卷）》。据说它是桐桥人何有开发明的。何有开是一名石匠，生于清代光绪年间，何姓宗谱载："号竹芳，才智过人，拔萃超群，排大难，解大纷，行大义，生平精忠，上不怨天下不怨人，直到而行"，他在临安帮人家抬谷子，扁担断了。一根扁担，挑着不断，但扛着要断，为什么？他将扁担搁在地上反复试验，得出一个结论，如果把石板斜撑顶梁的石板两头做弯，这样肯定会更结实牢固一些吧！他尝试在临安建造第一座牮桥，成了，不但节省很多人工物料，也没有造桥拱的麻烦，更避免了溪河水对桥拱的冲击。回乡后他在桐桥村建造牮桥，由此九遮山周边建起了清一色的牮桥，直到现在，都没有被洪水冲垮过，成为山中特有的景致。我徒步于牮桥上，自由自在地放歌，犹如仙人一般了。

牮桥

在稻蓬岩村仰望天门山

从稻蓬岩飞往寒岩

听同行的驴友说，九遮山稻蓬岩村前有一条路，可以直接从山顶转到寒岩去的。这段路少人走，本来是一段樵道，但喜欢探究新路的"红军户外"驴友队发现了这个秘境，行走了几次，把它当作经典的寒山徒步线路之一。

我曾经两次探究过这条路，一次是参加"红军户外"的驴友队，另一次是与电力和"红军户外"两支驴友队，总体上这条路也不很花费体力，强度适中，一般是稻蓬岩一段路可以走一上午，下午从寒岩沿着崖脚走，两段路走完刚好一天。

稻蓬岩是九遮山的第一遮，村庄调整时改为遮一村，写成遮益村，九遮也给老百姓遮出利益吧。村口东边的崖上有大字"九遮秀谷"，书写者算是我的一个文友，20世纪90年代主政天台的一个官员。他爱好书法和文学，出版有天台山笔记散文集，现在也算经历世态冷暖人生沉浮，返璞归真了。在书法摩崖的下面看对面的山峰，双岩兀立，宛如情侣，似一对好伴，说夫妻父子母女都可以，它们一直厮守着光阴，不动声色。而脚下头顶，云雾缭绕，充满仙气。听村里人说，这叫天峰山，东边叫东天佛国，可以找到低眉嬉笑袒腹仰坐的弥勒佛，还有坐在莲花之上的释迦牟尼佛，也有护法韦驮，旁边放置着他的宝物降魔杵，另有叩击着钟鼓的小和尚。而西边则有似唐僧、悟空、猪八戒、沙僧、水龟朝佛、水晶龙马等，皆是天然造化制作，可叹为奇观。20世纪90年代我到这里领略得很细致，但它们与我现在徒步寒山的路线尚有一段距离。

天门山顶看云海

　　书法摩崖的右面有一孤零零的岩石，岩顶上有亭子翼然，沿石阶而上，可以稍做休息，绕过亭子，经过一索桥，就拾级而上，路边皆是老树，经过开着野花的地垄，看到一片杨梅林。因为是早上七八点钟光景，溪谷的雾没有散去，但因为不甚浓厚，还被阳光映照得红亮红亮的。人在红雾中穿行，感觉如登天梯一般，不一会儿就出汗了，山风拂面很是凉快。渐渐地看到适才所见的山峰，确实向右倾斜的，很有动势。石阶路到崖下，再上去就是崎岖的山道。路越走越陡，越走越狭，路上树根裸露，手脚并用上了一个小坡，往东到崖顶。我仰望那两座崖峰，与我隔着逼仄低谷并立，伸手可招，但不可触摸。两座孤峰悬崖峭壁，非猿猴飞鸟不可上，崖上松树如旗招展。稻蓬岩称为天门山，如仙凡关隘一般。脚下红雾涌动为云海，我们端坐云上。寒山子说"何当超世累，共坐白云中"，此便是自在妙界。

　　但这里不能久留，我继续往西行路。在林中穿行几百步，我来到一处朝南的悬崖顶上。削壁之上，不敢移步。驴友有一些恐高症患者，不敢站立其上。崖下谷底幽深，树林层簇，溪谷中乌龟岩和金鸡岩赫然在目。坐石上任风吹动衣襟，凉快片刻，转而北行已无去路，乃从两崖缝隙直下，以绳索系在树干上，缓慢放下，无论男女老少，皆小心翼翼，紧紧抓住，脚下寻找立足点。一不小心踩空，身子翻转悠荡空中，或臀部贴地滑溜，是谓坐飞机也，姑娘发出惊叫，刺激却平安无虞。

　　从岩缝下来则有横路，路下看见乌龟岩，匍匐溪谷之上，伸长头颈犹如企望。伸手可招。其南几十步，有岩在路边，可端坐摄影，外边是削壁，却有天然踏脚抓手，有惊无险。驴友则轻松如猿猴攀缘而上。望其东两岩，相互依偎，如仙人指路，

乌龟上山

细细观看，则如情人轻吻。远处则看见岐石山，如一手掌仰着，五指朝天。溪对面有金鸡岩，从两崖之间的缝隙缓步而下，看见仙人指路崖下，有一大一小的两岩洞，可放一床一桌，可以居住，但稍许局促些。其下则是清凌凌的小溪，溪下游的半山就是西游记岩群了。

　　我们继续往西，经路边小龙潭，有小瀑布富有幽深神韵。沿着樵道而上，先陡峭，后平缓，山路在树下穿行，路旁左侧水流边，有一简易窝棚，搭一床架，是用来管理杨梅林的。现在不是杨梅出产的季节，它也成了很特别的陈设。再上去路稍许平缓，在林中穿过，看到一个黄泥墙的小屋，显然好久没人居住，门窗屋顶都完好，走进去细看一下，有大锅灶，可以烧饭，随便一打扫就可以居住，也是管林的场所，现在无所用没有人来隐居了。隐居是非同一般的精神享受，对自然的心性和神性来说，是一种快活，但对习惯了红尘都市世俗生活的人而言，就是折磨，要减少这种痛苦，又达到隐居的快活，那靠城的山林水泽是最好的去处，图的是方便进出自如，住一段时间换一个地方，调剂调剂也未尝不可，隐居完了回到家里陪伴老婆孩子。人烟稀少之地，真正修行者乏善可陈，即使隐居的人还是流连尘世的。说到隐居无非三个原因，一是生活遭到惨痛打击，如官场失意事业失败找安慰的；二是隐居后出仕的，如姜子牙、诸葛亮，还有一个出于真正精神的生命情怀的需要，就像寒山子到寒石山后的那种真正诗意超脱的境界。以前寒岩明岩一带偏僻，现在车路修到脚下，周边后岸村成了载歌载舞的热闹场。锣鼓声声，歌唱阵阵，红男绿女，穿梭如云。寒山子能隐居得下去吗？又有智者说，小隐隐于山，大隐隐于市。红尘滚滚也是修行

幽 谷

之处，居士有些时候比隐士还要解脱。在我的心目中，寒山不是隐士，他是一个居士，时常出现我的面前。因为他的诗歌关注俗世生活。

绕过管山小屋，上山坡一两里路后，就到一个山冈，路横走。透过路边丛树的缝隙，朝北远眺，我看见寒岩的崖壁映衬着金黄的阳光，尤其亮丽。山上的树木如幢幡招摇。我们的脚步加快了，全是下坡，路边几幢破房子，早没人居住，屋顶早已塌陷，唯有梁柱直戳，宛如剔了肉的骨架。断墙残壁，一片荒芜。我感受到孤寂。想起隐居的人，一切都已经成为远去的传说。我是寻找传说的影子来的吗？

寒山子成了远年的碎影，到现在，他已经被岁月剥蚀得面目全非。但寒山是我向往的圣地。当我看到寒岩影子的时候，我仿佛张开翅膀狂奔，宛如一羽飞鸟。经过破败了的村庄，还有那个宁静游动着鸭子的小水库，到了寒岩的脚下。时间刚好是正午，阳光在头顶上落下来，照亮我身边的那个小木屋，驴友们一起带着便携式的煤气小灶小锅开始做午餐。我这几天一直住寒山湖，没有地方买吃的，就吃驴友的。他们做饭的时候，我一个劲地四处乱转，在木屋前面的小溪洗濯，一片阴凉。我估计寒山子在这个时候总是在午睡。睡在岩洞里做梦的感觉真好，高枕无忧。

我看见溪边竟然放着许多蜂箱。知道这蜜蜂是我的朋友"七彩天空"放养的。蜜蜂们嗡嗡嗡嗡地在我身边绕了几周，发觉我的蓬松头发不是花丛，便悻悻然离去。这些蜜蜂尽管在寒山脚下采花酿蜜，但与我们这些俗世中人差不了多少。我们为稻粱谋，它们到底为谁辛苦为谁谋？但它们采花的时候是忙碌的自由的，不像我们城市夹缝里谋生的人，非但忙碌，总是被无形的手控制着，面对着各种激烈的竞争，弄得心力交瘁。从稻蓬岩飞奔到寒岩，我们乐得清净自由。

仙人指路

范增庙

仙皇佛殿的迎神会

从稻蓬岩往南行，一个高大的石牌坊，异常显目。前进到第五遮，我看到亚父庙。亚父庙之西是一片田野，本是稻田，现在种了一大片花树，透过它看到溪水对面的纱帽岩和半山洞，仙皇殿后侧山上的"扛轿岩"。"扛轿岩"又称"新妇岩"，像迎娶新娘的花轿。

转过弯来到了虎啸崖下，此崖在路里边，下面建了一个小庙，人称虎啸殿。庙里供奉观音。传说当年观音佛和泗州佛一起送仙皇佛到九遮山来，山中的神虎妹妹长啸着一起过来迎接。观音见虎妹和善可爱，就把她点化成人，成为胡小姐，一路行医一路侍奉，观音也在这庙里住了下来。庙里除奉观音外，还有地藏王菩萨、三官大帝、文昌财神等，是佛道和俗神共栖的地方，可惜在"文革"时毁坏了，20世纪90年代，明堂、东江、桐桥、稻蓬岩等村民一同捐助建筑材料，有位名叫何爱香的一个人就赞助了八千元，使庙宇得到重光。

虎啸崖前面就是亚父庙，我在九十年代来过，那时殿宇没这么辉煌宏大，但三孔石桥早是有的，称为"亚父桥"，九遮山人说，它的前身建在望楚岭脚，是范增自己设计的石拱桥，但几经洪水冲垮修复，至清乾隆年间，才建起一座现在看到的这种形状的双拱石桥，宣统三年（1911）又遭水冲塌，至民国12年（1923）修复。"文革"时两边栏杆柱的石雕亦遭破坏，现虽修复已不胜前。范增庙南，登数百石级，上有绝壁，见望楚洞，山腰"清心亭"绘有壁画数帧，如"渭水访贤""三请诸葛""礼请亚父"等，

1.纪念范增诞辰二千二百九十五周年暨第十二届范增文化研讨会; 2.三盘铳; 3.腰鼓队; 4.舞龙

寓意是范增指挥诸侯灭秦，应与姜太公、诸葛亮齐名。望楚洞对面是归楚洞，大概
1999年至2002年间，此处发现一坐化骸骨与陶罐，上面堆积几尺厚的灰土，经文物
部门鉴定，是战国至西汉时的遗物，似乎可作范增隐居九遮山的佐证。

当地百姓口口传说，范增尊称为仙皇佛。尽管他被项羽尊为亚父，鸿门宴计谋
被识破后，加上项羽中了陈平的反间计，他悲愤异常，背上生了毒痈，死在彭城。
伴君如伴虎，范增使了一个障眼法，他知道浙东九遮山风光适合隐居，就千里迢迢
坐着石船过来了，船头上还挂着两面锣。他在泗州佛的引路下，沿着始丰溪一路上
行，到了街头镇，泗州佛累了就想歇息，仙皇佛还要继续前进，泗州佛很生气，朝
石船猛踢了一脚，石船像箭一样直向九遮山射去。仙皇佛赶忙朝水流里撒了一泡尿，
一股山洪把泗州佛冲到大海去了。这是有趣的传说，各路神佛闹些别扭是常事，但
在乡间小庙依然是和睦相处。乡间小庙什么神都供奉，不分彼此，体现了和合包容。
泗州佛被当作路廊之神，在福建台湾一带，为保护男女恋爱婚姻之神，像寒山子一
样算是一尊和合佛。在九遮山附近诸多路廊上，贴着一些红纸，上书四句歌谣：

天皇皇，地皇皇，我家有个夜啼郎。过路客人念三遍，一觉睡到天大光。

让徒步行人念叨，借用神与众口的力量，让哭闹的孩子安眠，是愿力的奇迹。据说

5. 何德炎介绍范增庙迎神会
6. 何德炎拍摄提供20世纪
80年代增庙迎神会的老照片
7. 金钱棍
8. 迎神队伍经过桐桥村

泗州佛是唐代的高僧，名叫僧伽，生在何国（即中亚的碎叶城），先到楚州龙兴寺，后于泗州临淮乞地建寺，被唐中宗尊为国师，归葬泗州临淮。圆寂后许多寺院供奉他。九遮山村民姓何，将何国泗州佛与他们的姓氏糅合一起；又说何廓与范仲淹是好友，范仲淹祖上就是范增，再上溯就是越国大夫范蠡，传说范蠡自越国吞吴后泛舟五湖，经商积财，成为富可敌国的陶朱公。

何元清告诉我，亚父庙最早叫亚父宫，后周显德四年（957）建于岩坪，宋皇祐元年（1049）何廓扩建庙宇，亚父被当作仙皇佛朝拜。道光十三年（1833）改建楼房各村舍田助银招人主持，最后一位主持人何方练1962年去世。明朝洪武年间，庙宇被火烧毁，崇祯三年（1630）重建，现在大殿是清朝乾隆四十年（1775）重修，庙房四间，由三保共管。道光十三年（1833）改建楼房，各村舍田资助银两招收主持。光绪九年（1883）在庙的前面建戏台、厢房十一间。自此每年农历二月十四日，为纪念范增诞辰举办庙会演戏三昼夜，每年求签择日达上万人次。

过石拱桥，庙围墙左侧书写"清节门"，右侧书"神策门"。正中的大殿称"仙皇殿"，供奉范增像，范增庙对面有一影壁，上书"西楚第一谋士"六字，庙前有新建的戏台、碑亭，里面碑正面书"范增隐居地"，背面有碑文，说范增的痈发不是一朝一夕的事情。他得不到信任，结果推脱而已：……楚汉相争伊始，增为羽谋设宴鸿门，欲除刘邦而未果。汉知范增不去帝也难成，乃用陈平计，离间楚君臣，项羽疑范增与汉有私，辞增归里。史称：增归未至彭城，疽发背死。然不久九遮山中忽来一白发银髯老人，自云乘石船到此，即住洞中，常采草药，为村民治病，药到病除，人皆神之，称之为仙皇佛祖。九遮山多涧，每逢暴雨，涧水猛涨，道路受阻，老人又教人就地取石砌造拱桥，然令人不解者，老人常于岭坡伫立凝望，喟然长叹，若有难言之隐。更为怪者，项羽自刎乌江消息传来，老人竟号啕大哭，数日不食。有人还曾听其自语云：竖子不听吾言，终有今日。因此，人疑其为范增，问之则曰范增早死彭城，何能来此？不久，即人去洞空，不知所终。上述传奇事迹，九遮山中世代相传。且立庙奉祀，历千载而不衰，真耶？伪耶？固无具证，然后人就范增一生之好奇计，与其别楚营后之险境而论析之，则大有可能，何也？增既弃军出走，刘邦必追杀之，不若是项羽亦追杀之，增若不设计潜遁，命必休矣。至于疽死之说，更难置信。盖疽非急症，当增别羽时，并无片言云已患疽，而荥阳至彭城，仅数日之程而竟遽死于疽乎？由是观之，增之遁隐遮山非无稽之谈。或曰，范增之殁史已明载，奚用纷争？呜呼！此迂儒之见也。夫天下之大，奇士之谋，虚实相生。以假乱真者，虽鬼神亦莫测其详史，岂能明察秋毫而窥秘奥耶？不然孟子何言，尽信书不如无书也哉！

这碑文将范增传说与史实之相较，运思独特，明辨有理，字句有力，可谓掷地有声。不知何人所撰，估计出自民间高手。

我事先联系东江村村干部何德炎，上次我与沱沱一起到东江村就遇到了，他与何元清是好朋友，九遮山风景管理处创办人之一。何元清经常在他前面说起我，所以我们俩一见如故。何德炎网名九遮樵夫。他说现在不砍柴了，烧饭用煤气，孩子在外地工作，要保护环境了。他把我带到办公室，打开电脑翻开他积累的图文资料，其中就有范增庙特有的迎神会场景。何德炎说，明天是范增生日，有仙皇佛迎神会。九遮山每年都要举行迎神活动，把范增的神像放神轿里，抬着它在周边的村庄巡游，从张家桐到明堂，每个村都要经过。一时间如同节日，仙皇佛殿犹如集市，同时请戏班演出。三年一大迎，每年一小迎，还演出越剧地方戏，现在正在申报非物质文化遗产呢。明天有一个范增文化研讨会在这里举办，让我就住宿他家。

品尝完九遮山特色美食，我住在他新建的楼房里，倾听长夜流淌的溪声。天一亮我就起床了。茶山溪起了一层薄薄的轻雾，山头上起了鱼鳞云。我散步到明堂村，在村口看到何元清家门大开着，敲门进去，何元清的爱人见我来，很激动地拉住我的手，连声请我吃早饭，我说东江村已经准备好，等我去，她说，那迎神会上见。

在何德炎家吃了早饭，我们沿公路回到范增庙，在人群中穿行，进入大殿，香烟缭绕，烛火摇曳。村中老人用越剧调唱祈祷文，尤其虔诚。舞龙舞狮，扛三盘铳，舞铜钱棍，唱莲子行，民艺表演队整装待发。揭幕仪式后，前有数人高举"肃静"

迎神会巡游

牌和"范增诞辰"牌开道前引，后有男子扛锣一路敲打，紧随是神轿，然后是舞龙和舞狮，紧接的是三盘铳。三盘铳用空心木杆为铳杆，内装火药，以纸捻点燃引火，发出轰响；三盘以金属制作，套在铳杆之上，放铳之后，震动叮当之声久久不绝。现在火药受到管制，只好扛在肩上，徒有其形，当摆设了。迎神队伍所经过的村庄，村里人则设立香案迎接。迎神队伍在村道中庄肃行进，我则跑前跑后，或爬上高坎，或跳到桥下，或跑到溪水对岸。或仰望，或俯视，或全景，以各种角度加以呈现。我沉浸在摄影的愉悦与投入中，不知道何德炎跑到哪里去了。

巡游完毕，仙皇佛归座神位。庙前广场举行乡村民俗表演，舞龙舞狮，还有洪拳狮子、铜钱棍的表演，赢得阵阵欢呼掌声，边上有铃医服务，我拍了几个场景，在摊位上买了几本经书，《北斗忏》《壬申忏》《玉皇忏》《心经忏》《天赦忏》，还有一些杂经，里面有《聪明经》《车神经》《四方平稳经》《庚申经》《高王经》《寿生经》《灶司经》《土皇经》《白虎经》，大多是民间歌谣体，有些是正儿八经的，有些荒诞不经，是原生的民间文学，读起来很温馨。我在山上的时候，也念过拜过，现在多了些怀旧的味道。人无论如何总是需要慰藉的。在天台乡村佛道儒家和俗世的崇拜是混搭一起的。以前我看到一群民间"先生"先穿上道袍念道家的经忏，然后换上袈裟戴上毗卢帽，念佛家焰口，很快完成角色转换，过渡自然。三教文化在土老庙中非常和合地结合起来，平添了一些民俗鲜活的色彩，范增庙也不例外。

何德炎先生找到我，把我带到东江村会场，参加下午召开的范增文化研讨会，方言发音吴胡不分，会务组把我的名字写成了吴明刚。我是旁听者，认真听许多老师讲话，做了许多记录。坐在身边的是范增家乡的专家，他说的是安徽巢湖话，听得很模糊，只听得个大概。天台老学者许尚枢说，仙皇佛祖这个词，就是文化的大和合大和谐，四种崇拜和合起来。仙，是道家的；皇，是儒家的；佛，是释家的；祖，是宗族的。我想这范增庙所在的九遮九挡的溪山村庄，不也是九九归一的和合吗？

桐桥东江明堂村

从范增庙到东江，左边是一座垒桥，桥对岸是一个路廊，在公路转弯的地方，有一座庙宇。石头垒砌的台基很高，樟树就长在台基之上，是唐代的，庙以树得名，非常有灵性，在九遮山，老庙老树老桥老村与山峰岩石都是和谐的整体，不可或缺。

在何德炎的办公室看了宗谱，拍了一些资料照片，对九遮山的何姓分布有了更深的了解。这桐桥村在八九两遮之间，因村中大石桥贯通南北两岸，宗谱上就写成大桥村。桐桥有五座垒桥，形制相同，称为同桥，谐音为桐桥。桐桥村世祖何涧，明代人，赠祭酒，自东江转迁，"家住花村碧水西，数竿修竹傍檐低，焚膏一曲调琴罢，卧听枝头野鸟啼。"这是当朝来自平桥的直声动天下的谏官庞泮送给他的一首诗。

何德炎告诉我，桐桥有个士人名叫何楫，是村中唯一通过读书取得功名的。他在1222年考上嘉定壬午科进士，是九遮山何氏家族的首位，也是唯一的进士，他得中功名的年龄是四十二岁。朝廷把派他到千州当知县，但他没上任就去世了。得知他中举的消息，桐桥村准备建一座牌坊，建筑材料一概齐备，但人去世了就不了了之了。但何姓宗祠前旗杆墩早就安上去了。我没有找到何姓祠堂，问当地人得知在1978年拆掉建造大会堂了。桐桥村的历史比东江村要迟，但祠堂建筑比东江村要大，清乾隆三十四年（1769）建造的，三开间的正厅，有七间东西厢房。当然也有大戏台。老宗祠被拆掉可惜，据说构件还在，能否重建还是个未知数。

何德炎带我走进村中的皇道街。小小山村竟有皇道街，实在让我诧异。传说明朝嘉靖丙戌年间，桐桥村出了一位江南首富，名叫子龙，字桧，号官才。在万历年间捐资到北京，建造故宫里的一个宫殿，又捐助南京金銮殿的四根金殿柱，为南京鸡鸣寺捐助一根楠木大殿柱。因家产富有，赈济百姓，做了许多善德，皇上召见赐予恩荣，官封"五品采办郎"，准许其门三丈六，建"皇道街"于村中。旧有圣旨亭，而今早倒塌了，但皇道街依旧完好。我在宗谱上找到何官才的名字，有传赞："其慨怀轩朗，读书知大义，喜宾客，乐施予"，据说北京故宫内有一宫是他独建，1950年修复故宫的时候，政府通知何官才后裔到北京故宫修复大殿，但因为土匪猖獗没有去成。

桐桥还有传说，太祖何涧从东江迁来时，挖出一个巨大的金钥匙，消息传到黄岩收宝客耳朵里，收宝客知道这金钥匙可开台州金山，便以高价购买。但钥匙太大搬不走，就把钥匙头锯下来，钥匙头一断钥匙就废了，成为一根条石，只好当檐阶，建在民居之中，而钥匙头则铺在村道上了，现在还能找到。

桐桥北面就是展旗山，就像两面旗帜招展，旗穗拖到村口。村东面岩石形似周文王磻溪访姜尚的故事。姜尚登车四贤八俊保驾，一路巡行，尤其生动，村之西面为里河发源地五指山峰东麓，里河水直流到九遮溪。桐桥村坐落在第八第九两遮之间，从溪对面看，前面的山就如耸脊，三起三伏，龙头伸到溪中饮水，三百米长的岩石，宛如龙身，上面一方正岩石，犹如玺印，是名龙背印，与村东琼楼村西玉宇遥相呼应。桐桥村公路的上方是古庙，庙前有一棵老樟树。而东江村则以榧树闻名，那是晋代的旧物，何廓到定居于此时，榧树早已是枝叶遮天亭亭如盖了。树下是一片大桑园，是九遮山何氏家族发迹的地方。北宋时这里升起了袅袅的炊烟，何廓和他的家人们耕种砍樵，自得其乐。早先桑园中有一座安基寺，安定地基，有吉祥意义。

虽九遮山何姓是东江派生出去的，但东江村没多少老建筑，祠堂是民国建造的，算是村中最老的地方了。何德炎带我看祠堂，结构完整，正厅三开间，两侧厢房各五间，正厅左右边门的门楣上分别题有"报礼""反乐"两字。反与返是通假。行报恩之礼，才能返璞归真，自得其乐。二十世纪六七十年代做过粮食仓库，但没有破坏，放着多年不用的麻油车麻车桢，是整根坚硬的大树木制作的榨油工具，现在见得不多了。

九遮山有位做水车的工匠，何元清组建九遮山旅游开发管理站时，请他做了个水磨，安放在明堂村口溪边，他打开水闸，水磨轰隆轰隆地转动，我看得着了迷。水磨坏了，也是那位工匠修好的。陈舟宝写《打捞沉船》，采访过水车工匠，也是何德炎介绍的，工匠毫不保留地热情地交了个底。但有人说，这是你的秘密，你全交底了，以后人家学去了怎办，何德炎说陈老师是记者，不会做水车，他把你写进书里，你就出名了，就被人永远记起了，那工匠非常高兴，感到光荣。

何德炎给我看宗谱上的一首诗，是何元清写的。

桐桥村民居　　　　　　东江村何姓宗祠　　　　　　明堂村何姓宗祠

东江村起始宋朝，双榧树边隐英豪。八百年来天然地，三千界内何氏曹。

东靠狮山矫石虎，南观衡峰势雄高。北互黄龙背玉印，西上天梯通三桥。

一脉乌岩横入境，九架堂前祥气飘。半村堤坝环庄抱，水口松柏守得牢。

胜地风光无限好，田园平旷竹木饶。百户家居绵长住，四迁各地同根苗。

风俗古格仁义厚，猪牛满巷财利标。天地自有造化在，岩穴人才出尘寥。

　　明堂与东江挨着，站在东江村口桥头，看村后一峰如帆，云彩阳光在峰后映照，充满仙灵之气，无论朝暮，阳光是温柔和煦的，远眺明堂村以及蛤蟆田三峭峰静如处子。村口溪边，水磨赫然在目。两村之间的田里种满黄茶，可以采摘了。路边油菜花正开，村妇提着篮子，或采茶或到溪里洗涤。黄茶园里有建造于清代的雨神庙，每当干旱时节，求雨的人络绎不绝。风调雨顺国泰民安，不管隐居的人也好，在城市的人也好，都是安详幸福的充分必要条件。

　　许宝灿说，从东江村大桥右侧进去，沿着机耕路行走，或直接从龙溪水库大坝进去，即明堂至泄上路线的西边，有防火线通向山脊，能看到远处的九狮争霸，向左（东）顺防火带前行，可以俯瞰九遮山全貌，但陡坡岩峰起伏升沉，必须手脚并用步步艰难，至岭里村后面山顶，离开防火带，继续顺山脊向东偏南至最高峰再向东偏北山脊下山，走上通往岭里村泄上村的小路，经过一处悬崖，至泄上村。然后沿着坑谷回到东江村，此处山势如同腾龙，叫作腾龙岭，是丁舒鸣命名的。

东江村晋榧　　东江晨雾

东江村周边山景

泄上古寨已非旧景

越过泄上金鸡瀑

我与何元清认识在1989年，那时县文学作者在九遮山开笔会，何元清为我带路，一遮一遮走过来，登上了七仙女岩、李家岙和三峭峰。1996年，陈兵香告诉我，要开发九遮山，请我写一些文字宣传宣传，我与沱沱住在何元清先生家里一个星期。何先生带我徒步九遮山。那时他经营了一家农家乐，并担任了九遮山旅游管理站的站长。他自己写文章，整理故事，拍照片，发表了许多作品，现在保存着。我与他的家人都交上了朋友。现在九遮山也成了国家级五A级景区，深山里的一切奇妙的事物，都通过互联网生动地呈现在人们的眼前，不再是养在深闺人未识了。

何元清白天带着我们走遍山上所有的风景，夜里让我家品尝他爱人做的野菜饼。他家就在村口第一户，住在顶楼上一打开门窗就能看见九遮山的风景，东江村和远处独鲤朝天岩特别醒目。墙上张贴孙中山像，两边还写着"革命尚未成功，同志仍需努力"。九遮山旅游就是他一生的事业，可惜的是我到北京的第二年，他去世了，临终前他嘱咐家人把他的骨灰撒在九遮山溪岩之上，他要看到九遮山旅游越来越好。何元清带我看明堂何氏宗祠，这是清代光绪十六年（1890）建造的，风貌如昨，现在成了九遮山乡村记忆馆。明堂就是朝南高大开间的房屋。明堂何姓是明朝中叶从东江迁来的。村里因建明德堂，才称为明堂村。祠堂坐北朝南，正厅三间，左右有厢房，正厅梁坊有人物、龙凤等彩绘图案。祠堂匾额两个硕大的字，"翰林"，清光绪丙戌年（1886）重立。明堂村百姓耕读传家，文脉延续，在何元清家得以呈现，他家子女都是名牌大学毕业，其中何海波是清华大学的教授，全国著名的法学专家。

何元清带我和陈瑜、郑根志和骆土泉等人，第一次从村东山谷走进去，穿过田埂石路，经过柿子林，仰望正面的崖壁上，我看到了两个大小一样的石门，本以为人工所成，但仔细一看是天然生就的，不觉惊奇。何元清说这是仙女开的，叫作女娲石门。女娲把残余的石料藏在这里，去了远方，让九位仙女守护，对面将军看这漂亮的七个仙女，灵魂出窍，请山神介绍，要做她们的护卫，被仙女拒绝了，将军心里恼火，一剑砍开石门。有个小白兔蹦了出来，他大吃一惊，一跺脚，地面和身子都陷了下去，只有一个头露出来，成了将军石，七仙女也成了仙女峰。

从女娲石门左边上去，走几里路，就到了蛤蟆田。蛤蟆田是山顶一片平地，种了一些茶叶，边上有个管林的房子。我们正在着迷风景，不料一场雨淋得透湿，便退回到小房子，生火烘干。雨过去了又继续前行，何元清说这山顶上有小庙叫明静庵，灵验着呢。香火鼎盛时，临海、仙居、磐安和天台等县的人都过来朝拜，但因地处荒僻，最后还是衰败了，连遗址都没了。再过去登上三峭峰，悬崖绝壁之上长满松树，山风扑面，松声入耳，往北看是九遮山全景，一览无余，浮云流动，往前看到落水虾和天柱岩，往南就看到泄上村。

泄是瀑布的意思。我第一次去泄上村，是何元清带路的。当时公路没有修，溪边有一块石头上几个潮湿的凹凼，不时吸引来无数的各色蝴蝶，一时间彩蝶纷飞，尤其靓丽，但现在没了。蝴蝶与萤火虫一样，对环境要求很高，一旦破坏就没踪影了。去年我带我爱人走三峭峰，走到一半发现道路已经被水冲毁。路边长满许多茅剑草，仅远望了石门几眼就退回了。

这次我到泄上村是与黄朝阳和徐永恩一起来的，先开车到明堂。再进到李家岙，路上积雪，并结了冰。我们十分缓慢，步步留心。李家岙的左边，有游步道，可以通到仙女浴潭，仙女潭上面就是悬崖绝壁三峭峰，但游步道修了一半没了，我退回来，沿溪谷走，溪水不大，沙石上可以跳跃，也不沉陷，溪床是结实的。两旁树木比过去茂盛高大得多，透过树木只看到三峭峰的顶部。从溪左岸跳到右岸，又从右岸跳到左岸。再上坡，落水虾和天柱岩依然如旧。积雪渐厚，一步一滑。几个人在上面下来，发现雪路上行走到泄上的，不只我们三个人。逆光中，对面的绝壁如画幅一般，树枝笔力遒劲。路外石崖上，放着许多蜂桶，在阳光下蜜蜂飞舞。过小石坝，经小瀑布，路里边的崖上冰凌高挂，一层一层如帘幕。于是欢呼拍摄，乐而忘情。

经过一处石拱桥，外边就是悬崖，瀑布从桥上石崖上流过来，从桥下悬崖上飞出去。当年何元清带我们从另一处小路行到桥下，仰望石桥崖壁，在逆光下，犹如石梁飞瀑。现在这小路已被柴草封住了。过了桥，行不多远，路边有天然乱叠的岩石，下有五个岩洞相互贯通。何元清带我从这个洞转进去，从那个洞钻出来，就像小时候的幽猫。现在通五洞岩的路没了。

路里边全是太阿倒悬一般的冰挂，视线忽然开朗。泄上村呈现在眼前，石桥依

雪路通往泄上村，所以当地人把泄上村写成雪上村。

旧，以前我见到的整个村落，只留下一户人家。这户人家的主人对中医很精通。屋前种了许多草药。每个集市，他采草药到街头镇去卖。就像当年的韩康卖药一样，韩和何不分家啊。当时高山移民，就他一个人坚持不离开。几年前，我和何海波父子、徐永恩、沱沱一起到泄上村，见过他一面，他能从面相上就知道你患了什么病。他说我毒气火气大，有关节筋脉的病，叫我少吃肉，但我还是我行我素，风吹耳朵丫。以后他家遭到一些变故，泄上村还是许多老房子，现在就一所两层木屋。前面是一块大石。一棵古槠树与一根古藤相依为命，古藤原来缠在古树上的，上千年了，老人想救这古树，就把古藤砍掉了。结果古树也死了。它们是夫妻缠绵，缺了一个，都玩完了。泄上村气数尽了。

泄上村一片寂静。何元清曾向我讲过壮怀激烈荡气回肠的绿林爱情故事。清代同治年间，临海书生陆才高十九岁就中了秀才，但被人诬陷入狱，董知县在审案时，觉得他很有才华，让他教女儿董明珠读书。不料女儿爱上了陆才高，知县知道后将陆才高重新定罪，将他关在狱中，为防止逃跑将他的脚筋割断了。董明珠知道他凶多吉少，就私自将他放出来，自己也跟着私奔了。陆才高在泄上村拉起了一支队伍，成了绿壳（草寇），但他们抢的是为富不仁者，对平民百姓秋毫无犯，对穷人给予赈济，与百姓关系搞得很和谐。知县知道陆才高不但当了绿壳，还带走女儿，气不打一处来，总是千方百计痛下杀手，除之后快。但泄上有天然关口，周边没有人家，即使古道经过，但一片荒寂，周边悬崖绝壁，只要守住关隘，外面就攻不进来，知县只好相机行事。仙皇佛庙会时，陆才高与董小姐一同去范增庙，山寨守卫放松了。知县派兵乘虚而入，攻破山寨，等陆才高回来时，等待他们的是大刀。结果陆才高丢命，董小姐也自杀殉情了。

泄上村地处边缘地带，除了陆才高之外，还有其他的"绿壳"，如余追豹、何天挡、潘大佬、范天王、姚天令等，他们都是当地百姓，因为生活难以为继，就驻扎结寨，泄上也成了远近闻名的绿林古寨遗址，我想了解一些故事，但村里一个人都没有，唯有遗憾。据说泄上村何姓也是东江村迁过去的，最早的一户是明代隆庆年间的何明鹏。陆才高把这里当山寨的时候，何姓人怎么过日子呢？

我们在下过雪的泄上村行走，泄上村的雪景让我忘乎所以，我举着相机拍摄，不料脚下一滑，人一歪，一脚踩到水凼里。相机扔到了溪的对岸。于是脱下鞋子，在雪上行走，然后蹚过溪流，把相机捡回来。相机没坏，泄上村的雪和溪水也不寒冷。但村边积雪的山崖，倒是名副其实的寒山。

今年暮春，我徒步寒山，从泄上村南边的山弯上去，泄上村的老石屋已经推平，仅留老人唯一的木楼孤零独处，古寨不再。路外边已被山洪挖空，大路就像在人家的屋檐上一样，大家都关照注意往里边踩，不要掉下去，抬头望去，半山上有石如同楼房，顶上草木覆盖，如瓦一般。已经春天了，花朵灿烂。路越来越窄，竹林近处，就是一片杉树林，再上去就是杂柴山，我们走的是古道，是通往大雷山和临海黄沙的必由之路，因为少人行走，以前铺就的石阶被山水冲得七零八落。水声和风声穿过树隙，寂寞地响。路边一棵生长了几十年的高达几十米的大杉树连根翻倒，树梢朝下，没有挡住前路，估计是被山水掏挖掉的。水的伟大力量不但把九遮山岩石弄得奇形怪状，也把成片树木推成沙砾坡。树林尽处最高点是山冈。上面建了机耕路，有几辆履带式的车辆运载已经加工好的木头，拉到停放点码放成堆。同行的驴友说这里要办成高山牧场，种草成为高山草甸。山上放牧的牛羊应该比平原的要好，高山寒羊和小狗牛，是可以出名牌产品的。城里人都喜欢无污染的农牧产品。种上牧草后不但可以放牧，还可以观光，可以滑草什么的，那么，要种就尽快种，否则一场雷雨，就把泥土送到下面的潘岙溪里去。造福于民是对的，但自然生态还是要尊崇的。

一路说着，听到嘎嘎嘎的锯木声，一个木料加工厂里，有个妇女往运行的机器中添加木料。机器连续转动，她也手脚不停，满头大汗，就是歇息不下来。边上一个佛殿，匾额上书"雷音寺"。冈顶上，风很大，门窗是用铝合金做的，紧关着。右手边上有一所石头屋，破败不堪，我想这应该是雷音寺的原址吧。站这里可以看到大雷山顶。这雷音寺与西游记中的雷音寺不同，这里因大雷山得名。从雷音寺往南沿机耕路走，两旁的树木挖了许多，犹如鏖战过后的战场，转两个弯，看见挖土机在修小水库，估计用来蓄水观光用的。木头修的游步道，在已经挖好的空地上下蜿蜒，一个观光区已经成型了。沿着游步道下来，前面蘑菇岩，好像一块一块石板叠起来的，边上一个窝棚，热水瓶和饭碗勺子都一概齐备，柱子上挂着一袋米，估计是修造游步道工人用的，岩脚的柴草也被砍掉，预留架设游步道的位置，从崖顶上看，崖不高，但转到右边上，就称奇不已，垒岩叠石下有天然岩洞，可以住人，洞外的岩石形成了天然的屋墙。几个人可自由进出。犹如板叠的横石一半探出空中，人可以爬在石上站立端坐，而岩下可以站人，一人在岩下托举岩石，一人在岩上站立挺胸，挥手喊叫。坐在岩缘，双脚垂下，仿佛踩着下面的人头上，有些谐谑，幽默。驴友尽管劳累，但在这里可以放纵得意做一回英雄。

蘑菇岩对面也有蘑菇岩，有路可通，已经修通游步道了。便沿路而下，到山岙之中，见小流穿石而下。两旁石景成了对应，游步道左转右弯，坡度很大，对膝盖是一个考验。因为上面施工，水流有点浊黄。路旁石下有空洞，天然石板架设，也是住人的佳处，但没有人烟味道。水声逐渐大了起来，转了几个弯路没了，我们来到悬崖顶上。悬崖之外水流横飞了出去，路旁看这悬崖不知道高度，但听到的水声宛如千军万马，

左上：通往泄上村的石拱桥
左下：在泄上村走访仅有一户人家
右：蘑菇岩

要是下了大雨，更是声势吓人。同行的驴友关照，步步小心。瀑布顶上用树木搭成一个小平台，再走下去，得要把身子翻转过来，脸朝里面，不能往外面看，双手抓着树和树桩，抓住了，才能把脚往下探，踩到突出的石头或者树根后，再放开一手，抓住另一个着力点。像虫子一样，身背一弓一直往下游移。反复脚探手抓，胆战心惊，气喘吁吁，爬上好几百米的垂直路，此处有路也疑无路了。当双脚踏上游步道坚定的石头时，身心方可安妥了下来。大汗淋漓，被风吹瀑布的雾气赶走了，一身畅快，立显精神。

我们来到了瀑布之下，仰望瀑布如在天际，湛蓝的天空中飘着朵朵白云，这瀑布的飞流是从云中下来的，瀑布前有一巨石遮挡，就是雄鸡岩了，瀑布穿过缝隙，化成丝丝缕缕的细流，飘在空中，化为五折，我站立地方看是逆光的，飞溅的水珠，犹如碎玉倾撒。水珠下落，崖石上升，我好像在往天空上飞，渐渐地有点晕了，就看脚下，发现远山也在呼呼地飞。我想把这个瀑布的全身拍摄下来，但总是找不到合适的拍摄点，而同行的驴友们在瀑布下面的岩石上白鹤亮翅，似在飞翔，扯着喉咙大呼，欢叫声与瀑布的声音融合在一起。

金鸡瀑

第三章

大雷山下龙溪水

山转水转潘岙溪

从瀑下游步道下去，道路是新铺的，一边是崖壁，水在崖下奔流，汇入另一条发源于大雷山捣臼孔的北流之溪，溪流尤其清澈。溪里全是乱石，我们蹦跳着到了溪的对岸。这里已经修通了机耕路，石头铺设的游步道沿溪而上，却被溪中乱石所隔，大家就一个一个地作青蛙跳了。这溪水是通到潘岙杨村去的，潘岙杨村属雷峰乡管辖。雷峰乡因大雷山得名的。我曾在20世纪90年代中期参加过文学笔会活动，住在潘岙杨，那时候正是春天，恰逢微雨，远山迷蒙，村庄在雾中隐隐约约，我与诗人曾标营用竹枝钓鱼，与何灵鸿等一起采野菜，打了一场牙祭，写了一篇散文《潘岙溪钓话》，与陈瑜、郑根志等沿着潘岙溪上溯，走到竹笕潭地方。陈瑜告诉我雷峰乡是由崔岙、祥塘、祥和三个办事处组成。我喜欢这带祥字的地名，祥和、祥塘、祥里、祥明，都在寒山边上，体现和合文化要义，以和致祥，是幸福的。

当年我住过的潘岙杨小学被火烧掉了，村里修了一座六层楼的文化大礼堂。潘岙杨村位于大雷山的东山，东边是临海县的龙泉，南边就是仙居县的隔山，村后有铜背岩，前有湖长山飞凤栖息，后有笔架山倚靠，白虎伏地，里面有岩龙头狮龙镇守，外面有牛头岭横山遮挡，真的是山重水复疑无路，柳暗花明又一村。四百五十多户，一千五百多人，在当地算是个大村了。

我在潘岙杨村农民杨善听书中看到有关潘岙杨的描述。杨善听是20世纪70年代的高中毕业生，曾经代过课，做过村镇规划员和土地规划员，也曾经做企业文书，做墙头广告，后来因故下肢残疾，但意志坚强，学习书法绘画与写作，曾有作品获奖和发表，他自印了一本《潘岙杨风物传奇》，责任编辑朱智敬是我朋友，都是雷峰当地人。在书中得知，潘岙杨在元代就已经出名了，到了明代，来自仙居的名叫杨衍楞的到这里教书，取了村里的潘姓女子，结婚生子，最后发成一个大族，从这个村庄发族的杨姓，有临海市里后坑村下林、白岩下村、平镇下曹村、湖州安吉的杨村，算起来已经有二十代了，家族绵延，子孙瓜瓞。

走在潘岙杨村溪边，对面有一片田洋，据说那里原是一个村庄，与潘岙杨是同期的，枯水季节可以在溪上的石碇步上往来，但溪水上涨，就无法通行了，后来潘岙杨的富户杨茂东出资造了一座石拱桥。该村有户人家在修坟的时候，非常吝啬，不给修坟先生红包，于是先生在呼龙喝山时，故意咒骂龙脉是剥皮龙，神龙很生气，一夜之间山洪暴发，风水跑了，村庄衰败了，成了一片田地。

潘岙杨的囡节远近闻名，囡是天台方言，即女儿的意思。每年出嫁的女儿在特定的节日回娘家，与亲生父母团聚，共享天伦之乐，节日定在农历五月十三，娘家事先准备猪肉豆腐和馒头包子，等待女儿回来。这个节日起源于元代，据说潘岙杨一位出嫁女儿与公婆妯娌关系处不好，总是跑回娘家来，不肯过去，娘家对她一通孝道教育，保证每年五月十三做好吃的等她回来，女儿终于眉开眼笑同意了，重新选择迎娶日期，回到夫家，相夫教子，孝敬公婆，妯娌和睦。从此囡节年年延续，成为和合文化特色项目，被列为非物质文化遗产，得以传承。这囡节，整个雷峰地带都很作兴。

我走上村口一座缠满藤蔓的石拱桥，桥北是连着潘岙杨，桥南连着马岭冈头，走两里左右到了牛路冈脚，往上走转七八个弯，就到了牛路冈头，再走两里路后，经过一个路廊，就到百步嵩。嵩为天台话，陡峭的意思，这段路是最难走的。再上去就到马岭头，出去就到临海地界，这条古道也是最适合徒步，是温州工匠修的，直到现在没有破坏。

潘岙杨的四周全是梯田，这是村民的命根子。上辈人先把一块块石头垒砌成田坎，再在开垦的田上做好隔，然后放水，这隔硬了就不漏水，然后再铺上二十厘米厚的泥土，方能种植水稻，一丘小小的田，从开垦到垒砌田坎，到做隔填土，要用上一年工夫，对着山坡上日渐荒芜的梯田，我内心震撼惋惜不已。

潘岙杨有三棵大树，一棵是娑婆树，一棵是大枫树，还有一棵是南方红豆杉，均是古树名木。我在搞民间文学集成的时候，编到一个水牛坟的故事，说这水牛坟

此处古道通临海

就修在潘畚杨村里面的枝树岭，是明代修的。据说那时大虫（老虎）作乱，经常伤害人畜，村里有个牧童赶着水牛上山，老虎下来了，牧童吓昏了，水牛与老虎对顶拼命，老虎悻悻而退，水牛用角穿过牧童衣服，举着牧童回村。但主人以为水牛害了孩子，就把水牛打死了。牧童醒来说明真相，主人后悔不迭，就为水牛修了一座坟墓，祭祀朝拜，直到现在这水牛坟尚在。因离村庄一段路，我就留待下次再行走。

村后有个岗洞岩，原来是一个僧人修行的地方，那僧人是天柱叶家畚人，民间称他为叶太雨，法术高强，据说他徒步到一处水田，看见几个农民在插秧，就去要吃的，那农民们不给，叶太雨叹叹气走了。忽然水田里游出来两条鱼，插秧的农民就纷纷去抓鱼，抓了大半天都没有抓到，反而把已经插好秧的田弄得一塌糊涂。忽然，鱼变成了草鞋，箬帽被挂在一根插在田坎的扁担上，他们把箬帽摘下来，太阳一下没了，周围一片漆黑。原来是叶太雨作的法。叶太雨用一根头发丝吊起一个石捣臼，自己与狐狸精一起坐在捣臼下面喝茶，喝完茶把茶碗一倒扣，捣臼掉下来，刚好把狐狸精罩在下面。他去世时事先将他的名字籍贯写在屁股上。台州抚台家生了孩子，大哭不止，脸上写着他的名字和籍贯地址，抚台按照籍贯地址找到叶太雨的家人，要去他生前穿过的衣服，烧灰擦洗后字迹褪去，孩子的啼哭也终止了，于是有了"打面印屁股"的俗语。

此处古道通寒山

大雷山溪

逆流上溯登雷顶

我离开潘岙杨往回走，回到金鸡瀑下，到了潘岙溪东岸，那金鸡瀑直立在面前，犹如卷轴一般，瀑布不大，但气势恢宏，悬空挂下，落在丛树之中，我像青蛙一样在溪石上蹦跳，越过溪的西岸。脚下是水笕潭。新的游步道在建造之中，走起来还轻松，我看到一个窝棚，是铺路工人歇息的地方，从金鸡瀑上面一直铺到这里，花了许多物力和人力。这里是雷峰乡打造的新景点。我步步登高，不觉身下悬崖，瀑布在飞泻，我与它隔着一片护墙一样的树木，看不清整条瀑布，行至尽头是一个清澈的深潭，我从潭边跳过。人家说是棺材潭，一个很吓人的名字。

溪流在乱石上跳跃，一路歌唱，水往低处流，人往高处走，路像溪水一样曲折，我看清我的目的地。正是春季，山花盛开，草木已经翠绿，但带着一些叶子的嫩黄，色彩斑斓。溪水衬托着林木，有山鸟低回，如梦境一般。溪边的路是平缓的，走了两三里路，就到了捣臼孔。一堵石头墙隐约，墙边三四棵上了年纪的大树。往前走才看清是一个大庙，那石墙围成一个小院，从院门进入，殿里匾额上写着"九龙山"三字。庙里供奉黑龙大帝，还有其他的一些神祇。据说干旱季节，仙居、临海人都到这里求雨取水，非常灵验。庙里空落落的，旁边有两层木楼，同行的驴友"老王仙"说，这原是一所学校，是20世纪70年代的五七高中。当时毛泽东发出号召，教育与生产劳动相结合，以学为主兼学别样，学生不但要学工，也要学农学军，学制要缩短，教育要革命，遵照这"五七"指示，在人烟荒僻的地方办起了一所学校，没有什么课本，就是学挖山种树。五七学校没办多久，就粉碎"四人帮"了，邓小平主政，恢复高考，这房子也就空下来。里面没什么东西，现在是林场的一个望山点，早已人去楼空。

庙前面是一座不知名的石拱桥，有人叫它清朝桥，修筑于清光绪十四年 (1888)。

捣臼孔的九龙山庙与清朝桥

大雷山顶风光

石拱桥东边有路可以通向大雷山顶，往北可龙溪岭里村。溪流在乱石中奔突。从石桥往东，开始上坡，树林也就茂密起来。那石头铺成的古道，依然倔强地蜿蜒。我们走了大约四五里路后，发现一条岔道，往东就去临海，往南上坡才到大雷山顶，这条路所经过的几十里方圆，没有人烟，许多"绿壳"曾在这里出没，守在路口，要买路钱来！我们从右手面顺着山坡而上，坡度也不怎么陡，两旁全是高大的杂木。道路也越来越窄，不过近大雷山顶的几里路，已经被拓宽了，附近推出一个停车场，驴友告诉我，因为受到雷雨的冲刷，通向停车场的路早已坑坑洼洼，对方向盘和车轮磨损极大。

我们继续上行，发现路两边的土质非常差，全是乱石，但我看到了许多鹿葱，它又叫萱草，人工种植的则是黄花菜，摘下它的幼嫩植株用水焯，去除泥腥味，可以炒菜做馅。我想起了另一个名字，无忧草，顺其自然地生长，当然无忧无虑的了。在鹿葱的边上，我看到七叶一枝花，许多名贵的药材。同时我看到成片的杜鹃树，但没有看到杜鹃花，靠山顶一里左右的地方，全是杜鹃树，因为山高，杜鹃花开花也迟。这杜鹃花开时非常红艳，叫作映山红。当地人叫柴爿花，盛开季节，这里成了一片殷红的花海。因为大雷山人迹稀少，财迷心窍的人就到这里偷挖，经过一段时间的严格管控，偷花的人少了许多。村规民约规定，谁偷花，就在这里自吃自住义务管花五年，许多人有钱交罚款，但不会在这里贴时间生命。

将近大雷山顶，树木非常矮，不及我的腰身。到了山顶，几乎没有树木，仅是光秃秃的碎石沙坡，山顶几个用作测量标志的三角铁架，也被风吹翻了。驴友把乱石搬来，叠成好几个塔，像是玛尼堆。塔下，激荡的山脊线匍匐在我的脚下。身边就是白云蓝天，驴友们在上面蹦跳，好像在空中飞。他们走到几块大石头上，摇旗呐喊。站在岩石上挥手，从下面往上拍照，多少有些英雄豪杰的气概。大家呐喊欢呼，伴以无人机拍摄，气势磅礴而豪壮。

大雷山顶风很大，坐久了就感到后背凉。大雷山是天台最高的山峰，过去就是临海了。杨善听还说道，20世纪50年代国民党先后派飞机三架次，运载五股武装特务，共二十二名，有一部分空降在大雷山，他们一落地，就被高度警惕的当地百姓抓住了。其实这里有许多故事值得我们挖掘的，我们坐了一会儿，吃了几块饼干水果，补充体力，就从北坡下来，尽管山高，但有水源，挖一个小坑，澄清了一下，就可以直接饮用。我们从另一小路下来，经过停车场，沿着新辟的被雷雨冲得崎岖不平的路回到捣臼孔，再经过一个叫作大窑坤的地方。大窑坤也叫大园坤，离潘岙杨十里，原是一个村庄，在明清时期兴旺，村里人姓范，劳动勤力，村里也出现了一些富户，但当地"绿壳"兴盛，总是被他们抢劫得底朝天，村里人不堪骚扰，就砍下坚韧的枧槭柴槁，削成短棒，用于防保。常言道，强的怕横的，横的怕不要命的，那些"绿壳"看到这威风凛凛的十七短棒，也不得不退步三分。而现在我看到的是旧地基，满目荒凉，杨善听也在书中说，泄上村的陆才高到附近抢劫富户，走到这里下了大雪，艰难不前，大园坤受过他损害的人，趁机跑出去报告了官府，于是官府就派兵来追剿。雪下了六天，陆才高想这下完了，我这鹿（陆）陷在雪地里，跑不了，只有他的手下李小狗能跑掉。陆才高被抓住押送临海，觉得自己犯了大罪，也不想连累别人，就假装自己逃跑，押送的人就把他枪毙在白水洋。杨善听的书中还说到一个故事，有一年大窑坤遭到严重的旱灾，村里人在神前许下大愿，如果是五谷丰登的话，他们情愿用人头祭献，结果这一年收成良好，但真的用人头祭献，怎么做得到？村里人在桌上开一个洞，自己钻到桌下，把头伸上来。神很生气，我要的是死人头，你怎么用活人头糊弄我？结果神明一生气，后果很严重。大窑坤村败落了，连半间屋爿都找不到。村民迁到潘岙杨村去了。

从大窑坤下来，我来到机耕路上，这条机耕路与捣臼孔是相通的，经过一片竹林，来到一片平整的田地，一条小溪哗哗北流。远处的村庄屋顶上升起炊烟。原来这是龙溪的岭里村。这条溪流向龙溪水库，岭里村是在水库的东边，我看见一座石板桥。桥的东端连着村庄，西端连着一幢石头房子，是堆放柴草木灰的小厂，边上是竹篱笆，石头路石头坎，远处一片竹林，很入诗入画。桥头两夫妻正在竹帘上收晒了一天的萝卜干和腌菜干，我拿一把细尝，很鲜美，用在炖肉，最好不过，驴友想买，老夫妇说这帘上的不够好，因为被雨淋过了。我与他聊了一会儿，然后在村庄转悠，村庄很安静，小狗也不欺生，跟着我转悠。除了村外的几间新盖的房子，基本上都是以前的格局。几个四合院堆满了劈柴。屋墙下有花树盛开，花香阵阵，花朵映衬着黝黑的瓦檐和远处的翠竹，蓝色的炊烟，是非常好的蒙太奇。我看见一对夫妻正打开木栅栏，妻子接过丈夫递过来的东西，含情脉脉，真的是和睦境界。跑上村后的竹林，俯瞰全村，瓦脊鳞次栉比，阳光把竹叶照亮，如同金子，与黝黑的墙瓦远山形成了对应。我们在岭里的集体屋里吃晚饭，与村里人闲聊，最多的是大雷山的景物。是夜，住在岭里的桥头人家，山溪流水响了一夜，我睡得很甜美。第二天天一亮我就起床了，在村庄里转悠，晨雾升起，阳光渐渐地照亮西边的岩石，竹林和村庄一片温馨。渐渐地，炊烟又升起了，但寥落得只有一缕两缕，它与山溪中的雾气融在一起。在桥头，我看见昨天的那对夫妇又扛起板凳，搁上竹帘，晒他的菜干萝卜丝。

这村庄尽管在山顶，也几乎在峡谷之中，可惜东西两边的山太高，等到阳光照亮村庄的时候，已经到八点多了。

岭里人家

井坑村

去井坑村转了一遭

我们又展开了新的旅程。离开了岭里村，沿着龙溪水库的东岸前进。竹林，杂树，竹林，杂树，透过枝条的缝隙，我看到一片静水，又一片净水。

我们开始徒步井坑村。井坑村要从水库的西岸转过去，水面上起了一阵薄雾，阳光照着一片红亮，衬托着水面的金波，远山近树，有童话一样的意境。到了另一座大坝上，大坝之外，山峰如削，看不见底。因为偏僻，也没有多少人到这里来。沿着水库走上十几里路，终于有个村庄，这村名叫林坪村。我们先去井坑，如果时间早的话，再来这里停留。

龙溪乡长谢文静、井坑村支部书记何晓飞与我同行，退休教师叶老伯为我带路，他是井坑村抱珠岩人，现居仙居，路上我得知，井坑村由井坑、滥田湖、半山、下坑、抱珠岩、羊角尖、上弯、箸笼坑八个自然村组成，分别坐落在不同的山头，需要走一整天，途中两次穿过仙居县地界。

井坑公路里面有一长溜的房子，房子外面是高高的石坎，在这里开辟台地，花工非常大的。这溜房子有十几间都空着，只住了一个单身汉子，我们受邀到他那里喝茶，发现他的家特别干净，主人是很懂生活的人，但不知道怎么单身一人过日子。井坑的公路也是新近几年开通的，山区里有许多优秀的青年，因为生活在偏僻地带，加上环境寂寞，被婚姻之神抛弃冷落，想来也是很可悲的。树挪死，人挪活，是硬道理。许多人都在感叹村庄的衰落，青年背井离乡，但忽视了一点，人都要尽量改换环境，不能束手就擒束手被缚而受穷的，他们总要有自己的新天美地和爱情。尽管城里有许多不平等，但他们不能抱着一成不变单一的希望守在山里。当他老了头发白了，饱经沧桑之后，又把这里当作归宿，回到最初的地方。

上：井坑村　　　　　下：抱珠岩村

大长屋旁边，是一个很不错的四合院，大门已经残缺，西边的厢房已经倒塌，但东边的泥墙石墙依然完好，墙下溪流静静地流淌，楼上的后门有石板伸出，横架在溪上，与大路相通。何晓飞戴着厚厚的眼镜，很文气温柔，她出嫁在仙居邻村，一直在村里干，她是2015年担任村支书的，她三十不到，看起来像个刚毕业的大学生。走上石头屋后的山路，行走上岭，到达滥田湖村。过去还有几户人家，但现在都空了，原来的房子被拆了，仅留下一所房子，现在也是铁将军把门，路边我看到许多石捣臼麦磨，已经成为毫无用场的摆设，同行几个驻村干部，也走得气喘吁吁大汗淋漓，有人在路上砍了一根杂木，让他们当拐棍用，一路挂着，省力许多。在村后上去，走几里路，坡上有四五只山羊，自在悠闲。但柴草太高离我太远，我无法拍摄。转过几个弯，路分两支，往北走，看见一个路廊，不是我走的方向，又折回来。往南横走，经过一片竹林，进入一个山冈，那就是滥田湖冈，一个幽深的大峡谷，路往下延伸，但少有人走，路石上长满青苔，一不小心，就仰面朝天。每一步细细地行走，关注脚下，倒也认真踏实。

从山冈下来，眼界开阔，过一小溪，就看到一个村庄，几幢很有画面感的石头院子，人说这是半山村。山路渐渐地宽大起来，沿着石阶级走了下去，溪东边的一长溜房子还是很完好的，但溪西的院子里已经塌掉一半，后面的石墙还坚牢，西边早没了屋顶，屋架戳天，早成危房，老屋前面几幢房子是新盖的，窗明几净，村里人见我们过来了，就过来打招呼。给我们泡上本地茶，这茶特别清冽甘甜。那是因为，上面没有村庄没有任何污染。

半山自然村交通不便，特别安静。据说它是井坑村里居住人口较多的一个自然村，但大多为低保户，依靠政府的资助生活。常住只有七个人，两个年近九旬的老人，一个有听力障碍的大妈，剩下四个"大老爷们"，其中一个是哑巴，倒掉一半的老房子住的是一位听说年纪八十多岁的老太太。生存是个问题，危房摇摇晃晃，楼上不能住人了，只好让老人把床铺搭在厨房间，但空间很小，老人总是转不过身子。老房子漏风，温度也很低，大家担心她的健康。我走进门房间里光线灰暗，老人热情地为我倒茶，我说已经喝过了。本来可以把老房子推倒重盖，但是这老房子是许多户合用的，产权划分也不清楚，再加上一户一宅政策，阻碍多多，我叹了一口气，退了出来。老人跟我出来，我问她多大年纪，她说忘了。

我们在阳光下喝茶，发现村后面的墙脚地坎上放了许多蜂桶。这与我在泄上村看到的崖上崖隙的蜂桶不同，相比起来，这里的花更多。因为这里面南，树木很茂盛，大家说起村里一个姓叶的护林员五十七岁，他走山路特别快，眼睛也特别亮，他一天要跑八个村庄，许多人都要走迷路，但他了如指掌，还经常巡逻到仙居县去，连人家放鞭炮都要管。村口的五百米的土路，是他们打造的，他修路的目的是行走救火方便，不但拓宽路面，还租了一匹马运沙运石子，尽管路坑洼不平，但走起来比以前舒服多了。

我们继续前进，村民们与我们打招呼，叫我们下次再过来。村口有一段比较宽的路，据说是从仙居那边接过来的，但还是没有修通。路两边都是梯田，我们在田埂上行走，看见下面的一个村庄，近处是一个小庙，远处的是四五层楼，掩映在竹林树林里，从总体的格局来看，比半山村要好多了。同行的驴友告诉我，这里是子敏村，是仙居广度乡管辖的，溪下面是天台的地带，我们走在地域的边缘上。朋友奚援朝孤身一人来过，找到天仙两县的界碑。

在子敏村下溪流穿过去，往下行，穿过树林，就站在崖石上，身前身后都是瀑布，但是溪流没了，是从一个岩洞里钻了进去，原来被截留了，引到龙溪水库。本来边上有一处很大的瀑布，现在却成了干裂的崖壁。溪谷中央树木葱茏，两岸峭壁如削。裸露的溪床在阳光下闪着白光，这就是银坑。大家张大嘴巴叫嚷，喊声在峡谷间回荡。这峡谷像个朝天喇叭，把我们的喊声放大了，也把我们的心胸扩大起来。

银坑峡谷里，除了半山和子敏村外，没有其他的村落，一片寂静。有鸟倏地飞过，在银坑的岩壁上逗留，我们开始步上溪南边的山坡，那其实是北坡，接受阳光的能量也少了，有阴冷的感觉，我们在杂树下穿行，看到了一种叫作茶耳的东西，据说是油茶树的嫩叶经菌变而成，可直接摘下清洗入口，口感清脆甘甜微涩。再往上行走三四里左右，就看见一片杨梅林，尽管位于北坡山顶上，但长势茂盛，挂果累累。山顶上是下坑村，有两间石头屋，一户人家的住所，现在也成了一个管山厂，平时

半山村

也没人居住，这次我们来，主人也特意准备了腊肉饺子和灶具，用电动三轮车运到这里，放在屋前的空地上，款待了我们一顿美餐。主人姓曹，他说刚才我们看到的那群羊是他野放的，这路是从仙居那边过来的，杨梅出产时节一到，就采摘下来，运到仙居去卖。这里叫下坑村，二十几年前被火烧光了，村民大部分投靠远亲，移居仙居。小屋是近几年盖的，是管山用的。

这一带村庄出路都在仙居，天台到这里的公路尚未修通。曹先生说，这杨梅林都是他经营的，打算种植更多的杨梅，这山顶上的杨梅比城里的要甜美，品质好，卖到仙居城里要五十元一斤。他希望扩大规模。许多驴友都到这里购买杨梅回家，说这里杨梅没有任何污染，品质上乘。屋后有一棵柿子树，挂满红彤彤的柿子，没人采摘，随手摘来几个一尝，特别甜。但是我们徒步驴行，不能带太多的东西，只好眼巴巴看着这灯笼一样的果子，依然寂寞地高挂在枝头之上。

朝南走一段公路，然后往左拐入一个山冈，转了几个弯，我看见一个村庄，两幢很有特色的房子，孤零零地矗立在那里，墙倒顶塌，没人居住，田地已经荒芜了。这是抱珠岩村。村口有一石头圆圆的形如宝珠。破房子锅灶家具齐全，几只小鸟自由地进出。楼梯上走上去，空空地响，阳光在瓦

银坑峡谷

下坑村

楞漏洞中射下来，映出墙壁上的几行字，说的是爱情婚姻的。对这户人家来说，这个浪漫的想法也是多余的了。

抱珠岩前村道越来越窄，往下面走通往寺家坑，但因为时间不够，只好往东走。转了一个弯，村道消失了，在荆棘丛中前进，再转过田埂。小路在竹林里扭曲，没有向导的话，是要迷失方向的，果然走了一个弯，没路了。我们退了下来，低着头在荆棘丛中穿过去，路上横着许多倒竹，一踩上发出断裂的声音。上山冈横走，到一处开阔地看见峡谷的全景，峡谷的对面是仙居，抱珠岩和下坑不知躲到哪个角落里去了。谷底就是寺家坑，但我看不到房子，找不到人烟。再横着走，见到一个村庄，叫羊角尖，一户人家，空在那里，这房子还完好，没有倒塌，但没有人住，几年后它也会透顶的，公路没通到，但有电。估计寂寥村庄不久后将在地图上抹去。

我们一直横走，向导说，下面还有一个村，叫作上弯村，现在已经废了，但有一个七十五岁的老人在那里饲养放牧，一个人过日子，引起了我的兴趣。几个人就从岔路口往下面走，路上被有荆棘杂木拦住了，柴棒一捅就平了，双脚一踩就轻易地跳了进去，渐渐地，看到一些田垄，还有墙坎上的棕榈树，这村庄的朝向与半山村差不多，很开气，坐北朝南，阳光充和，尽管交通不便，但是劳作可以自给自足。村里房舍早已没了，石头铺设的村道依然在棕榈树下和田垄中倔强地延伸。我看见狗在叫，一匹马在打滚嘶鸣。一个棚子前老人向我们热情地打招呼。经过交谈得知老人叫叶万金，尽管七十五岁了，但手脚麻利、精神抖擞。据说他以前当过兵。全家人去仙居住了，就他一个人就住在这里，除了耕种果粮田外，还养着一只猫、一条狗、一群鸡，外加一匹马、两口猪、六头牛、十桶蜂。他住在窝棚里，一个篮子挂在树上，还有一串咸鱼，那是朋友送的，他很满足。

他不肯去仙居，在这里搭建窝棚饲养，觉得很有乐趣。他给每个人递香烟，我让了。他对着我笑，笑得单纯。我对他说："你不能一个人在这里，假如刮风下大暴雨，这窝棚可不得了，还有什么头疼脑热的，叫天天不应，叫地地不灵，还有带吃的带穿的，一个老人走山路真的不方便。"但老人笑着说："我有马。"井坑村选举时他就骑着马走了十几里崎岖山路赶过去。不过，年纪越来越大越力不从心，女乡长告诉他，下雨刮风下雪的时候必须下山。一个人要注意用火安全，有时山里没有手机信号，乡里的人都联系不上他，很着急，这不能出安全事故的，有些人专程过来看他。老人的生命安全，也是乡干部最大的牵挂。何晓飞告诉我，此带村民的最大一个愿望，就是修通公路，与井坑和仙居的广度乡相接，那么生产生活就有保障了。

告别了老人，我们上坡，翻过山顶，看见山脚的一个村庄。山顶到山脚起码六七里路，在阳光下白墙尤其显眼。这是仙居县广度乡叶家山村，我们从山路上飞奔而下，看到村里人在聊天，他们都认识井坑村的人，叫我们晚上住在这里，明天行走，我很高兴。走进村里的祠堂，知道这叶家山也叫燕窝山，是风水上乘的地方，蛇山在溪，龟山在东，龙山在北，南方有元宝形山，村里人都姓鲍，从山东迁到温州，明朝万历年间再迁到这里，第七十八世的鲍昌昂赶赴广度收租，收租的地方设在广度寺，便携妻带子迁居至此。以鲍昌昂为第一世，至今已繁衍至四十世。我估计是抱珠岩村是姓鲍和姓朱的人居住的。村里五十年代成立过剧团，演出台州乱弹，剧目有《三请樊梨花》《杨家将》《薛仁贵征东》《薛丁山征西》等，也加工戏剧道具，官帽、盔头、甲胄、髯口、龙袍、凤衣、旗帜、鞋子，应有尽有，销售台州、仙居、黄岩、天台等地。鲍氏祠堂是在乾隆庚午年（1750）由鲍桂聘出资修建的。我粗略地看了几眼，拍了几张照片，然后跟着大家一起沿着公路而下。

公路下的溪流很开阔，是从井坑那边发源的，流到路坑村。路坑村这一段溪流已经进行改造，从石碇步上跳跃而

独居上窟村的老人很乐意跟我说起他的生活

过，看见村人们在公路边晒着番薯面。转过村庄往东，经过里呑村，村外有一座廊桥，横跨在溪流之上，古时为天台至仙居交通要道。这廊桥下面是两个桥洞，据说像个手铐，不吉利，就堵掉了一个桥孔。桥头有个小卖部，我去买东西的时候，发现一老人在用竹篾做畚斗，他说一个畚斗从破篾到做好需要一天，但卖得不贵，现在不上门做了，就自己在家里做，我想与他多谈几句，因为驴友催促，只好匆匆告别，但走了一段路，回头一看，这廊桥的一端竟连着一个土庙，重新折返回去。穿过廊桥，廊桥上几个房间，堆满杂物，我想这廊桥是不错的旅游点，可以办成农家乐或农家书屋或文化礼堂，但现在一直空着，我们走进桥头庙宇，发现是一个很不错的古色古香的小院子，有一位农妇在虔诚地烧香。

与廊桥作别，与同行的驴友们走过田坤路廊，三百米左右，四岔路口右边上山至箸笼坑，也就可以看到箸笼岩，箸笼坑也叫作池龙坑、治龙坑，那是个小村，原有几户村民，现在全迁徙了。房舍也完成使命，垮了。他们要从龙形大道潜龙溪上来。沱沱感到体力不支，我也就不再继续行走，加上再走下去时间也来不及，就让何晓飞开着车，把我们载回井坑村。从井坑休息半小时，再等着去箸笼坑的人上来，然后回程。

阳光把东边的山坡照得通红。转过几里，我看到不远处的岩坦村，因为村庄前面有块大岩石得名，离黄水村有二十多公里距离。石拱桥是旧时天台通往临海、仙居的古道，桥与公路并行，因为公路在，这石拱桥也就成了摆设，但夏天的时候纳凉甚好，桥头有一棵巨大的古树，遮蔽了半边的天空，这是一段古道的必经之路，在村口我让车停下来，站在石拱桥上，细看溪边的石头屋上已经升起了炊烟，夕阳西斜，桥西端已经一片黝黑。

据说村里最早的季氏是湖峕村迁徙过来的，明代万历年间的季绍魁是该村的季姓始祖。后来又有林姓、忻姓和陈姓，在溪边上建造了一个坐北朝南的五开间合用祠堂，称为联志堂，堂中有石雕的大龙柱。石柱上的石雕牛腿福星骑鹿，寿星挂着龙杖，另有八仙庆寿的绘画装饰与墙头之上，农夫耕作和仙人骑麒麟的浮雕图案分别装饰于墙基之上。祠堂正厅为三开间，两飞龙装饰于正脊，有方形的藻井的名为"清音台"的戏台，演戏可娱乐祖先也娱乐村民。"文革"前这里被当成学校，但现在课堂的功能已经丧失，成为老人活动的中心。宗祠是民国十四年（1925）建造的，据说当时建造宗祠的经济分摊，每人三块大洋，当时一头牛五块大洋，三块大洋需要烧二十三天的炭才能挣到，公路没建时，岩坦村人扛毛竹和树木出卖要到五十多里外的街头镇和临海白水洋去，这三块大洋多么来之不易。尽管为了捐助，发生打架斗殴，弄得一贫如洗，但宗祠还是建造起来了。宗祠里的两根大龙柱是村民季应

仙居县叶家山村农舍和里岙村的廊桥

廊桥里的篾匠展示他做的畚斗

岩坦村的石拱桥

林坪村的大四合院

绪卖了自己的五分田捐助出来的。宗祠中有一块碑上面写道，"世界上称曰共和者，五大洲也，中国公联志同者四万万也。"山村虽在偏僻之地，与世界和平大同接轨，是和合文化的一个标本。

天渐渐地暗了下来，我们经过林坪村。一座桥横在山溪之上，桥北端一个乱石垒砌的小庙，插着两面红旗。一见到老庙我肯定就会过去朝拜一番的，原来庙里供奉的是方国珍。方国珍（1319～1374）是黄岩人，元末明初浙东农民起义军领袖。方国珍身材高大，面色黝黑，体白如瓠，力赛奔马。方国珍首义反元，方国珍安定了台州、温州、庆元（宁波）后就致力保境安民，休养生息，鼓励农工商学，轻徭薄敛，百姓安居乐业。比起战事频繁的中原，浙东可谓天堂。方国珍为民做了三件好事：一是兴办学堂；二是修筑塘堤；三是建造桥梁。有功德于民，所以受人供奉礼拜，自然而然。桥一边有两个四合院特别显眼，规模很大，与周边的房屋形成完整的建筑群，门前是潺潺流水，门后是一带远山。对岸上，有人在烧草木灰，烟雾腾腾，尤有神韵。

村庄房屋大多建在20世纪50年代，几位老人坐在檐下看见我们来，热情地打招呼，纷纷端茶，拿起椰汁往我手里塞，非常客气，他告诉我，这林姓是从仙居迁过来的。村庄一直空落落的，终于有客人看我们了。他说这村子大跃进的时候就是这样，没有多少改变。我觉得，此村周围环境很好。在村里转了一阵子，发现村庄东边的后山，像个老农坐着地头整理他的收成，村庄中的土老房子就像被他捡拾起来的番薯和洋芋。

黄水村的农家

岁月流年随黄水

出了水库北岸大坝，一边树木葱茏的幽深山谷，对面悬崖峭壁。远处有岩石如手掌仰放，五指向天，人说是岐石山。岐石山下面是黄水村，还有河胤潭。我到黄水村之前，与岐石山的卢震老师约好，让他给我带路。

卢震是临海人，曾在台州学院从事医学教学，组织"台州学院义诊服务活动"，定点在龙溪卫生院，也就是在黄水村，为村民治疗气管炎和颈椎病，认识了很多村民。卢震老师在学校成立了"小蚂蚁"基金会，义诊其中一部分经费也是从基金会里拿出来的，他本人每月都会拿出三百六十五元支助贫困学生，岐石山村民王行梅让卢医生看病五年了，卢震为王的爱人诊断，打银针、放血，治好了她的头痛病。龙溪的村民都很感激，都给他寄土特产。卢震去年到龙溪，在岐石山建一个龙溪书院，与几个学生种菜植树养花，租在农舍里，为大家授课，一群孩子跟着他。

卢震老师老早就开车接我。刚好是市日，附近三村的村民都集中在村口街上，看见卢震老师一一热情地打招呼。摆摊的基本上是蔬菜和农副产品，比如浙酱村的面干，龙溪的豆面等，也有一些衣物，一些电子产品，如手机电池充电器和视频播放机等，农民的生活水平已经提高了，与城市接轨了。

卢震老师一个电话，叫来黄水村的叶小存。叶小存性格豪爽耿直，说话如放炮一般，与他在一起聊天，气场特好。他先带我到黄水村里面龙溪幽谷，幽谷上游就是龙溪水库，有十几里长的幽深山涧，瀑布深潭，转过一个弯，视线被高崖遮挡，叶小存指着峡谷中的一个瀑布说，这叫作龙潭瀑，由五折组成，第一折在谷口往上

黄水村的农贸市场

分两级，有巨岩连接在瀑布之出，穿过一个悬崖之间的凹槽流，捣落深潭，瀑布上方，又是一折瀑布飘飘洒洒，神韵无限，再上去就是第四第五两折瀑布。峡谷两岸都是花岗岩的绝壁，如浇铸出来的，顶上有两三杂树招摇，溪水萦回，此景致与琼台桃源九遮各不相同。崖壁直上直下，是攀岩的好地方，溪中石头大如房屋圆桌磨盘者，比比皆是，散落于杂木丛中，许多石块象形状物，有狮子伏地、鳄鱼探水、老翁取水诸多景，一片深幽，设若云起雪霁，富有隐逸情味。深潭可藏龙，河胤潭为龙王栖居之所，历代百姓都到这里取水求雨，非常虔诚。

河胤潭的故事说，有个人到台州当知府，他上任的时候，在船上遇到一个同行，两个人交谈，甚为知己，那人说是到三十七都河胤府上任。于是约定遇到大旱之年的话，就可以过来相见。果然三年之后大旱，知府随百姓到龙溪河胤潭，他叫了几声没有回音，就把官印往潭里扔下去，一会儿雷电大作，潭水翻腾，水面伸出两只龙爪，托住官印，立即大雨倾盆，旱情消解。台州知府精心雕刻一块石碑，用竹排运到这龙溪口，再也运不到河胤潭边，但隔日天降大雨，这石碑竟然也漂浮到黄水村，人们就此建造了龙王殿，把石碑移到殿里安置。"河胤潭"碑记载是明万历乙亥年（1599）的事情。叶小存他们根据宗谱上的记载，按图索骥找到石碑，这块挖掘出的石碑，距今四百多年，在"文革"时期被破坏，有所残损。

龙溪幽谷的山崖深潭里与求雨风俗，成为黄水村独特的自然人文相和谐的景观，黄水叶氏专门为求雨创制了黄水十八锣的民间艺术。以前，取水送水都用的是三盘铳，再加上十八锣，锣鼓和合，一直从龙潭敲到村里的叶姓宗祠。村里的老人会敲打十八锣，现在都七八十岁了，但青年人很少学，这十八锣一下子能敲上二十分钟，许多人都坐不住，让青年人背锣鼓经更吃不消，但这里有激情，有生命和乡土的情怀。

黄水村在 2008 年冬天，就开始把十八锣这非遗传承下来，叶小存他们组织了十多个青年人，拜八十四岁高龄的叶小武老人学习，叶小存把锣鼓经也整理了出来，在村中，还有一个人是叶星灿老人，他的生命与黄水十八锣紧紧联系在一起，这十八锣是从唐朝就有了，一代一代传承到现在，也有一千一百多年了，还有一个说法，黄水十八锣是每年春天到黄水村收购山货的东阳人传下来的，叫作十不闲。来此考察的县太爷记错了，称为十八锣。现在这十八锣不只用于求雨，也用于娶亲、庆寿等。鼓、鼓板、大锣、小钛锣、大钹、小钹和谐奏出的打击乐，体现出政通人和的乡村新气象。他们还整理出《龙溪送水》民艺节目，呈现黄水村百姓在旱季迎接"送水"队伍的情景，参演的农民多达四十余人。

下了一场雨，龙溪石头上一片油滑，我们在溪边停留片刻，就返回原路，到黄水村里转悠，然后到叶小存家看宗谱。宗谱载明，黄水叶姓的祖上乃周文王第十子，分封河南汝南，立国为沈。春秋战国时期，沈国助楚灭赵有功，沈尹戌封吴兴令尹。公元前 506 年，楚昭王封沈尹戌孙沈诸梁为叶公，封在叶地（也就是河南南阳郡的叶县），授爵叶大夫，被尊称为叶公，这个叶字，如同伽叶的叶，古音为 she，与沈字的发音相近。沈诸梁有两个儿子，一姓叶，一姓沈。"叶公好龙"中的叶公姓沈，是黄水叶姓的祖上，名叫子高，他喜欢龙，把家里的一切地方包括器物上都画上龙，雕上龙，结果真龙一来，他吓得躲起来。到龙溪黄水村定居的叶姓祖上进贤公，是唐长庆二年（822）迁到这里的，沈叶同根，龙溪胜境，与叶公好龙联系起来，想想也是独特的因缘。

黄水叶姓，叶氏原称"台西潢水叶氏"，自缙云迁入，总房在潢水村（今称黄水），后来又繁衍为天台叶宅叶氏、天台蓝田叶氏、临海缑山叶氏（今河头镇下湾、上湾村）等。宗谱中描述：黄水，村周三面环山，庄形如船，庄前有初月东升之溪，村旁有投西之水，原有赴临海仙居通衢要道，周围青山绿水，风景秀丽。黄水村离县城四十公里，是台州最大的叶姓聚居地，黄水村里有一些大院子，宗谱上说旧有玩易轩、文昌阁、大兴楼、悦斋、存耕堂、余庆堂、仁寿堂等，现在早已不在了，传说这叶姓大族欺侮一个看牛细佬，看牛细佬怀恨在心，发誓报仇，跑上山当了土匪，他放牛路途熟悉，就带着土匪血洗了全村，村人被杀，鲜血把整条溪水也染红了。村庄原来叫红水村，再改名潢水村，后才改名为黄水村。

黄水村地处偏僻，高山荒岭，草木幽深，历来就深受匪患，台西叶姓宗谱云，崇祯十七年（1644），四方盗贼蜂起。清初磐安周钦贵率领白头军造反，到黄水村骚扰，但叶姓本为大族，壮勇团练日夜守御，盗贼不能攻破。顺治六年（1649）二月三十日，黑雾弥天，白头军李邦隆、裘叩、徐守平三营，计万余人，兵分两路，一自白竹尖小路而下，一自钓雪龙潭里而来，两路夹攻，练兵失守，白头军杀死男女九十七人，血红数里，村人悲号凄惨，村中房屋被焚烧，引燃大柏树，烧出来香味数月不散，村民奔逃他乡，流离失所。后来天台县令蔡含灵招募义勇，造木城、瞭望台等，埋伏拦截，白头军没法下手，只好退却，黄水村民回来，重新建造茅舍定居，采蕨度日。康熙十三年（1674），福建耿王谋叛，攻破黄岩，两年后，从仙居攻到黄水，百姓又逃难到深谷之中，耿王部下抓到族人后，割下发辫，在黄水驻扎了一个多月。到了同年腊月初，王子贝勒发兵数万，烧山灭寇直到张家桐。耿王部才退回仙居。族人方才回村，口食不给，五谷无种，苦守半年，到了秋天庄稼成熟后，才渡过难关。

除了战乱，黄水村最难受的还是饥荒。我翻开宗谱，看到一篇文字。康熙六十年（1721），遭受旱灾，雍正元年（1723）虫灾，还有乾隆十六年（1751）春雨，麦收无成，五月亢旱，七月无雨，秋收无成，到了年终，"青壮者采山巅，老弱者填尸沟壑，无聊者募化乡村，含羞者待毙牖下。饿殍盈途，死伤积野，种种惨状已不胜言，最可怜者佳人出嫁，无须钱财，才视合而已，去佣人奴隶工，仅糊口而已，一招臻而则来，斗米需银六钱，欲籴既苦于无赀，斗麦需钱三百，欲种苦于无子，粒食寡矣，吃尽陌上萌芽，寒藏罄矣，盗尽田园种子，如此生理全无，民间难以度活"，读来也不禁伤心。

我手头有一本油印的《街头史事》，得知在民国18年（1929）黄水叶姓曾与张家桐、后岸和石柱的陈姓为寒岩的赎田发生械斗，双方共死亡十四人。到了民国二十六年（1937），黄水盐贩暴动打死盐兵十二人，缴枪十二支。两百个盐贩打出街头追到枫树殿，捣毁了官方的盐库，死了三人，后来调解，盐兵尸体埋葬了，枪支归还了事。

黄水村里有两座宗祠，这是在当地很少见的，一个在公路的右边，另外一个在村中间，两个兄弟各自为政，分立成祠，两个祠堂很高大，气势也很恢宏。这里早在宋代咸淳年间建造宗祠一座，春秋享祭，现在见到的清代康熙年间建造的，每年新春挂灯演戏。在宗谱上，我看到许多名人名字，除了好龙的叶公之外，还有唐朝著名的道士叶法善，宋代的宰相叶梦得和叶梦鼎。叶梦鼎有一首诗专写黄水即事：

先人种桧已参天，尽日盘桓脱俗缘，帘映水晶天柱雨，屏开翡翠竹峰烟。

朝阳楼上云成片，点易亭边草正连。胜事满前吟不了，更寻花柳过龙川。

在宗谱中我看到，黄水有十景，土著诗人叶赞清就每一景作步韵俚句一首，意境甚好，很有寒山的味道。

河胤腾龙是村南的河胤潭，神龙时腾，引为圣迹。万历年间旱灾，台郡太守访接龙神大雨，时行年丰，因刊碑送转，且上奏皇帝知道，皇帝下旨三道，现存龙王祠，斑斑可考。叶赞清诗云：

龙神赫赫濯龙溪，万历年间泽浙西。一刻腾云飞石燕，千载取水献金鸡。

从知作解无能近，信是乘乾莫与齐。将雨婉温惊闪电，南山鸟影耳边啼。

黄水周围风景一一罗列。天柱知雨，在黄水村西边，有两座山峰对峙，每当云雾罩顶肯定有雨。蟹穴生春，是黄水村南的一个岩穴，当地人称为伏蟹，即使严冬也温暖如春；黄水村南有石坛，广数十丈，极平净，中有男女足迹，名仙人坛，或称仙坛印迹，又名仙人印迹，村东面有石一块，径丈二，广八尺，内砚塘天成，宋丞相叶梦鼎访此，取名砚石，如现光润，村内必有题名者。这叫砚石科名；石门跃鲤则是村北有石门潭，一名岩门，一名龙门，左右鳌龙，上耸岩笋宛如鲤鱼，又有石如钓翁渔父，皆乐此不疲。另有金狮濯尾一景，指的是村北有一岩，狮口塑吕洞宾，尾造佛国（佛寺），且挞于水。还有白象观澜一景是在村北，有岩如象，首伏于溪。酷似观澜，与金狮同守水口，为村庄绝胜之地。

龙溪峡谷，为民间求雨之所，建有两座龙王庙。

远眺岐石山

龙溪书院岐石山

寒山脚下一带地域，是崇尚教育的。黄水村的龙溪书院，是宋咸淳四年（1268），鸿博科进士叶亨孙独资建造。院址在黄水村南一里许。叶小存把我和卢震带到到龙溪谷口的一处崖石下，公路就在崖下经过，有关龙溪书院的文字，还是在他给我看的宗谱上，其中就有叶梦鼎的《龙溪书院记》：

> 龙溪者，潢水之圣源演洋也，去天邑（天台城）南二舍（三十里为一舍），其地还有悬崖飞瀑、叠嶂层峦，时有灵物蜿蜒，化阴晴蛟龙，扬鳍出云，致雨溢其间，故溪以龙称，而书院之名以著弟亨孙作屋六楹，延廊两厢，涂以粉墨，极其雄观，榜其上曰：龙溪书院。日夕于此讲经，著易作文吟诗，焚膏继晷焉。……
>
> 观夫龙溪胜状，在寒明之南，石门天柱环列于前，宁石砚岩竞秀于后。书院前架以楼，题曰水阁，登此，则溪风山月一眺，而今实为一方巨观也。虽然予弟书院之筑，岂真为观美哉！弟之心，盖以学不易知而易，明也。非专心致志足以知之，又乌（何，为什么）足以言之？知之而不至，言之而不详。皆未尽为学之道也。古之为学者可见矣。其幽深奥妙不可以言传。唯有道不足以屑（掩盖）事，才不足以济万民，而可侧身于圣贤之后者也。予弟自少有志于学，而欲穷其理以明夫道，其所居之宅非无左祠右塾，可以肄业其间，盖其意飞静无以专，其心非专，无以成其学，游于此地，作舍为读书之处，盖将累仁集义以培其本。博古通今。以宏其用，疏而剔之，唯恐邪伪之萌。扶而翼之，日以上达，为期涵之，欲其深煦之，欲推所积以行于天下者，皆区区一室之中，养锋蓄锐，茂器以待之者也。且弟擢大科跻，抚仕羽书在召犹不允，然自足日坐书字中，手不释卷，可谓贤不自贤者矣！

此乃一美文也，先从景物再到治学之理。学以致用，又论叶亨孙之人品德望，其

岐石山下临大峡谷

文情隽永，足以令人遐想不已。山水依旧，人事已非。书院犹如梦境一般。

宋咸淳年（1265）检二甲进士陈文龙，有写龙山书院诗句。

> 尽日龙溪看，源从河胤来。薛萝山径入，荷花水亭开。
>
> 日气含残雨，云阴送晚雷。读余有逸兴，琴剑足徘徊。

有一首杜渠写龙山书院的诗，也是体现其中的精神的。

> 仁石连天柱，遥观驻马蹄。百年传水阁，千古说龙溪。
>
> 孙敬尝悬髻，希文继断斐。焚香当日志，雁塔已留题。

叶梦得也有诗写到龙溪书院云：

> 擢秀归来趣有余，龙溪野色退华裾。陶然不做长安梦，终日勾连只看书。

叶小存带着我与卢震，沿着龙溪书院西边的机耕路一路前行。路是最近几年修造的，以前是一个古道，都是一米来宽的山岭石阶，岐石山人不坐车的话，基本走这条老路。转了一个弯，我看见东边的山顶上，几块岩石组合成一个大大的山字。这个山字我在黄水村的溪边也看到过，也从龙溪水库的大坝上也看到过，现在感觉更加伟岸，更加空灵。设想有云的日子，这大写的山又该怎样传神。我查到黄水宗谱上记载，说是"岐岩架笔"，是在村东，"岐岩生数阿，名笔架，宋丞相梦鼎公曾访此。"叶赞清诗云：

> 未将把笔染端溪，犹架嵒阿黜日西。岌岭分歧栖宿鸟，深宵那伴读窗鸡。
>
> 珊瑚造就知难拟，翡翠装成比可齐。鬼斧神工真浩荡，花生李白梦惊啼。

岐石山之岐，我以为是歧，山顶石头像树一样分叉，即为分歧也。卢震说，岐石山与周武王的岐山有关系。周武王伐纣王，是因为访天下贤才辅佐，这岐石山乃是贤人居住的地方。贤人居住高山之上，是为仙人也。当地农民干脆就叫作奇奇山。岐石山上除了这大写的山字外，还有"石轿乘云"景致，当地人叫作扛轿岩，就在岐石山的西面。村东有岩三块，中间石头较大，名石轿，传说为寒山子所乘，叶赞清云：

> 想是飞仙渡碧溪，时乘石轿在天西。谁知仆隶停肩足，直向麻姑索酒鸡。
>
> 华顶云归差可拟，赤城霞起漫相齐。当年坐到寒山子，茫然浮屠各各啼。

公路转弯处，遇到了一个开三轮车的六十几岁的村妇，卢震和叶小存向他们一一打招呼。再转过去，见到一个土庙，没人居住。岐石山村离龙溪书院遗址和黄水村大概一个小时。村民姓叶的居多，几十户人家，许多都出去了，留下几幢空房子。一些房子是泥墙的，没有人住，屋顶也垮了，屋架也支棱着。这村庄的气场很好，境界很开阔，每当云起，在家门在岩端均可凭虚凌风，做仙游之想。

上次我与沱沱去卢震的书院，是村里最西边的两层农舍，他的学生方山在给孩子讲课，黑板左边是一个行楷毛笔"静"字，右边是隶书的"站如松、坐如钟、行如风、卧如弓"，进门右侧木板壁上挂着 "在水一方"的条幅，都是卢震的笔迹。讲课的内容国学、哲学、文学的都有，教室里有许多书刊，我惊讶地发现，有《三联生活周刊》《南方人物周刊》《中国国家地理》等，被卢震当作教材。学生看得津津有味。现在的孩子都是独生子女，娇生惯养，养尊处优，时刻被宠着，个人自由主义思想严重，但在这里完全没这种毛病，不慵懒，勤力，懂事，自理。洗衣烧饭，到田野体验劳动感受自然魅力。听课、阅读、写作、练字、打坐，日子过得有滋有味，生活也很充实。卢震经常带他们到黄水村和街头镇赶集，行走山上风景，观察云雨的变化，一起野餐游戏，也讲述本地故事以及外界的新闻，从不感到单调寂寞。尽管学生十几岁，但接受的与大学一个样。冬至日，卢震与学生一起酿米酒，观察发酵过程，酿成了一起品尝。屋外树上挂着许多柿子，没有摘去，据说村民留给小鸟吃的。卢震说，冬天一下雪，小鸟哪里找吃的啊？

岐石山农舍墙脚下开着许多野花，地上散落许多"文革"时的瓦栋砖，上面有"忠"字和五角星之类的图案。它们都寂寞，卢震有空收集整理一下。他住在村庄第二高的房子里，从几级台阶上去，前面一个小平地，可以喝茶，也可以读书，这是他的藏经阁。卢震老师自己有一部分书，还有上万册书是老师送给他的，他想把这些书用起来，发心重修龙溪书院，但书院修了一半搁浅了，在磐安的榉溪村办了一个书院，一些书搬到榉溪去了，但岐石山还有许多书，留在这里。中间书桌叠着书，东面书架立着书，床则架在书桌西边，可以躺在床上或坐在床沿看书。东边一间是厨房和茶室。他起居非常有节律。早上起来散步、打太极拳、阅读、练字、打坐，他练的是《礼器碑》《曹全碑》，比较厚重，但也不失清秀。他自己烧饭做菜，简单快捷，在邻居的老太太闲置的地里种菜，与老太太共产主义了，他吃素，开销不大。

卢震原来养了三条狗，我们来了它们连哼都不哼。现在这三条狗都不见了，身边跟着一条新狗，与他寸步不离，是在磐安买的，花了十块钱，名字就叫十块钱。汪汪起来快活真实。卢震带我上岐石山顶，朋友来了也喜欢去那里。静坐在岩顶上，还带着席子和茶具，在山顶上躺着坐着，看云海日落最好的。卢震和狗走上公路边上的小路，穿过柿子林，到了一个小庙，在岐石山的南边岩峰之下，这是卢震他们组织修建的，叫作伽蓝殿，供奉周灵王太子王子晋（王乔），他是国清寺的护法伽蓝。王乔崇拜传到日本就成了"山王一实神道"。据说岐石山一位老人在梦中得到伽蓝的神示，发心在这里建庙。庙门朝南，可以俯瞰龙溪悬崖，前山已经开垦种了一片果树，树木还没长大，有些光秃。庙里墙壁画了白鱀豚等海洋动物，是美院学生画的，卢震说，我们要敬畏自然，这些动物即将灭绝了，我们将来的命运又将如何？这小庙一个自然道德教育的场所，同样起到书院的作用。伽蓝庙往西转是山王庙，庙宇

左：岩上静坐等风起 右上：古庙前打太极拳 右下：叶小存讲述和合民俗（沱沱 摄）

不大，但土得小巧玲珑。庙前的焚化亭，砖石垒叠而成，显得更加朴实。庙里供奉着福禄寿神。庙宇是用乱石筑墙的，屋架是新的，刚翻盖整修过，顶上加了洋瓦，这样就不漏雨了。因为紧贴着岩峰，不时有风化的碎石落下来，把屋顶砸出一个个洞来，卢震爬上去将破碎的瓦换下来。庙后的岩石是倾斜的，是岐石山主峰，从狭窄的岩缝穿过去，转过林间小道，爬上一个小坡，一转弯就到右边的岩顶上，岐石山全村以及周边的风景全收进了眼底。往南远眺就是龙溪大雷山。井坑和雷音寺是看不到的。盘山公路曲折如带，往西边看就是黄水村，扛轿岩也赫然在目，其北边有无名岩有点像黄山。这岩顶左边是伽蓝庙后的岩峰，右边是山王庙后的岩峰。

传说岐石山是李白的笔架，李白在华顶狂醉，天台晓望，一挥而就，"门标赤城霞，楼栖苍岛月"，"安得生羽翰，千载卧蓬阙"，把笔一扔，插在张家桐岩顶上了，叫梦笔生花，把笔架踢到这山顶上。这孤零零的岩顶有许多树木，大炼钢铁的时候砍得精光，对面那崖顶有两棵高大的柏树，也是李白用的另两支笔，那时人们用二十四格竹梯接起来爬上去，把树砍掉了，据说砍树的人也死得难看。卢震说，这本来是风水树。风水破坏了，文脉也断了。

笔架山周边有许多奇岩怪石，或大或小，或组合，或孤独，有些重叠，有些呼应，但是大多被藤萝树枝所挡，因为时间有限，就不一一细观了。我忽然发现，岩峰边缘上有一块磐陀石。用手一推，会摇晃，但不会滚下来。卢老师就爬上去在那里打坐，"十块钱"也跟着过去，它上不了磐石，坐在下面的岩峰上，两个的神态一模一样。卢震身着青色长袍，头挽道髻，挂着三绺长髯，我觉得他像个旧时的乡村私塾教书先生，不过在岐石山行走，很有仙风道骨的样子。卢震的心性是自由的，磐安的樟溪书院建成后，他半个月在岐石山，半个月在樟溪。听说龙溪书院又开始动作了。

卢震说，岐石山村在山顶，交通不便，当年建造房屋的用来竖墙的石板都是人们从后岸村一块块扛过来的，四个人一天半才能扛一块石板，非常艰难，但拆除很容易，他住所的屋后，有推土机隆隆地开挖平整一片地基，其他的老房子命运也交付给推土机，推土机的启动按钮成为它们的终结者。卢震住的房子能不能保住，是未知数。但村里人说，后面有一块空地送给他，可以搭个小木屋临时住，那里离山顶的几块大石头很近，但是万一刮大风下大雨这小木屋撑不住怎么办？卢震无语，复又笑了。岐石山人不多，仅仅住着七个人。我回到卢震的住所，看到一块龙溪书院的匾额。书院还没有建成，就挂在自己的床里壁。卢震给我们倒茶，我们几个人坐下闲聊。我对叶小存说，你也是一个有神性的人。他家的猪栏就修在路边，连个栏板都没有，尽管没有遮挡，但猪不会跑出来，这头猪三百多斤重，随便一跳，就会在村道上横冲直撞，但恰恰就像施了定身法似的，我暗暗称奇。

叶小存是黄水村土生土长的农民,很讲义气。但执拗起来,什么都不买账。对着任何人都要犟顶,但他很正直,在理,大家都认他服他。叶小存的绝活儿,就是医治蛇伤,他的药方是一本书里找来的,当时人家被蛇咬了,他用了一下很管用,于是就业余医治蛇伤三十年,但他说现在不能医了,是需要批准的,要这个证那个证。但人家急难了,救命要紧,总不能见死不救啊。他以前打猎,水平很高,每次出去,总会枪杆子挂着几个东西回来。后来枪被收走后,打猎的技能无用武之地了。叶小存从小在山里采药打猎,寒岩一带的那些悬崖,他能徒手上去,挖吊兰。吊兰是岩兰,也叫石斛、铁皮枫斗,名贵药材。过去他上去看到吊兰,大的挖走,小的留着,现在,"这些人看见小的,挖挖不值得,就干脆用手指把它捻糊了。自己不要,也不让别人要!这是断子绝孙的事,他们都做得出来。怎么人心越来越变坏了呢?"他叹息道。

现在,叶小存也不会去挖吊兰了。不过他探出寒岩上面的两个山洞来,说是寒山子和拾得修炼的。去下洞得在崖顶上放绳子吊下去。洞不深,可放一张眠床,前面有一小块空地腾挪,住在那里,没有任何打扰,"重岩我卜居,鸟道绝人迹,庭际何所有,白云抱幽石"。叶小存说,黄水的叶姓祖上来定居黄水的时候,也是因为寒山子的诗歌指引的,他也资助寒山生活费用,据说原来寒岩的山林都是黄水村的,祖上就把它送给了寒山子了,后来建造寒岩寺,黄水叶姓也赞助过不少。

叶小存说,和合不过时啊!旁边两个村庄因为是合建造祠堂的,后来产生了产权纠纷,在建筑权属分配上产生了龃龉。叶小存和叶氏宗族的一些老人一起进行调解工作,他们翻出了宗谱的记载,把矛盾平息了下去。叶小存说:"都是叶姓人,我们本是同根生,相逼何太急,说穿了事情不大,需要退让一下,事情就和顺了,当年,两个村不是一起同心协力建造祠堂吗,我们不能在我们这一代结怨啊。"结果,和解协议签订了下去,两村的纠纷也迎刃而解了。

西乡的叶姓是个大姓,尽管势力很大,但与周围的龙溪乡原住民关系和谐,有着和合共生的传统,与东阳金华和临海、仙居的一些宗族也很和睦,比如仙居下王沈氏则是由会稽迁到永安逆溪芦田下王沈,民国末年,黄水叶氏和芦田沈氏族长查阅谱籍,得知两姓乃是连襟,又可以上溯到叶公好龙,关系很铁。黄水叶氏与屯桥徐氏关系密切,清代屯桥百祥庙徐叶两姓迎会的时候,就看到黄水村的神像,屯桥徐姓每逢干旱时就到河胭取水,得到黄水叶姓的盛情接待,徐、叶两姓结为义家非常亲切。

叶小存向我讲起黄水村和合婚俗,其中包括新婚时新娘新郎喝和气汤,分"落地红",吃圆眼(桂圆)茶,吃扁食、"挟圆"(糯米圆)、洞房面,等等,都洋溢着和合的味道,大概这也是寒山子那时传下来的吧。

在岐石山顶俯瞰黄水村

第四章

翠屏紫凝走环线

济溪农家

从明岩走向祥和

我踌躇满志，从明岩出发，去九遮山的路上，我站在溪对面看明岩，那绝壁空谷翠色缭绕着白茫茫的水雾，尤其空灵，就像一幅画卷垂挂着，我想能从画中走出来与我相会的人，就是寒山子。从明岩沿着九遮溪行走，两边是青翠的庄稼，随风带来无限的绿意。先经溪地村，两溪汇合沿村西向北流两百米，又自西向东沿山脚向北流远，在南北两溪水汇合，推出一片平地，曾有溪地庵的旧址。村东边后一座金字山，花草树木纷披，下有一个隧道，在村南有山浑圆如球，人称狮子球，名为王公岩山，溪对岸的山就如同狮子一般，与溪东另一座狮子山相对应，人们称为双狮挪球。溪地村溪东岸有砖石砌成的"城墙"，围着一个小广场，这是村人们的文化活动中心，村道比较干净，石头泥墙的房子，显得古朴而纯净，它与古吞、遮山口和稻蓬岩组成遮益村，是九遮山的开篇，周边围绕田地山石奇峰果林，营构人与自然的和谐。

我与驴友"锋"和乡村教师胡才兴一起，沿着公路行走数里地，就来到济溪村，济溪坐落在寒山之南，济溪的西岸，原来是个偏僻的所在，房屋很破旧，非常安静，但是今日建造高速路，村中不时遇到载着沙石的大型工程车和水泥罐车，将道路压得坑坑洼洼。村中几个石头墙的大院子，有些已经摇摇欲坠了，表明它们已经进入风烛残年。尽管有太阳高照，但空空落落，没有人影，但门是敞开着的，廊下整齐地叠满木柴，摆着风车和家具，估计主人已经下地干活。阳光落下厚重的影子，在这里拍照甚好，同行的北京来的文友冉老师说，这里富有乡村独有的沧桑感。这山野里的村庄也有上千年的历史了。

济溪农家

从宗谱上看到，济溪村中丁姓的祖上可以上溯到姜太公姜子牙吕尚，其第二世是吕伋，生有五子，名叔庚、叔申、叔乙、叔文、叔正，分别分封为丁、齐、崔、高、卢五姓。济溪村的始祖叫丁焚（1055～1132），字太炬，号德生，因为喜欢徒步旅行，来到寒山子的隐居地明岩和寒岩的时候，就看见这寒岩边上的济溪一带水域土地平旷，草木茂盛，适合隐居，就住下来。但他的长子丁俊（1082～1157）又从济溪迁居到现在雷峰凉坑大路丁村定居。丁焚也成了凉坑村的丁姓的始祖。他的第二个儿子还留在济溪村。

济溪是九遮山的东边支流，我们走在溪上的垺桥上，看农舍的炊烟袅袅，别有一番生趣。济溪有两座垺桥架在济溪之上。其中一座垺桥被列为浙江省文物保护单位，边上建造了一座水泥桥，车声隆隆，但还是掩盖不了它的乡土建筑的名望。从这垺桥过去，我走上了方岩桥，溪的西岸立着一块诗碑，为明代崇祯年间曾经编辑过《天台诗选》的许鸣远所写的《济溪隐居》的诗：

吾意欣有托，渺兹天地身。眷此山水间，衡茅乐天真。

松篁来幽径，鱼鸟自相亲。披衣闲选石，载酒复垂纶。

便是濠濮想，岂是松菊人。

从桥西头上坡，一段陡峭的石阶道在竹林和树林间延伸，曲折转弯，拾级而上，岩石嶙峋，长满青苔，这段五里左右的石阶路，是当地的老人一块一块抬石条铺设的，这也是最朴实信仰的"愿力奇迹"。它通向崖下的一座小庙宇。这小庙宇四开间，东一间是厨房，西一间是杂物起居室，中间西间供奉胡公，中间的东间供奉包公，两个宋代为民造福、清正廉明的官员，终于成了和合社会的邻居了。阳光在崖壁下照射下来，将墙壁映得一片通红。看起来真的有永康方岩天门的味道，庙前地上，长满手掌那么大的菌。在每月初一、十五或包公胡公的寿诞，这里就热闹不已，香火依然旺盛。大殿里柱子上的一副对联写道：宇宙宽宏天地只容正直，乾坤浩大日月照鉴分明。仔细想想，这也是颠扑不破的真理。

小方岩大殿前，有一个突起的岩石，可以爬上去远眺，下面是悬崖绝壁，刚才我走的路就修在悬崖的边上，里面有一个送子观音的岩洞，尽管实行计划生育政策，一对夫妇生一个孩子，但是到这里求子的人络绎不绝。站在岩石上往西望去，山顶悬崖如城堡山顶一样，如永康方岩，上有许多岩洞，但平时很少人上去，不过现在徒步的人多了，总在上面摇旗呐喊。对面望去，是王家岭一片杨梅山，可以翻到李家坑，那是雷峰的地带了。

许宝灿为我画了一张路线图，从济溪东行到塌鼻岭下白泥坦村，到林家山、祥和村，经过支长（猪场）岭，再到桥棚，转到状塘，上西岭到翠屏寺。听当地人说，

左上：小方岩上的胡公殿和包公殿
右上：七石田村
下：在七石田村看对面山顶的九狮争霸群岩

寒山子在未到寒岩隐居的时候，曾经与拾得一起住在附近的翠屏山里，所以我徒步寒山，还是要走这条路，寻找寒山子隐居的影迹。

我们从小方岩石阶道飞奔而下，犹如驾风。回到济溪桥上，往里走，听到山谷中机械轰响，震耳欲聋，溪谷里正在紧张施工，在机械的轰鸣中，工人们正在浇注钢筋混凝土桥墩，高架桥的一端从崖石中间的隧洞里穿出去，本来这里很安静偏僻的地方，却特别喧闹，站在工地上仰望这塌鼻岭，并不是很高，整个山冈的走势，像一个低低的鼻梁。我用诗友彭兴荣的句子比喻，把隧道当成深山里呼吸外界空气的鼻孔。

前面就是一片杨梅林，有人挑着杨梅在山路上行走。杨梅已经摘完，在树枝上，摘下仅留的几颗品尝，依然鲜甜，一路摘一路尝，肚子撑得滚圆的。边吃边走到了七石田自然村，两位村妇在洗衣，她们看见我们，招呼我们吃饭，我们坐下来歇息、喝茶，忽然路边的另一个村妇大喊大叫，你们把我的杨梅吃完了！我说走路渴了，忍不住摘个解渴也大不了，我又不是整兜装回去卖，要不我给你钱，多少一斤？她笑了，说我样子就是老实人一个，不会偷杨梅卖的。在这村前村后胡转，我拿照相机一路拍摄，她们再不责怪我胡摘杨梅了。那大喊大叫的村妇问我，你拍照片干什么？我故意逗她说，我是勘察旅游线路的，我勘察旅游线路就像修下面那条高速路一样，把她们唬得一惊一乍的。

七石田村里所看见的泥墙屋有些破落，但是村里自给自足，自得其乐，不想移民，大声叫嚷的妇女说，她用建造高速路征山征地款买了保险，种杨梅一年有几万收入，这样就可以自保了。移民到城里，干什么啊？踏三轮车吗？做搬运工吗？没地方去，还是在这村里环境好，自在。她说，这几天最忙碌，杨梅如果卖不出，一年的忙活也就白费了，我开玩笑说，你不要以为我们摘了你的杨梅吃心疼不得了，我们手机上一发图，许多人都来买，你有多大度量就有多大生意。那妇女羞红了脸。

透过七石田村屋背脊，我看到对面山顶九座山崖簇拥成一朵花的形状，非常美丽，但村里人偏偏叫它鳖子岩，鳖生子不甚美，驴友们起了一个很美的名字，九狮争霸。九狮争霸也叫九狮聚会，地图上叫砂溜山。从那里下去，山后就是九遮山的范增庙。从七石田村再往上行走，就是岭堂寺的遗址了。村后还有岭堂寺的遗址，再上去就是塌鼻岭，那是雷峰和街头镇的界山。

"锋"说，这七石田村旁有狮子洞，也有流水石头村，因为在山上，石头村非常原始，宁静，一片空寂，村前屋后有许多柿子树。附近就是济溪龙潭了。它有两个潭，一上一下，上面的龙潭瀑布被柴草树木掩没了，难以观看，留一个想象也是好的。"锋"说，上次在七石田村上面见到一户人家，那人给他西瓜吃，特别甜，这次去房子被拆掉了，那个村应该叫岭堂下。上面还有个岭堂寺，只剩下两堵短石墙了。从岭堂寺以上，看九狮争霸，视线相平。许宝灿告诉我，从济溪到岭头的这一段都叫岭堂岭，也叫塌鼻岭。从岭堂岭上去，岭头上有一个路廊和小庙混合的建筑，白泥坦村的善男信女们重新翻盖过了。从塌鼻岭过冈，一路下来，山风拂面，更是凉快，沿着山坡迤逦而下，白泥坦的全景一览无余，沿着田间的小路下来，经过一个长满大树的小冈，树下有石头垒砌的墙坎，犹如花坛，放着石凳石桌，便于歇息，再走几步，就是乡村公路，下坡转几个弯，就到白泥坦村了。

上：塌鼻岭
下：白泥坦村农舍

1997年，与我沱沱一起来过，当时受陈向阳的邀请。陈向阳中学读书时候发表了不少作品，毕业之后，在村里代课，他的学校在村庄前面的高冈上，教初一的语文，而今这学校已经废了，一个学生都没有了。陈向阳的邻居陈红松，两个都爱写新闻，后来两个人都在《台州晚报》工作，不过陈向阳已经转行，陈红松当了总编。我在雷峰几个朋友都与新闻有缘，除了红松、向阳外，还有丁必裕、杨国勤和朱智敬等等。陈向阳的父亲和陈红松的父亲都是教师，我第一次到白泥坦，就见到叫陈忠玉的退休老师，在村口义务出黑板报，一问是陈向阳的亲伯伯。陈向阳的父亲叫陈泽民，现在也有八十六七岁了，退休后购买广播器材，在村里办乡村广播站，我曾在《农家书屋》杂志上做了一个报道。三年前，陈泽民到了北京，带着毛主席著作，在天安门拍照留念，热泪盈眶，他最大愿望是上天安门，现在愿望实现了。陈泽民的家在村口，老房子前面加了水泥结构的门脸，住得比较舒服些，后面的墙塌了一半，向阳说这祖宗的家业，得早日修回去。站在陈泽民家门口看去，白泥坦村前人个个南倾，人称"望娘山"。村庄房屋在一面山坡上，坐北朝南，后山犹如屏风，

能挡住寒冷的北风，村庄左右地垄俨然，种上小麦、番薯、萝卜，土质黏性极大，如果用来制砖瓦，则是上品。附近山冈盛产白泥，可制陶器，手感细腻，经某科研院校专家鉴定，评价甚高。曾有人想在这里建陶瓷厂，惜山高路远，交通阻滞，深感无奈。这大概是白泥坦的来由。白泥坦，是个土得掉渣的名字。

站在陈向阳的老屋前，眺望西北边山冈，那里原来有一个非常雄伟的纛第（有旗杆的大院子），但是已经被火烧毁了，“一百二十根屋柱落地”传说留了下来。村口有镇龙庙，始建于明代，供奉仙皇佛。这里虽然偏僻，但也是一个大村落，有三四百户村民，聚居着夏、陈、张三姓。夏姓起源于四千二百多年前的夏王朝。夏斌陟被封为会稽郡王，宋英宗年间，夏郾端从会稽迁往仙居，到第十一世夏怡松之父抗元殉国，他誓不出仕元朝，弃儒从医。钟爱天台山水，边举家迁往天台，为夏氏天台始祖。夏怡松次孙夏伯和于元至正年间，迁往白坭坦村。我去了村里夏姓的祠堂，它建在明朝中叶穆宗（约 1567），距今四百三十九年历史，采用歇山顶的屋顶结构，在封建社会中属于宫殿式的建筑，在浙江省内见得很少。这个宗祠修好后，来自绍兴和四川等地的人都来考察。正门分左中右三扇，门上各置横匾一幅，左书“父子进士”、右书“祖孙都宪”，中书“夏氏宗祠”，门楼上供奉着“都宪第”圣旨亭。据宗谱记载，夏家出过三进士：即夏埙、夏鍭、夏宗濂；二都宪，即夏埙、夏迪。所以，中门两旁书有对联一副，右联是“一门二代三进士”，左联是“二都双士七大夫”。有个黄岩人叫夏仙宝的，辗转几次到了这里，看到祠堂里供奉的《夏氏宗谱》的老本，与清嘉庆年前的宗谱几乎一样，按此修正补充他们宗谱缺失的地方。

白泥坦夏氏宗祠和村道

许宝灿告诉我，林家山村在白泥坦村附近，塌鼻岭之下，这村庄坐落在半山腰上，风景幽静，三面环山，风景清幽，属于雷峰乡最小的行政村，共有农户一百六十四户，人口四百六十五人。村民姓林，祖上与传说中的殷商丞相

比干有关。村中有林姓的宗祠，是清代嘉庆年间建造的，有匾额写"今古奇观"四字，里面有歌谣记录村史：

> 比干太祖文曲星，训护子子又孙孙。历朝历代开科举，龙虎榜上必有林。
>
> 西河衍派须记清，人生难离父母情，生儿育女若万千，敬老扶幼理当然。

小山村尽管偏僻落后，但家族和睦，勤奋读书，许多人学有所成。

在白泥坦村沿溪流下行，走三里，就到祥和村，这是雷峰乡最大的行政村，过去祥和乡的驻地，由张家庄、祥里、尖岭脚三个自然村组成。据地方志记载，明永乐年间属积石乡三十四都，1934年前，属祥家乡（以祥里、张家庄两村各取一字命名），1935年属祥明乡，1939年又属祥和乡，1956年属雷峰乡。祥和村的村委会驻地是祥里村，我一直觉得祥和这里的地名很美，有吉祥和合的意思，使我想起明岩的张家桐的所在叫祥明，还有祥塘、祥里村，多有吉祥和谐的含义。

朋友们告诉我，祥和的祥是墙的意思，祥和就是墙和，祥里就是墙里，墙牢固坚实，保护一方百姓安宁，自然一片祥和的，据说，这里的夏姓是在元末明初从白泥坦迁过来的，可见白泥坦的村落比这里还悠久。二十几年前，陈向阳带我到了这里，找到一座保留很完整的四合院，当地人叫作"堂屋"，一一细致观察鹅卵石铺设的天井，据说这里是夏氏族人的集体屋，上面有"云蒸霞蔚"四个字，村中还有"夏氏小祠堂"，是二层小楼，在村中行走，我见到了清末至民国的宅院。

祥里是一个很偏僻的地带，但是有完整的社会生态，自成一统，不被外界左右，在当地是一个著名的村落，前不久开辟了雷峰漂流驴友项目，人们在村前溪流中撑着充气橡皮艇，沿崔岙溪顺流而下，尽享刺激清凉，这一段用于漂流的溪流，是长五公里多一点的河段，涉及八个自然村，基本上把村落带活了。许多人都驾车过来，平时一天卖出了五百多张门票，最热闹的时候，一天能卖出一千两百张左右，解决了四十多个村民的就业，村民都摆起了小摊，村里多了六家"农家乐"饭馆，农民也感到有了奔头和希望。这里是当地茶和桃子的产地，每年都举行集市，农民不用挑着去，而是在家里点着电脑鼠标，做成一单又一单的大生意。

许宝灿说，祥里村南边就是张家庄，它名不副实，村民不姓张而姓何，现在的茶叶市场就是原来的何姓宗祠，另有中央楼门、向日楼、复光楼、裕庆楼等古民居建筑，张家庄村的南边有一座"永固桥"，是通往仙居和临海的必经之路，是明代的老建筑。过去，从祥和到前山一带，得走林家山上，走尖岭古道，尖岭脚村在祥里村村北，还保留了一座天台县最大的二层四合院，普通四合院一层仅二十间，而它一层有屋二十八间。我们徒步，可经此走李家坑、大地林、崔岙村出去。现在，李家坑到大地林已经有了公路，其他的还是石头铺陈的古道，依然是当年的旧日风貌。

支长岭

在桥棚上拾取乡梦

从祥和经过桥棚村，可以到临海白水洋店前村，这条乡村路，共有二十道弯，是当年的乐安古道。

这条古道可以通往仙居，按照地方志的记载，仙居是从天台分离出去的，原先叫作乐安县。《天台县志》记载得清清楚楚："永和三年（347），分始丰县南乡置乐安县（今仙居县），属临海郡。"当地人告诉我，从祥和到仙居的乐安古道是经过桥棚村的，在过去很长的时间里游人如织。每当清晨，许多人挑担在村中走过，提起搭挂一下下叩打路面，发出沉闷的声音，于是，村里的人就起床了，男人下地干活，女人生火烧饭，一缕缕的炊烟在屋顶瓦楞上袅袅升起来了。

祥里村的崔岙溪上，一座石拱桥横架，名为"永福桥"，名字很平常，但始建于清代，有条古道直接在桥上经过，上支长岭，通往桥棚村。支长岭，实际上是猪肠岭的雅称，在地图上看，通过走四公里长的支长岭古道，可至祥里、祥明、街头和东阳等地，尽管支长岭的名字让人望而生畏，但是一条捷径，岭也不高，才一百米左右，走起来还是很方便。路边的地垄上，还种满了叫作小红毛的花生，但当地没形成品牌，被新昌人全部收购了，贴上新昌小红毛的牌子销售。许宝灿老师说，这桥棚村还出产板栗，远近非常闻名。现在，即使祥里修了公路到桥棚村，要转一个大弯子，要绕二十五里的路，为了抄近路，这条古道还是有很多人走，并不寂寞荒芜。

支长岭、里坑和头陀岙、四方岙的溪流，在桥棚的廊桥下汇合成丁字形，廊桥因此叫作棚桥，桥上有屋顶，后来自左到右阅读，就叫作桥棚，好像中国人把猫熊叫作熊猫一样，在天台，这棚桥也算熊猫级的古桥了，这座桥是天临古道也就是乐安古道的要冲。在过去它与国清寺的丰干桥、坦头上宅的宝兴桥、城关大西门的临川桥共称天台山四大特色桥。桥下的凉坑因树多林密，气候凉爽得名，也叫淡竹坑，天台范氏一世祖"讳宏，字开绪，号潜庵，世居顺阳，少英颖，资性殊常，人长读书"。"会隋大业间，帝荒淫，怠于政治，顺阳左右兵刃绎骚，公慨然兴叹曰：'时势不可为矣'。"遂为避隋时乱世，由顺阳坎坷千里，隐迹天台凉坑，历经五十多世。凉坑溪上的桥是唐代时候就有的，原先叫作文峰桥，后来被山洪冲毁了，到了公元1793年，居住在这里的范姓人在祠堂建成时重建了这座棚桥，将范蠡、关羽、赵玄坛（赵公明）等供奉在桥棚中间，称作财神。明朝，范氏的三十二世君善公居住在凉坑，君善公曾捐建棚桥。他"秉性端恪""家资余裕""常济困扶危"，曾舍"无相寺田一顷二十亩，舍水陆寺田九十亩"，君善公共有五子，四子文广移居岙头村。每当农历五月十三关羽寿诞之际，这里的人们都要祭财神。乾隆年间棚桥遭受火灾。此前是棚桥，此后才是廊桥，这座桥两边民居林立，商铺众多，饭店、酒肆、药铺林立。农历逢五逢十为桥棚村集市，商贾云集。桥上经常有人设摊，也常有村人纳凉闲谈，桥棚是单孔木桥，有八根木梁，面铺三十五块板，两侧高椅式木栏。中有三间木结构瓦房，始建于乾隆五十四年（1798），光绪二十一年（1895）重修。但到了后来，古桥又损坏了，摇摇欲坠，但顽强卓立，2011年重新修建过，用上原来的栋梁。不过，新桥西边的桥柱角度与老桥的原位置稍许偏南了几度。我找到了老桥柱的柱基位置。据说，现在的这座桥是新加坡进口的水曲柳为材料建造的。桥上瓦棚可以让行人遮阳挡雨，也可以使桥面和梁木不受风雨的侵蚀，乃是真正的乡土建筑的大和合。

朋友范旭初是农民摄影家，桥棚村人。他与我一起徒步，带来当地的摄影粉丝。范旭初生于20世纪60年代，土生土长，他家就在棚桥东头的老农舍里。他说爱上摄影，是因为当年朱智敬在祥和乡放电影，当银幕发亮声光电一起出来的时候，范旭初的眼睛也发亮，他把临溪的窗口当作他的银幕，并在板壁上画了一个个银幕一样的框，画上电影的场景。范旭初家境并不富有，他用上山劳动得来的钱全买了电影连环画，在班里收费租赁，导致学业成绩跟不上，老师气得指着他鼻子破口大骂。高中毕业他就当上了木匠，在北京干了一段时间。他在旧市场里淘得一台海鸥牌相机，颇高兴，拍摄了一些照片给《大众摄影》杂志被采用了，就一发不可收。他在书店里看到一本自制照相机的书，就照着书上教的方法买了镜头配件，用木板钉了一台，拍出的照片效果与正式品牌的好相机不相上下。他木匠也不做了，专门拍照片，并以此维持生计，他拍照出了名，而且生活得很滋润。不但自己专业搞摄影，而且把他七十

桥棚廊桥

多岁的老父亲范先尚也教会了，同时还收了许多徒弟。他们一起提着相机在廊桥附近的田野和山村里转悠。

范旭初拍了许多廊桥的照片，他说，别看拍照片那么简单，咔嚓，轻松按一下快门就是了，其实，它讲究景物与光色、时间构图的对位，以及个人情绪的融合，这需要讲究机缘的，突然冒出一个灵感构思，就得立即抓住，迅速按下快门。光影瞬息万变，还是难以同步的，当年这座残破的老桥，在范旭初的摄影作品里充满无限的生趣。

范旭初告诉我，这廊桥位于天临古道之上，通向乐安岭，是古代的驿道，官员都要骑马坐轿经过。桥棚村也叫呑头村，除了桥棚之外，还有几座垆桥。在宗谱和桥头的碑文上，凉坑写作亮坑。历史上，雷峰乡桥棚村到状塘村整个山呑都称作凉坑，凉坑大路是乡村主要的通道，出小南门，经岩下、小岭北麓、里王、状塘、桥棚、鞍头岭，可以通往明岩寒岩，也可以通往临海的白水洋，所以当地人也叫作"天临古道"，是天台九条主要交通要道之一，那里也是我徒步寒山经过的地方。

老人把我们带进了村里的孝友堂，说这里给后代读书用的。上有匾额称"范杨尚祠"，尚祠为专祠，即是专门建造的供奉范杨这个祖上的祠堂，现在成为老年活动室，老人告诉我，这是个大户人家，廊下的铜钱串堆得到处都是，清代慈禧太后下旨建造两个百岁坊就在这个矗第里。范旭初告诉我，村里的长寿老人很多，有两个活到百岁以上的，其中有一百零六岁的，是去年去世的。范旭初说，他爷爷将近一百岁的时候摔了一跤，断了脚骨行动不便才去世的。我们走上村后的山冈，看桥棚整个的地势，尤其温和，土地平缓，溪流清澈，为养生的佳处。

据说村里的范姓也是范增的后裔，有个老者站在桥上对我说，民间传说曾在鸿门宴中舞剑意在沛公的项庄，就沿着崔呑溪进来，隐居在这桥棚后面的头陀殿那里，为百姓采药治病，后来在那里去世。七月二十四就是他的忌日，全村里的人吃素，拿着祭品的篮子去的时候，需要烧稻草烟在上面走进去，没事情不用去，他需要清静。去朝拜的时候，不能穿红戴绿，只要烧三支香就行了，据说很灵。过去项庄的肉身塑像是有的，被仙居人偷走供奉，现在重塑的神像就没有肉身了。不过，现在的老庙已经修得完全不同了。据说那时项羽的儿子也来了，隐居在九遮山那边，还建有太子庙，范增供在亚父庙呢。当然，白泥坦村里也供奉范增的。

老人带我们沿溪而上，走向头陀庙。这里也是天台通往临海、仙居的古道，路边田地上有农民提篮下地，老人说这头陀呑里的宝兴寺名宝没宝，名兴不兴，现在能见到的只是废墟了。这里的头陀神有名字，叫作王亮。汉高祖天福二年（948）戊申五月十五辰时，降生于山西省平阳府岳阳县（今山西省临汾市安泽县岳阳镇）王家庄一棵桑树底下。十一岁自入佛门，成为头陀（和尚），擅长医术。后云游陕、甘、川、皖，来至赣、闽、江、浙，最后来到凉坑，就居住于桥棚村边的"淡竹禅林庙"处，以精湛医术治病救人，后去世于现在的头陀庙遗址。我确定，这头陀绝不是项庄。

站在头陀庙对面瞭望，这里有个名字叫作"古洞狮津"，东边山形如同伏狮，左右山脊如狮子的前腿，中间岩石如雄狮头，这古庙就坐落在狮子口中，庙后有一股泉水细细地流淌，巨石约十米远的地方，有一个圆球形的岩石，人说是狮子球。头陀殿坐东向西，隔溪有山峦如屏障，显得安静而祥和，我觉得，这里就是一处吉祥地。

老先生说，在清代这里也是绿壳（绿寇）集中的地方，那些造反的人都驻扎在这三县交界的地方，本地有范天王、姚天令，街头有何天挡，与南屏的周永广一起。没造反时，是人家看不上眼的黄泥裹脚的底层农民，一揭竿而起，地位立即上天，成为托塔李天王了。从陈胜、吴广那时候起，那些称王称霸的皇帝不也是农民做的么？

凉坑中的大路丁和下徐两个自然村组成了友义村，因为这沿溪古道分布的各村都姓丁的村庄合称为大路丁，而下徐村姓范。桥棚之下一里路，是友义村。这里都是状塘溪上游，有数十幢明清时期和民国年间的古民居保存完好，均为依山临溪而建的四合院，上下两座院子，高差就好几米，下半部是坚固的石墙，上半部是砖墙，两层楼的三层楼的都有，各具特色，山乡风貌十足。

正午路廊中

状塘村口的山岭通往寒山

状塘欲攀西岭上

沿着溪水往下行走，就是状塘村了。这也是一个四面环山的地方，淡竹溪和木勺呑溪在村口汇合，村庄沿溪建造，诸多房屋随着山势抬升，犹如山城。通向传说中的寒山子隐居翠屏寺的古道就在这村庄下面穿过。

范旭初把我带到村前的小山上，这小山如同手臂一般，环抱水口，东边朝村的一面，是悬崖绝壁，但小巧玲珑，这里也有一条寒山古道，通向大地林方向，后来用于水利建设的隧道改成公路后，这古道就寂寞下来了。据说这隧道在"文革"前建造的，是两头开挖，到中间接通，投工投资都很少，而且很高效，工程质量也好。现在早已成为友义和桥棚的通衢大道了。我们在这小山冈行走，可以看到一处小瀑布从隧洞里流出来，这隧洞也是当年的工程，现在田里耕种的少了，水渠也断了，用于灌溉的水流，白白地流成了瀑布。

范旭初说，村前有金钟山，上有古炮台，可以居高瞭望。明代时候，倭寇入侵，人们就在这里站岗放哨监视，设立猪娘炮，三个方向的古道也成了炮弹射击的范围，这也吓退了敌人的进攻。附近有一个很长的隧洞，当年挖得太深了，供氧不足，人们就在山顶上像农村挖番薯洞一样开个直洞下去，与隧洞连接，通风问题解决了。这是农民的智慧。现在许多户外运动者，总是在直洞的洞口用绳子把自己缒下去，感觉凉风上下吹动的快意。

我的身后是茶山竹林，有两个孩儿塔，似乎是孩子的公墓。旧时村民把夭折的孩儿扔进去，一个用来投男婴，另一个投女婴。我在殷夫的书中看到，看到婴儿不行了，甚至还在哇哇大哭呢，狠心的父母就把她们扔进去了，惨不忍睹。长夜里人们总听见孩子嘤嘤的哭泣声。平时孩子是没有胆量去那里的。婴儿天台人叫作乌娃，

121

状塘村的古桥与古道

在过去重男轻女的农民，一见生下的是女孩，就将其处死，我编辑民间文学集成的时候，搜集到一首歌谣："乌娃落地叫一声，双手拿过石灰瓶，不是娘亲心肠狠，你不该世上做女人！"还有另一首歌谣："十八岁媳妇周岁郎，日日爷爷抱上床，睡到半夜要奶吃，我是你妻不是你娘。"女孩的遭遇和小媳妇一样遭受虐待，一样都是不和合的。这两个孩儿塔，也属于一个旧时代的活标本，能见到这样的孩儿塔，天台只有三处。

据说状塘村有水塘，村位于水塘之上方，故亦称上塘。天台话上状同音。是故，上塘又名状塘。村口有大石拱桥，桥上长满藤蔓，悬空挂在桥洞上，如窗帘一般，桥是南北方向的，桥顶石上雕刻太极阴阳图。桥北段为民居，桥名博济。是清代道光年间建造的，这里谈到一个村里人，这个人就是杨禹吉，出身于书香门第，其父杨兴邦为太学生，自己是贡生。清道光十二年（1832）夏末，有个进士出身特授文林郎去仙居就任的官员宋大寅行走到这里，因大水所阻，无法过溪，便住在杨禹吉的家里，两个人谈得很知己，分别时，宋大寅以联相赠，曰"与君萍水联风雨，绕屋溪山见知仁"。由此，杨禹吉发心修造此桥，因资金短缺，一边有桥栏，另一边则无。

状塘村民姓范，也有姓杨的居住，天台范氏始祖范宏最初居凉坑口，明永乐年间（1403～1424），凉坑范氏三十二世祖绳祖公迁居状塘村，而杨姓先祖为隋炀帝杨广玄孙杨白。唐贞观年间避居新昌彩烟，宋室南渡时，杨晖由新昌彩烟山宅前迁居天台。明嘉靖年间（1522～1560），杨月山由天台南山店儿洋卜居状塘，为状塘村杨氏始祖，他是盐商，往返于此间古道，居住状塘，尽得地理上的便利。迁居状塘时，仅有田园六亩，后来逐渐繁衍成望族。在桥头北望远处葛亭岭，岭上葛亭原先是杨姓祖上杨月山建造的房屋，房屋倾塌后，建造小庙，可以当路廊使用，有老人义务施茶，岭下就是隧洞。葛亭岭下是祥塘小学，原先这里是杨姓的宗祠，是清代嘉庆五年（1800）杨国士主持建造，取堂名"四知堂"，有杨氏先祖杨震在深夜里拒收贿赂的典故，说：你贿赂我，"天知、地知、你知、我知"，是为四知。杨震为官清廉，过去祠堂曾"清白遗风"匾额。可惜的是，祠堂早已在1997年被拆除了，旧景不存。

走过石拱桥，我们在村道中前行，村道下是平缓的山溪，村道之上是民居，与其他破败的村落相比，状塘村还是保护得很完整，村道是西东方向，路上的村舍，皆用乱石垒成高高的台基，以长长的台阶通上去，进入院子的大门。看到几位老人居高临下，看着行人步履匆匆，顿然感到安闲。一位老人与我打招呼，我便与他攀谈起来，问起民国时候的农民告状大王杨立贝就是状塘村人，他知道的，隔壁西边院子就是杨立贝的家。在民国年间状塘村遇到大饥荒，杨立贝背井离乡，逃荒到于潜县开了几亩荒地，被当地恶势力抢占，最后妻离子散，家破人亡。为此他不断告状，从于潜告到省城，告到南京，但还是官官相护，没有告成。他写了黄榜带在身上，并请工匠刻碑偷偷埋在自己开垦的田里。直到新中国成立后，得以申冤。20世纪50年代，浙江昌化越剧团王天一将杨立贝故事改编为越剧《杨立贝》，后被编成评剧、京剧等各种地方剧种演出，京剧大师周信芳很想演杨立贝，但因江青说杨立贝只告状不造反是不革命，演出被强停，周信芳最后还是留下终身遗憾。杨立贝故事另被改编为电影《血碑》，杨立贝也成了阶级斗争的风云人物，红极一时。现在在某些人看来，这是不和合的，我想首先有不和合的恶势力，才有不和合的底层百姓的强烈反弹罢了。

我倒退几步，走到杨立贝的家，一个破败的院子，有一男一女两位老人居住，老先生手里拿着一本《万年历》，热情地为我搬凳子。我说我站会儿就走，他说，他年龄九十多岁了。我说，我想了解杨立贝的故事，他说杨立贝熟悉，他的后代都不住村里了，听说在杭州。他可以向我讲述有关杨立贝的细节。因为时间紧张，不能做细致的交谈，我便与他合影，与他约定，下次过来再聊。

在杨立贝的老屋下行走，路上的民居层层叠叠，结构严谨，高低错落，后山隐隐，很有韵味。我们走到一个转弯处，房舍也没了，在阳光下，我们向一位老人问路，他说，因为状塘到西岭的公路修通后，这条古道没人走了，再过去还可以走一段，接下来的路都被柴草掩盖了，村里人都走得少了。既然古道早被掩没在荒草丛中了，我退回刚才的石拱桥，沿着公路朝翠屏方向行走。据说从状塘经过葛亭岭的山道，往西可以到达里良村考坑，那里被人开发成一个发呆谷。状塘东边行走四五里左右，对面的山谷也在开发中，名曰未来谷。从小岔路进去，有元宝路，通往小瀑布。从状塘出发的公路，经过三十来个急转弯，才能到西岭村。

西岭、芭蕉村和牛栏坑等九个自然村组成翠西行政村，要把整个村走遍要花上半天时间。村庄周边的水田上水稻翠绿，地垄上庄稼茂盛，与我行走时常见破败村落完全不同，我们在西岭村停下脚步，有人在向我打招呼，原来是村中的老书记，他邀请我们到他布置整洁的家喝茶，席间听他说，未来谷就是他儿子负责开发的。在他家院子前，我看到对面隐隐约约有山道，就转过地垄和田埂，发现就是原来的天临古道，保持着旧模样，古道在田埂上蜿蜒，深入山林，往东上升，通向白云飘逸的岭头。因为建造公路，这条古道少有人走，许多地方也已经中断成好几截，连贯不起来了。唯一能行走的，就是像我这样的驴友。

西岭村

新翠屏寺

寒山隐居翠屏地

从西岭村上去，对面有岩，很玲珑的，我不知它的名字。许宝灿对这段路很熟悉："西岭长十里。公路未通时，雷峰的状塘以南、桥棚、祥里直至潘岙杨，也就是撤区并乡之前的祥塘、祥和两乡绝大部分村庄的人们，往县城都走这条岭，至翠屏寺后，基本顺着小法溪一路往前直达目的地。西岭等村到山头郑读书的学生，也走这条路的。"

冈头上原来有一个五七高中，县政协原主席等一些官员就是在这里毕业的。现在校舍老早被拆掉卖了，仅仅留下几个空地基。从冈头下来，就到牛栏坑村，据说这是当年翠屏寺的牛棚，当初住的大概不是僧人，是放牧的牛倌，寺里雇佣的周围村民。牛栏坑下来，是一段很平的路，大概两三里左右，就到翠屏寺，这一带地方，原来属于南山区管辖的南屏乡地带。南屏，就是道南和翠屏中间取一个字结合起来的。

我走过的翠西古道，与翠屏寺东边的古道是连在一起的，这是一条官道，从西岭上来，经过麻狸岭到天台城里，经东岭可以到前杨和山头郑村，过去天不亮，这条路就有行人赶路匆匆，热闹非凡，这条路从翠东村出发约行三百米到冷水孔庙；继续拾级而上通过百年古松林荫道，来到东岭头冈；冈上有凉亭，出发不过一百米就到达东岭岢，往西北方向沿石阶直下翠屏寺；往西可遥望仰天山头，那是大雷山余脉。

翠屏寺所坐落的位置坐北朝南，前景开阔，乃是风水宝地，唐末五代高道杜光庭在《仙传拾遗》中写道："寒山子者，不知其名氏，大历中隐居天台翠屏山。"天台山中称翠屏的有两处，一说翠屏山在桐柏山西南，"天台观在唐兴县北十八里，桐柏山西南瀑布岩下"。旧图经云："吴主孙权为葛仙公所创"，最具形胜，北沿王真君坛，东北连丹霞洞，西北枕翠屏岩，故孙兴公（孙绰）《天台山赋》云："搏壁立之翠屏"，即此岩也。但是桐柏的翠屏，天台山乡野百姓从没有提起，更多的说法是，寒山子就隐居在这南山深处翠屏，因为这里是千年古道必经之处，翻过西岭和王家岭就到明岩，翻过麻狸岭就到国清。除了千年古道外，这里更有一个天台山最早的佛教寺院翠屏寺，明代传灯大师在《天台山方外志》中说，三国吴赤乌年间，公元239年至公元253年，有一位称"周禅师"的天台高僧周祥在此禅居，至今已有一千七百六十多年历史了，该寺比国清寺要早几百年。唐乾符二年（875），这里改建"翠屏庵"。唐开元年间，建造翠屏寺，有千间殿宇，气势宏大，人称为江南第一大道场，得到历代帝王的钦赐。曾建有乾隆皇帝御题"翠峰皇法轮之塔"。

何善蒙的《荒野寒山》中说，寒山子是开元十四年出生于京都长安之郊咸阳（今陕西省咸阳市）的一个中下等的地主家庭。家境富裕，家境优渥，受到良好的儒家教育，经历三次科考，曾经得中进士，又经历了数次"关试"，在吏部铨选之时，因为相貌丑陋难看，被朝廷拒之门外，就像捉鬼的钟馗一样，他满腹才华，终无所用，父母双亡，兄弟败家，虽然在天宝二年（743）结过一次婚，但最后还是家破人亡，更况玄宗天宝十四年（755）发生安史之乱，他离开咸阳，漂泊他乡，在山东等地做过一段时间的胥吏，肃宗上元元年（760）到天台山，来到这里的翠屏寺。此时寒山三十五岁。他当了一个自食其力的农民，娶妻生子，也与国清寺的拾得、丰干成为好友，在这里，居住了三十年，他这样写诗赞翠屏山：

> 平野水宽阔，丹丘连四明。仙都最高秀，群峰耸翠屏。
>
> 远远望何极，矾矾势相迎。独标海隅外，处处播嘉名。

他也这样叙述翠屏乡间生活的快乐：

> 琴书须自随，禄位用何为。投辇从贤妇，巾车有孝儿。
>
> 风吹曝麦地，水溢沃鱼池。常念鹪鹩鸟，安身在一枝。

后来妻、子离开人世，寒山子万念俱灰，真正遁入山林，在林泉之中找到最后的归宿。那是德宗贞元六年（790）的事了，寒山子六十五岁。寒山子与国清寺僧人丰干、拾得交往密切，成了挚友，唐宪宗元和五年（810），丰干、拾得相继去世，寒山则住在寒石山，此后再未离开。唐文宗大和四年（830）九月十七日，寒山才在明岩去世。

翠屏寺村村以寺名，一百三十户人家，老房子不多，基本是八十年代新建的。但与旧时的翠屏寺一样，尽得山林风水之妙，沐浴在温和的阳光里。我们到了村口，就看到一个小院子，红墙上写着"翠屏讲寺"四字，村民告诉我，这里原来是村里的一处旧屋，现在已经被改建寺庙了，从朝东的小门进去，看见几个年轻的僧人自己动手，用水泥搅沙石铺设天井，干得满头大汗。询问村民，得知新翠屏寺的主持

翠屏寺村景

地里干活的老农说，后面的竹林附近乃是拾得的葬地。

是雪相法师，他出生于 1987 年 5 月，山东青州人，号安稳僧，又号四生道人，本科学历，毕业于天台山佛学院和山东大学哲社学院。在当地有识人士的支持帮助下，他在 2013 年来到这里，组织翠屏寺重建。他说："我与翠屏寺有缘，虽然这里地处偏远，道路难行，但非常寂静，对于以后来这里修行的人，有着很好的安定作用。恢复寺庙的目的就是为了安僧护法，因此这是一个修行的好地方。"

翠屏寺位于九龙山，周围九峰环拱，葛玄坑、龙须坑绕寺流过，风景清幽而开阔，是最好的修禅之地，晋隋唐之际，这里的"十里翠屏"成了天台山著名的风景。难怪寒山子他们将这里当成最好的隐居地。宋太祖八世孙，"永嘉四灵"之一的赵师秀曾有《翠屏寺诗》云：

石岩看不见，翠色自重重。春雨生松叶，山风响铁钟。

碑顽工废墨，草嫩绿添茸。住院吴僧老，相迎依旧逢。

从新寺里出来，从翠屏坑向北宽宽的台阶走上去，就到了翠屏寺的山门。村里人告诉我，这寺院在当年规模很大，周边的山林都是寺里的，我们走上台阶，就看到原来的翠屏寺废墟已经成了一片庄稼地。在空地里，一位老人干着农活，他说当年翠屏寺的规模大，寺僧也让有武功，周边的农民都为寺里管山种田，但也受到绿林强盗和当地恶势力的侵扰，寺僧便以习武自保。有一个外地武士来翠屏寺比武，翠屏寺僧人拿出一张弯木犁，把犁刹（用来调整犁头深度的插销）拔掉，将自己的手指塞进去代替，让牛拉着犁了一丘田，那个人也就自然服了。又有寻衅者抓起一个石磨盘，"啪"的从山门扔到大殿里，寺里打扫的小和尚一扫帚"啪"的一声将它扫了出去。我想起刚才新翠屏寺的墙脚，有一个是几百斤重的石墩，据说是当年僧人练武用的。但强龙斗不过地头蛇。周围的地痞无赖整天吃住在寺里，针对僧人忍耐和合的弱点，大肆破坏，这样下去，翠屏寺也经不起折腾啊。

我也看见当年与寺院有关的石刻残件，有些是墓碑，有些是经幢，从寺后的山顶上，可以看见天台城里和浙江第二的大乡村水南村，现在因为拆迁，大村已经名存实亡了，村后的三座乌龟山和对面的龙山赫然在目。当年附近里王村村民仗着寺里的威势，老是与水南村村民作对，因为这里是翠屏寺的地盘，水南村村民还是鞭长莫及无可奈何，不过，里王村村民到城里，必须走水南村过去，总是被水南村村民拦住，被扣押了起来，有个里王村村民与蒋介石有关系，通过蒋介石的权势逼迫水南村村民释放被扣押者。尽管水南村释放了人，但还是占据路口，拦着路不让里王村村民经过，蒋介石说让里王村村民忍下吧，管得了一时也管不了一世，管得了现在管不了将来。里王村村民只好忍气吞声，认栽了。

据方志记载，这里发生的三次大火，就彻底摧毁了翠屏名寺。但是翠屏寺的重建，

郑老先生讲述翠屏故事

也得到了状塘村杨氏的赞助，在宗谱上还见到杨姓祖上有关资助翠屏寺的遗嘱。同时，还有一段翠屏寺的描写：

> 余族迁居后，创居南山，故南山寺观每多捐资焉，不独兴教寺。然也，即翠屏寺更迭振兴之翠屏，始于吴之赤乌，建于唐乾符，宋治平年间更名净安，后仍因其始号，其取名翠者，大抵有千峰横翠、晴冈暖翠、遥阴浩翠之景；曰屏者，有似鹤山石屏，白云枕屏，毛介素屏之状也。春则青毡迭迭，夏则繁茂阴阴，秋则姜桂葱葱，冬则松柏罻罻，或横于前，或列于侧，或冠于顶，或绕于藤，正者，斜者，倚者，迭者，有长有短，有高有低，有大有小，参差万状，方坦之处招提胜景，大背楼阁东西两厢，环抱而居。

但周围的村民说，尽管古寺没了，这里因为寒山子隐居过，更是名声显赫。在朱茂泉和陈兵香写的《桃源仙缘》中，我看到一个面部黧黑、乱鬓横生、布衲芒鞋的高僧，在这翠屏山里圆寂的情景。他将三大叠诗稿在焚香炉里烧化了，犹如《红楼梦》中的黛玉焚稿，翩翩诗句如片片蝴蝶火中化。尽管如此，诗句还是传下来了。村里人告诉我，僧人名拾得，墓地就在翠屏寺原址后面的竹林里。

这翠屏寺与国清寺渊源深远，国清寺的清观禅师在唐大中年间居住这里闭门不出，唐大中七年（865），他将寺中粮食尽施百姓度过荒年，然后禅室里跏趺入定，一直到翌年地里谷熟时才出关。台州牧奏请朝廷钦赐紫衣，他到京都请回了大钟、藏经，重兴了国清寺。据说这翠屏寺原来的伽蓝示意图收藏在日本，是鉴真和尚东渡日本的时候弟子带过去的，几年前有人按图索骥寻访到这里，找不到檀树，但井水还在，尝了几口，非常清洌。

为了解翠屏寺的更多往事细节，我们来到村东头，找到八十岁左右的郑老先生，他是在供销系统退休的，对这里了解得非常多。他与老伴一起热情地接待了我们。

翠东古桥可通国清寺

老人告诉我，翠屏寺山门这棵大槠树，年代久远无人得知，但在1957年被一个闷雷击中，燃起熊熊大火，然后被一场豪雨浇灭，槠树枯死了，被人做了家具，据说用它做成的桌子还在。站在废墟上，眼光所及，许多方方正正的大殿和东西厢房以及配套建筑遗留的台座、地基、老墙还在，但早已爬满了藤蔓。殿基东面的一口水井，是完整的旧物，在人家屋前的台阶上，我看到一个残损的墓石，抹去堆积的尘沙，我看到了一匹雕刻的奔跑小鹿。

郑老先生告诉我，2004年的二月份，翠屏寺法人代表翁敬周先生在报纸上发表文章，许多人慕名而来，大家认为，这翠屏寺名声在外，是值得礼拜朝圣的地方，于是成立天台山翠屏寺筹建委员会，申请改建翠屏寺，得到了有关部门的批准，他拿出翠屏寺筹建计划书，我看到了许多熟悉的名字。

告别了郑老先生，从翠屏寺里出来，我们往东行走到村外的一座石拱桥，这是古道经过的所在，不远处就是东岭。桥的南面，有一个村庄，在半山之上，叫芭蕉村，村里种满了芭蕉。我站在桥上，看着自己落在溪中的倒影，活脱脱像个寒山子。

身后，古道在田埂上延伸，桥的一端通向明岩，另一端，古道从两旁都是翠绿山崖的峡谷中穿过去，此乃天台山的著名峡谷之一。经下坡的盘山道到里王村，我见到一处题写着"仙山佛国"四字的摩崖石刻，也看到高数十丈伫立的两巨石，东西各一，为天然的观音和道士像，惟妙惟肖。另有翠屏瀑布，龙崖横空，溪流向北转东流入双坑。周围绣崖夹道，林荫清凉，农舍隐约于峡谷之中，一片平和安详的景象。

我穿过几个村落，走向另一片宁静的幸福水域。水面对岸，一崖如削，倒影于水波之中，被阳光照得通红。水岸行尽，就看见天台城的高楼和悠悠流淌的始丰溪水，对面赤城桐柏和国清佛陇赫然在目。在此开阔境界中，我与当年的寒山子一样，就是从这条路走向明岩和寒岩的。翠屏寺只不过是他和我的一个小小的歇脚点而已。

紫凝瀑布前的山崖

王家岭·仙佛洞·十七水

我打算再走一次王家岭。

丁舒鸣说："从雷峰到九遮山的塌鼻岭有两条，一条是王家岭，连接济溪至李家坑村的山间古道，叫王家塌鼻；另一条塌鼻岭，连接济溪至白泥坦村的山间古道。"许宝灿说："从溪地村到济溪之间的村庄叫王家岙，村后的那条岭就是王家岭，别名王家塌鼻。"

王家岙村其实与济溪没有什么两样，济溪在溪的西岸，王家岙在溪的东岸，在路边见到几道泥墙，觉得很有味道，但是走进去就显得破败。村里最古老的四合院，已经塌了左半边，但门头还在，逆光下字迹已经模糊，细看乃是"山水含芳"。台门两边的墙上写着毛主席语录，一段是：没有一个人民的军队，便没有人民的一切。另一段是：没有文化的军队是愚蠢的军队，愚蠢的军队是不能战胜敌人的。这两句话很受用，把军队换成干部、教师、作家、农民、商贩、司机都可以，反正他们都对国计民生至关重要。

这个老四合院已经成为危房，估计离拆除不远，我们绕过去，发现村后已经成为工地，大工程车在来回穿梭，见我们在前面行走，还很礼貌地鸣喇叭，避让了一下。转过一个弯，终于走上一条上山的路，但从岭下往上看，没有杨梅林，坡上石阶路边是一座小庙。庙门紧锁着，平时朝拜的人也不多，许宝灿指着南面的山岭说，那里有一座观音殿，就在半岭上，后面有一个三四平方米大的岩洞，再上去就是茂盛的杨梅林。"这段古道因为少人走，已经荒寂，古道基本还保持着原来的样貌，一米多宽的路面，每一级沿口是一脚多宽的石头，中间又是一排一脚来宽的石头，其余都是拳头大的鹅卵石，整齐地排列着。"许宝灿描写道。

王家岭头下去，可以走到尖岭冈，冈顶有个"利市庙"。利市是个吉利，上城落市的做买卖的人讨彩头，周边的人来祈福。下去就是尖岭脚村，后面有茶山，也保存了几个四合院，这里是雷峰乡远近闻名的茶叶村，人均茶园面积有三亩。"但从王家岭直接到李家坑，是不用经过尖岭脚村的，所以这段古道保存得非常完好。"许宝灿说。

我们走到了李家坑，李家坑溪流在村前自西向东流过，长约四里，它源于紫凝山，村庄位于溪北面，虽前面有高山，但阳光充和，有许多老屋依山而建，路边几所房屋随着村道散落，呈现不规则状，三四层一一孤立，宛如碉堡，一些石墙小院墙头上晒着玉米粒，找不到主人，依然安静。往东沿着机耕路行走，就到大地林村，大地林村前的状塘溪与李家坑合流，下去就是崔岙溪，大地林村民也姓林，是明代年间从黄岩迁过来的，现在留着许多四合院老房子，溪的对面绣崖如屏如画，还有瀑布飞流，媳妇娘岩尤当窈窕秀美。听徐永恩说，大地林地处城关至祥和、城关至桥棚的分岔口，所产石板呈粉红色，质地坚硬，经久耐用。毛料石板较粗糙，经精加工后酷似花岗岩，是很好的建筑材料。或许因为建设需要，大地林对面崖石西端已被劈开，犹如美人脸上挨了深深的一刀，露出惨白的创口，看着心疼。

我不忍看这受伤的风景。听说去紫凝山的路已经修通了，我们就从李家坑村后直奔紫凝而去。沿着公路行走，看到许多小风景，转了几个弯，发现路边崖壁直立遍布道道的横沟，估计是流水冲出来的迹象。脚下的小流不大，但能挖出一道深谷。许宝灿和范旭初带我们沿着山谷往里面探寻，跳过小坑，转过一座斜立的孤崖，林中一条小路隐隐约约，上面布满缠绵的荒草，转过一个小弯，看见一座高崖，一个深潭。还有一个小瀑布，从瀑布上去，可以到仙佛洞，不过现在夏季柴草正旺，我们退回原路，走到路边仰望，一片深林簇拥着绝壁孤峰，上面有红旗飘扬，原来是一个天然崖端的洞府。

1997 年，我与陆树栋和庞亨福三人从大地林过溪，沿着小路从绝壁的北面绕到南面侧过来的，在绝壁中的小道上行走，战战兢兢，上下虚空。洞口西南向，高约两米，深宽各约四米，洞口有摩崖书法曰"仙佛洞"。站在洞口望去，对面岩峰群宛如张家界，每当云雾升起，洞在天上，人或为仙佛，乃至高境界。现在从公路仰望，犹如天府，这岩缝横向，整座山峰如岩板重叠，仙佛洞就在岩板的夹缝中求生存。旁边有"甘泉井"和"自满曰"，乃是天造地设的美物，而在岩洞的对面，一小山如元宝形状，两座孤岩宛如一对巨烛，显得特别庄严，有人说是夫妻峰，是不是这双烛峰呢，我

王家岭

李家坑

来不及问清楚。但周边还有观音送子等景物，我只等下次过来欣赏。

从公路上往前行走，脚步逐渐抬高，逐渐有凉风扑面，浑身爽气焕发。有一段公路因被山水所冲，路基被挖空，唯留水泥板架空，开车行走颇为提心吊胆。不过站在这里可以俯瞰仙佛洞峡谷，心胸大敞，顿觉畅快。复前行，转几个弯，过几个陡坡和大转弯，就到九里坪村，那就是紫凝山的地界了。据说，从山顶通往仙佛洞的山道是九里坪村的胡冬妹夫妇义务开凿的，它也让我见证了乡村的"愿力奇迹"。紫凝山的得名，是在陈隋之时，佛教天台宗创始者智者大师在山上诵经，感动天上的紫云，凝聚于此，有无上的神奇。紫凝山尽管绝壁之巅，但山势平和，一段古道保持原来的风韵，来徒步的人络绎不绝。古道在幽谷村庄中穿过，曲折回环，边上有许多茶山，与茶相偕的还是天下第十七水，这是唐代陆羽品评的天下饮茶名泉，尽管名声显赫，但我们还是找不到它的去向。在山顶的古道中迂回了许多圈，我也不知道它到底坐落在哪里。

我们找到紫凝片干部张明荣，让他开着摩托在山路上引导。天下十七水在紫凝山塘里村南的猫游坑里，我们一路颠簸了十几分钟，我们走到了它的顶上。瀑布上方用竹子做了简易小桥，走起来摇摇晃晃，吱嘎吱嘎地响。到了对岸，我看到一个小石坝子，原来把瀑布水拦住了。我感到很煞风景的，便从东边的一个坡上下去，来到高崖顶上，这崖顶全是风化了的碎石，步步小心。瀑布在高崖的里边，得向前探身才能看到，我抱住了一棵松树，把身子斜挂出去，终于看到瀑布细细的一线。

我把身子缩回来，看下面是狮象守水口的瓮形峡谷。崖石为花岗岩质地，圆圆溜溜的，树木临空，山风徐来，衣袂飘举，沿坡下去，转过西边小路。小路陡峭，是雨水冲刷出来的，脚步踏稳，不至于滑跌卡住，过几百米，谷底溪流不大，但很深，估计夏雨之时山水肆虐，冲击力所致。幸亏驴友有竹桥事先架在溪岸，才慢慢移到对岸，一片小小的平地，生长一片小小的杉树林。小路在草丛中隐约，通到瀑布底下，尽管瀑流不大，但在阳光下点点滴滴散落成珠帘，虽然不恢宏，但很精致，瀑布从两崖相接的凹宕中扬起，如神龙掉尾，点点滴滴落在下面的水潭和岩石上，啪啪如雨，风姿绰约，神韵生动。齐世南有《紫凝试茗》诗写道：

　　　　紫凝日夕佳，闲眺兴未及。且寻陆羽泉，来佐伊蒲食。

　　　　瀑作风雨声，来空曳山色。试茗吾岂谙，先呈佛知识。

所谓的伊蒲食，实际上就是素斋，在当时与茶一样，是普门寺必需的供养，它们供人也供佛。这紫凝瀑布被称为陆羽泉，也叫天下第十七水。茶圣陆羽是安徽竟陵人，在浙江一带，品茶也品水。他在《茶经》中说："泡茶之水山水上，江水中，井水下"，对天下名水的品评结果，记录于唐代张又新《煎茶水记》中："庐山康王谷水帘水

上：仙佛洞　中：紫凝瀑布
下：陆羽殿所奉茶圣陆羽、虞洪和丹丘子像

第一、无锡县惠山寺石泉水第二、蕲州兰溪石下水第三、峡州扇子山下水第四……"这样一直品评下去，到"天台山西南峰千丈瀑布水第十七"，后面的还有三处呢。紫凝瀑布经过三折后，流过一段六米长的"石池慢流"后，水性自然也温和了许多，没有陆羽所说是"颈疾"之忧了。陆羽在此间品茶中，已经忘却了尘世间的烦恼，得到恬淡的心性，他在著名的《六羡歌》中说，"不羡黄金罍，不羡白玉杯；不羡朝入省，不羡暮入台；千羡万羡西江水，曾向竟陵城下来。"我把诗歌的最后一句改成"曾向紫凝瀑下来"，也最合适不过的。四个"不羡"，两个"羡"，如煮茶的声音，盖过我们的心跳。紫凝泉水给他和我尝到家乡茶水的滋味。

唐光化年间进士、诗人曹松（828～903）游紫凝瀑布，作诗一首，有寒山子的风骨。

万仞得名云瀑布，遥看如织挂天台。

休疑宝尺难量度，直恐金刀易剪裁。

喷向林梢成夏雪，倾来石上作春雷。

欲知便是银河水，坠落人间合却回。

我在瀑布上端坐，在煦丽的阳光下，细腻地感受到茶性的温和柔软的质地，瀑布鸟声风声在耳，有一种冥冥中飞升的感觉。

沉吟了一会儿，然后沿着猫游坑谷下行，看见路边一石碑，上书篆体的"凝神"两字。转过去，来到一处崖壁下，这是一处凹进如屋檐的山崖，有紫凝山人以崖为殿建造的陆羽殿，没有门和墙壁，所供奉的陆羽、丹丘子与虞洪三人风餐露宿，陆羽居中，其他两位分列两旁。塑像已经风化，但安静端肃非常。忽然，我想起《神异记》中的记载，说是"余姚人虞洪，入山采茗，遇一道士，牵三青牛，引洪至瀑布山，曰：'予，丹丘子也。闻子善具饮，常思见惠。山中有大茗，可以相给，祈子他日有瓯（茶盏）牺（茶杓）之余，乞相遗也。'因立奠祀。后常令家人入山，获大茗焉。"故事记载在《茶经》"四之器"中，陆羽自然说到了虞洪与丹丘子。皎然诗云："丹丘羽人轻玉食，采茶饮之生羽翼"，诗小序中还记载："《天台记》云：'丹丘出大茗，服之使人羽化。'"孙绰的《天台山赋》中有"仍羽人于丹丘，寻不死之福庭"之句，人说，丹丘的名字见之于寒山子诗句："丹丘迥耸与云齐，空里五峰遥望低。"寒山子又有诗云，"平野水宽阔，丹丘连四明。仙都最高秀，群峰耸翠屏。"可见这丹丘山就在天台县城东面的东横山，"山色如丹，故初名丹丘"，丹丘子住在丹丘山种茶采药修道。他在紫凝山将茶籽送给虞洪并传授植茶方法，说好茶必须名泉烹煮，茶香四溢，种茶时用紫凝山这挂瀑泉浇灌，叶片就大；虞洪住在紫凝山上种出了"大茗"。这也是现在紫凝山"普门茶"的前身。宋代桑庄的《茹芝续谱》就说："天台茶有三品，紫凝（普门）为上，魏岭（天封）次之，小溪（国清）又次之。"可见天台茶历史上紫凝（普门）茶的质地曾是最好的。

从陆羽殿下去，经过一个崖洞中的龙王庙，供奉一个小小的龙王，下面还有许多小瀑布龙潭，走过竹木结构的便桥，从田埂上转过去，可以到街头镇的古岙村，全长五六里，西行与九遮山的道路相会合，可以到明岩，其实这是一条环线。

在去溪地村的路上，看见西边有几处山岩兀立，叫奇岩山。我以为是岐石山，许宝灿说不是，巨大的石柱，高高耸立，就在前面几十米处。那么高耸，那么伟岸，竟是擎天柱呢。他写道：透过树叶的缝隙，看清了山下面几里外的村子，那村很有可能是古岙；还有对面山上的村子，那山肯定就是紫凝山了。我又往右边走。原来这竟是两根石柱，左边的一根稍高，但都超过百米。两石柱中间，大概因为遮阳，树木稀疏，石柱把它的一个侧面终于比较完整地呈现在我的面前。左边石柱岩脚的陡坡上似乎原本有条可行走的小道。我一个人先从两石柱中间往下探行，然后斜向左侧那根石柱脚下。半程处，有一个岩洞，可容十来人，洞中有石砌的痕迹。洞大概由岩石夹缝风化形成，中间挂着一块长条形的巨石，仿佛阴阳的结合。不知巨石的根在哪，站在下面总担心它会掉下来。我又往下走，终于到了石柱的下坡端。那里是一个四五平方米的平地，全是碎石沙土，连一根草都不生长，也没有枯叶，灰白一片。平地外又是陡坡，长着些高大的树木，没有悬崖，不见岩板。我忽然发现，石柱外皮上包着许多红枣大的气孔，它质地疏松，用手轻松挖一下就能轻易抠下来几厘米大的一块。那么高大的石柱外壳，怎么竟会如此松软，真有些弄不懂。

奇岩山与我不在同一条路上，我总觉得它与紫凝瀑是一个美好的呼应。

紫凝山向晚

紫凝山顶飞去来

我的朋友考证出，茶圣陆羽是在唐永贞乙酉（805）住在紫凝山普门寺品茗评天下第十七水的。因为有紫凝瀑布，我就想到普门茶，于是我不直接去明岩，而是继续向山顶行进，山顶风景，若寒岩顶上之所见，所种植的黄茶，似乎与明岩寒山的类似。朋友卢益民说，这黄茶叫作九凝飞黄，是一个名叫葛永法的人种植的。海拔四百米至六百米最适宜黄茶生长，而紫凝山海拔四百五十米，而且红色沙壤土，土层深厚，适合种茶。为此，葛永法承包下一千两百亩荒山，用自然生态绿色方式，所种植的黄茶名声在外。

当然我也看到一些绿茶，激发了我寻找普门茶的兴致。说到普门茶，自然少不了普门寺。普门寺与紫凝瀑布仅一公里，我们从山顶的茶山往南下去，就看到一溜残破的房屋，断墙残垣不堪入目，假如没有新建的大雄宝殿的话，好像一个被废弃的茶场。普门寺建造于梁普通三年（822），是紫凝山的六大古刹之一，地方志记载，这普门寺是东土释迦、天台宗主智者大师十二道场之一，也是法眼宗二祖德韶禅师在天台山兴建的第六道场，高丽、日本诸国来华僧人多至境内名刹求法，一时成为天台西乡名刹中心。据《天台风物志》载：佛教天台宗六祖法华大师曾卜居台州普门山（寺）演说《法华经》；宋《嘉定赤城志》载普门讲寺有田九百八十六亩，地一百四十三亩，山一千〇三亩。可惜这寺庙在20世纪50年代被毁，仅有明代的俞应肃一首《游普门寺》诗流传了下来，

　　　上人方外侣，身似白云闲。坐世依松荫，观泉启竹关。

　　　久来无相寺，长忆普门山。此日归飞锡，林端一鹤还。

诗的境界甚好，阳光是明媚的，但寺里一片荒凉，我在断砖碎瓦中走过，脚下

响起阳光和岁月碎裂的声音。这一片破屋基也没有被平整为田地，荒草迷离，满目苍凉。寺里空落落的，大雄宝殿的门敞开着，念佛机的声音不绝于耳，伴随的还有虫儿唧唧唧唧的长鸣。

走了半个小时，没有遇到任何人，我打消了在这里品茶普门茶的年头。在许昌渠的书里，我得知 2000 年信众重建大殿一所。2004 年 3 月，普门寺被批准为宗教活动场所。2006 年仲秋，释体志法师主持该寺宗教活动，并兴建僧房、法堂、山门、放生池等附属建筑物。古刹重光，但要恢复当年的辉煌，不是一件容易的事。许昌渠说，这普门寺下，天下第十七水的边上，曾是一处战火纷飞的战场，清康熙十三年二月，耿精忠叛清，遣都督曾养性破黄岩，直取临海。十月清将固山贝子统满汉大军分数千驻扎天台。屯驻黄水、紫凝山、凉坑诸处。十一月十二日曾部破平头潭。贝子军各营入山围攻。十一月十三日，战于孟湖岭，杀曾部千余人。十二月十日，战于紫凝山，又杀曾部数千人，擒获者不计其数，余均逃散。人说山中的人头像毛芋一样滚得到处都是，山谷直接叫作人头坑太惨烈，就用比喻修辞手法，称呼为毛芋坑，也算是一种对现实的回避。

时光似乎能掩盖一切东西，除了众善奉行的佛寺，还是众恶肆虐的战事。现在一切都平静下来，付与苍烟落照之中。在茶园之间，一片格桑花盛开，这是西藏高原的特有植物，种植在紫凝山顶上，长势良好，开花时节，旅人行走期间，摆出许多姿态，尽情摄影。乐趣无穷，这片格桑花是 2014 年 7 月葛永法引进试种成功的，此间瀑、花与茶，还是一个美好和谐的映衬。

从普门寺退回，往北沿着公路前行，我们沿着山脊走到张家井。这个山头上的村落，主要是因为煤矿出名。张家井我认为是一个矿井的名字，是 20 世纪 60 年代的遗物，卢益民说，张家井勘探到产于玄武岩底部沉积中的褐煤，储量七十五万吨。1970 年 11 月，天台县委、县革委会倾全县之力，经省夺煤指挥部批准，建立了天台紫凝煤矿，总投资一百零二万元。1971 年 8 月，硬是建成了一条长达十六公里的猫张公路，并组织数以千计民工挑煤下山。在村中，我遇到村里的一些老人，他说在当时，下井挖煤尽管是体力劳动，环境恶劣，但是工资高得很，还是一个美差，比种地好多了，当地农民求之不得，还要讲阶级身份的。卢益民说，70 年代中期，紫凝煤矿逐步实现机械采煤，小火车运煤。鼎盛时期采煤工人多达四五百人，年产煤三万吨以上，它是浙东南唯一的一座煤矿。到了 20 世纪 80 年代初，全国用煤形势改观，且紫凝煤系褐煤，品位较低，连年亏损，经国家煤炭部同意停产转型，封洞保储。

我们在村中行走，看到有许多运煤的小铁轨，被封口的废弃的矿井，用条石砌得平整的巷道，还有当时煤矿工人的食堂、宿舍等，早已废弃不用，现在老屋墙还在，

张家井煤矿遗址

但已经被风雨揭开了屋顶，如果整修一下，还可以当作一个博物馆，展示当年那段历史的风貌。

卢益民说，这张家井倒与明岩的张家桐关系密切，好像是张家桐孪生的。因为陈姓祖上是从张家桐村迁来，张家井因村有古井，故村名张家井。卢益民说村里有他的同学叫作陈小华，能做竹箫，也吹得一手好曲子。卢益民徒步到这里的时候，两个人对着落日和村庄前面的千丈岩，一起吹箫，呜呜然，箫声缭绕，传得很远。

张家井坐落在近山顶的东坡，有机耕路横着转过去，到了北坡一个制高点，这里已经打造一个观景平台，站在这里，南边的大雷山、西边的大寒山、北边的鹧鸪山万年山、东边的桐柏山赤城山东横山以及周围的村庄田野，映入眼帘，一览无余，有登天升仙之感慨。

在张家井村，我看到打造《易筋经》小镇的文字。据说，《易筋经》的作者天台紫凝道人就在千丈岩上的岩洞修炼过。三年前，我与沱沱、徐永恩、黄朝阳等人去探险脚下的金鑫洞，张家井老农为我们一边当向导，带来柴刀开路，我们从村庄山坡如云飘下，沿着北坡行走，直奔千丈岩。刚才我在张家井眺望，这千丈岩岩柱犹如手掌倒覆，五指倒插，人家也叫作佛手岩，与手掌仰起五指朝天的岐石山相反，就在这削壁之上，有两个岩洞，据说是明代紫凝道士宗衡练武著述的地方。

我们带着伞，从山冈上下来，经过一片杨梅林小路，两旁的树荫愈来愈密，藤蔓缠绵在大树之上，我仿佛走在凉棚下，身边一片幽凉。身边小流还在汩汩地流淌，我们正兴致勃勃地探路呢，走在前面的老农叫道，路边发现了一个"九里达"窝。"九里达"是一种大如指的黑色土蜂，毒性大，而且会远远追着人螫。我们立即伏下身子打开伞，如盾牌一般护在头顶，土蜂撞在伞面上噗噗地响，如雨点落在荷叶上，隔了几分钟，蜂退去了，我们就蹑手蹑脚地绕过去。尽管山路是横着走的，路外面长着小竹篁，我也不感到惊险，到了一处没篁竹的地方，我发现自己走在悬崖的边缘上了，脚下就是虚空，如果一打滑，人就如纸片一样飘出去。不过走几步，路外又有杂柴护着，紧张的心又放下了，我们身贴崖壁行走，看到石上有一个小小的凹塘，估计是雨水滴出来的，人们说是自满臼，传说有道士将米放在里面，会自动满起来，但他不许百姓放米，山神一生气，这凹塘下面裂开了，自满臼也就破坏了。

我手脚并用，再转过去，上了崖上的一个岩洞，这崖洞是天然生成的，名叫金鑫洞，洞口朝西，到了午后，阳光充足，夕照之下，一片亮丽。洞大约有三米多高，可以放一张床一个锅灶，一个人练武挥拳踢腿打太极绰绰有余。据说紫凝道人名叫宗衡，是明代紫霄道院的主持，这金鑫洞是不是紫霄道院的遗迹呢？有人指着崖壁上的凿痕说，这里就是建山门的地方。宗衡在这里一边练武，一边著述《易筋经》，武术家和武术史学家、中国武术研究院康戈武教授认为：《易筋经》署名为明代天台紫凝道人宗衡编著，据清代学者凌廷堪的《校礼堂文集》、周中孚的《郑堂读书记》、中国武术史学家唐豪的《少林武当考》、康戈武的《中国武术实用大全》、周明和周稔丰的《易筋洗髓（修订本）》以及《中国大百科全书·体育卷》等书考证，天台紫凝道人宗衡是明代天启四年（1624）托名达摩而作此书的。文化学者周琦特意去浙江图书馆查到原书的跋，得知紫凝道人就是宗衡，证据确凿。因为托名达摩，《易筋经》也成了少林武术的镇寺之宝，少林寺武僧按照此书进行习武。为争夺这本武功秘籍，佛门内外也展开一场恶斗，相互残杀，演绎出不少武侠小说和影视传奇。《易筋经》结合了佛教天台宗智者大师的"止观"理论和"六字诀气法"，以及天台道家"固筑根基、练精化气、练气化神、练神还虚"的内丹功法的精髓，"内练精气神，外练筋骨皮""内壮外强。内坚外勇""内外合一""内外兼修"，被名列"少林七十二基本功法"之首。

我想宗衡在这里练习《易筋经》，脚下空谷云雾缭绕，头上洞府阳光照耀，自得天地造化精髓。洞内有人画了道士坐而论道的形象，还写上"紫凝洞天""道法自然"的字样，洞内有石墙和火烧过的痕迹，传说在"文革"前还有道士在这里住着。传说宗衡没当道士的时候是有家室妻子的，后来他修道去了，妻子也就跟着来了，坐在洞对面山顶默默地凝视，最后成了一座静穆的山峰。我想当年的寒山子也曾经有家室的，但寒山子与妻子的诀别之处就是空中的鹊桥了，寒山子的妻子是否也成了寒岩上一座神女一样的岩峰呢？

金鑫洞与寒山子隐居的寒岩洞有着一样的境地。听向导的老农说，这金鑫洞的后面，还有一个宗衡的读书洞，非常危险，一般人很少去的，大概能放一张桌子。

千丈岩顶西望

附近有三块岩笋，犹如人物，惟妙惟肖，人称为三圣岩。为道教元始天尊、灵宝天尊和道德天尊的化身。我们离开了金鑫洞，想到山顶上去看三圣岩，但苦于无路，岩石上长满狼萁草，还有小小的杂柴与松树。一步一滑，非常小心，担心一脚踩空，如风筝一样掉下去。我们走得步步艰难，有个女生哭了，早知道这里这么难走，下次再也不来了，我说，你是一个文学写作者，体验生活必需的，走过比没有走过要好，有比没有好。我们手脚并用，肚皮贴崖，终于登上了崖顶，三圣崖在我的身下卓立，我想从下面仰视，这千丈崖如在天上的，而今则贴在我的脚下了，但我不敢下视，夕阳西照，这崖下一片黝黑，幽深莫测。我们在山顶上横着行走，如同徜徉天街。浑身轻松。往东望去，我的身影落在十几里外的山脊上，依然清晰。

我们回到张家井村，沿着山村公路前行，直奔开岩而去。开岩是一座峡谷，在上曹村进去，在田野中行走，看见山呑北面有三座小山，状如伏地雄狮，三狮头是同一块硕大巨岩，更是山水和合景象了。它的前面就是木鱼山和钟鼓岩。三狮头下一个很大的庙宇，名叫开岩古寺，有人在放着牛。这个寺庙比国清寺还要早七十三年，它是梁普通三年（522）建的，名天花尊者开岩院，唐会昌（841～846）中废。后来又重新修了几次，最终废圮了，现在看到寺庙是新建的，一个小院，住宿吃饭一应俱全，但香客不是很多，寺前草地上，有人悠然放牛。往右边行走，就到了昭明太子庙。这是建在山下的岩洞，与明岩的岩洞成因差不多，也是水淘挖出来的。据说以前这里就是大海。阳光把山崖照得通红。庙门上的匾额是20世纪90年代天台一个主政官员写的，庙里供奉着昭明太子和曹姓祖上曹璟宗的塑像。我看见工人正在做吊顶装修。昭明太子萧统字德施，小字维摩，梁武帝萧衍长子。昭明太子的塑像首先是上曹村祖上、梁朝将军曹璟宗供奉的，昭明太子文学底蕴深厚，曾编选过《文选》，其中收录了孙绰的《天台山赋》。在这里他同样受人崇拜，与朝拜寒山子一样，也是天台人对文学一种发自内心的敬重。文史大家齐召南《昭明太子庙》有诗道：

一间茅屋傍僧寮，谁道维摩到石桥？

为爱天台曾选赋，尚留宝塔自名萧。

野人岩下呼万岁，啼鸟声中忆六朝。

惆怅夜来明月上，好骖鹤驾并王乔。

开岩峡谷的岩石，据说是天花尊者双脚蹬开的，南北两面相对的崖壁上竟有着深深凹陷的硕大脚印，绕过去一块二三十米高的谷仓岩，我看见岩壁遍布众多的洞穴，一般人是登不上去的，人称仙

人居；再往里面走，是一片中草药种植园。我们退回来，沿着原路走到上曹村，据说曹璟宗后来把自己的家族都带过来了，居住在上曹村，后来发迹成一个大族，今台州、金华曹氏多出其后。忽然想起，九遮山的何氏与曹氏关系特好，密不可分，唐僖宗四年（876），曹姓的后人考上进士，再对昭明太子庙进行重修，可见这里的历史文化渊源深厚。

上曹村开岩两三里，村口有一棵大樟树，人称为唐樟，树干要四五人合抱，树冠高大如伞盖一般，遮阴了好大的地方，据说是唐代开国功臣尉迟恭手植的。一棵脸盆粗细的古藤顺着唐樟攀缘而上，在半空中分出无数枝杈，风吹摇曳，人称为唐樟，世上只见树缠藤，又是一种和合气象。从上曹出去，不到一公里，经张家塘村，这里是宋代高道张伯端的故里，新建了一座庙宇，但因为宣传不得力，名气难胜临海紫阳街。又过上庞村，过东林大桥，沿着新造的大坝西行，左侧就是悠悠的始丰溪。溯流而上经张思村、茅垟村到街头镇。这段路与徐霞客古道并行，浙箸大桥北段，转向山头下村，就穿过孟湖岭抵达明岩寒岩。

我从明岩出发，又回到了明岩，走出徒步寒山的一大环线。

始丰溪北岸花海中的张思村

千丈岩，也叫佛手岩。崖上的金鳌洞为明代紫凝道人修炼著述《易筋经》的地方。

第五章

相忘于寒山湖东

方山远眺

方山顶上上复下

在地方志中，我读到关于方山的一段文字：

"其山高峻千余丈，山麓周围十五里，自底至顶皆方。又名八面山，四方八正，形如覆斗。　天台山指不胜屈，而方山独辟一境，远不与华峰、石桥争奇，近亦不与寒、明两岩斗巧，唯亭亭孤立，浩气奔腾，群山俯伏，溪流如带。从外而观，若金城汤池，重重拥护；由内而观，若龙楼凤阙，节节称奇。"

方山是街头镇的标志，永康的方岩有胡公庙，我是2015年去的。仙居皤滩古镇的胡公庙，我是2000年去的。在赵宗彪的散文中，知道了方山是几千万年前火山喷发后的遗存，同周围的山没有关联，确实是孤零零的。每当胡公生日的时候，山顶庙里就举行庙会，人们比肩接踵，还要演出酬神戏，非常热闹。

赖在朝是方山南边山脚的赖村人，他家有一所大院子，后进房子被"长毛"（太平军）烧掉了，只剩下前面的一进，保护得不错。老房子前面的墙上还雕了一个大大的"愚"字，让我想起傻乎乎的寒山子。赖在朝工作忙，抽不开身，我就约梅东灶一起去看了下，然后登方山。梅东灶家在公路的里边，交通方便，我从寒山湖出来，经常去他那里喝酒、聊天，看他顺口溜。从赖村到方山顶，路很难走，得从后芦村翻上去。后芦村原来叫后路，村后是路，后来谐为后芦，祖上梅姓从天台国清寺外的木鱼山迁过来的。村里又有张姓居住，祖上为北宋年间朝廷大臣，为避乱避难，先从新昌回山长虬村迁天台三州岭上黄润坑，后张姓老太婆转嫁到赖家，一手牵着刚会走路的儿子，肚里又怀着一个要临盆的儿子，与赖家老太公又生了一个儿子。张家的遗腹子清朝末年迁至古树湾岭头的件口村后，又发两支，一迁后芦，一迁双里弯。后芦村二十来户人家,一百余人而已。

　　前年我登方山原路上原路下,觉得不过瘾,现在我、沱沱和梅东灶三个人就从村东边的乡村土路穿过,上了山坡。这段山路都是大石条铺成,上去之后,我就看到一个大岩洞,里面有一尊卧佛。岩洞也是一座庙,与永康方岩那边朝向形制一模一样,有关记载,这里是飞龙洞,传说传授王羲之书法的白云先生也在这里居住过。我们累了,口干舌燥,守洞的老人给我们泡上茶水,一喝那么甘甜清洌,如喝到神水似的,立即解乏,这守洞的老人与梅东灶熟悉,专门准备了洋芋麦饼。我们吃得甚欢,原来梅东灶事先与他们约好的。山里人就是客气热情。我喜欢这种纯真。从庙里出来,拐上去山顶的路。

　　这方山因为山形是方的,像个没尖的金字塔。说确切些,就像天台人用来打稻子的稻桶,或者量谷子的斗,所以也叫斗峰。又说这斗,是北斗星的斗,斗柄与斗勺连接处的天权星——也是北斗第一星,是主管文运的文曲星。北斗高照,天开文运!梅东灶家在方山的东边,他说,这片山是他家的。看上去树木一棵也没有,全是荒草。你也可以种植些什么果树药材啊?我问。梅东灶说,种植没有意思,收益慢,投资大,不如搞装修呢。这是农民的普遍心态。

方山脚下的古宅上的愚字花格子排门和路边的稻草垛

　　现在山脚到山顶已经修通公路了,汽车盘旋十几分钟就可以到山顶。我们沿着公路走,发现有一处石头房子,马路外的大树周围还堆着几个稻秆蓬,表明这户人家还没有放弃山林土地。透过稻秆蓬,我看见远处的城镇不是天台城,就是平桥镇和街头镇,它们在不断扩大,置换着乡村的地盘。再上几个弯,一段很不错的石阶路,路上堆满落叶,阳光洒落下来。一片细碎的颜色,踩在石头上面的碎叶里,索索地响,山顶上很凉快，这应该是上山的古道，即使修公路也没有被破坏掉。现在走的人不多，安静得很，阳光下，也有不知名的小花在开，鸟在叫，但它没有飞落到我的身旁。

小路走完，我看到了右边一堵墙，左边几棵秃顶的柏树，柏树有许多年头了。下面是一座不起眼的很小的土地庙。胡公庙恢宏多了，庙前有一片大空地，是广场，可以办庙会，可以看戏。戏台叫作斗峰台。每年农历八月十三是方山顶胡公大帝的生日，这里演上三天三夜的戏，山下湖罴的村民早一天就赶到这里了。乡土戏曲也得以承传下来。

胡公庙的初建是在宋代，现在看到的建筑是清代时人们在宋朝的台基上重建的。胡公是永康芝英镇一带的人，她的母亲姓应，是可投应村那边的人，胡公是在路廊里出生的，自然感知百姓的疾苦。他真名叫胡则（963～1039），字子正，在宋太宗端拱二年（989）登进士，官至兵部侍郎。他曾上奏朝廷，将浙江衢州和婺州（金华）两地的"丁身钱"（人头税）给豁免了。毛泽东还专门评说他，为官一任，造福一方。百姓感恩戴德，首先在他老家方岩山顶上建造胡公庙。然后胡公崇拜渐渐延伸到天台仙居和其他的地区。

胡公与方山脚下的湖罴村始祖季孟宾同朝为官，友谊至深，辞官后同游方山览胜，畅抒襟怀。胡公去世之后，季孟宾及其后裔第八世孙季斯可（进士）念着胡公的情谊和他对百姓的种种善德，在方山顶建造了最早的胡公祠、以香火供奉。据说现在胡公庙的管理者是湖罴人。胡公庙的东边有一个大院子，三层木结构，厨房宿舍一概齐全，就好像旅舍一样，原来这是给香客们留宿的。胡公庙前面有两个凉亭，可以看天台县城东横山，平桥的大溪流域，平畴沃野，城镇人烟，而南边可以看到九遮山朦胧，十里寒山铁甲龙的绵亘，而西边则可望寒山湖磐安诸峰的深邃，境界非常高远。对着远山，梅东灶说起故事，一个神仙挑着箩筐担子，为玉皇大帝祝寿去，脚下一绊，担子断了，一个箩筐就成了方山。另一个箩筐是青山岙。这故事雷同的很多，他说，像寒山子一样流浪民间的唐代诗人罗隐，一路乞讨他走到方山顶，口渴讨水喝，而山民说这里水都是从山下挑上来的，不肯给，他提起讨饭棒往岩石上捅，说我拐棒一记戳，漏底潭水推方山角，直到山顶上还有一支拐棒大的泉水在流淌着。

梅东灶说，方山就如八脚蟹，有个村庄就建在蟹钳上，那个村就叫钳口，后人称为"件口"。现在已经全村搬迁了，只有乱石墙和空地，唯留村口路边两棵古树，相依为命于寂寞之中。梅东灶顺口溜道：

恐龙园内望方山，半山开口像火钳。远看弥勒坐山巅，云雾深处隐神仙。

晚霞如歌翩翩舞，清晨云雾来封锁。胡则夫妇殿内坐，山脚龙脉要红火。

他的情致感染了我，我也学着他的腔调作上一首。

方山顶上的胡公庙

方山顶上气凌空，霞落西山月升东。峰巅独坐看浮云，竹为弟来树为兄。

殿前说书论今古，我与胡公本同宗。神明本是草民做，行德积善纪我功！

梅东灶领我到了胡公殿的西面，说这里本是僧人居住的，他指给我看几个僧人的墓，是唐代碧空祖师、灵默祖师和雪山禅师等三位高僧的古墓，西侧有清代嘉庆十四年（1809）佛家寿塔一座。山上还有五百罗汉堂遗址等。而今这一切都像一个梦一样破碎了。我绕过僧人的墓，从西北往东南转一周。路外面的坡度七八十度，但长满密密麻麻的大树，看不见对面的远山风景，到了北面山势缓和了，树也少了，视线开朗了，对面的山上被开垦了。梅东灶说，过去有一个寺院，因为僧人们蛮横好色，看到漂亮的村女就关起来肆意蹂躏。因此周围村里人放了一把火，把寺院烧成白地。僧人全被杀了，寺院成了荒基。

看足了景，吹足了风，我和梅东灶从凉亭下南边一个小山脊下来，转了一个弯，路上全是又黑又圆的乱石，道路极不平整，崎岖不平，是几千万年前火山喷发后的遗存，有一里左右的路程都是这些乱石。相传古时候方山顶上住着高道，有一天大雪封山，村民担着一担木炭送温暖，上了山顶，发现道士已被冻僵了。他赶忙挥动火刀生火，一慌乱踢翻了装木炭的箩筐，木炭滚得到处都是，成了路上的石头。木石同命啊，乱石上的树木艰难地生长着。走完乱石路，就到了一个小冈，两旁寸草不长，露出红红的沙砾。仅仅顶上一棵小树。大概这里是风口，草木种子总是停留不住。给风刮跑了，再加上被大雨一冲，就成了沙坡了。但看起来很风景。沙坡之下，树木稀少，尽是扁茅荒草，风一吹，如旌旗翻卷，再往下，估计土质是好了些，长着长长的茅剑草。茅剑草高过人头，小路在草下艰难地延伸。

经过一段平路下坡，松树渐渐地多了起来。经过一个路廊，我看到泗州佛。梅东灶讲起泗州佛的另类故事。据说他是一位商人，聪明伶俐，当年观音菩萨化成美女，准备筹钱造洛阳桥，被他看破了秘密，还要强娶观音菩萨当自己的老婆，观音菩萨施了一个法术，让他坐凉亭，接待大众，造福百姓，老百姓喜欢上他，塑造他的金身，供奉在路廊里，成了泗州大圣，又叫泗州菩萨、泗州古佛。梅东灶说，如果失恋了，就在泗州佛的泥像后脑勺上抠一点泥土回去，偷偷地抹在被爱的对方身上，对方就会重归于好，这倒符合和合精神的。丁琦娅说，在浙江温岭看到的泗州佛是女的，也算是观音崇拜的一个缩影。故事讲完，我们也来到了村庄上，它叫双里湾村。路旁有一个大四合院，南边的一个角已经垮掉，朝东的门头和朝北的门头很完整，把倒掉的角修回去，是很好的一个农家乐。但梅东灶说，没有一百万装修下不来。

方岩村已经成了"恐龙化石自然保护区"。梅东灶给我看一段手机上的资料，说是1992年，村里农民张式亮父子在地里干活，一锄头下去，挖出一段动物骨架化石。他很奇怪，立即打电话报告文物部门，专家立即赶了过来。大家细心地挖掘，一个恐龙骨架化石呈现在大家面前，这化石长一尺余，重二十多斤，被县博物馆收藏了。专家们发现这里也有许多恐龙化石，但目前不能挖掘，就请张式亮父子看管，他们搭着窝棚日夜守候。十年后，中国科学院古脊椎动物与古人类研究所著名恐龙研究专家董枝明教授和中国地质科学院矿物岩石学家陈克樵教授到了这里，又进行为期四十多天的挖掘，挖掘出大量恐龙脊柱骨、肋骨、尾脊、小甲片、前后肢等化石。其中一根大腿骨，长近一米，重逾十斤。2003 年 5 月，两位专家又指导天台县博物馆将出土的恐龙骨化石拼接出一具完整的恐龙骨架，有三米多高、八米多长。专家认为，这是一种既吃草又吃肉的杂食恐龙，前肢短小，后肢粗壮，可两脚行走，动作迟钝，在世界上独一无二，将其称呼为"天台龙"。这恐龙保护区建立起来后，日后就可以成为科普基地，与方山顶上的观光朝圣成为一个映衬。

我对梅东灶说，别看你公路边的旧房子不起眼，其实是一棵摇钱树呢，开个东灶小菜馆，也是可以解决生计的，赚得盆溢钵满的。梅东灶很高兴，多谢金口玉言。这样说着，我们跨过一座小桥，桥下是清澈的流水，这不是溪河，是里石门水库的北干渠。渠道边，一对夫妇在挖地，看见我们热情地打招呼。梅东灶说，我是三个小村的干部！他的话语中显得得意。他是江湖中人。

上：方山晚霞
下：方山下的草坡

上：方山石径
下：在湖峃村看方山

湖峱村

书院行署读书人

我与梅东灶从方山上下来，直接跨过始丰溪，溪上有座湖峱桥，桥下溪流浮着长满茅草的沙洲。站在桥上，回头一望，方山犹如四方的台子。湖峱村与寒山仅一山之隔，后面又有方山，溪流在村边流过，自然是一个卜居的好地方！

湖峱村在溪的对岸。浙峱是街头镇第一大村，人口两千多，湖峱是街头镇第三大村，人口也有近两千。峱字音（qiú），是个地方字，原本是山很高很峻的意思。湖峱和浙峱人就要求写成峱，说这是沼泽地边上的高地。这个峱字是老祖宗留下来的，不能改。靠电脑打字的犯难了，电脑打不出，也不认这个字，贷款导航什么的全没用了。如果写成"酋"，读音一样，意思却变了。因为电脑字打不出，"地图上找不到这两个村"，季国鑫先生说，"有人偷懒把峱字改成酋字，更错得离谱。文化全改没了。"

我走向湖峱村。它与浙峱村一样，原是一片湖水，后来成了沼泽地，水退后形成一片田地。浙峱村出产的面干很有名，据说有个山东南下干部来到这里，他普通话说不好，将"磨面的缴税"说成"麻面的要缴税"，闹出一个大笑话。现在这浙峱面干是非物质文化遗产。村里有个退休老师叫作何树云，也喜欢写作。尽管八十多岁了，说到我的名字就非常热情，谈得相当融洽。在他的努力下，浙峱村的小学校保住了，但雷马坑小学没了。

历史上雷马坑有一个雷马书院。湖峱村有个斗南书院，因为它位于斗峰山的南边。边上还有一个成州书院，街头镇有个蓝州书院，现在这些书院都没了。去年，我与沱沱就天台乡村书院的专题拜访季国鑫，他现在七十多了，行动和思维非常敏捷，退休后回村，当过村文书，对村里的一切了如指掌。他的房子在公路的边上，一座四五层楼，是他设计的，从大门进去，中间是大厅，上面不铺设楼板，阳光从圆圆天窗下来，把每个角落照得透亮，每层房间，采光采气都很好。季老师说这叫天圆地方，有文化上的讲究。他只上了一年学，靠自学成为一位工程师，"人一生下来就是学习用的，所以我要天天学习"，他请我们到楼上，给我们倒茶，让我看一些书法作品，说，"写字首先要写端正，就像人走路一样，首先要走稳定，学习人生，端正写字，看似简单实属不易。"

我对他很钦佩。他在柜子里翻出季姓宗谱，一一指点给我看。我得知，湖峇季姓的祖上季孟宾是后唐同光（923～925）人，字廷刚，号爱山，谱载"姿性颖悟，行己端方，学通今古，才堪用世"。官至吏部侍郎，厌五代之乱，抛弃官职而南渡，慕天台寒山之胜，天成二年（924）立家湖峇，广积财粟，大建堂宇。台州季氏就从湖峇季孟宾开始新立支派，后裔分布天台、宁海、三门、临海、黄岩、温岭、余杭、临安、会稽、嵊州、新昌、义乌、温州等地，将其奉为第一世祖。他与胡公胡则同朝为官，胡则是兵部侍郎，感情深厚。两个人一起游览天台，看见方山和始丰溪流风景特好，季孟宾就决定致仕（退休）后在这里定居，为了做标记，他们两个人在这里种下了几棵香樟树。现在这几棵树还在，是风水树，受人崇敬。季孟宾遗嘱后代筹资广置山场田地四百多亩，为方山的胡公庙延僧住持，距今八百多年。

季姓宗谱上记载，这胡公庙到了明代时被人变卖了，季姓将其重新赎买了回来，重新修造，同时还在方山建造了一个土地庙。在湖峇宗谱上有一个绕不过去的人，那就是季斯可，宋宝祐四年（1256）进士。雷马书院的创办人在宋朝任平江知府，与文天祥是同榜进士，后任御史以直谏闻名，官至户部侍郎，因遭权贵忌刻而退居天台，筑读书堂于雷马山。像季孟宾和季斯可一样，自唐至清因慕胜而来天台隐居和定居的各级官员多达六十五位，他们都曾瞻仰寒山子、拾得和丰干的隐居胜地。季姓后裔，有季享，任江西参政，是一位诗人。明代时，有季克安任宿州的通判。季陶庵为龙南的县令，季竹亭、南窗功绩卓著，享有民声。

季国鑫带我走在村中。这里群山环抱，景观秀丽，人居环境特别好，人文积淀特别深。村里有一口池塘，旁边一片修竹，几只白鹅在自在地游动。风丝丝地吹过来，那棵倾斜的老檀香树，见证着当年的历史。它们的北面有一座庙宇，我初来的时候铁门关着，这就是平水庙，在清代时，属于天台县积石乡通仙里，它是本境殿，供奉的是大禹和辅佐的四臣，还有捉鬼的钟馗，以及关帝关羽。香火一直旺盛得很。

从平水庙往西直穿过去，就到了浙东行署旧址，该建筑是民国时期就有的，门头的五角星是新中国成立后添上的，以前已经损坏了一部分，现在已经按照原样重修。

上：浙东行署　　　中：平水庙前的古木　　　下：杨梅林中的季少波

这行署进深八间，后设主席台。屋架檩桁椽梁等都是当初的模样，现在已经成了礼堂了，季国鑫说，它建于民国 33 年的（1943）9 月，当时日军侵华，上海沦陷，"上海育青中学退到天台县八佛庵，绍兴中学退到浙垟村。浙东行署也退到这里。它管十八个县，原先总部是设在蓝州书院中月波楼的"。蓝州书院就是现在的街头小学，当时书院的女老师兼负责人陈萍建议，说这湖垟地理位置好，南通龙溪经大雷山直达仙居县，北有天磐古道，可进可退，可以驻军，于是浙东行署就搬到湖垟村季氏宗祠里。陈萍的老家在桐柏，为临海政治宣传队宣传抗日保国工作，她的丈夫是湖垟人季恒松。季恒松号挺生，是当时的街头镇镇长、天台县政治队长、宁波地区公署专员、天台县党部执行委员。于是老宗祠摇身一变成为浙东行署训兵大礼堂。戏台讲堂大堂，两侧天井厢房厨房，一应俱全，兵士可以在前面操场上跑马。军政理论教育设在堂内，浙东十八个县的县长和大批抗战军政将领在此集训。老街和水坝等得到了整修，方便了百姓。季氏宗祠被"浙东行署"使用了两年半，完成了独特的历史使命，增添了独特的历史色彩，留下了远近闻名的历史陈迹。

在报上，看到湖垟村有个铃医季定乾，但没有遇到，他已经五十多岁，十六岁学习针灸，行医已经有三十多年。过去他总是摇着串铃走在乡间的路上，像个寒山子，这串铃也就叫虎乘，两指一撑，手肘一曲，就能发出清脆悦耳的声音，在病人的眼里，这就是救命符。他说，"中草药无弃物"，他可算得上半个植物学家，随便挖上一根草来，他能说出这种草药的名字，以及相应的疗效。他也扛着药锄爬山岭攀峭壁采药，寻找验方，他的园子里全是栽植的各种草药。他就把采药过程中取得的两千多张珍贵图片捐给了中国自然标本馆，还开始校注铃医古籍《串雅全书》，结合三十多年来收集整理的验方，有待出版。现在这铃医也成了台州市的非物质文化遗产。在他的指导下，湖垟村的养生主题馆将成为一个亮点，这里将提供药膳和义务养生门诊服务，并建设天台山的中草药标本园以及种植基地，同时也引导村里种下特色的中医树种，形成亮丽的风景线。我想找他没找到。

季国鑫说，湖垟村除了当年季孟宾和胡则亲手栽种的香樟树和平水庙前浙东仅有的六百岁的檀香树外，还有桑园里的古樟树。两棵树并肩而立，当地人成为夫妻树，大礼堂也有两棵树并立，人称为和合树。也如寒山拾得一般。季氏祖训曰：子孙务须孝悌为先，和睦为本。凡有患难疾苦，当往救扶持，毋秦越以坐视。为继承祖训，2015 年 9 月 25 日就成立了一个以季孟宾为名的公益协会，举办各种公益活动，并为留守儿童办起暑假班等。在三年的时间里，这个公益协会就为村里筹资一百多万元，用于公益事业。

在季国鑫的叙述中，我得知公益协会的发起人之一叫季文科。他很早时候就到外地求学，在杭州创业卓然有成，与乡人喝茶的时候，他总说起村里的树木，计划"我们还在桂花树下喝茶下棋"。2015 年，他回到村里，与村里注册了旅游开发公司，建设了几家配套乡村民宿。季文科规划将浙东行署修复成大礼堂，可以做湖峤村村史风景和文化的展示空间，又将陈列中草药进行科普，而且还作为村里的重要文化活动中心。季国鑫介绍我们与季文科认识，并把他的联系方式给了我。

在村里转悠，周围的人告诉我，现在湖峤村人居住的除了姓季的外，还有姓谢的，姓施的。有报道说，湖峤村有作坊生产"外婆的豆腐皮"，是村里一个九〇后创出来的品牌，他毕业于中国美院建筑系，曾在杭州苏州等地工作。他辞职回家，专门做豆腐皮，用互联网销售，生意很不错。他说："这工艺是祖上留下来的，从我太婆，我外婆，我妈妈，到我这里已经是第四代了，许多天台人都成了他的顾客，都说吃出了童年的味道。"做豆腐皮的外婆今年七十三岁了，她说小时候跟妈妈做豆腐皮，后来嫁人了也一直做豆腐皮，现在侄女做豆腐皮，就帮忙做，只要自己还能干得动，尽量都帮忙，尽最大的能力去做。质量由外婆负责监督，豆腐皮成品出来后，真空包装再通过快递发到顾客手中，这种豆腐皮用的是柴火文火烧制，用蒸气持续加热，味道远胜于煤炭烧制的好。

我继续在村庄里转悠，看到一个很大的院子，背面有一堵断墙兀立在风中，上面有一块匾额，"延陵世胄"，从字面上看，季氏家族本是历代的贵胄，可稽考，季姓祖上在延陵即春秋的吴邑，治所在常州江阴一带，为吴王寿梦之子季札（季子）所居住封邑。季札为避让王位躬耕于舜过山，周灵王二十五年（前 547）吴王徐祭封季札于延陵。季札重信义，徐国国君对季札的佩剑很中意，难以启齿，季札因遍访列国未能相赠。他出使回来后，得知徐国国君已死，就把佩剑挂在国君的墓树上。从这断墙的文字上我看到这典故，对季国鑫说，这是个宝啊，要保护好啊。断墙的南边是一个大院子，两个门头上的匾额一题"门有祥光"，一题"户多爽气"，据说有个国民党的将军住在这里，看见此门头字非常高兴，因为他的名字就是祥爽，对房主人特别关照。

这老屋是大地主家的房子。在浙东行署的大院子前面，我见到了那大地主的后人季少波。他六十九岁，身体强健，喜欢写诗，与梅东灶是好朋友。他说，这地主屋是经过三四代的努力积累的，是祖上一点一滴奋斗节俭出来的。他爷爷曾坐轿经过走上天台磐安的古道，却被山匪劫走。土匪"请财神"（绑票），让两个轿夫放回来报信。因他爷爷对周围的人做过许多善事，湖峤与周边村两三百人一窝蜂地攻上去，山匪跑了，被捆绑着的爷爷救了回来，"要是待周围的人不好，人家巴不得他被关被杀死呢。"季少波说，他外婆是浙峤人，外公那时在上海带兵，抗日战争

上：湖嵒村景　　　下：湖嵒村老宅门匾题字：延龄世胄、户多爽气、门有祥光

的时候，促成上海育青中学和绍兴中学转移到浙凿村。季少波说他伯伯是国民党省党部的书记，拥有手枪，可以先枪毙再上报，但他没有枪毙别人，回来被人枪毙了。他的爸爸因为地主身份关了六年，所留下的房屋也被分了，这房屋外观很好，但进去后东倒西歪，柱斜梁倾。如果修回去也是湖凿村的特色民居遗存了。浙凿村的那个绍兴中学的大院子保存得特别好，而湖凿这个地主屋很破败。

隔日，我与梅东灶从湖凿山口过去，去成州村，村落坐西朝东，村中间有一口塘，围了石栏板，写着"成州门口塘"几个字。塘边都是旧房，没太大破坏，往前后山看去都是笔架山，门口塘位于中轴线上。村里人都与梅东灶认识，说这附近的山上有驸马坟，被挖了五六层，都是石板，还没挖到什么东西，另外还有南宋天台人平章（宰相）贾似道的假坟。村中有许多泥墙屋，许多村民在打扫卫生，他们很自觉。问起成州书院的遗迹，说是门口塘的南边，原来是老屋，边上是祠堂，现在祠堂被烧掉了，村人建了很大的房子。在村中转悠，发现几个小弄堂特老，也原始但没人住，只好让它自生自灭了。村里人说，他们姓陈。这里往东，转过去就是寒山。

午后阳光色调甚好，转向西，看见另一个小村，几幢泥墙屋。梅东灶打了一个电话给季少波，他特地从紫凝山骑车赶回来，在小水库大坝顶上等着我们。他把自行车推到崖下锁好，一路说笑，沿着几十米的山坡上去，就见到一个小院子。旁边都是杨梅树。这座山过去一直是他家的，后来充公了。承包时候抓阄，刚好抓住这座山，再用其他的承包山与人家置换，种了这片杨梅林。前年收了八万块钱，去年下了雨，收成不好，不过这里养生挺好。他就一个人住在这里，他的门头是水泥浇的，刻了两副对联，一副朝外：顶天天降平安福福禄滔滔，立地地生正义财财帛滚滚。另一副朝里：风飘弱柳平桥晚，雪落梅花小院香。这对联是他自撰的，外面一副平仄似乎有问题，但感情真实，相比，里面这首意境更好，少波说，原先下联是"雪与梅花小院香"，有人说，"雪与""风飘"不对仗，他想了想，用"雪落"，一下活了，就把"与"字抹掉，改成"落"字。

季少波说方山，"上山好比状元上殿，下坡犹如仙女下凡"。这是很吉祥的话，但是没有被刻上去。他最得意的事是在民间访得一块匾额，是齐召南的笔迹，"高大光明"，季姓祖上敬献方山胡公庙的。"文革"破四旧的时候，一户人家把它糊了报纸，搁在自己七帐眠床的背上，没被发现。后来，方山胡公庙重光，季少波得知后这块匾后，就动员那户人家捐献出来，把它修复了一下，组织了一批人敲锣打鼓，送上方山胡公庙，悬挂起来，同时还做了一副对联，写在红纸上，贴在柱上。

贺太后献金匾流芳百世，喜子孙重光明方山增辉。

有人说，这贴上去的对联几个月就掉了，不如刻上去最好。季少波说，就重新写了一副，被人刻在胡公庙里。

> 颂胡公泽乡土流芳百世，保赤子振家声纳福万年

天台县诗词学会的林美文老先生看到了，说这对联的作者是大户人家的，很有文化，季少波说，"林先生的话说对了一半，我是大户人家的出身，但文化程度小学，因为地主身份，不能继续读书，不过家里有许多书，我看了很多，写出来多少有点文学趣味。"破四旧的时候，家里的书抄出好几大板笒，被烧掉了，同时烧掉的还有他的课本，因为他把"万岁"两字写歪了，看起来像"3岁"，这比我小时候把"万岁"写得像"万发"还要严重。但他写顺口溜的兴致延续了下来，他写湖峃季氏祭祖"季氏宗亲欢聚一堂"的藏头诗：

> 季与春风伴晓晖，氏族功德振声威。宗功浩浩扶后裔，亲德流芳继光辉。
>
> 欢度庆典言厚意，聚集江浙表衷怀，一房富贵何足道，堂堂东海竞鹏飞。

他喜欢挖草药种花树。他曾经种了两棵白果树，却被人偷了，他一直寻找，花了几千块钱，花了九牛二虎之力，终于寻到要了回来，然后将这两棵树移栽到方山胡公庙旁。在小院子里，我们在一起喝酒聊天，他觉得我气血不和颈椎严重，说他配了药酒，可以喝，也可以涂抹，治好好多了，让我试试。他有一个秘方，是看家里的书知道的，一直在用，现在身体康健，骑车走山路飞一样，立即将药酒涂上我的肩背上，同时喝一两，不一会儿肩背有点小虫子爬一样的感觉。他说起作用了，先用上，隔几日过来再拿，这种草药你去特意找，很难找到的。

我和季少波一起离开小院子，去湖峃村西头，说，村后的是象山和谷仓山。回到他的地主屋，这个院子他花钱赎回几间，经过努力已经当文物得到保护，他带我转到"延陵世胄"的断墙前，说他祖上名字叫延陵，字世胄，这是照壁。前面是季氏的宗祠，被火烧了，现在是学校。然后一起去平水庙，庙门紧锁，庙的东侧已经倒塌，季少波说当时这里是粮食加工房。柱子上有对联，"六府三事先治，九州四海攸同"，查书得知"六府"就是"水、火、金、木、土、谷"，"三事"就是"正德、利用、厚生"，"三事"与"三物"通，"三物"指的是"六德"（知、仁、圣、义、忠、和）、"六行"（孝、友、睦、姻、任、恤）和"六艺"（礼、乐、射、御、书、数）。另一副对联已经凿去，不知所云。庙前的那棵檀香树，有一块牌子写是圆柏。原来的树枝很长，树干也很高，树枝拖到下面，与地面仅一个人高。季少波说，他小时候就从树干上爬上去，沿着树枝下来，然后落到下面的地上。这是一个很久的游戏，现在找不回来了。

我与季少波走上湖峃大桥。落日如灯，正挂在方山的顶上。

成州村

龙母庙

雷马坑如雷亦如马

当然，我还想看看季斯可所创办的雷马书院遗址，我让季国鑫陪着往雷马溪前进，从金村下去，有一个牌子，上书两字，雷溪。以前是一个乡，现在是一个片。就是因雷马溪出名的。车子沿着雷马溪左岸前进，左边是一片荒废了的田野。右边是溪和对面的山林。史书中说，季斯可创书堂于今雷溪乡雷马山，遗址无存。宗谱上说，季斯可卸任后回家办教育，在湖觜办成州书院和斗南书院之外，还办了雷马书院。

我们沿着雷马溪行走，看见一块牌子，寒山石径，路分岔了。一条往山上，一条沿溪。我们沿溪走到一个U字转弯处停了下来。季国鑫指着溪对岸的那片沙洲说，那就是雷马书院的旧址，因为读书需要安静，山水氛围好，所以离开村庄一段距离，不受到干扰。而今望去，除了茅剑草和杂树外，别无他物，那里还有一个淡山殿，现在也没了踪影。所谓的淡山，也就是与淡山殿隔溪相望的那座山。季国鑫说山上有一个季姓的祖坟。于是我们继续行进，路越来越小，树枝拍打我们的身体，但空气清新得很，我们在路边找到了这个石头垒砌的古墓，没有任何标记。这个古墓位于淡山的北坡，对面就是雷马坑村。这古道也是寒山石径的一段。天晚了就匆匆别过。

几个月后，我与梅东灶重新行走雷马坑，还是从金村进去，依旧沿着溪边前进。我们直接插入雷马坑。雷马坑村的建筑很好，新的和旧的都结合得很协调，与周围的山林田野很和谐，风景绝好。村庄坐落在溪的北岸，前后面有山，都很陡峭。一下大雨，溪谷里山水猛涨，雨水也从后面的山崖倾泻而下。一时间，雨声雷声，溪流声，如同奔雷，也如奔马。在这前后左右的夹攻下，雷马坑村战栗着，提心吊胆。

163

从大桥进去，桥头有一处殿宇，叫作龙母庙。庙门外立着一块洪灾永志碑，碑文道：

光绪十五年，后门山因树木破坏殆尽，山洪暴发，泥石俱下，二十户人家遭受灭顶之灾。为此全村决议，要世世代代封育好后门山以下各山块，今后一律不许砍伐树木，播种庄稼：枧口、石篑、毛头山、流山岗、大坟岗、白岩、密松树园。特立此碑，永志不忘。

公元一九八三年二月雷马坑大队党支部管委会立

雷马坑的房子用溪中的鹅卵石砌墙的。龙母庙的东边有一处房屋，已经被岁月揭去了屋顶，乱石砌的屋墙兀立在风中，就像一座牌坊。转过去，则是一处完整的大屋子，墙上是鹅卵石砌的。门头在右边，上面写着标语：毛泽东思想万岁。转进去就是很古朴的一个小院，花格门窗花格子门，但门上的图案已经被"文革"破四旧凿去了，板壁上有许多粉笔写的文字：

毛主席语录

谁要是只看见光明的一面，不看见困难的一面，谁就会不能很好地为实现党的任务而斗争。

要认清形势，
要接受改造，
去除剥削思想，
跟着贫下中农走。

***

伟大的舵手毛主席啊，我们要紧紧跟着您，
踏平万重山，劈开千层浪，
让毛泽东思想的伟大红旗在全世界高高飘扬！

这些文字让我进入了时空隧道，回到那个红色的狂热年代。我正在拍摄这些文字的时候，一个村妇出来，说我有许多当年的报纸资料，你要拍吗？我说好啊好啊，于是妇女上楼翻出一个蛇皮袋，里面全是一些当初的报纸书籍，都落满了灰尘，带着水渍，比如语录本红宝书太一般，但有几张本地文革战报，《红色风暴》

老屋最后的阳光

雷马坑村

《天台县革命联合总指挥部声明》，以及一些手写的揭发材料。我的心一阵悸动，我知道省联总和县联总你死我活的斗争，没想到在这小小世外桃源一样的雷马坑村，也有不共戴天的两派。这两派就像村前村后两支溪水相互夹攻，自然不得安生了。

村妇说，她姓陈，这是他爸爸搜集的，爸爸还健在，八十多岁了，原来是脱产干部，我不知道当时属省联总和县联总中的哪一派，但现在什么总都没有了，什么派都不是了，有空打麻将，颐养天年，像这个房子一样满目沧桑。我帮助村妇把有地方文献价值的挑选出来，手里弄得一团墨黑，并且拍摄下来。然后从房后出去到后山，经过一片竹林，我看到岩壁直立，当地人叫石仓，崖壁上有人工挖凿的几个四方的洞眼。左边一道岩裂，估计是洪水冲出来的。村人指着断墙说，那就是洪水毁掉的房子。相比东边的房屋，雷马坑西边的比较安全，几幢完整的四合院，在阳光下有朴素的质地，我看见屋顶一个佛塔形的烟囱，正在冒着炊烟。没想到，我被那些破纸儿磨蹭了一个多钟头。

梅东灶说，雷马坑村与磐安县的尚湖镇非常近，它是始丰溪的支流，发源于磐安的竹园山岭。我走上磐安县桥头村至雷马坑村的十多里溪谷，问雷马坑的得名，梅东灶说，因为这条坑很险，行走不便，当时长毛（太平军）被清兵打得乱跑，撤退到这里，人仰马翻，跶倒了。跶，为天台地方字，"翻滚""摔倒"的意思，雷马坑叫作跶马坑。雷马坑谷口有农家乐，可以烧烤，几间小木屋前挂着许多腊肉，从坑口进去，跳过石碇步，有两条路，往北转一个弯，走两公里半，到龙潭。转了 165

一阵子，我想起已经十来点钟，返回往溪沿坑直上。沿坑都是圆滚滚的岩石，水流甚小，原来是上面修水库截流了，游步道是新铺就的，从崖壁上转下去，开阔的坑谷很快收紧，只进不出。转了一个弯后，变成细细的一条，须在岩石上跳跃，我看到路边蹿出一条蛇，三角的头，身上三角的花纹。它看了我一眼，觉得我没有伤害它的意图，就呈S形地婉转而去。南边的山林一片黝黑，北边山崖直耸如屏，公路修在很高地方，如架在我的头顶。我以为没了路，但从崖缝上翻出去。又忽然开朗起来，潭水碧绿，荡漾着波光，我们走了几个弯后，就看到一处岩石，远看如一航船，近看如帆，从这岩石边上转过去，回头一看，竟然成了一棵石笋。位于坑谷的中间，它亦如鸡，名龙王鸡，转过这块岩石，就是一个很深的龙潭。左边崖石树上有驴友队吊上红布标，可以往上行走，山体没有任何的破坏，树木一片翠绿。看起来犹如桃源，刚才的小路还转而向上，但已经无人行走，道路早已长满茂盛的杂草，上面已经被树枝掩盖，想起我们刚才遇到的蛇，想来也觉得危险，看时间过了十二点，我考虑再三不再继续前行。

听陆树栋说，这沿着坑谷蛇形的山径，是通往东阳和磐安的大路，但是修了公路后，这条路废了，不过驴友还很喜欢的，需要砍斫一下才是。再过去就是石箸笼岩和群济桥，石箸笼就在桥的下面，当地人叫作治龙岩，犹如螺溪钓艇一般。据说有一条龙作恶多端，哪吒把它关在螺蛳壳里，上面一挂四折高达四五十米的瀑布，因为龙王被禁后，这雷马坑尽管人们涉水行走，但从没有发生淹死人的事故。有个东阳的旅人不慎落水，被洪水冲过"石箸笼"，一直漂到"龙王鸡"，竟然毫毛无损。我们健步如飞，从治龙岩再上去，就是龙头颈，两块岩石俨然巨龙的角，名曰"龙角尖"，而龙潭就在其下，深潭的上面是一片悬崖，瀑布飞泻，人称雷马瀑，岩壁上有两个岩洞，叫作龙眼睛，修电站后美景也就消失了，同时消逝的还有七级瀑布，如同楼梯一样的崖石还在，路已经被乱石所阻塞了。既然如此我也不去看了。

人类在改造自然的时候也在破坏自然。这是不可调和的矛盾，但最终还是靠自然本身去和合的。我们原路返回，从雷马坑出来，我们经过金村，溪边看到一处胡公庙。铁将军把门，我也没有进去。但梅东灶说，金村出了一个朝廷名宦，与胡则同事，两个人的政治主张相同，都是"兴革便民"，但遭到朝中既得利益集团的排挤和打击，金村名宦被撤职，胡则也遭到猜忌，废弃不用，他就跑到金村与老朋友一起游览方山，并想把这里当作安息地，胡则死后金村人就在方山脚下修胡公庙，这庙宇比方山顶上的还要早。这名宦的女儿对胡则很敬仰，出嫁的时候，要带走一个胡公像，在山顶上再建造一个胡公庙，父亲自然同意，于是山顶上有了胡公庙。这与湖酱故事类似，可以并存相互印证。

上：雷马坑中有石如鸡名龙王鸡　　　　下：雷马坑中乱石如滚马

街头余家大院

湖窦古宅的宛转时光

季少波说，当时他爷爷曾捐献了几百块银洋建造街头的蓝州书院，当地的官员送给他们一块匾额。"育英树德"，两米多长，是阴刻的，曾经上过漆，放在湖窨另一位村民家。匾额因为时间久远，已经掉漆，但能看得一清二楚，可惜我到湖窨两次，那村民都在外地做事，没有看成，也不纠结了。湖窨村要做什么文化礼堂的，它还是要展示出来的。

我们与梅东灶直奔街头镇，先去寻访蓝州书院，蓝州书院的旧址在街头小学，那是清朝天台境内规模较大的学校。走过几个小弄堂，从大门进去，现在没有学生，显得空落了。我看到许多和合和寒山拾得的文字，这里已成为浙江和合文化传统教育基地了。

蓝州书院是街头镇商人后代曹光熙主持创建的。曹氏是地方望族，他们积累了财富，建了三退九明堂的曹家大院，还需要有一个良好的教育环境，于是牵头建造蓝州书院，在曹家大院建成后的第三十八个年头，即清道光三年（1823），曹光熙与弟弟曹光弼开始筹建书院。曹光熙首先捐白银五千两，曹光弼也捐白银三千多两，并向乡绅集资，最后集资银达到数万两。曹家大院板壁上还贴着捷报，字迹尚可释读，曰：贵府曹名光熙创捐义学，乐善好施，捐白银五千两……据《天台县教育志》记载："（蓝州书院）计有院舍十二间，内有月波楼、聚青楼各三间，西首尚有去生社"，学生都在月波楼上学，书声琅琅。创办过天台中学的金文田历任蓝州书院（今天台街头镇中心校）山长（校长）。据说月波楼一直保存到20世纪90年代，规模很大，可惜已被拆除，周围的环境很幽静，紫藤满架，尚留一些园林风味。陈兵香在20世纪80年代组建寒山文学社，原称新蓝文学社，出处就在蓝州书院。

听说蓝州书院有一块残碑，放在街头镇老政府的边上，我们直奔那里，那房子有着浓厚的民国风味，在靠墙的一角落里，斜靠这块石碑，日晒雨淋，早已长满青苔，用清水一一清洗，字迹渐渐地露了出来。我们眼睛一亮，说这是个文物，文化标志，应该珍藏的，但到底有没有被珍藏我不知道。看了碑，我们就直奔老街。

这街头镇也叫埠头街，原来是始丰溪的一个埠头，徐霞客到这里寻访寒山胜地，见峰萦水映，一溪从东阳来，势甚急，大若曹娥。他找不到竹筏，涉水而过，水深过膝，可见他的徒步寒山也是相当辛苦的。在明清时期，这里沿溪可以撑竹木排到城里，沿着灵江到临海椒江的，这使我想起现代散文家陆蠡的《竹刀》，那撑竹排的山里人，将竹刀揣在怀里，猛地插入满是板油的木板行主肚里。这是不和合的，何况始丰溪现在不能撑竹排了。

据说陈兵香的生日是农历九月十七日，是寒山老佛的忌日，他说孟湖岭脚有座永镇庵，供奉的寒山、拾得和合二仙。1984年他当上街头镇文化站站长，就开始立志成为寒山通，收藏了许多寒山的资料，成立了寒山文学社，编辑了寒山刊和论寒山文化的资料数十期。他家在寒山古街转弯处，我看到他精心收集装订的装了上百个档案袋的寒山图文材料，得知街头镇已经有一千五百多年的历史了，最早建于六朝时期，盛于元朝，清代光绪年间秀才余昌濡在街头十景诗小序中说，街头镇最初叫作"仙人镇"，后来叫"湖窦镇"，清代康熙十三年时称街头镇。1943年浙东行署设立在湖岙时，则称为嘉图镇，取"古生嘉木祥瑞，山川风光秀如图画"之意。1946年抗战胜利，浙东行署随之撤销，复称街头镇至今。街头镇，俗称大西乡，清代康熙年间就开始设市，农历逢二逢七为市日。这仙人镇的由来，就在于龙母殿前面的仙人足迹上，前面的案山叫作五峰积翠，是山水形胜之地，宋朝嘉定年间就有潘时举在白湖和泉井设馆课徒，而雷马书院和黄水龙溪书院则是后来的事情。

寒山老街东西走向，从嘉图楼往西转一个弯就到了。陈兵香曾经把我们带到这老街上开培训班，听剃头店的老板赵子升讲《十兄弟》《一囡五郎》等，从老街的边上，我看一些乡村剧团的青年女子学唱戏。小镇的右边就是戏台，旁边是龙母殿，对面是一处过街楼。农历七月半的时候，这老街上一路点着蜡烛，到过街楼，穿过西溪桥，这是一座宋代的古桥，直到溪的西岸，这也是一段古道，通向磐安东阳的方向。陈兵香对我说寒山子也肯定从那里走过。当地百姓整天忙碌与田头市井生活，庸庸碌碌，不潜心读书识字。寒山子于是在墙头写诗劝说百姓，要读书识字，靠文化改变命运。

> 读书岂免死，读书岂免贫。何以好识字，识字胜他人。
>
> 丈夫不识字，无处可安身。黄连搵蒜酱，忘计是苦辛。

但是对于那些死读书读死书读书死、不懂日常生活技能的人，寒山子也这样劝告人家：

> 雍容美少年，博览诸经史。尽号曰先生，皆称为学士。
>
> 未能得官职，不解秉耒耜。冬披破布衫，盖是书误己。

寒山子看见街上许多少女窈窕美丽，精心打扮自己，整日游玩，不学无术，但不勤于学习劳作，就写诗劝说她们：

> 城中蛾眉女，珠佩何珊珊。鹦鹉花前弄，琵琶月下弹，
>
> 长歌三月响，短舞万人看，未必长如此，芙蓉不耐寒。

据说街上有一个老财，六十多岁了，依仗自己有财有势，强娶了一个芳龄二八的及笄少女，订婚之日，少女痛不欲生。寒山就作诗写在墙壁上：

> 老夫娶少女，发白妇不耐。老妇娶少夫，面黄夫不爱。
>
> 老翁娶老婆，一一无弃背。少妇嫁少夫，各各相怜态。

老财看见了墙壁上的诗，羞愧不已，就罢了婚仪。寒山子看见周围许多村庄，依然贫寒，缺少经营头脑，就写了一首诗在墙上，宣传饲养业的好处：

> 丈夫莫守困，无钱需经纪。养得一牸牛，生得五犊子。
>
> 犊子又生儿，积数无穷已。寄语陶朱公，富与君相似！

有村民照他所说的去养牛，果然致富了。他劝说百姓戒贪欲，要多做善事：

> 贪人好聚财，恰如枭爱子，子大而食母，财多还害己；
>
> 散之即福生，聚之即祸起，无财亦无祸，鼓翼青云里。

寒山子经过的地方，都留下许多劝说人的诗句，他竭力体现人与自然的和谐，充满无限的雅致，大部分诗作是世俗化生活化的，通俗劝世，幽默风趣，朴实演畅。在鹅卵石砌成的古街上行走，低头看见的都是寒山诗一样的寒山石，抬头一看却是红底黄字的标语口号。革命的狂热把寒山的诗意遮盖得杳无踪迹，但寒山诗却在那个时代在大洋彼岸另外一个场合出现了。

我与天台乡土学者徐永恩、乡土营造社的卢岳鹏陪清华大学的乡土建筑专家李秋香教授等，一起走在这整修一新神采焕然的古街上，穿过散发着浓郁油漆的老街，一直向西。阳光透过街屋的老檐，在卵石路上落下长长的黝黑的影子，那光感和质地特别凝重。寻找寒山子诗句，走到尽头一座过街楼。朝东的是一段毛主席语录，西向的门墙上有一个大大的五角星，其下是梅人鉴题写的"古湖窦镇"的匾额。梅

人鉴是街头镇后芦人，梅东灶的祖上。乾隆丙午年（1786）考中府学生，远近闻名的书法家。在西斜的红色阳光照亮洋溢着油漆的红色古街，有着别致的味道。但寒山子的诗句，我一句也没有找到，心里难免有些惶惑。

过街楼的外面有一个古井，再过去就是一座石板桥，架在南北方向的河道上，再走几步，还可以见到一段老街，在高大的古树下，有一长溜原档的木屋，写着毛主席语录。卵石铺就的大道，低头细看，有茶壶、元宝之类的图案，还有四个带圈的大字"正大光明"。我对李秋香说，正大光明，金光大道，也是一个人的气质精神。现在许多人以正大光明的理由，做歪斜灰暗的事，与寒山子恰恰相反。这里就是天台通往婺州的古驿道，除了寒山子在这里唱着诗歌飘摇而过，许多商旅也留下匆匆的身影。古街道东西方向穿过古镇，街道店屋的建筑基本上为当时的原物，赫然在目的是清代中晚期建筑风貌。而今，街面屋的板壁上的毛主席语录被重新刷新了，显得特别的亮眼。东岳庙和古戏台前面人头攒动，越剧的锣鼓二胡和咿咿呀呀的唱腔还会绕梁，舞龙舞狮的人们依然川流不息。

李秋香是通过徐永恩的介绍，来到这里考察乡土建筑的。徐永恩写过天台和合文化的专著，他的《天台石窗》一书则收集了包括街头古镇寒山老街的石窗，得到了李秋香先生的高度评价。我们看见街上夕阳下老屋檐下打棕线的妇女。徐永恩拿起来也试了几下，非常熟练，他在中央电视台《乡约》节目上表演过这个。打棕线也是和合的生活。我们兴致盎然，找到寒山子一样的鲜活诗意。

在寒山古街来回踱步了几次，来到了余氏古民居。朋友余云叶在街口等候着，我向李秋香介绍，余云叶是本地的小说作家，曾在学校任教多年，五十多岁以后当上了文化北漂，参加鲁迅文学院的学习，有长篇小说《白天鹅与黑鸬鹚》在美国《世界日报》连载，并获了《文艺报》颁发的一个奖项，还出版了长篇小说《李鸿章》《于成龙》等，每年都在全国各地行走，躲在自己的老宅写小说。他新近出版了《奇士悲歌》，是与其堂兄余云安一起创作的。余云安是一位退休老干部，现为天台山文化研究会的执行会长。他们都是这古宅里出来的乡贤。

跟着余云叶转弯抹角走过小弯弄堂，我从北面的小门进去，小门外是一片空地，原来也是余氏老宅的一部分，现在成为一个"火着坦"（遭受火烧后留下的空地基），从小门进去旁边就是一个大中堂，柱子很高大，我看到上面齐召南题写的一块匾额。这余家大院叫作存朴堂，雕梁画栋，气派恢宏。许昌渠尤其欣赏的是月梁和蝴蝶头的精致的雕刻的图案。余云叶说，天台四合院的蠡第和天井檐街的石板必须是十二块，按照《鲁班经》里的讲法，十二是吉祥的数字，是不是象征一年四季十二个月呢？余氏大院的主人叫作余鲁才和余秉锡，是清代的秀才，大户人家，也成了"长

居住在余家大院的作家余云叶向建筑学家李秋香和学者徐永恩讲述老宅故事

毛"（太平军）所打击的对象。但余家是革命的，清同治十三年（1874），天台知县丁澍良勾结劣绅私自加征钱粮，遭到余鲁才和余秉锡的抵制。他们联合向省里呈告，却被关进牢房。余鲁才被毒死，但余姓宗谱上说，他是服毒自杀的，听到这个消息后，街头百姓揭竿而起，攻打县城，把县衙烧了个精光，后来遭到残酷镇压，余秉锡的秀才被革掉。天台西乡闹粮叫作《西乡反》，载入浙江历史。余云叶和余云安则把这个故事写成中篇小说出版，收录《奇士悲歌》中。余秉锡曾在同治二年（1863）担任蓝州书院的山长（校长），当时蓝州书院叫作义学，其前身是屏山草堂。1986年民间文学集成时，我编辑到街头镇朋友蔡达文和陈方案搜集整理的民间叙事长歌《闹粮歌》。我忽然想胡公上疏皇帝，免除百姓赋税，被人立庙供奉朝拜，而丁知县私自加征钱粮，结果遭到百姓反抗，一正一反，值得深思。和合社会，当从官员清正廉明开始。李秋香先生对余云叶说，像余氏大院这样的古宅，是最能代表江南乡土建筑风格的，理应保护。如果稍做修缮，也是得天独厚的地域人文瑰宝，否则的话，隔几年就损毁了。

我们绕过老街，穿过弄堂，到了另一所"三退九明堂"的曹氏民居，它在公路的边上，几个宅院一线并列，是目前保存极为完整的乡土建筑。它是清乾隆五十年（1785）建造的，所谓的退就是进，三退，就是三个房子连在一起，中间两个天井，气势宏大。这是曹光熙家族的居住地。台门额上的"屏山襟水"四字，另一处台门上的"聚青凝紫"，最有自然人文的风味底蕴。花厅后壁上的"至性过人"的匾额，是辛亥革命后期的大总统黎元洪题写的，这是一个乡村宅院的荣幸。在曹氏大院大门进去，门楼朝里的三枋和中堂排门兜肚的地方，用浮雕雕刻的灵芝、菊花、兰花、石榴、蝙蝠、佛手和祥云等图案，让人领受到长生富贵多子多福菩萨保佑吉祥的含义。许昌渠讲了一个故事，工匠为了表明自己的学识渊博，以古意图案雕成唐尧禅让、虞水访贤的故事，

街头曹家大院，木板壁上贴着曹光熙创办蓝州书院时官方的嘉奖捷报。

另一位来自天台亭头的工匠则避开锋芒，雕出犀牛望月的图案，同样是吉祥的含义。行走宅中，观察古宅雕刻，如翻开民俗艺术画册。花瓶上面插三枝戟，叫作平升三级，雕刻花瓶和蝙蝠，叫作福平至上。砖雕星斗和石鼓，则寓意星缘实古，看起来非常温馨。门扇上的和合图案，一个盒子，一朵荷花，没有寒山拾得人物，但寓意依然明显，一片吉祥。在曹氏大院最后的中堂板壁上，我看到捷报，是主人曹光熙出资建造蓝州书院的嘉奖，这是最好的历史见证，如果没有了，文化也体现不出来了。曹氏大院前面两个院子非常完整，但后面的一溜房子有些许破败，如果保护的话，需要剔除不协调的建筑，但所花费用没有着落，主要还是靠政府支持。

离开幽深的曹氏大院，我们去了镇上的另一处古宅潘氏大院，也叫作"一品宅"，是明朝天启三年（1625）的建筑，是街头最早的民居。谓的一品宅，就中院的左右边各有水塘一口，与后院后面的大水塘构成"品"字的布局，题写着"山水含芳"匾额的门头，面对南面的焦炭山，古宅、山影、水光、草木、人物，共致和合境界。所谓的品，除了俗世的官品之外，我更多感受到品第、品质、品级、品味、品位、品性、品行、品德。品是一种格局，是一种气象。

李秋香说，这次她带了学生团队，除了对街头镇的古宅进行考察之外，还对天台周边区域的乡土建筑进行普查，希望对它们进行测量绘图，留存相应的数据，以便将来的修复。留住乡愁最重要的留住什么？我说除了本质状态的生活之外，更需要留住独特的生活环境，而这些乡土建筑，是最和谐的生活背景。古宅和百姓的生活，以及人文的传承，是真正和合的因素，两者互致，缺一不可。

席间，与朋友闲聊，说曾有人提议，要将街头镇改名为寒山镇。街头镇，多平常的名字，寒山镇多响亮，名头大着呢。

173

湖寮古镇老街

第六章

山南一路漫潇洒

对面的叫作滚驴坡

一张白布望龙冈

　　丁舒鸣让我看一张是寒山湖周边的航拍图，寒山湖的水面就像一条张牙舞爪的游龙。这望龙冈上大面积的茶园，就像一只腾飞的凤凰。龙凤呈祥，和合圣地的美妙景象，是值得登高远览的。我现在走的这条岭，能观全景寒山湖，故称为望龙冈。

　　经过孟湖岭、后岸村往西，经过藤岭坑村，偏僻的山谷一片平畴，早上八九点的太阳照在泥墙屋上一片金黄，村里住的是季姓人，照样是空落落的，从村前的机耕路前进，在谷底行走，还是感到凉意。过了三四五里光景，道路开始上坡，同行的驴友说好像听到野猪在路下叫呢，好像被兽夹夹住了，大家往路下扔石头，但没有声息。老季指着公路上边一条崎岖的小路说，这是我们要今天要走的道道，这么小的路估计是砍柴人弄出来的，万一路走没了怎么办？大家心中打鼓。老季就舞起柴刀，第一个爬上去，大家手脚并用，路很狭窄，只是隐约扭曲的影子。老季用刀砍出拦路的歪枝，渐渐地道路加宽了。走了半个小时，登上一个小冈，从东往西沿着山脊线行走，两旁都是高树，阳光斑斑点点。适才寒冷已经失去，山脊线坡度不陡，走得也轻松。我们走到一个岩坡上，回头一看岐石山的仰掌形的岩峰，那是正南的方向，再西转看到一处废弃的房子，在一个岩背上，能看到寒山湖的大坝，两岩夹峙如门，叫作里石门，钢筋混凝土空心双曲拱坝，有八扇巨大的闸门，非常雄伟。

　　看了一阵子大坝，我们继续赶路，山冈上坡度不高，一路横着走，走了几个弯后，樵道没有了，一段自北朝南上坡的机耕路呈现在我眼前。我与另一队驴友相遇了，陪伴着前进。那队驴友中有一个日本来的老太太，她对路边沙石上歪扭的小草感兴趣，总是停下来摩挲端详一番。上次我与卢震在和合民俗文化园与她打过照面，当时那

藤岭坑

里举办一个日本和合陶艺展览。她在沙堆石缝中看见一种叫作"见水还"类似于扁柏的草，还有小小的野蕨，还有一种类似于瓦松的多肉植物，就拿着一个小锄头小心翼翼地挖下来，看见有蛀虫洞的树木段子，最喜欢了，说这种小植物放在这树木段的小洞里养着，是最好的家居装饰。老太太很平静宁和，有浓郁的古典味儿。

走上山顶，境界忽然开朗。日本老太太与我们分路了，我们往北走，看看手机上的航拍图，发现正走在凤凰的背上，右边是一大片开辟的茶场。此处就叫天凤山，茶树是新栽的，要真的采摘还得需几年培育，前期的投资更大。这高山顶上种的是黄茶。我们沿着边缘行走，看见一长溜的房子，这是茶厂的所在地，是纯天然黄茶基地。门开着，鸡叫着，我们一窝蜂进去喝茶。我看见书架上不少茶书，抽一本来正翻得高兴，同行的驴友在嗷嗷叫我，我把书一扔，继续赶路。往南行走，转过一个弯，路下的田里稻子结了穗，没人收割。公路的上面有一座孤零零的土老庙，估计也是本境殿；一座风中飘摇的农舍，也没有人居住，寂然无声。

老季说自己就是这个村里的人，村庄叫作张白布，我以为是做白布的村庄，其实不是。村庄位于山口之上，经常看到山谷平静的云海，就像展开一张白布似的，很具象的文学地名。村庄是很开阔的，土地平旷，森林茂

张白布村的茶场

盛，但村民全部已经迁走了。老季说，这个村可以从寒山湖溪下周村的对面进去。清朝中期，祖先从湖酱村迁此，尽管村人都迁走了，老屋也变成了荒地，但公路还是留着，依旧可以开车，因为水泥与沙石的比例不对，路面早已一层层起壳，经过几番晒冻，热胀冷缩，很快就崩碎了，估计是糊弄人的豆腐渣工程。往下行走，有一处养殖场，山羊、鸵鸟还有猪，绿色食品，没有任何污染，卖得很贵的。但我们不做停留，下坡，到了一个山口，是一个小水库的大坝，公路坡度特别陡，到这里戛然而止。小山坑里仅有一支小流。我们就在公路边做饭，我把同行的驴友带来的干粮共享了。这里有条路可以通到里石门水库大坝，我们偏偏从西边的山坡爬上去，路不是很小，过了一个很长的山坡。看到有一块平地，几间石屋的断墙兀立在树林里，人们说，这是一个叫作慈云寺的遗址。过了断墙，又是一个上坡，然后横着走，几个弯过去，我们往西登上一个孤立的山峰，原来这就是望龙冈。回转头来，身后树木稀少，里石门的大坝又进入了眼帘，远处地能看到的是九遮山。左面的山上，一条防火线像布条一样挂着，那是驴友挑战自我的地方。坡度大很陡峭，没有树木遮挡，

张白布的稻田

沿着张白布的山坡飘然而下

驴友上去下来，都要步步艰难，一不小心就脚下打滑，会轰隆轰隆打雷一样滚下来。而今它们都被太阳照得透亮。丁舒鸣起了一个有趣的名字：滚驴坡。

我凝视了许久，转到孤峰的背面，原来朝东，现在朝西，树木茂盛，转了几个身，有一处没有树木遮挡，北望寒山湖，景色进入眼帘。在夕阳下，远山近水很有层次感，水面平静，山峦平静。空气清新，能看出老远的地方。我们转过身朝北而行，路面也是横走的，但崎岖不平，老是打滑。路外边大树遮挡，寒山湖的景色看不到了。走三四百米后，终于留出一个空隙，阳光落在水面上，如碎银点点。这寒山湖水就像一块铺开的布，被风吹皱，一艘船拖着长长的尾迹驶过，我判断一下位置，阳光洒落的地方就是小溪坑。

我们再行走了几百米，看见路边的几棵松树安上了横木，被改造搭建为别致的观景台。下面还做了梯子，大家争先恐后爬了上去，风吹得直摇晃，但是几棵树木连在一起，晃动幅度不大，站在上面，好像坐摇篮似的。这里没有任何遮挡，忘情地喊叫，看着太阳一点一点地西斜。看到寒山湖，精神十足，轻松多了，一路下坡，如列子御风。大家走路很轻松，就沿着湖岸行走，湖岸有机耕路，没有任何阻挡了。大家的脚步风快，走到天磐国道线上。驴友与我作别，要回到城里的家。而我依然在这湖边逗留。

我走上寒山湖东面的坡顶，拍摄最美的湖山落日。

从望龙冈看寒山湖

萝卜冈

五 A 虐驴煞夹尖

在寒山湖休息几天，丁舒鸣约我，明天早上七点半，又有一批驴友来挑战徒步寒山中最虐驴的那支线路，他问我这条线路你吃得消不。我说，我是华顶山上的人，在悬崖峭壁上砍柴，从下深坑岭挑担的，怎么不行呢。丁舒鸣细心安排，十人行走，八人后勤。

这煞夹尖是寒山湖度假村东南对面如苍龙耸脊的地方，基本上是沿着山脊走的，走的是防火线，经过大小三十六个山尖，其中最著名的，还是五个呈现 A 字形的山脊，从山脚翻到山顶，再从山顶溜到山脚。如此五次，每次上升下降千米以上，对驴友体力耐力是一个极大的挑战和考验，何况要保持速度，保证里程，这是很难的。煞夹，是天台方言，厉害的意思，煞夹就是紧收，这五个山峰坡度陡，走防火线比林中穿越更难。能走就煞夹了，走完全程更加煞夹。

我一早起来，简单洗漱，匆忙吃饭。刚放下饭碗，那群驴友就唱着歌挥舞着旗帜来了。他们今天走的是寒山的最后徒步路程，准备完美收官了，而我的徒步寒山旅途仅仅走了一半。

他们兴高采烈一一登船，在这七点多钟的时光里。寒山湖水面笼罩着一片乳白色的"倒坑雾"，远处白术尖仅仅露出一点点。太阳朦胧犹如没睡醒的惺忪的眼。船老大来了，原来是陪我去黄龙冈的老季。雾在消散中，阳光把湖面照得闪亮。这是救生船，老季摇动柴油机，在突突的响声中，老季双手把舵，目视正前方，表情十分严肃。我觉得很潇洒，赶紧拍下来。老季笑了，神采奕奕。船在破雾前进，我们好像在云中漂浮，大家纷纷在船头拍照，把旗帜舞得哗啦啦地响，摆造型，装

181

POOS。船进山口，阳光被山挡住，有一种特别宁静的景致。

　　船在一个名叫黄岩坦的码头停下来。老季说，这是小溪坑，溪水两岸草木茂盛，景色宜人。许多人把她当作九寨沟桃花源，原来水源充足，但上游被造了水库后，水被拦住了，露出溪床，卵石闪着白光，这里在寒山湖对岸，除了当地的村民之外，一般人也来得少，植被保护得非常好。从公路下去，越过乱石，看看对岸，就是一道防火线，其下端就是一座高崖。我们必须四脚并用才能爬上去，不像走驴，倒成蛤蟆了。从这里徒手攀登还可以，但高崖一上去，就是坡度六十度的布满泥沙的不是路的路。雨水冲过，一踩上去，脚底发软，呼地一滑，人往前一倾，走三步滑一下，到后来一步一滑，即使有登山杖挂着也没用。每一步都要踏到实处，方可迈开第二步，一旦脚踩不到点，不踏稳的话，就能下滑好长时间。有些地方，泥沙上面堆着落叶，一脚踩上去，如走太空步。如果下面是碎石的话，那就控制不住自己了。我们摇晃倾斜着前进，总是伸手抓住石缝和身边的柴草。从山脚到半山腰五百多米的高度，足足走了一小时，站在岩石上，回转身来，白术尖还在白云上面漂浮。

　　走这种路，速度绝对是跟不上的，前面的老驴早已把我们抛在后面，他暂时歇息，等着我们。上了第一个山峰，我发现衣裳全被汗水湿透了，心一个劲地怦怦，呼吸急促，耳朵吱吱地响，有些虚脱的感觉，站在石头上缓过气来，被山风一吹，顿时畅快起来，尽管身在山顶，但周围都是高大的树木，不能远观，只能下坡。下坡比上坡艰难多了，主要重力都压在脚趾和膝盖上，走几步疼痛酸软，每步都要小心翼翼，不然就屁股着地，成元宝，坐飞机。前面的几个驴友与石子泥沙同下，我们上面的等他们转弯了再下行。有些就干脆避开防火线，从边上边抓住树木边下，省力得多，但不刺激。大家把垫子往屁股下一铺，用登山杖把握方向，一边高喊，一边呼啸而下，我担心下滑的速度越来越快，刹不住车。他们说是习惯了，我暗笑下滑是投机取巧，不是徒步啊。

　　我们从坡底又往上攀登，发现上坡比下坡容易，上坡眼睛朝上不朝下，脚踏准了，一使劲就上去了，下坡眼睛得从上往下看，尤其陡坡，更是心惊胆战。身边的女驴友叫苦不迭，我建议她脚要侧着踏上去，她总是踏不到位，身子一晃，就往下溜，一边溜一边发出尖叫，身后树叶泥沙乱飞。我们翻了两个山尖，看见一个更陡峭的山坡出现了，那山坡几乎直立，防火线犹如带子挂着。她心里开始发毛了。我明显跟不上驴友的速度，她也累得气喘吁吁的了。"我受不住这虐驴的滋味了，我要退下了，我走下坡路不行了，我腿肚子总是抖得慌"。其实我的耐力是可以的，但是快速行走渐渐地力不从心了。驴友分成两路，一路沿着山脊继续前进，一路则下谷底沿溪坑而上，到萝卜冈会合。

煞夹尖最虐驴的路线

陡坡落叶下的全是沙石

下谷底路口原来有条小路可以方便走的，本是一条古道，但少人行，岔路口长满一个人高的杂草，一时分辨不出来，便往东边横着走，但走了一段发现路到悬崖的顶上戛然而止。于是老驴先探路，从悬崖的边上下去，那是一个狭缝。过一会他喊看到路了，我和女驴友沿着悬崖边上滑下，蓦然抬头前山崖壁直立，气势雄险。身边都是绝壁，岩缝中长满茅草，风吹过来，如马鬃一般飘曳。

走上石砌的古道，石阶七零八落，长满青苔，行几步发现几堵断墙，估计是一个小村落。早已搬迁多年，崖壁下放满蜂桶，蜜蜂嗡嗡地兀自忙碌着。路渐渐宽起来，原先的田地早已被树木侵占了，由东向西流淌的是小溪坑无名的支流，现在只能在树林中低回呜咽着，一条很不错的乡村石路，现在也掩没在荒草里，几棵老树依然沧桑，习惯于寂寞，身边野花无声地开着。我看见更多屋基，还有田地成片的树木，田地是特意开垦种植庄稼、蔬菜、水稻的，现在交还给大自然了，曾经炊烟袅袅的村庄消失了。

路在树丛和比人还高的茅剑草中潜行，让我们迷路好几次。只要沿着小坑走，岩谷石头苔藓翠绿，如毛茸茸的小猫小狗匍匐着，没有流水，经过一处岩门，便听见山顶上那些驴友的欢呼，估计他们看到什么绝妙的好景色，大概是经过田坤山、杨柳田和小尖，正在下坡，步步虚空。我们在上坡，脚踏实地。翻过一个冈，乃是天门缺，这是一处需要仰望的高高崖壁。我们坐在崖上休息，而他们还没有过来，不一会儿听到他们的叫喊和歌唱，第一个人出现了，先是露出一个头，然后是身子，然后是第二个、第三个。他们站在崖顶上挥舞登山杖，使我想起林则徐"山登绝顶我为峰"的诗句。要是崖下起云，那该多好。

两支队伍会合，继续在山脊前进，南行到萝卜岩，一处石头屋建筑依然完好，是管林的山厂，也可以当路廊用，山路通到天柱方向的，但是驴友挑战自己，想继续走山顶的防火线。我们坐在石头屋前面歇息片刻，等打前站的梅老师回来，他说非常遗憾，前面的防火线早已被杂草树木封住了，路线需要重新调整。一群人从石屋的北坡下来，路非常小，最后穿行在树林里。后面对前面的人喊，当心石头踏稳了，而前面的人走出老远。路上长满藤蔓，还是沿着小坑谷走，这样手脚并用，有时发现自己真的不像驴，像个猩猩猴子似的，在树上荡着秋千。渐渐地翻了许多筋斗云后，路宽了，听见老季在喊：走这边来，走这边来！原来老季把我们送到小溪坑的时候，事先将船停到下面名叫增坑的水湾等候着，前一拨驴友接到后，老季担心我们走错路，又重新接我们，身后跟着胖胖的丁舒鸣。

丁舒鸣说，看见你们没下来，我不放心啊。现在见到了，我们心上的石头落地了。

我欢快地行走在去往增坑的路上，转了几个弯，我看见船安详地漂着，那救生衣在船头竹竿顶端旗帜一样晃荡。后勤组长"宝鱼"她们早已烧好茶，做好面条，准备好水果，等我们过来享用。我们坐在摇晃的船上，头顶是云天，脚下是倒映着云天的静水，鸟声和花香佐餐，多么美好的时辰。吃了饭，有人就直接睡在船头上。船摇篮一样晃荡，我忽然想起梁晓明的诗句，荡荡荡荡的我躺在蓝天大床上，此刻我以云天为床，湖面的风一片阴凉。

歇息了半个小时，十个爬山的人，有五个继续狂走，从停船的位置上继续前行，那是第三个煞夹尖，需要走两个半小时。他们上山之后，我们把船又开到下一个名叫下燥坑谷口的地方接应他们。五个驴友一路上行，登上了陡峭的山坡，回望寒山湖，发现山脚下的岩峰孤岛更是像有情的生灵。有些是三狮挪球，有些是雄狮伏地，有些像鹤立双峰。下面有个溪下周村，前面的山是落山虎，但被湖水淹没了一半，成为鲤鱼头，南岸的石门岭上有一根石笋，被雷摧残了，成为天打岩。一路上看到了成片的红杜鹃花，还有如群群黑羊的寒山赶石，还有节节高升的竹笋，在迎接着他，他们走的那条路更加细小，步履更加艰难了。他们下来之后，到下燥坑又与我们会合，尽管他们行走得很吃力，但也很有乐趣。梅老师竟然做成一个小喇叭，一路嘟嘟嘟地吹下来，同行的驴友们"一二一""一二一"齐步走，似乎回到童年时代。

在下燥坑我们歇息了一会，他们继续赶路，到里石门大坝下来。我们的船就回到寒山湖，船在劈波斩浪，螺旋桨激荡如镜的湖面，倒映的青山和云影在扭曲、变形，

煞夹尖沿线的山崖

与我们的身影融合，使我想起鲁迅山阴道上那好的故事。船从山林的环抱中穿过去，一个长长的黄沙滩加上一片矮树林再加上一座石头崖，活脱脱的就像鳄鱼浮在水面上。再过去，一个孤岛，就像一条鱼儿游荡，那鱼头上的两簇黄黄的树木，竟然成了立显精神的眼睛。西边联珠一般的沙洲，尽头是一座高崖，再过去，水面开阔。水岸村庄安详得犹如处子。云水苍茫，博大浩瀚，给我汪洋大海的感觉。我们从此岸出发，回到此岸。

那五个人的煞夹尖行走细节，我只能在手机微信中得知了。他们顺山而上，就到永清明，这个名字很好，但已是废弃了的村落，村口是一片竹林，随着竹园就可以直接上到顶，但是下来更不容易，他们必须从崖上爬下来。当他们看到寒山湖拱坝的时候，天已经暗了下来，他们用随身带的手电照亮，手电光落在路面上，一个圆晕中间一个亮点，拱坝上的灯亮了，就如一串珠链。"味"说，我们圆满了。当他们在拱坝上下来的时候，已经是七点多钟了。丁舒鸣他们几个人开着车老早就在那里等候着了。

驴友们说，这是华东第一最虐驴的线路，寒山煞夹尖穿越，把直立行走的我们打回原形，变成四肢着地的驴。你敢来挑战吗？从下往上有九天揽月的豪情，往上往下有征服深渊的壮志！我原先把这段徒步路起名为黑龙脊，与龙溪之龙、十里铁甲龙等成为一个对应，但驴友说这名字还不够刺激，大家讨论了许久，就起了"煞夹尖"这土得要命的名字。同行的驴友许宝灿作歌道：煞夹尖，顶煞夹，号称强驴走虚脱，一坡上，一坡落，坡上坡落不停歇，十五公里不算长，起早走到天煞黑。说得很真实，很轻松，但其中受虐的苦楚，他还是没有说出来。

众驴友告诉我，煞夹尖五个A形山峰，累计上升一千三百米，累计下降一千五百米，对人的体力和耐力是一个莫大的挑战。每个尖坡度六十度以上，这里的难度和强度超过浙江丽水的千八穿越与杭州临平的七尖穿越。"寒山一百"关于煞夹尖走驴的微信公众号发布后，不久，浙江三门的五名驴友过来挑战，三名驴友一开始就被震住了，立即退出，仅有两名走完全程。

我们这次的徒步，是锋领队的，到了五月二十四日，锋又带了一批人，再次挑战煞夹尖，走完全程用了九小时三十九分，成功挑战了极限。精彩远远没有结束，一切才刚刚开始。但锋发出了警报，这煞夹尖难度很大，犹如原始森林穿越，毒蛇多，不适合夏天徒步，望驴友们互相转告！这或许是更大的遗憾了，但人生难免有些遗憾，只要这遗憾够刺激，也够美，就足够了。

茶园村

自小溪坑逆行到杀人桥

既然是徒步寒山，寒山湖对面有几个村庄是必须行走的，但必须坐船去。

船码头在寒山湖度假村的东边，我们在村右边的公路上插下去，一艘轮渡船就停泊在码头上，船上空无一人，在早晨的雾光中，我忽然冒出一句"野渡无人舟自横"的诗来。码头上面有一幢小屋，一个妇女坐在那里，凝视着前方的湖水。我们问她开船的时间，她说就要开了。每天上午下午各一个来回，大家免费乘坐，不知不觉地，开船的时候到了。

船老大来了，原来是一对夫妻，开船的就是刚才小屋里前坐着凝望湖水的那位妇女。她丈夫提着柴油桶上船，她走进驾驶室发动了机器。他开始解掉缆绳，在船头坐下。

沱沱问："师傅，你们是哪里来的？"

他答道："我们是在小溪坑茶园村的。"

沱沱说："茶园村有一个朋友，她在前山做过一段生活，名字叫项金娥。她是我师傅的同学，也是我的师姐。"

"金娥就是我的爱人啊。"他对驾驶室喊，"金娥，你的师妹来了。"

金娥从驾驶室里探出头来："什么？师妹？"

他喊起来："前山的师妹啊。"

她离开驾驶室，端详了沱沱许久，终于想起来："原来是你啊，慧芹！时间过去好几十年，看不出来了。你在哪里生活？"

沱沱说："我们在北京。"她指着我说，"这是我爱人，是个作家。"

我说："我们都是作家，为家而作。就像你们夫妻开船的，都是工作。没有什么可羡慕的。"

金娥很高兴,让丈夫开船。我打趣道:"你现在成为船娘了,这么大的船你开得很轻松,很威风,太潇洒了。"

她与沱沱站在船舷,扶着栏杆说话。她丈夫是1994年开始开渡船的,她帮他打下手,放锚、加油、提水等,后来她也考取了渡船的驾驶执照,也成了一个真正的船老大了。她说每天都在这里开船,一天两个来回,不管刮风下雨落雪有客人没客人都要开。替人摆渡,从此岸渡到彼岸,也是一种修行,她很高兴。金娥的嗓音很大,笑容可掬,一看就是乐天派。她爱人很老实,不说多话,她儿子已经考上了大学,一直呵呵地笑着。

曾听人传说,寒山湖建成后,人们考虑到茶园小溪坑和新屋王的交通,打算建造一座桥,但被小溪坑人拒绝了,理由是桥一造好别人偷树方便了。没想到现在树木柴草没人要,水那边都是茂密的森林。溪流在乱石间穿越,声势浩大,成了这里的王。现在小溪坑人要出来办事,就得靠轮渡来解决。村里居住的人也不多,村庄倒成了最原生态的了,更多的城里人喜欢上这里找乐子。

金娥夫妇当上了船夫船娘,工资是稳定的,经济上旱涝保收。据说,寒山湖轮渡到黄岩坦一趟需十六斤柴油,约六十元。上轮渡的人主要的是小溪坑两个行政村八个自然村的农民,还有去里面的游客。平时每日运客百人左右,节假日每日运客八百人。

我们刚说着话,一辆轿车开过来,车上下来一个人,同我招呼。他叫许健,在上海工作,他的父亲是我的朋友,搞旅游工作的。他带上海朋友到小溪坑来。他与金娥夫妇很熟,有好几次食宿在她家。金娥说这次真好,中饭在我家吃吧。我和沱沱连说谢谢。

金娥丈夫把船开得慢而稳,我可以一一细致地观赏风景和随意拍摄。沱沱与金娥在靠着船栏杆交谈。阳光照亮她们的脸,红扑扑的,风吹起沱沱的长发,如旗帜一般飘动。许健说起旅游开发的策划和设计,我微笑着颔首点头。

许健喜欢拍照,阳光照在他的脸上,容光焕发,我说你的样子好像领导。他笑得很灿烂。

阳光照在船头下的湖水里,点点波光漾开来,似乎伸手可掬。船外景色如画片一般拉过去。我们谈话被风声打断。我们看到一样的山峦,一样的水波。船头上并排放了一对电动车,像一对情侣,多少浪漫。船行驶了半小时光景,到黄岩坦停下来。黄岩坦有一片小树林,在晨光中风姿绰约。这里已经成为浙江省最美渡口,也是通往世外桃源的要津。

茶园村是小溪坑行政村中的一个，其他几个是分别是燥坑、新屋王、夌屋基和寺家坑，还有平坑、马家田、罗城岩，这里远离尘嚣，被称为天台山的小九寨沟和香格里拉，保持自然和生活的原生风貌，成为浙江省第一批传统村落之一。

从码头上去，得走上半个小时转两三个弯才到茶园。溪流细细地流淌，几个平缓的小小的浅滩，岩石壁立，竹林摇风，一个很大的深潭，对面几棵苍老的大树，溪流湍急，当地有歌谣唱道："小溪坑，十八渡，渡渡要脱裤。"这是文学的夸张，但不脱离生活的真实。

公路里边几排新旧不一的房舍，在上午十点温煦的阳光下，呈现出淳厚的质地。金娥夫妇的家在村口第一个石头屋里，石墙很古朴，经过一番精心的装修，非常整洁。屋前是一条小坑，上面一架小石桥。金娥给我们沏茶。我问村里有宗谱否，我想了解你们项姓是从哪里来的。他们说有，宗谱就藏在小桥对面的邻居家。

沱沱与金娥继续说话，我去邻居家。老宗谱被装在一个专用的木箱子里，锁着，主人给我打开一看，宗谱是残缺不全的，掉了封面，有几张似乎浸了水，烂了，几个祖宗像也发霉破碎了，散落着皱巴巴的碎片，我一一摊平，拼接起来，夹在书页中间，我一页一页翻开，好几页被毛笔涂写得乱七八糟，那些老祖宗名字，被锋芒毕露张牙舞爪的毛笔字覆盖，墨汁淋漓，"宜将剩勇追穷寇，不可沽名学霸王！"我忽然想起"霸王"这个词，是不是这姓项的与西楚霸王项羽有关系呢？我猛然一激灵。

我翻开谱序，看到这一句话，吾乡茶园项氏其尤著矣。我查了查，果然项氏本辽西望族，查考起来，这项氏本是黄帝的后代，始祖是项燕，是楚国望族的后裔。项氏起源有二，一是出自芈姓，楚国公子燕受封于项城，也就是现在的河南项城，以项为姓氏；一说项姓出自姬姓，周代时有项国，也就在河南项城一带，到了公元前647年，项国归楚。因为郡望在辽西，所以称为辽西望族。项燕任楚国将军，生长子项超，为项羽的亲父，次子项伯为楚国左尹官，三子为项梁，为秦末起义军将领。项羽是楚国贵族出身，秦灭楚国，项氏肯定与秦有不共戴天之仇，自然项羽揭竿而起，成为西楚霸王，最后灭秦，烧毁了阿房宫。秦灭楚，楚灭秦，历史轮回一番，但最后项羽兵败于刘邦，自刎乌江，虽死犹荣。

我想茶园小溪坑若有纪念项羽的庙宇建筑，也可以与九遮山的范增庙的隐居文化相对应的。溪坑的项姓祖上泰来公，自明代嘉靖年间，慕山水形胜，学陶渊明，来这世外桃源，躬耕陇亩，怡乐林泉，也是一个美好缘分。可惜我所看到的宗谱残缺，无头无尾，有关茶园记载寥寥，我还想翻出更多的东西，听金娥在喊我吃饭。我把宗谱收好，赶忙回去。金娥烧的都是纯粹乡土菜，味道十足。

燥坑村的村舍和宗祠戏台

正午阳光下茶园村一片宁静，也很凉快，我看到一些悠然乘凉的人，村外的溪边一片明净。项兆军和几个朋友开着电动车，送我们进燥坑和新屋王村庄看看。大概开了十分钟左右，到了燥坑。村庄在溪的右岸，有一支小流从西而来，至村东汇入小溪坑。两旁都是老屋，在支流南岸的民居穿行，我看到了很古朴久违的石子路，将山脚下的农舍连接成一个整体。村中小巷宽一两米，显得很幽深，村中房屋皆用溪中乱石砌成，或下面乱石做墙基，上面夯土，一所集体屋，本是俞姓宗祠，挂着小溪坑党支部村委会的牌子。农舍墙壁上红色的"备战备荒为人民""团结起来争取更大的胜利""一对夫妇只生一个孩子"等标语口号清晰可辨。相比茶园，这个村庄的老房子留存得更多一些。因为这里地处偏僻，为抵挡土匪的袭击，砖砌的外墙比较封闭，开很少的小窗户，而内院则大面积地开门窗。为了便于照应，各户人家都紧挨在一起，燥坑和茶园的门前山水很有讲究，叫棺材岩、盘蛇岩、狗叫弯脚、卧龙先生岩、印岩等，据说寒山子也到这里来过。

村里人说，因为这里山高谷深，也成为土匪盘踞的地方，1950 年，解放军二○一团换防，第六二师第一八五团到这里剿匪，十一月六日，第一八五团派出一个连全歼叶良英匪部，一个排驻扎在新屋王村，两个排进驻在淡山殿，七日夜晚，两股兵力向圆岩山合围。叶再山匪部如瓮中之鳖，四时三十分，燥坑村民兵连长俞日节带领二十人守住岩下的关隘，茶园村的俞式响率二十名民兵为解放军引路，双方夹击，匪部中队长叶再和被俘。盘踞在磐安天台仙居一带的匪部总指挥官叶良英被击毙，土匪隐患才真正被肃清。

从燥坑村乘电瓶车到新屋王村，需要十分钟才到。太阳开始西斜。我下了车，看见村口溪边有一个别致的纸亭，村民把没用的字纸放到这里烧掉。字纸神圣，如果胡乱踩踏或者污损的话，是要折福折寿的。项先生说这是清代同治年间的建筑，式样是宋代的，是村中财主叶世仁出资建造的，这样的纸亭天台当地的只有两三个。我细细观看这个小亭是葫芦顶造型亭，四边尖角上翘，砖石砌成，上下两层，正面朝村，人们把纸张放进下层的洞口点燃，烟从二层的圆拱形洞孔透出来。四个字"惜墨如金"刻在上方，有猿猴图案雕于挂檐之上，有封侯拜相得功名的吉祥意思。亭子的正中"纸亭"两字，两侧有对联曰"易古结绳治，同今观象文"，语出《周易》和《文赋》，烟熏火燎的痕迹，讲述着乡村最朴素的人文崇拜。在纸亭的旁边，新建了一座混凝土大桥，是通往天柱方向去的。

我们在纸亭后面的石阶道上拾级而上，看见了一处高大的宅院，当地人称为地主屋。屋前的石子路非常精美原始，从题写着"岩泉仙界"匾额的门楼进入，一眼看见雕刻精美的牛腿和雀替，在渐渐西下的阳光下，透现出恢宏的气象。朝南的一

新屋王村

新屋王村的敬惜字纸亭

面已经倒塌，朝北的中间房子也倒塌了一间。房屋主人在新中国成立后被枪毙了，村里人觉得很憋屈，其实这地主也是一点一点燕子垒窝一样地积攒财富的，但是财富最后成了送命的罪魁祸首。这使我想起寒山子的一句诗，贪人好聚财，财多还害己。散之即福生，聚之则祸起。这房屋被分到别人手里，住了几十年后也没有再住，因为缺乏管理就倒塌了一部分，地主后代赎买了几间祖产回来，但他们也不住这里，想重新修理也遇到阻碍，只能让它自生自灭。一切在于天命。

新屋王村依山而建，绝大多数都是石头屋，原始风貌没有破坏，除了几间少有人住塌顶的老屋外，其余的依旧保存完好，在下午三四点钟的时候，阳光斜射在石墙和石阶上面，尤其是阴影和亮处的对比，更适合摄影和绘画，仅仅黑白两色足以把神韵体现得淋漓尽致。石墙驳坎的台基，更显得牢固非常，即使塌顶特色的老屋，只要重新搭个屋架盖上瓦片，就可以恢复生命力了。我们应该将它留下来，而不是一概粗暴地拆除了事。

我们在村道上乱转，每一幢房屋都让我着迷，拿着相机照个没完，阳光移动得飞快。我问这里有没有宗谱看，项兆军说是有的，他带我到村西头最高的一户人家，那老汉坐在檐下休息，见我们来了立即沏茶，拿出七八本俞姓老宗谱来，相比茶园残缺不全的老宗谱，这俞姓宗谱保护得很好，没有任何破损。在宗谱中我得知俞姓是祖上世居安徽徽州府天依县（黟县）之牵牛岭脚，祖上有讳理光公，户部尚书；讳鸣公，吏部侍郎；至二十五世达聪公因经商迁徙倒于天台俞溪，迨至四十三世克明公迁居于天台燥坑，是因为这里山环水绕，松竹郁葱，泉声鸟语，后代繁衍，如卓公居燥坑，祖寿公迁新屋王，仁公迁前大路，终成一大望族。在宗谱上看，燥坑的宗祠是民国时期修的。

前不久上海一批师生就在这里进行亲子活动，一起感受田野生物，品尝山居百姓精心制作的美食，情趣盎然。他们有的自己带着帐篷，有的住在农民家中，在溪边的空地上看露天电影，找到了当年的纯真时光。

小溪坑的起源在仙居的子敏村，我上次去龙溪井坑半山村的时候，就领略到她源头的风致了。项金娥说，船要一个钟头后出去，我们赶紧乘电动车到码头，阳光已经把寒山湖染得一片通红。

194

从新屋王往里边行走，可以到杀人桥去。第二次丁舒鸣组织驴友，探索寒山徒步的新路，约我坐船经过小溪坑，一路走到新屋王，村庄正被早上八点半钟的阳光照亮；石墙上挂的藤萝，屋顶上缭绕着炊烟，村道上一个老农背着森林防火的牌子沿山坡而下，身后还跟着一条抬头张望的狗。我们走进山的阴影里，而小溪坑倒映着天空，一片闪亮。路的西侧，一个老农在石砌的地垄上干活，他左手没了一截，一只手抓住锄头柄的前端，一只臂膀夹着锄头柄的尾端，一下一下艰难地挖地。他很早就起来干活了，挖完这垅地就去吃饭，打算种点洋芋。我们走远了，回转头来，他还向我们挥手致意。

我们继续沿着溪岸行走，小溪坑因为截流，也似乎名副其实。很多地方露出将近干涸的河床，十八渡渡渡要脱裤的民谣也就成了远去的记忆。走了大概二十分钟，经过三跳岩水库。估计溪中的岩石上跳三跳就能到对岸，下面的田地也少人种，这座建在2002年用于灌溉和发电的水利工程也基本上沉寂了。大概没下过雨只蓄了半库水，要是蓄满了水，水面就开阔了，如九寨沟一般。水库尽头，就是布满大如桌面的溪石，水流在石头间穿行，形成大大小小的瀑布，水声轰隆，掩盖了我们的说话声。我们走到第二个岔口，看见一个小窝棚，饭碗茶壶米食物一应俱全，对面在修公路，我们沿着小溪坑的北支流走，就看到溪边平整开阔的田地荒芜着，路的右侧，一个大大的铁皮窝棚堆满了杂物。溪的对面，有两间平房，需要涉水而过，这个村庄名叫大屋基村，现在全民搬迁了，没有其他人影。

从大屋基村的右侧沿溪行走，经过一个小庙，庙宇很苍老，边上两棵老树，前面是湍急的流溪，自然会让我想起龙王。庙门紧锁着，看上面匾额"重新庙"，估计是新近重修的。这庙像捣臼孔九龙山庙一样，似乎是一种摆设，但是遇到旱年的时候，估计还有很多人来求雨的。驴友也可以在这里避雨歇脚。右侧是一丘稻田，从田埂上往山上走，进入一片灌木林中，先是石阶道，然后越来越窄小，成为树林中的樵道，如果不熟悉，不知道方向，自然去不了杀人桥。灌木林之上是毛竹林，路很陡，每走一步很艰难，我拿一根树枝拄着，也似乎省力了很多，从重新庙走上杀人桥，有七八里路，走起来比十八里路还要吃力。许多毛竹横在路上要跨过去，毛竹林走完是一段横路，似乎省力了，以为登上杀人桥，抬头一看杀人桥还在天上，像一艘航船，后面的天空云朵叠叠。我们沿着路继续行走，发现已经走错了方向，然后退回继续前进，再上一个陡坡到崖端，蓦然回首，三跳岩水库和重新庙不知去向。

同行的女驴友叫苦不迭，说实在登不上去了，我说再努力一下，就可以看见好风景了，刚才已有一个驴友退出了，我也鼓励自己，抓住路边的矮小树木，一步步登上岩坡，前面的驴友老早就在上面摇旗呐喊，我们就一鼓作气，好风景就在眼前。

左上、右上：杀人桥　　　右下：从小溪坑去杀人桥途经重新庙

拨开树枝，眼前豁然开朗，我面前横着一道岩梁，东西方向，两旁都是绝壁，岩梁背上最狭处仅仅一两尺，胆小的人不敢往下看，南边的悬崖很深，北面的稍微缓和，有点像黄山的鲫鱼背，站在上面犹如悬空，风在呼呼作响，担心一不小心被风刮到崖下去。梅东灶在狭窄崖背之上，做大鹏展翅的动作。

这狭窄的长条形岩背，怎么叫杀人桥呢？有人讲起来历。清代顺治五年（1647），磐安玉山镇元里村出了个农民起义将领，叫作周钦贵。他出身贫苦，在当地百姓中非常有号召力。时任浙西监军的吴凯失败后，退兵到周钦贵老家，被朝廷骑兵突袭，围在十相寺，自杀身亡。周钦贵等人聚众揭竿而起，皆均头裹白头巾名为"白头军"，说是为吴吊孝，白头军强盛时有八万余人啸聚其下，东阳、永康、缙云、天台、仙居、义乌、诸暨等县都成为白头军根据地，他们好几次攻陷东阳县城，并擒住县吏诛杀团练，被朝廷看成眼中钉肉中刺，非拔掉不可。顺治七年（1650）三月，清抚宪调集婺州（金华）、台州、绍兴、处州（丽水）四府兵力，配合地方团练，对白头军大举围剿。白头军撤到天台，周钦贵率领五百余人进驻罗城岩。因为这里路险，易守难攻，清军兵士一上山就被白头军所擒获，被押到这里一一斩首，刀砍下去，头颅掉入左边崖谷，而身子倒下右边崖谷，非常惨烈。

杀人桥属天台大屋基村管辖，奇险非常。在这里还找到白头军当年捣火药的石臼。它的西边与磐安交界，有几间农舍是天台的，现在已拆迁了，村民搬走，杀人桥就空置在那里，被磐安人当宝贝，听说有公路修到边上了。近年来徒步的驴友非常多，一路上见到许多驴标。

寒岩至柱峰村路上所见到的峡谷

寺家坑过去神仙居

杀人桥有一条樵道可以到寺家坑，走的下坡路，走得快的话需要半小时，但从寺家坑上到杀人桥，走一个半小时。这条路是丁舒鸣他们探出来的，一路长满柴草，需要修整拓宽。

我们一早起来，就从街头镇转后岸过去，布满晨曦的天边，寒石山横着黑黑的剪影，顶上的云被阳光照得透亮。我们从后岸村转过去，路分两支，一支去黄水，一支去天柱，路渐渐陡起来。我们开始爬坡，进入一个山谷的东坡。适才看见山顶上的旗云，渐渐落入谷底。在阳光温暖的照射下，云又渐渐地升腾起来。我明白云蒸霞蔚的意义。

山顶是一片狭长的盆地，路沿着盆地的东边延伸。我看到了两个字：柱峰。村庄就在山顶之上，盆地不如龙溪宽阔。从柱峰下来是下坡。依样的盘山公路，看到一些岩峰，体量不大，与九遮山寒岩明岩的类似，峡谷深幽空寥，少有人家。谷底一条平路，过一座大桥，就到了新屋王村。我们在三跳岩水库尽头的第二个岔路口过溪，一条公路在修造中，发电机和推土机停在路边，公路戛然而止，我们从一个小坡探身下去，走到一条古道上。

天台驴友奚援朝在文章中说，《天台县志》第256页介绍，天台至仙居的主要路道是从街头的花墙向南，经小溪坑、茶园、燥坑、新屋王，入仙居县境广度村。他从资料上分析，这条古道至少存在了数千年。按照《仙居县志》记载，天台县设立比仙居要早了一个朝代数十年时间。从街头到仙居翻越大盘山和大雷山相当费力，寺家坑出去到广度比较近，又不用攀登高山大岭，这条路是最合适的选择。修通公路后，古道也就完成使命了，但只要有驴友，古道也会存在下去。

路下面是坑谷，对面是悬崖，溪流声更宏大，气势更豪壮，这是近谷底的缘故。丁舒鸣说，这段溪叫作抱珠岩溪。古道倔强地延伸着，经过一个倒塌的路廊和几处小瀑布，走上一段陡峭的石阶道。几十级石阶上去，路断了，上面被爆破的乱石堵塞了，一块长石自然架起一座天桥，我们胆战心惊地攀爬过去，到了另一端公路。这是寺家坑方向修过来的，将与刚才我们走的那段路连接。在公路边看对面山顶上的村庄，丁舒鸣说叫马家田村，有许多原始风味乡土气息十足的房子，他不希望一下子拆掉，留个歇脚怀想的原始风貌也是好的。

因为寺家坑地处偏僻，基本上要绕道仙居走，林木资源出去也很难，村里一直很穷，据说小伙子连找对象都困难。要想富，先修路。寺家坑这段公路全长三公里半，投资九百三十多万元，是当地申请的项目，得到了上级政府有关部门的支持，预计2018年底修通，现在有两个地方要造桥，还留着缺口在那。沿着已经修好的路基走，经过一片山口树林，寺家坑全景尽收眼底。寺家坑溪流在水口新建的桥下穿过，钻进了这片树林。眺望村后山脊线优美温和，土地开旷，屋舍俨然，乃真正的桃花源境界，水口树林处原有庙宇，现在打算重修。水口有一座垟桥，是明清时期的旧物。村庄有两条溪流，一条自西向东，一条自南向北，到村下汇合，石头屋就建在两水汇合的岩岸上，水流湍急，但岩岸自然稳固，就像一艘启碇的船。我们歇息在王子照父母的家，那是船形岩岸上的石头房子，他自己家新屋住在溪北岸的第三幢新房子。家门没落锁，我们随意坐下。不一会老母亲回来，我与她打了招呼。在村庄溜达。遇到一位老者扛着锄头，锄柄上套着两株竹笋。他笑容可掬，与我打招呼，一起回村，原来是王子照的父亲，已经八十多岁了。

走到村上面的小溪，又发现一座同样古老的垟桥。有位老人在破竹子，他告诉我，寺家坑村两个姓氏其实是一个姓，都是姓陈的，从张家桐

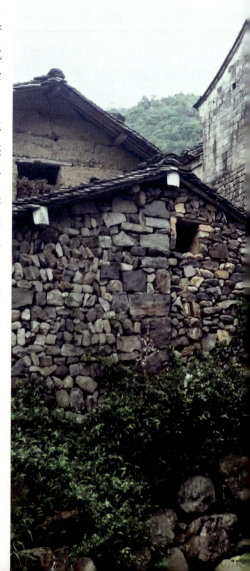

寺家坑村的石屋

过来的，原先是帮助广度寺看山的，然后居住这里，所以叫作寺家坑。据说王姓是陈姓过继给广度寺下面水口村，夫随妻姓。破篾的老人说，寺家坑的陈姓有四房，一房住寺家坑，一房住里边的中央厂，一房改姓王了，一房被大虫（老虎）叼走了。人们把一村分二县的寺家坑叫作外厂，天台仙居的县界在东西流向的小溪中间。溪南岸是仙居的，溪北岸是天台的。以前村里装有线喇叭，一边播的是天台话，另一边播的仙居话，节目也不一样，哇啦哇啦吵架一样，谁也听不清。村里人说话，一会儿天台话，一会儿仙居话，真正的和合。王子照父母住溪南岸，是仙居户口。他住北岸，是天台户口。

我们走到村北，发现溪上还有一座垺桥。这垺桥的中间就是县界。站在溪和桥的中间我一脚跨两县了。往北岸走两个弯，就到了中央厂和里厂，它们位于溪流的北面，自然属于街头镇管辖的地界。村口有两棵大樟树，上面有个小庙宇，供奉大帝娘娘，还有魁星点斗等。公路的南边房屋里挂着牌子，街头镇寺家坑村委会。公路上石头屋依山而建，高低村落，韵味十足，但有些残破，房子甚为纯美。石砌高高的台基，所花工时甚多，非一朝一夕所成，很有气势，犹如北京门头沟的爨底下村。我与丁舒鸣沿着之字形的石砌台阶上去，推开高处一家虚掩的大门。丁舒鸣说这房子的主人是养鸟的，我看见几个空鸟笼挂着。再转上一户人家，是地势最高的，住着一对老人，男的八十三，耳朵有点聋，与王子照的父亲同龄，女的七十多。他问我哪里来，我说看风景的。他说现在来这里的人特别多。

寺家坑里厂后山过去是磐安的岩门村。从那里下山到这里半个小时。这里上山一个半小时。里厂的老太太告诉我说。里厂是中央厂里边的一个村，不用转弯，可直接到。同样是乱石墙的房子，村口有标志性的大树。我们在村主任家坐了一会儿。上次驴友来的时候让村主任老母亲烧饭，村主任的老母亲视力不好，非常不便，大家很是过意不去。

我进了主人家的厨房和客厅，有位老人坐在竹椅子上看电视，他身后是一张很不错的雕花床。他站起来迎接我，问吃饭了没有。我说已经安排好了，他说你们是贵客，平时除了徒步的外，到这里的人也少。许多人都是从罗城岩下来的。"锋"说这里出产的番薯干品质特好，就问他有没有熟番薯干卖，他说后面的人家有。全部拿来给三十元。给他一百元，他找不出来，我给一个二十再拿一个五元，老王仙给一个五元，才解决了问题。

我与丁舒鸣转出来，看周边的老房子有几座倒塌了，一座最好最完整的院子被养了猪。从里厂中央厂回来，回到外厂。王子照母亲做好饭等着我们，竹笋炖咸肉和竹笋烧咸菜特别好吃，米饭也特别香。我多吃了好几碗，主人笑吟吟地看着我，

寺家坑村的老农

特别关爱温馨。

　　中午饭毕，小坐一会儿，丁舒鸣询问王老先生，寺家坑到杀人桥的路以前走比较方便，现在走的人少了，可能比较难走。王老先生带他们到路口，我则住在王老家，了解村庄风景，以及相关资料。我午睡一会儿出来，对面的那户老农与我打招呼，端出凳子请我坐，递茶倒水非常热情。那老农很健谈，告诉我寺家坑离天台城里120里，离仙居城里40多里。仙居方向公路是15年前修通的。寺家坑人基本上仙居进出。不过路没修通之前，寺家坑人还是喜欢到街头镇赶市。早上天亮起身，到小溪坑茶园七点钟，过寒山湖赶船到对岸，然后买东西回来。他们喜欢到街头买小猪，附近仙居的村庄也喜欢去街头，因为街头的小猪最好。以前他们担一担柴到街头卖才两块钱，而卖树卖竹仙居方便，山货得从仙居临海出去。20世纪80年代，寺家坑山里连手臂一样的树都砍了一株不剩，整个山头都变成了光头，加上当初修公路的费用靠卖树来弥补，生态环境遭到严重破坏。寺家坑村天台和仙居的田地是穿插一起的，那个时候谁都想管谁都管不了，后来干脆谁都不管。放纵自流，结果资源全流没了。现在村里 201

有本事的人都走了，树木又恢复了。

王老先生告诉我，村里现在住着八个人。他已经四世同堂了。四个男孩一个女孩在仙居成家立业，在开饭店超市的，有六辆车。平时把他们接到仙居城里，他们住了几天后又回来，这里空气好水好没任何污染，能健康长寿。晚上他们为我做饺饼筒，我吃得非常香，他们干活的当儿，我走到屋外，屋外就是小溪。乱石墙下清泉石上长流，还有自由游走的鸭子，伴我度过最安静宁和的和合光阴。我对王老先生说，这石屋特别好看，千万不要拆掉，拆了就什么都没有了，以后公路修通了，徒步行走到这里的更多了，到这里拍照片拍电影电视、画画，甚至租下来住，做书院创作基地的。你完全可以用老屋子做农家乐，他说对对对。我把手机里拍的村庄石头屋和他们的照片调出来给他看，他说真的像电视一样，比照相馆照得好看。他给我看照相馆拍他们的照片，表情太严肃，"不如您拍的鲜活有精神"。我说我是抓拍的，答应挑选几张洗出来寄给他们，他们很高兴。

第二天一早，我还在睡觉的时候，两位老人就给我烧好早饭。吃饭时我们要了电话和地址，他说我人实在，是不错的朋友。山里人都真诚，我在徒步中交到许多知己朋友。天有点微雨，老人送我一顶凉伞，说带着不要挨淋。我告别老人，沿着公路往南。按照老人的指点，沿着公路行走一段路，从溪上的小桥上去，一段石头砌成的山路，现在已经少人行走了，应该是天台通往仙居的千年古道，已经被水冲得七零八落，但有一部分比较完好，一个人撑着伞走山，感觉特好。

依山而建的中央厂村

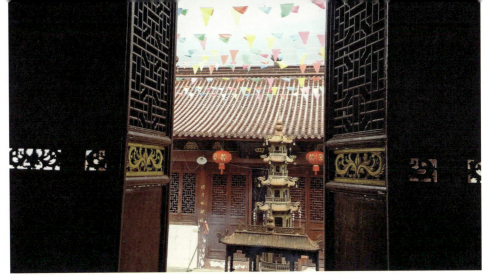

仙居广度山伽清寺

　　走完山路，就看见山顶有一照壁上写着大佛字的红墙庙宇，这庙宇比乡村学校还大，老人说，这叫作伽清寺，一个寺家坑人在管理，他原是个干部，退休了就管寺庙，这叫作贡献余热，投身精神文明建设。沿着公路走，再沿着老路，到了山顶上的大道坪村，村里房屋保护很好，屋顶也盖了洋瓦，估计一时不会倾塌。村庄有十几户人家，但看到只有三个人，马路边第一户人家左边的拱门里停着电瓶车和摩托车，估计主人没有出去，是个坚守者。老屋是一个过街楼，拱门应该是一个路廊，转进去，边上的房前一个男人，在打开自来水龙头洗衣服，他问你怎么这么早？我说是徒步，他说徒步干什么？反正这里来的人很少，你是第一个。我问了一下去伽清寺的路，他说只要沿着公路走就行了。

　　我回到公路，发现刚才仰视的伽清寺与我相平了，隔着一个幽深的山谷，幸好有公路，我抬头看路面，一条蛇被车压断了两截；一个蛤蟆被压扁，如纸一样紧贴在路面上。我念了几遍往生咒，继续往前走，看见一个砖砌的路廊，墙壁上写着博爱男科妇科的广告，这路廊正对着伽清寺。伽清寺叫人念佛慈悲向善，博爱男科妇科教人治病健康，说到底都是功德，生存才是硬道理。博爱不是坏事。金刚经中不也说"是法平等无有高下"吗？

　　一低头，看见一本"宝马7系"车的说明书，拾起来一路走一路看，这宝马车真先进，这么多的按钮操作，让我弄不懂，坐宝马车是舒适的，在山路上开是拉风的。但我喜欢徒步，走到那里就吃住到哪里，在山路上读宝马车说明书就像诗歌散文般美妙。走到伽清寺了，我把说明书塞在墙洞里，一提双肩包直奔山门而去。

　　伽清寺在山顶，设计得不错，院子外有小亭子，可以看山景，往下俯瞰寺家坑村，往上抬眼，则看到杀人桥，笼罩着黑黑的积雨云。伽清寺下层是杂物间和厨房，上层是大殿，供奉四大天王。穿过天王殿就是大雄宝殿，中间奉释迦牟尼佛，左右为阿难和迦叶，两旁是十八罗汉，释迦佛背后面是南海观音和善财童子，雕像很精美，殿里转了一周，发现有一个罗汉手里拿着书本与我相像。

我问这伽清寺的来历，做法事的人答不上来，说以前没这个寺院，是善男信女在八十年代建造的，没有正式僧人居住，但有守庙的人，香火很旺盛，或许是地处山顶更有神圣感的缘故。这里和大道坪村属于仙居广度村的地界。伽清寺边上有个花园，开出来的花形如佛塔。娘娘庙建在山顶上，风景开阔，仙佛境界，但高处不胜寒，是地质灾害区。

伽清寺最可爱的是民间性，不像正规寺院板着面孔，一切都很随意。在娘娘庙的门口我看见这样一个条子，本地猪肉四十元一斤，细看原来是将三十六元改的。山海萝（党参）三十五元一斤，要吃饭的香客，面十五元一碗，这寺里可以搞小本经营，君子爱财，取之有道，我佛亦复如是。

在伽清寺转了半小时，我继续赶路，过了一个山冈，路边一座小庙宇，建筑式样特别有艺术性，像一只绣花鞋，也像一艘小船，精美和谐。这是一个娘娘庙，庙门紧紧锁着。往前行走就是一个村庄，老房子很多，但没有塌顶，有越剧唱腔缭绕。遇到一位扛着锄头的老农，他说这个村已经评为省级生态文明村了。转过去到了村广场上，看到大石头上刻着广度村的字样，说这村庄又叫铁炉，但没来历可寻。村里种了一大批桃林。铁炉村有一个凉亭，有两副对联：其一云：路旁奇树六连理，岭上仙村三洽和，体现和合文化。广度村有广度、大道坪、铁炉三个村组成，而属于仙居的一半寺家坑属大道平村管辖。其二云，寺有修名广度远，山多禅意瑞峰高。铁炉村位于广度山的南麓，这南麓山顶上很平和，坡度不陡，广度山因广度寺得名。

我向老人问广度寺的路，老人说沿公路直走就是，我一路下行，果然看到了广度寺大殿的飞檐。广度寺就坐落在一片农舍的中间，山门面对的是村道，从山门进去，是天王殿，再进去，就是一个空落落的地基，大殿孤零零的，突兀地矗立着。但从建筑来看，还是历史悠久的旧物，这寺院没有围墙，任何人都可以进去，它与农民的生活没有任何界限。

此刻寺里就我一个人，空落落的。大雄宝殿陈设也简单朴素，有一副对联让我眼睛一亮。三尊妙相狮吼象鸣登宝座，五百圣僧龙吟虎啸出天台。天台人说，这广度寺原来是天台的地盘，而仙居人说广度寺历史比国清寺早，国清寺是广度寺分派出去的，但一直找不到有力的证据。考广度山也叫作紫箨山，所谓的箨，就是笋壳箬的意思。寺庙坐落在海拔六七百米的竹山上。唐代天宝元年（742），唐玄宗李隆基在梦中见到着紫色衣衫的人对他说，"我是竹山之神，来呈瑞凤"，次日有诸多凤凰翔集金銮殿之上。这是祥瑞之兆，唐玄宗命大臣寻访到这里，建造紫箨寺。北宋宣和年间，紫箨寺改名广度寺，取的是广兴度化和普度众生的意思，但是到清代被山寇所毁，顺治十八年（1661），僧巨灵重建。寺院几经兴废，山门外有巨木七株，寺僧谓之为"七如来"，还有井水从树株溢出，清冽不涸，株大十围。

村东边农舍里，一位老人打招呼，你吃饭了吗？我说我吃了。他拿出一把竹椅，泡上一碗茶，让我歇息，他问我，你从哪里来？我说，天台。他说我是天台水竹湖那里来的。我说我姓胡，在华顶那边的，那我们同是一家族了。我说我祖上是宁海那边迁徙过来的，他说都是胡，古月胡！中饭这里吃。我说要赶路，中午到仙居城里。他说他也去水口村买东西，一路同行。胡老先生曾在大陈岛当过兵，以后一直没出去过。现在年龄八十多了，走路依然轻松。广度寺到水口三里路左右，一到水口，就有去仙居的车了。到了一条路口，看见指路牌"天台寺家坑村"，老胡遇到老乡，亲切打招呼。再走几步到水口村，那是广度乡政府的驻地，正在大搞建设。在乡政府的宣传栏里看到一个规划，要建成旅游胜地，广度寺禅修中心、三井寺禅修中心、云起·广度生态旅游、白雪背生态旅游等，一应俱全。走到西角村北望山顶的诸多旋转的风车，应该是广度山最高的顶峰。

一看时间将近十二点了，忽然想起仙居朋友项林斌，就打他电话，他立即与朋友开车把我接下去。途经三井禅寺，它也在广度山上，是一座唐代古刹，建于公元931年。当时开山的祖师发现在地上有三个泉眼，泉流迸涌，掬而饮之，甘甜非常，便建造了三个水井。原为普胜院，也有普度众生的意思，抗战爆发后，日机轰炸台州沿海地区，为躲避战火，1939年初，省立台州中学简易师范部随台州中学迁至广度山。台州中学落脚广度寺，简易师范部落脚三井寺，直至抗战胜利。现在三井寺的大殿西侧山墙已经坍塌，紧闭的大门上被贴上交叉的表示危房的封条，东侧的却在建造五层像是宾馆式样的建筑。三井寺尽管破败，估计政府能拨款修缮的。

项林斌带我继续往山外前进，经过一个幽深的山谷，到了一个转弯的公路里边，一条瀑布从直立的山壁飞泻下来，尽管没下雨，瀑布细碎，但气势依然雄壮，颇能入画。这广度乡的山地像个台阶，仙居人称呼广度山为北山，就像天台人称呼石梁镇诸山为北山一样。项林斌把我带到朱溪镇，一座山酷似明岩寒岩十里铁甲龙，名叫方山，悬崖上有个胡公庙，使我想起天台街头方山和山顶上的胡公庙。在胡公庙碑文里，得知清代同治年间，天台山人居此，胡公显圣建此庙，清代诗人潘耒也行走山径，作文道："山上有田可耕，有池不涸，可以避世，如桃源仙境在半空中也。"陪同我徒步的岩前村村长朱选康，他说，岩前村前面是后岸村，我惊奇不已，这与天台的十里铁甲龙太像了，连名字都一样。我把这情形在朋友圈里一发，驴友高兴，说，尽快来这里徒步！徒步寒山，走到了神仙邻居。这才是大寒山大和合啊。

仙居广度寺

第七章

天仙谷和始丰源

方前镇里的照相师

我刚到寒山湖，丁舒鸣立即打电话，让老袁过来同聚。老袁名叫袁文标，方前镇农民摄影师。三年前，他们到北京来约我一起喝酒。当晚，袁文标开着一辆小车来了，笑容可掬。他是磐安人，但不讲磐安话，说天台话。他的喉咙很大，声音很响亮，一看就是很直率的人。我觉得他很透明，一进门就扯着大嗓门，老朋友来时怎不告诉我？我说刚到。他说，你到寒山湖了就可以到我家住住，没几里路就到。

我们从寒山湖度假村出发，拐上去磐安的路，才四五里就到方前镇了。方前镇一条宽阔的溪流，汇集了茶潭、许溪诸多之水，流过镇北，汇到寒山湖。从茶潭村过来的始丰溪水，溪滩宽阔，十八里溪水十八道滩，十八道滩有十八个景，溪流与周围的秀丽山林田园村庄相映成趣。

一座水泥桥将天台和磐安联系起来。从地方志中得知，方前镇原称前乡，因驻地前村而得名。旁有双岩，形状如蝉，村前山如同螳螂，螳螂捕蝉，充满杀伐之气，崇尚和合的当地人，发善心称之为放蝉，天台话放蝉音近方前，呼此地为方前。明代洪武四年（1371）时候起的名。宋时，这里为天台县积石乡三十七都，明清沿袭旧称三十七都一图。民国 28 年（1939），磐安设县正式划入，方前镇称为飞山乡。1966 年更名为方前公社。1976 年 8 月天台县修建里石门水库，田芯划给天台。这里的水都是流向天台的。方前人就随水一样都把自己当成天台人。天台方前的两地风俗没有太大的差别。在历史上，方前原属天台，百姓讲的是天台话。方前人天台话说得很纯正，但往西四十里大盘镇就讲东阳话了。方前镇往西走二十里左右，就有一处山岭，岭上有个村子，天台话东阳话都会讲，再过去人们就讲东阳话，连天台

方前镇　　　　　　　　　　　　　　　　　　许溪村

话都听不懂，只能讲普通话了。

　　尽管现在方前归磐安管，但当地农村做佛事，在告单（通告阴间冥府的文书）开头第一句还是这样写：今据浙江省台州府天台县积石乡曲池里石塘保……阴间不像阳间那样行政区域变动频繁，依旧按照约定俗成说法，否则佛和神仙祖先都不知道告单是哪里发出的，他们收不到告单，就不知道是谁祈福，也就无法保佑了。据说方前镇土老庙上的雕刻都是天台师傅的杰作。

　　老袁是方前唯一的农民摄影师，有空时就出去拍照片，清早出来就去拍方前溪边和山上的云雾和太阳。他的照相馆开在方前镇的主街道上，一直开了四十多年，积累了许多照片，各个时期的都有，现在都很珍贵。一个四层楼，就一个人住。平时门都开着，不上锁，任何人都可以进门，如等不到，留个电话，写张纸条，他回来就通知一下，拍好照片隔日取走。方前镇如果没有他在，拍照片就得去磐安县城，多不方便。结婚照、小儿百日照、证件照、老人照、生活照、风景照，够他一个人忙的。

　　老袁六十多岁了，是个乐天派，喜欢交朋友，方前离天台近，到他家里做客的全是天台的摄影家，蒋冰之、徐中威、徐刚、张清秀，他能报出许多我熟悉朋友的名字。他们都喜欢老袁陪着拍摄，好多同学都住在天台城里。他是美食家，能做一手好菜，一有好吃的就招呼朋友来，家里藏了好多好酒，有些是朋友送的，有些是自己酿的。他喜欢经常与大家一起聚餐，这次我来，正巧有朋友从舟山带来两箱海鲜，还有几瓶没开封的好酒。但机缘不够，海鲜吃没了，但还可以喝酒。他不会像女孩子那样的泡茶，那种表演式的茶道，慢吞吞的，他不喜欢。喝大碗茶，爽。但他的小女儿会茶道和书法，墙上一幅字是她写的，学王羲之。

　　老袁说，方前好吃的很多，馒头是最出名的，天台、东阳、磐安一些群众过春节、红白喜事时，总喜欢到方前镇去买。老袁说，方前馒头制作非常讲究，面粉的发酵最重要，用糯米水来代替普通水，将糯米煮好放木桶中，加酒曲发酵，然后用漏斗把发酵好的水滤下来，拌粉，做出来的馒头特别有韧性，捏紧一放手，馒头会弹回原状，即使重新加热，保持着韧性和香味不变。现在方前街上老馒头店比比皆是。方前的豆腐皮也很出名。方前人也吃饺饼筒和糊拉汰，保留是天台的饮食风格。

老袁说他七岁的时候，从街头一个人一路步行到方前，当年家里穷，父亲身份不好，性格耿直，得罪了一些掌权的人物。他小时候经常去山里砍柴卖，连饭也吃不饱。1974年高中毕业，他把所有的三十五块积蓄购买了红梅牌相机，开始跟人学摄影，掌握了摄影理论和实践技术后，他八十年代初在方前开照相馆，生意不甚好，就出外行走，在江西的时候教人家摄影，发现教摄影比干体力活还要好，积累了一些钱后，再回来开照相馆。

方前镇的老百姓与他都是好邻居，他们叫老袁为照相师傅。他拍了四十多年，收藏了许多相机。20世纪80年代购买的"海鸥120"，也有近年刚买的理光、佳能、奥林巴斯，单反相机。老袁说更多高配置的相机放在北京的女儿家里。一台照相机就花三万块钱，他把所有的积蓄都买了相机和其他的配套设备，买器材就花了好几十万元。"买设备就像你买书一样啊，何况欲工其事，先利其器，好马要好鞍，是不是，这是饭碗！"他扯着嗓门说。"我的拍摄设备也鸟枪换炮了。航拍的无人机买了好几架，上次那个无人机还打伤我的手指，我丢到角落去了，今年我又买了一架新的。我的电脑有五台，还有从几百G到几个T的移动硬盘有好几个，这是我的宝贝，我的心血全在这里面了，那里保留了许多我拍摄当地人物风物风景的照片呢。我宁波的女儿知道我喜欢拍照片，给我买了一辆三十万左右的一汽丰田四驱车，陡峭的如罗城岩的那种山路都轻松地开上去，车近日就可以提了。提了车，我把旧车换掉，鸟枪换炮了！我的愿望就是想出本作品集，这是我的努力的成果，出了给女儿一个纪念，也给地方一个奉献，表明我们不白活过。"老袁说。

"我觉得现在这个地方真不错，我想通过摄影结交四方朋友，想把这个地方建成摄影之家，或摄影旅社，或摄影驿站，袁文标摄影工作站。'工作室'太小了，我要做大一些，我把摄影集和摄影器材等都陈列在里面，到这里做客的摄影朋友也可以把作品和画册放在这里展示，可以吃住，把这里当成我们的家。"现在摄影驿站的牌子已经挂出来了，他准备与几个摄友去云南。

"我现在还可以用原始的方式拍照片，自己配药水洗印照片，我拍好后它往胸前一搭就出来了"，"我拍过我的老奶奶牵着我大女儿和小女儿在老街上走的照片，现在老街也没了，这照片再也拍不出第二张了。"他的大女儿在北京工作，小女儿在宁波做生意，日子过得很滋润的。"最近北京女儿要生孩子，爱人已经去了，等生了孩子，我也要过去的。到北京后，你约我去拍长城吧。"我说先约个时间去趟天仙谷吧。袁文标爽快地答应了。

天仙谷

翻越浙中川藏线

老袁开车把我接到天仙谷里去。我说想在峡谷间徒步，老袁说全程徒步来不及，好看的地方可以徒步一段，我跟在后面同样有好感觉。

磐安天仙谷位于寒山湖西面，南边与寺家坑仙居相接，东边与杀人桥天台相接。在过去属于三不管地带。交通十分不便，与外界的接触很很少，保持着原始的风貌。悬崖绝壁，奇峰幽谷，山林茂密，点缀六七个村庄，被人称为世外桃源。明清时期，这里盗匪猖獗，民国时官府来抓丁，壮丁往邻县天台仙居的村庄一跑，就出界了，官府也回去交差了。那时官方对这里管理无力，这里几成独立王国。

刚下了一场雨，寒山湖的山水一片幽蓝，云雾横在水面，如同仙境一般。我们直接从方前左边的一个岔口插过去，看到一个山村，黑瓦白墙，衬映在远山的苍翠之中，倒映在小溪之间，村后山脊上飘着如丝带一半的云雾。今天的云雾真好。老袁停下车来，掏出相机，咔嚓咔嚓，今天我们有得忙了，好风景是可遇不可求的。这里叫作许溪村，因村前之溪得名，此溪也叫田坑，经四协流入方前镇，村里从2001年开始试种高山生态蓝莓，面积两百二十多亩。每当采摘时节，游客纷至沓来。许溪开往岩门村的公路是新近几年修的，在深山峡谷和悬崖峭壁上行驶，一般人都心惊胆战，手脚乱颤，但许多自驾车友觉得很刺激，把这里当作最好的练手线路。此路被誉为浙中（磐安）川藏线，山路九转十八弯，每个弯度都很大，坡度也很陡，蜿蜒曲折的山路穿过山林田野和村庄，看着幽深的峡谷和悬崖，享受新鲜空气与草木芬芳，多么赏心悦目，在山清水秀之处驾车，与大漠戈壁全然不同，在江南的山水中驾车，感受到北方的那种强悍，富有豪迈气概，特别潇洒。有个车友说。

景色越来越奇，太阳从云雾中升起来，把云雾照得一片靓丽。雨后的空山青翠，是那么鲜嫩，可以掐出水来。有了云雾，逼仄的山谷也就开朗多了。我们连拍几张后，

211

天仙谷云海

再转一个弯，看见公路下一个村庄，房屋式样与众不同。前山一层层倾斜的山坡，树木簇拥，缕缕的云雾如瀑布一样倾泻下来。这是我从没见到过的景致。老袁说今天我们能见到很好的云海！他把车速放得很慢，只要看到好的，随时停下来徒步拍摄。

之字形的山路渐渐地爬高，到了一个山口，回头一望，刚才的村庄山谷已经淹没在云海里了。山脊升沉，一会儿就被雾遮挡了，到了岭头。他下车了，我看见马路外面视线很开阔，就站在公路边上，脚下村庄房屋在云海里隐约，云层汹涌，瞬息万变，继续往东而行，转过两三分钟，就看到路边一间孤零零的房子。

老袁把车停下，在后备厢里取出无人机来，这里拍摄云海甚好，飞机可以飞到云层上面，效果不错。无人机迅速升空，透过云隙，下面的村庄毛竹林和梯田溪流赫然在目，这是一个宏大的气象！下面的村庄是横路头村和施家庄村。我爬到房后的山顶上，看见更加广阔的云海，是真正的全景，云海的对面是岩门，是罗城岩，是杀人桥。但峡谷几百米上坡下坡，要从这山顶走到那里，起码要走到天煞黑，不把你累趴了才怪呢。

飞机飞了十几分钟，该拍的美景都拍了，老袁很满足。到了公路外边开阔的地方，看见山云漫过对面满山的竹林，意境特别好，不由得惊呼，近处的半山腰里，有村庄和梯田浮在云海里。这是横路头村，气场特好的，老袁说，这里是仙境，天仙谷呢，有没有天仙的感觉呢？磐安人把天台和仙居的名字随意组合起来，境界出来了。

我们经过横路头村，村里人看见老袁来，就热情地打招呼。袁师傅，你又来拍什么照片？老袁说是陪北京作家走走，村支书把笑脸相迎。横路头村民是田芯村迁过来的，姓施。田芯（心）合起来是个思（施）。村支书站在山坡指点依山而建的村庄，农舍高低错落，分布在U形山弯里，这U形的开口朝南，前山有横山，后面有靠山，如两手拥抱。支书说，这U形的左右山就像两头黄牛，好风水，村口水口下去，就是千丈崖瀑布，流到外井坑去的，这里山环水转，不直拔笼统，能藏山水灵气。横路头也在规划旅游，已经形成一本方案。

我们在横路头村穿过，转过弯到前山，透过竹林，看这村庄。要是早晨傍晚，风

横路头村

起云涌，阳光斜射，拍出来肯定与众不同。要拍好照片得住在这里！老袁当年拍照片背相机相纸和洗印器具，一步一步走出来的，食宿在村民家里。这个感情是深切的。"我在这里有很铁的哥儿们。我已经拍过村里五代人了！村民出生到去世的，我都有！在这里住没问题！"老袁说。

转过去，就是一个石砌的牌坊，是施家庄村，经过新农村改造，别墅式的建筑，很少有人居住，依然空空落落的。好像没有什么特色的老房子，过了山口，眼前出现一个幽深的大峡谷，树林苍郁，谷底看不到村庄溪流。我们刚才看见的云海已在头顶上了，瞭望对面，一个村庄雄踞在悬崖的上面，一半被云遮挡了，倒像一个布达拉宫！老袁说就是岩门村。我走到公路边上，下面就是深谷，顿时有飞出去的感觉！老袁说有个旅游车的女司机，带宁波旅游团到这里，再也不敢开了，吓得哭起来，只好央求当地人开。其实吓哭女司机的，是在对面去岩门村的那个地方，公路外面全是绝壁！人在公路边走，脚也会弹弹动的。

走够拍够，从峡谷的西侧半山横着过，经一个陡坡，分成两路，往右经过里井坑到对岩门村，另一条路则沿着左边，经过一个坡道，就到外井坑。

外井坑村

谷底的村庄叫井坑

天仙谷底，除了翠绿的山色和壁立的悬崖，听到的是潺潺的流水和幽幽的鸟鸣。进了外井坑。村主任任立章已经在村口等候着我们，他因为村里的旅游开发，在村里干了好几年了，他干脆把在方前工作的妻子也带回来了。

村里的溪流自南往北流淌，流经村下最后汇到始丰溪。溪水清澈见底，鱼儿翔泳，一片悠然。溪上横架一座竹廊桥，通到对面的农家乐餐厅，而孝道竹长廊则沿着左岸通到下游溪边。村口一幢石砌的大集体屋赫然在目，是六七十年代的风格，带着"文革"的印记。现在成了村里的文化礼堂和人民公社食堂，进行一番特色装修，可以演戏开会，可当接待游客的餐厅，可以举办集体活动。抬头看见老屋外墙上标语："领导我们的核心力量是中国共产党"，是那个时候留下来的。文化礼堂对面的墙上，画了一幅很大的农业学大寨宣传画，把我带到那个火红的年代里去。

村里第一户人家，有对老夫妇在破篾做畚箕。他们见我来，热情地打招呼，端来凳子让我们坐下喝茶，问他的年龄，已经八十多岁了，依旧健朗。我们坐了一会儿，先下去走走，四边都是悬崖绝壁，丛树在崖缝间艰难地生长，在山风中摇动，溪边早已被整修了，河床中垒砌了拦河坝和石碇步，坑水被拦成了仙源湖，形成了瀑布。任立章说这外井坑村和横路头、里井坑等几个村庄，联合起来打造旅游项目，建设浙中川藏线的美丽乡村驿站，把农家乐民宿与周边环境有机融合起来，自驾车穿越也吸引了周边人的注意，吸引一些作家艺术家到这里采风创作，过来一住就是十天半月，感受山水乡村田野氛围，既刺激放纵，又安静宁和。几个村都位于磐安、天台、仙居三县交界处，距方前镇政府约二十公里，尽管是崇山峻岭空谷，但外井坑溪流是平和的，人们称之为平板溪，四面的翠崖，更衬托这里的幽深，沿着溪边行走，水声清越，云缝中漏下的阳光照亮崖端的树林，有如飞鸟。

从石碇步过去，沿着高崖底下转过，就看到一片平畴，那就是当年远近闻名的大寨田。大寨田边上有石头屋，一对八十多岁老夫妻住着，老倌眯着眼睛打盹，老伴拿着菜刀切着笋片。他们养了一条狗，整日拴着，它一听到我的脚步，就乱蹦乱跳叫嚷着，老夫妻招呼我进去坐，但狗老是叫嚷，打断我们的对话。大寨田里种了许多洋芋。周围的田都荒了，长满了杂草。站在大寨田田埂上看溪床，光滑透红，犹如整块的岩板铺就。水流细细地流淌。

任立章说，大寨田是 20 世纪 60 年代外井坑村人在农业学大寨的时候，向峡谷要田地要粮食，艰苦奋斗一锄一锄挖出来的。我看到村里在 1969 年 4 月 1 日在东阳县第二届活学活用毛泽东思想积极分子代表大会上的发言材料，是叶贤步写的。老袁告诉我村口的那位做畚箕的老人就是。你们可以与他聊聊。他当年就担任过大队党支部书记，因为造大寨田，成了"农业学大寨"的先进典型，曾荣获全国劳动模范称号，受到中央领导的接见呢。

在老屋的檐下，叶贤步给我每人一把竹椅子，坐下，然后讲起大寨田的故事。他说，当年外井坑全队只有十户三十八人，十五个男女正半劳力，原有耕地十八亩半，平均每人不到五分，全是岩板壳，找不到能种庄稼的地方，粮食也供应不上，看见山西昔阳县大寨大队在虎头山上造梯田的事迹，他们开始在溪边建造大寨田。"当时我们村就十几个汉子，都是赤膊上阵，连鞋子都没有，有时穿草鞋，抱石头砌墙坎，光脚板不行啊。岩板壳上造田，先用柴火把岩石烧热，用冷水一泼，热胀冷缩，岩板就裂了。先叠起长两百五十余丈的高石坎，将田基平好，挑进数十万担泥土，盖上隔泥和黑土，灌水后保证不漏水，保证可以种稻子。村里花工六千多工，平均每个正半劳力投工近四百工，每年近百分之四十的时间造田……就这样造了三大丘大寨田，总面积约十亩，种出来的水稻，能让大家填饱肚子了。"

外井坑从此出名，成了东阳县农业学大寨的先进，金华地区所有的村庄干部都召集到这里来，开现场会，天台、仙居、临海等地的许多公社干部、社员前来参观学习。"当时我们没干活，就整天接待参观学习的人，三十二天没下田干活，参观的人都敲锣打鼓来，敲锣打鼓去，一天最多接待一千多人，五个妇女烧开水都来不及。我们得到一台拖拉机的奖励呢，"叶贤步说，"我没学过开拖拉机，但还是向人请教开拖拉机的要领，硬是把拖拉机开到离外井坑最近的公路上，七八个村民花了一天半时间，把拖拉机拆散了，把柴油机扛进了村里，真巧村里的牛死了，把柴油机装上犁用来耕田，三丘大寨田一直种水稻，到了一九九七年山洪暴发，把沙石冲进来，不能种水稻了。"村里人都出去打工了，大寨田也没人整理了。

外井坑之夜

　　叶万军与任立章一样，是村里搞民宿和旅游的发起人之一。村里计划在大会堂展出"溪滩造田"的事迹，在横路头修建一条新公路到外井坑。他们遇到了浙江大学旅游学院的周宣森教授，在他的指点下进行乡村旅游开发，把旅游和民宿结合起来做，外井坑的名气越来越响亮了。在村中行走，任立章指着大会堂北面的一片空地说，这里准备搭建一个舞台，安装大屏幕，大会堂旁还有一对鸳鸯榧树，活了上百年的时间了，村后全是一片毛竹林。叶贤步老伴说，现在村庄前后的毛竹树木都长高了，把村后的那巨石垒成的仙人桥墩给遮掩了。传说天仙桥南北相通，上八洞神仙吕洞宾在这里修行，在这里种植仙草，在天台琼台得道成仙。周围还有蘑菇岩、金鸡岩和乌龟岩等多种富有灵性的岩石，因为时间不允许，不能亲身登临，只能下次重走。

外井坑老农的日常生活

外井坑溪流大寨田和长廊

岩门村落日余晖

跨过岩门登罗城

任立章开车，带着我和袁文标一起直奔岩门村。车子经过里井坑村，一座石桥横跨在溪流两岸，里井坑的石屋宁静依然，鸡犬相闻，村庄坐落在溪流的西岸，公路从西岸转东岸来回地过桥，村上游有一个瀑布，据说还有田地和幽深的龙洞，但后来被沙石阻塞了。

公路转过里井坑东边，盘旋而上，越来越陡，但是外面起了浓重的大雾，看不出整个山谷的全貌，袁老师小心翼翼地驾驶，不敢掉以轻心。上面就是罗城岩，这样抖抖索索地开了半个小时，到了岩门村外，公路外有一个观光平台，一个别致的亭子，是任立章设计的，因为整个山谷都被浓雾笼罩着，再加上要去杀人桥，我们没停留多久。

车子在岩门村后山转悠，水泥路尽头是黄土路，刚下了雨，接下来一片泥泞。我们沿着黄泥浆的公路行走，走上几步，脚上全黏满厚厚的泥巴，如拖着石头一般厚重，便纷纷学驴刨蹄子，甩掉泥后，才能迈上几步，然后又粘满了泥巴，又是刨蹄子，七八里路走了一个多小时。

杀人桥在天台西部边缘地带，不曾引起天台人的注意，但是徒步者还是发现这别致的风景。对这天仙谷来说，则是山林形胜的亮点，仙人谷到杀人桥的公路基本上已经修通，但天台大屋基到这里的路还没修，去天台地界还得像我以前一样爬山。其实留一段行走的路也是好的，至少有神秘感。

从公路尽头到杀人桥崖下，需要走上四五里林间小路，崖下到杀人桥顶，有一段陡峭的山路，刚下过大雨，更加湿滑，幸好驴友事先吊了一根绳索，我们手抓着它，步步坚实，但难免一脚滑倒，四脚朝天。到了崖顶，浓雾把杀人桥遮得严严实实，看不到崖顶的彼端，在崖顶上来回走动，想等浓雾散去，直到天色暗下来，浓雾依然没有散去，只好怏怏然退回，从山林走下，依然踩着泥巴路，一瘸一拐地回到岩门村，一直就是浓雾，依然迷糊。

因为浓雾没看清天仙谷岩门村的模样，看不到杀人桥的全景，很遗憾，回到横路头村的时候，天已经全黑了，雾更浓了，能见度仅仅三米左右，立章和袁老师把汽车开得自行车那么慢，云雾散去，许溪快到了。在方前农家乐一起喝茶品酒，尽情快活，然后送我到寒山湖。

我经常想去天仙谷重走，了解天仙谷更多的故事。寒山湖度假村的蒋厨师是天仙谷村庄的人，他向我说起，这山谷中出产中药材白术、乌药、玄参等，因为山高谷深，没任何污染，品质甚好，市场占有量很大。但山中田地甚少，在历史上山谷里的村庄总是不和睦，为此发生械斗。这边发起战斗的村吹起牛角号，那边要防守的村庄也吹牛角号回应。但岩门村总是胜利，山道转弯多，狭窄，里外悬崖，一夫当关万夫莫开，就是打不进去。有两个村庄一上一下，因为田地水源归属械斗，下村开会说，你们的亲戚自己解决，一个住在下村的姐夫，爬田埂来上村通风报信，没想到上村的冷饭舅（方言，妻子的兄弟）老早就提着马刀守着，见姐夫探头弓背上来，"噗"的一马刀斫下去，人头落地。两亲家变成了两仇人。这天仙谷风景仙境一样，却是猢狲生子的地方，悬崖绝壁，粮食种不起，猎物打不到，以前本地姑娘嫁过来很少。许多都从外地带过来的。她们到这里发现环境比自己家的还要糟，就千方百计逃跑，抓住了一顿死打，打得服服帖帖。这是三不管地带，环境造成了民风的强悍，连官府都管不了。

这里的农民不堪受穷，就开始造反，这里是最好的根据地大本营，清顺治年间，出生于磐安玉峰元里村的贫苦农民周钦贵聚众造反，靠着岩门险隘，死守罗城岩，抵御婺州、台州、处州的清兵，他们也给了当地百姓好处，自然得到当地人死心塌地的支持。周钦贵的名气非常大，许多穷苦百姓和不得志的文人也投奔过来，据说有一位书生，像诸葛亮、刘伯温那样，在罗城岩与周钦贵打个照面，书生问，您既然造反了，想占领多大的地盘？周钦贵说，我想占到眼睛能看到的地方就够了。书生蔫了，他千里迢迢过来想投奔的主子志向就这么点鼠目寸光，不能成事，就跑掉了。后来清军派人混了进来，挑动白头军内部矛盾，里应外合，一举攻破罗城岩，周钦贵转移到方前镇炉田村躲藏了起来，炉田村是居高临下的大盆地。他还有五百多残余兵马，扎营于此，是名"营盆"，使用大升大斗大秤大尺。周钦贵最后生背疽而亡。从白头军造反到失败，经历二十八年。

据说磐安县仁川镇胡庄村有个富户叫作胡子乔，周钦贵得知后，就把他绑架到罗城岩，要家属交出钱财买命，如果对方不交出钱财，就把人质的鼻子割掉。胡子乔家属没办法，把全部的资产卖掉，将人赎回来。胡子乔说这里待不下去，月岭祖宗基址坟墓都在，还可以复兴，结果重置家产，月岭胡氏得到中兴。

我约蒋师傅再徒步仙人谷，因他工作忙，一直拖着。不久山东摄友"边走边拍"（王文斌）过来，打算拍摄天台饮食的照片出一本书。他来到寒山湖，共同品味寒山鱼头汤，问我有没有新的地方拍摄，我随意谈起天仙谷，他兴趣来了，一同去天仙谷走。西斜的太阳照在山谷上，尤其玄妙。从许溪上去，到箬冈，一东一西方向的峡谷眺望，情味各不相同。在横路头村上看前面的岩门村，正好被阳光照亮，而山谷落在幽暗之中，更加显眼雄奇。

我们经过外井坑，先走平板坑，观赏大寨田和石头屋，遇到叶贤步老先生，问任立章在家否，他答在家。我们与立章见了面，他带我行走村庄东边的山谷，那里刚好有一个空地，正好做停车场，边上有几个瀑布，还有一个岩洞，修整一下奉上八仙，与天仙谷相配。他说一个星期后，有全省各地来的四百多辆自驾车到这里举行车友会活动，村里接待忙不过来。

任立章陪我们行走村边景色后，带我们去岩门村。经过里井坑的时候，太阳已经躲到西边的山脊，转过几个弯，我看到远处的石壁连绵不断，一直从外井坑往东延伸到岩门东，就像一座城墙一样，假如没有这条在绝壁上开出的公路，要到岩门村或者山顶，是要花九牛二虎之力的。这里只有唯一的道路，从里井坑外的一个土老庙的背后上去。

行到这绝壁之中，就像一只鸟飞在空中了，俯瞰公路之外，毫无遮拦，峡谷底下的房屋和树木，都成为很小的星星点点，而梯田就如沙盘一般。对面一块兀立的孤峰，下面是斧削的崖壁，顶上树木挂在空中。传说有个大寺庙华安寺就在这罗城岩之下，香火鼎盛的时候，有几百位僧人聚集在一起，房屋就有二十多亩，周围还有上千亩山林和一百多亩田地。现在已经荒废了。这金鸡岩就在华安寺的附近，据说是天上的神鸡，它每天喔喔叫的时候，岩门就开了，然后就飞回天上去，但它喜欢这罗城岩，就在这里做窝了。结果被玉皇大帝发觉了，就打了一个雷，将它变成了兀立的孤峰，看起来惟妙惟肖。

隔着峡谷遥望岩门村

金鸡岩的后面就是岩门村，我们先上顶峰，在岩门村后西转，一直爬坡，就到一处山顶的平地，身后，几架风电机呼呼地转动，它在我过箬冈的时候就已经看得一清二楚了。丛树之上就是罗城岩。虽找不到当年的古寨遗迹，或许早已被柴草和树林掩盖了。任立章说，这罗城岩边上有许多奇岩，如雨伞岩、宝剑岩等，分布比较分散，一个一个走完得两三天时间，以后经济许可的话修上游步道。这样大家在山上走，可仰望，可俯瞰，可远眺，真正成为山里仙客。任立章说，杀人桥与罗城岩密不可分，成为一个整体。

我们再往南行进，将风电机抛在身后，岩背一片潮湿地，前面就是绝壁，双脚在石头上蹦跳着行走，一不小心踩空了，就水漫鞋面。这里原来有一条古道，直接通往仙居，因为修了公路，古道也消失了。原来石头砌成的拱顶路廊还在，它是土崖里挖出来的，就像一个洞穴。崖壁对面，有村庄隐约，那是天柱一带的地域，再往南走，就是仙居地界了。我们返回到岩门村东边的公路外看峡谷，更加胆战心惊。走上外边崖顶拍照，立章就叫起来，不要再出去，他担心我的身体会飞出去。我一只手抱住大树，一只手操作相机，一百张照片有五张好用就 OK 了。我一边拍照片一边唱歌，我要飞，飞得更高，飞得更高，我是一只小小小小鸟，我想飞却再也飞不高。我拼命扇动着小翅膀，却像一个石子一样啪啪地往下掉。我不是鹰，连个小鸟都不是，谈不上什么伟大崇高，连个平常的人都做不好，还想飞，飞得了吗？我就不唱了，把身子缩回来，继续赶路。

我们在岩门村的后山插下去。因为岩门村坐落在山顶上，太阳还能看到，但已被云遮挡住了一半，然后一片朦胧，岩门村老屋顶和稻草蓬在逆光下更有味。村东边有石台阶砌成的古道，两边围着竹篱笆墙，西边农舍，东边是竹树，建造了一些新房子。老房子破败了，有一长溜屋基，还有断墙，是被火烧掉的残迹。我终于听见亲切可爱的狗叫，几条土狗蹦跳着摇旗呐喊过来，发现我们是善良之辈，又一颠一摇地跑远了。在村口屋檐下，一个老人在削着扁担，山村里唯有山林庄稼才能保命，他还是要日出而作日落而息，得需要体力劳动，不劳动不得食，这是最大的现实主义。

岩门村视野开阔，风景特色像岐石山，山顶上有许多田地，原来是种水稻的，现在都空在那里，我们沿着田埂横走，看见一些地垄种了几丛油菜，开着零星小花，要是这里的田地全种满油菜或者果树，到处都是花果多好。一来可以观赏，二来可以拍摄，三来可以旅游，四来可以搞活经济，让岩门与里井坑、外井坑和对面横路头呼应起来，是多么和合的整体啊。

沿着田埂小路下行，路边有两根对立的小石，还不如我的腰高。路从中间穿过去。这就是大名鼎鼎的岩门，立章说这里下去，才是真正的岩门，往下行走十几米，倏然一个转弯，都是石头砌成的 Z 字形陡峭蜿蜒的小道。身外是悬崖，里面是绝壁，路道非常狭窄，只能容一人而过。下面的人上来，上面的人轻轻一推，下面的人肯定会轰隆轰隆打雷一样摔下悬崖，不过悬崖外已经长满了杂树。但奇险还是能感觉到，再下去，走上四五里，就是里井坑的土老庙了，这里易守难攻，别无他途。想当年，周钦贵的部下，一个人拿着大马刀守着，上来一个挥起一刀，就地解决，切菜头一样，痛快淋漓，即使清兵围困好几年，上面田地照样可以耕作，出产粮食，清兵可不像现在有飞机扔炸弹，大炮也打不到，无可奈何，只好干瞪眼。

任立章带我们走上金鸡岩，我们在鸡背脊上下去，顺着鸡脖子爬到高昂起的鸡头上，蓦然发现，顶上的松树就像鸡冠一般，立章已经习惯了登高临深，站在悬崖的顶上笑容灿烂，张开手让我们拍照。透过他的身影望去，外井坑他家的屋顶成了一个小点。

任立章在崖顶上讲述罗城岩传说

岩门险道可谓是一夫当关万夫莫开

　　我们在鸡头上忘乎所以。尽管有很多树，但我不敢往前迈出关键性的一步。要是三十年之前，我也会在崖上倒挂金钩、白鹤亮翅的，那时一个人艰难过活，从崖顶飞下去觉得很壮烈，我现在已经年过半百，有家有室，自然珍惜生命，稍一闪失掉下去，对不起自己也对不起家人，我尽量关照徒步旅行的朋友，为了家人，为了自己，除了安全第一还是安全第一。

　　我们从鸡头上爬下来，原路攀登到岩门。立章开车送我们到外井坑，他爱人已经准备了一桌丰盛的饭菜，等着我们大快朵颐。夜幕降临，廊桥灯亮，倒映在水面上，闪烁不定，远山朦胧，就像一个童话。我们驾车回程，一路上我们放着邓丽君的歌，在这天仙谷里，必须要有女人的歌声，这是仙人的歌，我很想请天仙谷里的人唱山歌，那是真正的仙歌。

罗城岩

大盘山林中小径

大盘山顶始丰源

徒步寒山，最西边不是天仙谷，而是大盘山，这是寒山湖始丰溪的源头。

我徒步为朝圣而来，一是朝圣寒山、拾得及他们的隐居地，二是朝圣母亲河始丰溪及大盘山的源头，许多书中，人们为了方便把磐安写成盘安，把大磐山写成大盘山，把磐安这安如磐石的吉祥文化意义给简化掉了，心里很不是滋味。我固执己见，坚定不移地把大盘山写成大磐山，与"磐安"这地名协调统一起来。看了《东阳县志》，说是"大盘山高五百丈，周一百三十里，东阳江出其北，画溪出其南，遥望如覆盆，故名。"我才明白自己在想当然，孤陋寡闻，出错了。

几年前台州日报社的朋友寄来几本系列采访报道编印的书籍。《台州边界行》《台州江海行》《家园》等，都写到台婺两州交界的大盘山，这里不仅是始丰溪的源头，也是灵江的源头。记者们从大盘山源头出发，一直随着河流，走到椒江入海口。纸面上的文字毕竟与自己的亲身经历不同。既然徒步寒山，大盘山是非去不可的。我们组织了一次寻源之旅。

大盘山是天台和磐安县的第一高峰，海拔一千两百四十六米，是我国迄今唯一的以野生药用植物资源作为保护对象的国家级自然保护区，台州金华两州的界线就从大盘山顶端划过，大盘山北坡属于磐安地界，现在是自然保护区的入口，管理非常严格，还有一个原因就是森林防火。我们要去徒步寻源，需要事先登记身份证，确定人数预约好时间，才能过关。

从寒山湖到大盘山顶上是有一定距离的，驴友们先在城里包一辆车，到寒山湖把我接过去。车一直往西开，经过方前镇、安田村、岭下村到大盘镇，沿着S323省道，从市口村方向行驶一段路，南边岔路插进去，直至光明村。车子在村口停下来，迎面一个大会堂，五十年代建造的风格，正面的墙上，一个浮雕大大的红色五角星，顶上有三个红色的毛泽东体大字"东方红"，但已经成了危房，挂着警告大字，危险，不要靠近。估计光明村是那个时候定下来的地名，尽管有时代的局限，但也是吉祥的，就像磐安一样。

村里一片空寂。　村口有牌子表明，这是绿色农业生产基地，见到零星的几间土墙屋，保护得很好，没有塌顶，但也没人居住，因为山上竹木药材资源丰富，村里除了加工木材和做竹木布工艺品外，还种蘑菇，销路不错，村中许多别墅一样的新房子，表明这里并不穷困。远远地，我看见路里面的山皇庙。

光明村靠近大盘山，村道有一些坡度，但不陡。山脚下一片平畴，种着庄稼，当初这里曾是一片花海，这次来正是冬天，山坡上层层的梯田和地垄。光明村里面有一座石桥，名叫平安桥，是始丰溪源头第一桥，村前溪流也叫平安溪，与光明村一样同样吉祥，进去还有小村庄，村下小流汩汩流淌，不大，但曲折弯弯，远处几间房子，是大盘山避暑山庄，下面就是登山的必经之路。管理处的房子建在左边高处，我们登记签字核实身份后，听管理人员告知注意事项，然后才进了山。过石板桥，沿山路顺溪而上。北坡山路起先有石阶，转弯，一座龙王庙，因禁带火种，庙里香火没了，这很安静，没人打扰，这龙王安睡在龙潭里。始丰溪正源，更有一种神圣神秘感。脚下的坑谷叫作龙王坑。龙王庙过去后，路就陡峭起来了。但还是石头铺就的台阶，是光明村村民自发组织起来修造的。这条古道是金华通往仙居的必由之路，20世纪40年代建造的，以石头垒砌溯溪而上，穿过树林和竹林，风景清幽，自然也成了徒步者的好去处。

随溪小路蜿蜒上升，发现山上围绕着一片竹林，横向伸展，上面是树，下面也是树，尤其显眼，这片竹林就像绿色的腰带。这大盘山植被保护得非常好，森林蓄水量非常丰富，也孕育了钱塘江、瓯江和灵江三大水系的源头。山路在溪坑东边密林中穿行，再上去就是崖石，路断了，幸好整棵树木并联成横架的小桥，那横档木条也成了台阶，踩上去也不打滑，外面用毛竹当栏杆，更觉得安全，脚下湍急流水，在大小深浅不一的潭里回旋，在崖上挂成小瀑布。我们穿过激流，站在高崖下，看对面壁立崖石，生长着翠绿的长扁叶草，如披肩发一般，山崖就像严峻的脸，崖顶上山花盛开，就像少女戴着花冠。清流绕着它，和风撩着它，温柔的手仿佛在抚摸梳洗，在最温馨的时刻里带着丽日的味道。

我们继续前进。远远地，看见一处高大的瀑布挂在崖端，阳光吹动着，晶莹闪亮，自有许多玄秘。晴日之下，更感受刚悍中的柔情，看瀑布需从小岔路下去，才能到达它下面兀立的石背，仔细观赏它的容颜。热心人用毛竹搭了简易的小桥，胆大的人可以沿着它走到瀑布对面的崖石上，但不管在哪里，我们只能仰望，瀑布从远方的天际飞来，气势雄伟壮观。水声盈耳，让我沉醉。傻乎乎地坐了半小时，同行的驴友们催我继续赶路。回到古道上，石砌山路陡峭，转弯抹角更多了，走了十几分钟，又是一段平路，路从崖顶的溪流上来回穿行。我们坐在崖顶上往下望，视野非常开阔，原来的瀑布早已隐藏在树林的深处。

坐在崖顶听着水声，凉风拂面，更加惬意，继续前行，路就不怎么陡峭了。前面一个山冈，我以为翻过去就是山顶，没想到是一个小水库，大概是六七十年代建造的，据说是用来灌溉田地的。旁边有分水渠，一幢小房子，估计是管水闸门用的。这水库深藏不露，但水清见底，在阳光下泛着清澈的波光，对岸是苍郁的树林，水面躺着倒木。看到这山顶水面，同行的驴友们亢奋不已。从水库西边上去，穿过一片杉树林，正午阳光斑斑点点透过枝叶的缝隙，落在地上，如撒满银币，我们在潜行，就像鱼儿游动在蔽天的水草里。穿过杉树林，就与一条更宽的石砌山道会合，这条路是通往仙居的。继续往上行走，就到了大盘山顶一片开阔地。

大家告诉我，刚才走过的叫大盘岭，抬头往上看，是一个大石碑，上写"腾云宫"三个字，石碑下是一片很大的空地基，有断墙。原来是一座很大的庙宇。听腾云宫的名字，起初以为是道观，其实上去一看，原来是供奉昭明太子的乡村小庙。大盘山顶是昭明太子结庐读书的地方，腾云宫是专门纪念他修建的。昭明太子曾隐居大盘镇墨林的村庄里，那村叫作王隐坑。为了御寒，妃子将一件棉袍加披到他身上，人们把那山岭叫作加袍岭，龙王坑是昭明太子每年六月六日沐浴洗愁肠的地方，有人起了个"洗肠坑"的名字。昭明太子读书写作之余，随身带着"上山打虎，下水缚龙"的龙马两将军，为百姓采药治病，教导学田村和利济村农民种植草药，于是当地百姓将昭明太子称为"药祖""盘山圣帝"，奉为大盘山神。

腾云宫的建筑是在当年的遗址上新造的，大殿里塑着昭明太子的像，一身帝王的装束，手里捧着一本书。庙里就我一个人虔诚礼拜，拍摄了几张照片退出来，我不想打扰太子的安静。大殿前面堆着许多完好的古老檐瓦，有些围成花坛和菜园，断墙下放了许多蜂桶，我看不到一只蜜蜂。这里依然是山高气寒。

昭明太子庙旁边是新建的管理房，一对老夫妇料理事务。尽管在冬天，但阳光温暖如春。吃了饭略做休息，我们便从林下往山顶行去，松林中屹立着一座钢架瞭望塔，大家爬上去四处瞭望，四周一览无余。往东看见天台华顶，往南看见大雷山，往西北看见连绵的大山，我叫不出名字。近处松林掩映，荒草满坡，诚如诗中所说，"巍巍数万仞，中凹似仰磬，足蹑浮云上，天风六月寒"，双臂伸展，飘然飞翔。

隐在幽谷中的大盘飞瀑

腾云宫供奉梁昭明太子

山顶下来，我们又回到腾云宫西侧，过几百米，就到天池。这是一个火山湖，看起来就像高山沼泽地，一片寂静，地处山顶之上，长年不涸，应该是风水宝地，岸边树了几块石碑，一块是骆恒光题的"灵江源"，一块是《天台报》和《磐安报》记者立的"始丰溪源头"，最下面是《台州晚报》和安利台州分公司立的"台州母亲河源头"。山水空气都很纯净，一切汹涌澎湃的江河，都有它们各自的源头，这是它们出发的故乡。即使流入大海，蒸腾为云，降落为雨，最后还回归到生命和灵魂的起始。一个人不管经历多大的磨难曲折和成功，最后还是叶落归根，故乡，总是维系灵魂的地方，那是生命本源，贯穿血脉永远不能忘怀的情愫。T.S.艾略特说，一个人最好的归宿就是他的村庄。大盘山顶的昭明太子再也回不到故乡了，只能把这他乡当故乡了。没有故乡的人是痛楚的，而他乡的荒野是不是带给人一种安慰和愉悦呢？

天池下来似乎觉得轻松，一路驾风，就像苍鹰舞翼，我们从龙王坑南边的山岭下来。身边有位女驴友说，她在一家单位工作，工作太累了，太不自由了，这次出来想放松自己，但走路已经超极限了。我打开手机，放点音乐轻松，听杜聪的排箫演奏，排箫就像山风，细微地，空灵地，在山林和峡谷间回响着。

她问我，你听过《秃鹰飞去》吗？我说听过，那叫《宜康巴刹》，也叫《飞逝的雄鹰》。是一首印第安人民歌，被誉为秘鲁第二国歌，列入世界文化遗产。我把音乐切换到这首歌。我们仿佛回到山顶的崖上。那排箫的音乐就像一只鹰舒展着翅膀，

大盘山孕育了钱塘江、瓯江和始丰溪的源头

盘旋上升，到了一个高度，扇动了几下翅膀，开始滑翔几周，然后又上升，又扇动翅膀，又上升，然后又滑翔远去，消失在云天的深处。我很想向他们推荐谢莉尔·斯特雷德的小说，还有被马克·瓦雷改编拍摄获十二项奥斯卡金像奖提名的高分电影《涉足荒野》，这首《秃鹰飞去》成了贯穿电影的主题灵魂之歌。它只适应于山野歌唱。在山野之中我们自在地行走，发现我不是天鹅，也不是麻雀，不是森林，我是我自己。我崇尚自由，飞翔光明。

我在《秃鹰飞去》的歌声中下山，在金黄的夕阳下，光明村遥遥在望。转过一个路廊和一座石桥，看见太阳照亮光明村的墙壁和屋顶，一片光明。路旁墙下，几枝黄花自在地开放。

大盘山极顶风光

大盘山天池

第八章

西北峰峦一望收

娄金冈的茶园与寒山子抚琴岩

娄金冈过去是娄基

从寒山湖度假村往磐安方向行走，过了一座桥，就看到娄金冈的路牌，娄金冈也叫作娄屿冈，最早是姓娄的人居住的。娄金冈在山顶，殿前、塘尾巴和娄基三个村组成行政村，附近有"土地背""水井上""瓦爿头冈"等老村，现在都废弃了。据说最早的娄氏喜欢下围棋，女儿出嫁的时候，用围棋做嫁妆呢。

进入右岔口，我们走上一段盘山公路。这条路是新修的，坑坑洼洼。路旁有挖土机轰隆轰隆舞动大铲斗。从梨树冈上坡走一段土路。路旁有木头钉的小房子，本是护林的，没人居住，空寂得很。稍许坡上的路渐渐平了。一个老路廊地基是旧的，砖墙是新砌的，黄黄的没粉刷，与周围的绿树相映成趣。老季说这岭叫爹岭，原为天台田芯去金华绍兴的古道，是官道也是商道。娄金冈在天台磐安的交界，冈的东边属天台管，西边就属磐安了。早年天台和东阳的两个县令相约划界，东阳县令骑马来，天台县令坐轿来，在柴岭头那个地方会合。柴岭头有两户人家，靠天台的那户讲天台话，靠东阳的那户讲东阳话，毫不含糊。民国期间天台和东阳再挖出一片地，成为磐安县，属婺州（金华）管，娄金冈为州界。

过了路廊，古道渐渐地陡峭起来。我们走上一段石头铺成的山路，就像通天的云梯。当地人就叫作金楼梯。道路古朴而宁静。路里边有金畚斗岩，远望像畚斗，好像金狮子张大嘴巴。我想探究它里面是不是金子。路外又有一岩石，叫金印岩。

岩下有一辆金纺车，哪户农家用千年棉花籽种了七彩的棉花，那金纺车就会自动上门，织出锦绣布匹来。

娄金冈顶一片瓦蓝瓦蓝的天，上了冈一片茶林，茶林下一块孤零零的圆石，俗称爹岩头（爹为方言，音do，大的意思），当地人叫寒山抚琴岩。此亦为琴台山。寒山子住寒岩，自然要走这山路，走累了就坐在这块孤零零的岩石之上弹琴唱歌，我觉得寒山子也不会随时背着瑶琴行走，他随处吟唱，还叫寒山子吟诗岩好。爹岩头下一个山洞，传说有金水牛住里面，如果要它耕地，得用千年稻秆引出。这娄金冈充满金子般的诗意阳光和芬芳草木，与金满坑诸多故事地名，总与金子发生联系。天台话娄与搂同音，搂也有挖的意思，估计这个山上，有许多金子矿藏可挖掘，是天生的宝库呢。大概山上百姓穷怕了，总是想到处找金子，希望能一夜致富。愿望是好的，但现实不遂人愿。天上不会下金蛋，财富还是需要一锄头一锄头脚踏实地地挖下去才是。

琴台岩边上的茶园很有名，什么品种的茶都有。红茶黄茶，还有绿茶，当地人说乌牛早，五六十年代开辟种植的，因地势较高，出产茶叶的品质很好，采茶为当地村民的活计。站在茶园蓦然回眸，寒山湖全景就尽收眼帘。尽管冬日寒冷，冈顶几棵柏子树，点缀白花。在阳光下绽放着特别的生机与神韵。附近有人用竹子搭了一个观景台，徒步者把这里当成最好的观景平台和拍摄点。梅东灶在这里扮演寒山子，当导游，一边溜歌，一边爬上去老鹰展翅，大家都觉得他威风极了。

茶园边上有位女子与我打招呼，问看到一只小狗没有，神色很焦急。昨夜她家的狗生下一窝小狗。她觉得狗太多，解决不了食粮，没经过丈夫同意，就把小狗扔了。母狗一下子溜了出去，再也不见。狗跑了，她被丈夫骂了，丈夫让她把狗找回来。丈夫是个实在的山里人，感情好，也太爱狗了。否则她怎么从东北嫁到这里呢。狗找不到她还得回到顶上小村去，想再等丈夫一顿骂。丈夫宠着狗更爱着她呢。女子是吉林嫁过来的，举目无亲。她说这村庄美，但闭塞寂寞。狗没了不重要，人比狗更珍贵。我说狗的嗅觉很灵敏，估计就在扔小狗的地方。那女子万分感激走远了。

我们经过一片平地，从林中小道横插过去。路两旁有许多柏子树，光秃着枝条，没有叶子，但花朵依然执拗地开放，转过去是小水库，倒映着蓝天和远山，很幽静。再转就是殿前村，公路从村后经过。殿前是娄金冈最南端的村庄，几个留守的老太太，站在公路边上聊天，一问年纪七八十了，走起路来，咯噔咯噔地响，非常有力，风风火火，说话嗓门很大，中气十足。她们很乐观，在房前墙角种菜栽花。只要健康就行，其他没有什么欲求。山上水和空气好，自家门口采茶叶打柴火，能开电动三轮车去城镇自由来回，乐得自在。

殿前村有关公殿，现在毁了，没走几步，就到塘尾巴村，村前有片古松林。我与丁舒鸣、梅东灶陪徐凤翔到这里。徐凤翔看到村里几棵特大的红豆杉，亭亭如盖，洒下一片浓荫，非常激动，她张开双臂，抱着大树，如同抱着多年未见的老友，她欣喜地说，这么大的红豆杉全国少有。这里植被很好，自然水土保持不错。徐凤翔看到村外的苦楮树，转了好几圈，张开双臂尽情拥抱，流连忘返。天台话楮树与"朱紫"同音，有吉祥意义。它们一直被村民精心呵护。村边大路边的巨松，笔直枝干有二三十米高，路边有古松群，枝干挺直，顶天立地。

塘尾巴村口有池塘，边上一棵大梨树。树干有个大洞，村里小孩总躲进树洞里藏猫猫，有一次突然发现里面盘着一条大蛇，再也不敢造次冒犯了。梨树边上一个古井，井水甘甜清洌。梨树是元代时种植的，垂垂老矣，有六百多年树龄，但每年可摘数百斤梨，拿到城里，每斤能卖上五十元，一般人还买不到呢。徐凤翔说，边上的水泥护栏，还有树上那些红布条，是不适合古梨树生长的，仿佛束缚了自由，增添了负担。丁舒鸣立即把布条扯下来了，然后通知村里把水泥护栏拆掉。

塘尾巴村所在的山冈是黄土冈，取泥土做砖瓦最好，据说天台西乡两孔品质最好的名砖瓦窑，这里就有一个，可以上溯到唐末宋初，这里土质黏稠不开裂，细熟柔韧，天台西乡和邻县造房、建寺筑庙所需砖瓦，都到这里来买。

出了殿前村后公路，往北走，转下坡就到娄基村。娄基村村口两棵红豆杉，还有两棵梢头干枯的枫树。它们都列入古树名木保护名录。村里对它们悉心呵护。两棵枫树好像要枯死了。村民们见我挎着相机，以为是记者，说，你能不能写个报道，呼吁林业部门抢救。村里人挖掘红豆杉小苗，种植在自留地里。红豆杉是不能出卖的，"您要可以送你几棵。"我问有种子吗，他们说这红豆杉的种子很难找，必须经过鸟兽的肠胃里走一遭，将坚硬的外壳消化了，才能发芽长苗呢。

我想了解村里宗族的迁徙情况，季老师向我介绍村一位年逾八十的李老先生。李老先生高小文化程度，在五十年代教过书，在村子里是大知识分子。他说现在村里住的不姓娄，姓李。祖上李世民，他们是皇家后裔。李老先生原是村里老人会的负责人，他家有宗谱，是九十年代修的。老房子摇摇晃晃，一半没了屋顶，一个老太太躺在床上，已经八十四岁了，据说去年从楼梯上摔下来，把脚骨摔断了。李老先生拿出《藏库李氏宗谱》。藏库位于寒山湖水面之下，也包括娄金冈一带诸多山林，传说中的藏金宝库。我想娄金冈金满坑诸多地名，出处就是这里。《藏库李氏宗谱》是 1942 年修的，有李世民的像，宋代李姓祖上任山阴知县，为避罪，到天台隐趾山藏库隐居，清朝康熙乾隆年间，李氏后裔从后求村迁徙到娄金冈。

李老先生为我带路，走向寺呑连村。从娄基村西转过田埂和地垄，走了一段路

塘尾巴村和娄基村的古树

后就开始下坡，路渐渐陡峭起来，路面上全是风化的碎石，一不小心踩上去，脚下会打滑，一路上咕噜咕噜地滚下去。山路被扭成许多之字，曲曲折折迂回着。路外就是悬崖。我观景的时候，得先停住脚步，我心无旁骛，关注脚下。这段之字路我竟然走了二十多分钟，才到了谷底，尽管时间是上午十点，阳光还是没有照到，路上还结着冰，落满了白白的冷冷的冻霜，一脚踩下去还咔啦咔啦地响，寒霜下面的水分冻成细细的冰凌，把地面上的霜土抬升了起来，天台人说是冻成牙齿擒了，估计是白天的地面水汽突然被冻导致的。

我感到丝丝的寒意。

著名生态专家徐凤翔在娄金冈看到这些古树兴奋不已，她说好像遇到了久违的老朋友。

在娄金冈茶园眺望寒山湖

寺岙净慧寺遗址上的和合树

寺岙·净慧寺·头陀庙

走过小桥，重回阳光下，逐渐温暖起来。地里洒满阳光，有个中年农民坐在小凳子上，挥着小锄头，专心致志地挖玄参。他说，我种了两年玄参，明年地里不再种玄参了。一块土地不能老是种同样的东西，需要轮作。再种下去，这地就种疲种废了。

他接着说，这里叫寺岙连，别看地儿小，有大小十八个村挨着呢，心连着心呢。台州市文联主席丁琦娅统计，寺岙已经消失的古村有乌寮坪，村在山头上，岩石乌黑，冈顶平坦，故名，也叫五寮坪，五座相邻山坪，均有先民居住；里王庵，最早是王姓家族聚居地；笕塘村，丁姓家族最早居住，村民用竹笕将山泉引进村前的池塘里，塘也叫笕塘；蔡田冈，蔡姓家族最早居住，冈顶平和，开辟了茶园竹园。丁琦娅说这里肯定有二十座古村。到 20 世纪 80 年代末，还有十四个自然村。寺岙连村有三棵著名的古树，一棵是古樟树，一棵是苦槠树，还有一棵是红豆杉，树龄几百年甚至上千年，是风水灵物。据说这里出了个国民党高级将领，新中国成立前夕离开父母妻子，随着蒋介石逃到台湾去了，他思念家乡，偷偷驾驶飞机回来看一下，以这三棵树为标志，但天色昏暗，一飞飞到仙居去了，一降落就被当成特务给抓住了。

老季与这位农民聊起村里的一些人，都认识。这位农民连连邀请我们去他家吃饭。我们没有麻烦他，继续前行。寺岙连外面的村叫作寺岙村，因为村里有净慧寺的缘故。走到寺岙村文化礼堂，我对村庄有了了解。寺岙连村民姓蒋，出自姬姓周公旦的第三子伯龄之后裔，分封山东掖县为蒋国，以蒋为姓。祖上蒋蟾迁居豫山弋阳（河南潢州县西），南宋时蒋文宽居浙江青田连家山，改姓为连，明代嘉靖年间为避倭寇之乱，有经商的连存易四兄弟，从青田迁出，一人迁到东阳黄坎头，一人迁到天台杜塘，一人迁到溪头，一人迁到寺岙，因为白头军曾经扎营在这里，遭到官军的镇压，村庄受到牵连，只留下一人逃得性命，回来重建家园时，将自己的连姓改回蒋姓。寺岙附近有个太平岙，居陈姓，是从福建迁居黄岩西市迁居仙居黄梁再迁居到天台璞港（下陈），始祖陈邦凌，也叫陈拾凌，在清代康熙乙卯年（1673）从璞港迁徙到这里。太平岙陈氏宗祠里挂着 "状元及第" 匾额，说的是武状元陈桂芬的事情，陈桂芬也叫陈继孟，是天台东门人，清代同治六年（1867）中武举，翌年到北京应试，外场马箭六箭箭箭中靶心，步箭六箭箭箭从靶上同一孔中射出；内场挽弓每力十斤，要求八到十二力及格，陈桂芬挽了十八力，在舞刀时将重达一百二十多斤的大刀舞得轻松自如，刀风过处，落叶飞舞；在文场中，默写武经，字字无错，诸位主考官认为他中进士第一，找不出第二，光绪六年（1880）被钦点头侍卫加四级，武英殿行走。陈宝琛、袁鹏图和蔡元培等人都与他交往。他选授为广东肇庆参将，刚好大展宏图时却猝死任上。

寺岙原是天台管辖的，净慧寺原叫宝慈寺，据说是晋代古刹，前面是笔架山和芦峰，芦峰位于净慧寺之西，是高道葛玄种植芦苇所在，据清《天台县志》载：旧传"葛元（玄）尝植芦数本，故会寺前有芦峰"，净慧寺山口有钟山鼓山，外面地势开阔，清流萦绕，林木深幽，是最好的修禅之地。在署名"敕峰铁翼"的博客文章中，我得知宋《嘉定赤城志》和明清《天台县志》均载寺岙为"隋高僧飞锡处"，但"敕峰铁翼"将"飞锡"当成僧人名字是大错特错的。"飞锡"指游方僧人徒步云游如掷锡杖飞空。隋开皇初年，有个来自五台山的僧人曾经到了这里修头陀行，当地人就把他与天台宗的创始人智者大师挂上号，说是智者大师曾经在这里受戒，国清寺的建筑结构样式从这里移植过去的，寺岙当地人就认为此寺建造时间比天台国清寺早三百多年。

到了后梁乾化元年（911），僧景瑶在这里重建此寺，当时选址时"烧柏香密祷，以烟至处为址焉"（《天台县志》九至十卷）。宋大中祥符元年（1008）寺院大兴土木，进行扩建。宝慈寺改名为净慧寺，至今也有一千八百三十年的历史了。当时建寺时，建筑占地八亩之广。砖瓦在娄金冈烧制的，寺僧排成一队，用手传递砖瓦，可见僧众有上千人之多。在娄基村《天台藏库李氏宗谱》也这样记载："朝议大夫李惟元之次子襄者，偕昆弟舍田八百亩，山二十亩，供净慧寺香灯之资。"净慧寺遭遇各种变故。元代时寺产被豪强抢夺；明代时寺庙被倭寇所侵；清代时周钦贵统率白头军反抗清廷，净慧寺僧陈和尚参与其中，寺遭连累一蹶不振；1949年冬，寺僧仅有赤山、胡长、仁通、玉琴及小僧明志、白连等六人；新中国成立后末任方丈僧玉琴

寺吞头陀庙

划为地主，小僧三人参军抗美援朝，老僧玉琴和仁通病故，中年僧人还俗；"大跃进"时净慧寺被改建成畜牧场，"文革"时，整座寺院被拆毁了，十五六米高的释迦牟尼佛像和十八罗汉佛像以及檀香木雕刻的韦陀佛像，悉数被毁，不复存在。屡遭劫难的寺庙，已是废墟断墙残垣，多有悲怆黯然之感。但净慧寺是天台山十大古刹之一，记载于天台地方志上，2003 年，净慧寺被磐安县政府批准，作为历史文化遗迹得到保护，古寺重光指日可待。

从公路边沿着台阶走上去，面对的就是这古寺废墟，古寺拆除后建起的学校，因为撤、扩、并早已完成了使命，残破不堪，阳光把断墙枯枝的身影投射到我身上，一片萧索。蓦见草丛墙脚下几个浑圆的大石头礅子，是当年寺院建筑的旧物。其他的一切记忆，都掩埋在罗网一般的藤蔓中。忽然我的视线一亮，看到两棵奇特的梧桐树，一棵东一棵西，并肩生长，各有一枝，如扬起的手臂，竟然在空中相接，就像握手，连成了一个别致的拱门。在拱门的中部又长出几条直枝。人称为和合树。我觉得是个神物，村里也应该给予保留的，不管净慧寺建不建起来。这树还是永久存在着吧。一毁掉就什么都没了，这里边的教训不是如此吗？

寺岙村的人们非常强烈地希望把净慧寺建回去，但资金怎么来政策怎么处理，一切都是未知数。老季告诉我，这寺里居住着一个人，他懂得很多，但出门去了，本来可以找来细谈，村里人说，他今天回不来了。我们怏怏然走出净慧寺。遗址前面的老房子，用竹子搭成架子，晾晒着萝卜片，在阳光下闪亮如玉，如同万国旗。取来萝卜片细细咀嚼，苦辣中有甜味。村巷里，几位老人坐在门口晒太阳。老人告诉我，净慧寺前有一块很大的八亩田，现在已经盖成房屋了，就是他们坐的位置。这里的村民尚武，曾有好几个狮子班，有个八十多岁的老人，打缩山拳，观众喝彩连连。村里还有戏班，演技高超，演到天台平桥前山等地，可惜戏班狮子班早已解散，了无踪迹。

寺岙村前寺岙坑全是乌黑的玄武岩，汇入诸多支流。其中青龙坑发源于娄金冈的黄龙坑、官炉坑、西岙坑，统称为乌石溪。村里人告诉我，村中出产建筑石料为主，溪中水流清澈，游鱼翔集，但一下雨，溪流水势特别大，把周围的屋舍和田地都冲垮了，据说葛玄种芦苇的目的是缓解水流。这条溪原先叫作官芦坑，是葛玄种芦苇的地方，后来通了沿溪的官路古道，叫作官路坑。

寺岙除了净慧寺外，还有双庙，在寺岙有飞山庙，供奉的是盘山大帝（昭明太子），是故方前以前叫飞山乡，在官炉为白鹤庙，供奉的白鹤大帝。他是清朝天台积石乡的保境神，白鹤大帝的原形是汉代方士赵炳，他在临海白鹤山修道，人以山名。除此就是净慧寺西边的头陀庙了。从寺岙村口文化礼堂往西，沿着乡村公路过一个小村进一个谷口，在溪南山脚下，有一座石头砌墙的小庙，质朴而藏灵，透出古色古香，就像农家小院子。石墙上写着四个大字，宋代古庙。溪流从寺前流过，最近修了石桥，装上了栏杆。它也叫岩下洞，是纪念圣者头陀建造的。头陀，即是修头陀行的僧人。修头陀行，应持守十二项苦行，分衣、食、住三类，即穿粪扫衣（百衲衣）、常乞食、住空闲处等。头陀又指引云水行脚乞食的和尚。这圣者头陀就是隋代来自五台山的高僧。他是沿金满坑—青尖山—大水坑—大红冈古道一线，前往寺岙谷修道弘法的。

这条路也是葛玄走过的，当年寒山子也在上面徒步。

据说圣者头陀在塘尾巴村古梨树边的双井运送木料，像净慈寺的济公古井运木。又传说头陀利用这双井的水制药为人治病，他的生日是农历三月三，也是轩辕黄帝的生日，是轩辕黄帝转世。寺岙附近将这个日子当成头陀佛庙日。这一天头陀庙举行迎神活动，金华、绍兴、台州的僧人和远近的百姓，京城省城里的达官贵人也会到这里朝拜。雷马山头也有一个头陀庙，据《嘉定赤城志》载，北宋元祐年间（1086～1094），礼部员外郎（礼部副主官）杨杰就去过那里。

头陀庙还供奉着朱相公，查其名字叫朱亮祖，为安徽六安人，元末为"义兵"元帅反抗元朝，后投降朱元璋，曾参加攻灭陈友谅、张士诚等役，与常遇春、胡大海、花云、徐达等同建战功，洪武元年（1368）封永嘉侯。朱亮祖攻克台州后，方国珍归顺朱元璋。因他抗元有功，在台州曾有益于民，民间百姓也立祠祭祀。朱亮祖生日为六月十二日，每年一次庙会，五年一次小迎会，十年一次大迎会，把神像抬出来，在周围村庄游行。第一天在寺岙本地，第二天在陈岙、方前、后朱、桥头、高丘、田厂等村，以大铜锣开道，旗幡引路，中间为佛轿，随后三盘铳、锣鼓队延后，铜锣响炮声中，将神像迎回庙里安坐。然后戏班在庙里演出，这种迎神会，从明代万历六年（1578）开始，一直到现在，有四百三十五年历史，1946年由天台后求村出资的迎神会规模最大，出动莲子行队八支、锣鼓八副，三盘铳两百多根，还有雷车、舞狮子、骆驼、马刀、抛瓶、唱小调等文艺表演，直到现在记忆犹新。

村里人说，在建造头陀庙的时候，东阳商贩偷走了供奉的木雕像，是为求雨，后来仿制了十几个同样形制的佛像，让寺岙人去迎接，于是就有了寒山老佛一样的故事。这里供奉头陀佛和朱相公外，还供奉三官（天官、地官、水官）、土地、财神、文昌帝君、文武判官，四大将军（刘将军、康将军、周将军、赵将军，均无可稽考）等，皆为泥塑彩绘立像。村里人告诉我，当地有户人家做生意，货物卖不出去，孩子的女朋友要告吹了，到这里祈求许愿后，他们的生意突然好了，孩子与女朋友和好并且成家了。他们花了二十多万块钱，修了庙前大石桥。

庙后山就是头陀山，头陀殿有三个，第一个是岩下殿，在头陀山的东南麓，现在看到是洞窟，第二个我所在的头陀庙，也叫下殿，大殿是近年新建的，老建筑尚存，第三个是在头陀山的西北山腰，是隋代建造的，叫上殿。丁琦娅去了官炉坑对面崖壁上的头陀洞，人们叫道士洞，是圣者头陀栖隐之地。头陀洞位于俗称前岩的悬崖峭壁上，丁琦娅说，"洞前，仅有峻峭的危岩可勉强立足，稍有不慎，就会跌落山谷"，"静坐仅可容一人盘腿藏身的头陀洞（道士洞），正前方即是虽冬季依然青翠欲滴的头陀山，山麓的头陀殿，山腰的头陀庙，尽在眼前。转到大磐石北面底部，发现竟然

娄金冈和寺呑村自得其乐的村民

层层叠叠，洞下有洞。故称刚才探险的头陀洞（道士洞）为上洞，称意外发现的洞窟为下洞。下洞比上洞更宽敞，可坐两三人。洞前还有宛若龙床的偃坐石（或许该称参禅石、悟道石），可盘腿打坐，可枕臂仰卧。相比上洞，下洞攀登要容易得多。至少不需要翻越浑圆、湿滑的大磐石，也不必冒险挤进狭窄高危的佛龛式洞穴。""头陀洞（道士洞）一侧，还有一座深不见底、潜通东海的龙潭。传说，圣者头陀常在此静坐参禅，俗称头陀佛洗脚潭。几次走访寺呑，都来探访此龙潭。我更愿意称此为天师潭、智者潭、圣者潭。"

　　离开头陀庙回寒山湖，公路里边岩下放着一些蜂桶，酿的是自然的蜂蜜。有户人家在屋前烧烤番薯，香味扑鼻而来。在番薯的味道中，老人在拉二胡唱越剧。遇到一位老人叫胡学田。他得知我也姓胡，特别亲热，他为我拉了一段越剧《红楼梦》中的《黛玉焚稿》。他让我也来段二胡，可惜的是我已经三十多年没摸过二胡了，拉不成调调了。

寒山湖北岸的田芯村

浮在水岸的田芯村

寺岙连附近村庄小店少，很难买到吃的，直到村口国道边的小店，女老板为我们做几碗面条。她很热情，不收费用，但钱还是要给的。作别女老板，沿着国道往东走。始丰溪在身边滔滔不绝流向寒山湖。路里边一个小炭窑，顶上冒着青烟，再走几步是天台与磐安交界的地方了。老季说附近有阴鼠岭头，是天台三十六都和三十七都的分界线，人们所说的阴鼠垟，也就是始丰溪边上的那片溪滩地。

此时下午四点多钟，夕阳中的寒山湖又是一番情调。寒山湖波光粼粼，山林倒影被风揉皱。往东走上几里路，就来到田芯村。村前湖面上形同乌龟的小岛在波浪中行进。老季说田芯村的饮用水来自小姆坑的山泉水，水质是最好的，没有任何污染，村里长寿老人非常多。田芯村在公路外面，成了湖山近景。俯瞰村庄，没有任何塌顶的破屋，问老季，才知现在的田芯村是 20 世纪 70 年代建造的，1976 年造寒山湖，原本属东阳的田芯村，包括田芯、寮车、阴鼠洋三个村，计九个生产队、两百三十六户、九百六十一人，就划到了天台县管辖，原先三分之二村民安置在街头、雷溪、新中等乡镇，另三分之一舍不得村庄，就移到现址，老村基在寒山湖的中心，水面上涨时候，就会被淹没掉，水位低时才露出草地。远远看去，老村基成了一片小洲。田地还是田芯村的，要耕作的话，得驾着小船去。

田芯村原来写成田心村。田心两个字合起来是个思字。天台平桥镇的张思村，最初是张和施两姓居住的；田心村最早由施姓人居住的。《天台县地名志》235 页载："据康熙廿四年（1685）《施氏宗谱》序：施氏之先，起于大宋南渡时，文总公由临川播迁浙台之田芯，越数百载，自始迄今已二十余世哉"，有近千年的历史。不知道什么时候起，"施"字误写成"思"字，并把"思"字拆成"田心"，最后写成"田芯"两字，与施字对不上号了。

现在看到田芯村的房子是沿着山坡建造的排屋，整齐划一。坐北朝南，阳光充足，建材是老村拆来的构件。从公路外边小坡上走下，身边一片毛竹，在过去这里草木并不茂盛，植被很差。有歌谣唱：

山上光，地上荒，村前库水白茫茫。学生读书借堂前，碾米磨粉到方前。

眼下的田芯村环境全变样了，村边种了许多果树、杨梅、青梅、桃形李、黑李、天目蜜李等，又种上了二十亩鸢尾和十五亩黄菖蒲，花开时节，许多人来此赏景，体验浪漫时光，人们赠给村庄一个美称，叫"甜心小镇"，希望在这里遇到喜欢的小甜心，并与她携手同行。可不，这村庄也成了许多影视剧的外景地，袁文标在这里帮助一个剧组拍摄电影，拍摄几千张现场花絮照片；曾投资出品《泰囧》的天台人于宇昂，也来这里拍摄儿童院线电影《地瓜味的冰激凌》，他说，"我想把我的家乡推向全国乃至全世界，让大家了解天台的水好、人好、风景好。这部电影的主题是'回家吧'，回到最初的美好，不仅仅是心灵上的美好，还有环境上的美好，非常正能量。"他的想法与我的徒步行走是一样的。

穿过公路，到了村口，旁边一所老房子是专门做豆腐皮的作坊，女主人用碎木块当燃料，热腾腾地煮着豆浆。水汽升腾。据说一锅豆浆只能起有限张数的豆腐皮。豆腐皮起多了，品质就差了。她整天守着安放着两溜十几个煮着豆浆的大锅，一边烧火，一边管锅里豆浆的情况，到点了，就得起豆腐皮，不能拖延，一天要干十几

田芯村西的卷洞桥，为徒步寒山必经之处。

田芯村的豆腐皮作坊远近闻名

个小时。有人在文章中说，制作豆腐皮要求持续加热，看豆浆慢慢凝结出油膜，初敛的时候豆腐皮已经成形了。起豆腐皮得"一手拿小铲子，在锅口旋上一圈，先把挂壁的油膜与锅体分离，一手持细木棒，小心穿过这层薄如蝉翼的油膜，轻轻地往上一挑，并往上方支架一插，一张完整豆腐皮即出锅了。"在田心村制作豆腐皮的作坊并不多，她的手作远近闻名。

沿着田芯村街道往下，转往西边，一段下坡石阶路在西斜的阳光下，与石拱桥连在一起，更显沧桑。我从谢旅志的画册《天台山古桥》中见到，水位涨高后，它仅桥顶浮在水面。村里人称为月弓桥或卷洞桥。据说是清朝时建造的，架在寺峇流出的官路坑上，又称官路坑桥，官路通向阴鼠岭，曾是天台通往磐安的驿道，徒步寒山必经之途。我仿佛看到当年寒山行色匆匆的身影，夕阳下石桥映衬粼粼的波光一片幽远，我举起相机，拍下这夕阳古桥的照片，一头是山野，一头是村庄，左边是山林，右边是湖水。

我们在桥上坐了许久，看夕阳西下，把湖山染得一片通红。沿着村道上来，农家的屋舍下，许多农妇们在加工橘子。田芯正甜心，日子很甜蜜。

田芯村村民在加工水

麒麟峰下的茶园

冬日攀登麒麟峰

我回到度假村，遥望西天红霞绚丽，夕阳将落未落，将树林木屋镀上一片金色。在凉爽的晚风中，朋友丁必裕、林国干等人与我围坐交谈，建议推动天台文学作品进课堂，尤其是入选语文教材之中。比如唐诗写天台的佳作，尤其是寒山诗，孙绰的《天台山赋》，还有徐霞客的《游天台山日记》，桃源遇仙的故事，吴冠中的《天台行》等等，这些都是独特乡土语文资源，关键是如何推动如何做，就像做茶一样，先采摘、炒制、捻制、烘干、包装成品，一步一步从细节上做起。

我们喝的寒山茶是附近山上出产的，娄金冈茶园村和东坑公路上的茶园。从寒山湖往东北望去，整座山峰就像一只雄鹰，它过去叫作老鹰峰，一座山崖正好落在鹰的头部，上面建造了一个小凉亭，可以登高望远，两旁的山脊就像鹰的双翼，每当云起的时候，这雄鹰就飞翔起来了。后来觉得鹰还不如麒麟和美，麒麟送子，是吉祥和合的，大家就把老鹰峰称为麒麟峰了。它的下面就是翠绿的茶园。

有个冬天的早晨，八点左右，老季就在门口喊我，我们事先约好登麒麟峰。在公路上看去，村庄房屋和树木是逆光的，朦胧在晨雾里，隐隐约约，一条小路通向农舍，如果有人背着锄头或者牵着牛在小路上走来，那是一幅多美好的乡野图画啊。老季带我和沱沱走上小岔路，转一个弯，茶园的地垄弯弯曲曲，在晨雾中显得更柔美，那嫩绿的色调惹我陶醉。一条石阶的小路，那是给采茶劳作的人留出来的。有云雾在缭绕，让我们感到开朗。走到茶园的顶端，回头一看，茶园与远处的湖山胜境美不胜收。我的身下就是一个美丽的村庄，我们走进一幅画中。

但是茶园再上去就只有一条防火线，在坡上挂下来。尽管没有树木柴草，脚下全是卵石流沙，还有落叶，一踩上去就滑下来，幸好我是山里人，走习惯了，自然不在话下，但老季说这段路是寒山徒步大赛的路程，不但要上去，而且要讲速度，那对我也是极大的考验。我是慢性子忍耐度可以，但急不起来，缓步而行，慢慢欣赏，也很悠闲。

沱沱不是山里人，在水边长大，她一直从事写作，在北京教授中国少年作家班课程，坐的时间长，尽管几年前采写中国自然生态现场访谈录《大地之上》，拿着相机在青海湖追着普氏原羚飞跑，在内蒙古追着蒙古马和乌审马忘我拍摄。那里坡度不大，而麒麟峰坡度起码五六十度，走一步滑一步，最后四肢着地，还是打滑，我拉她，连自己也溜下去，老季伸手一拉，她就上来了。沱沱擦着汗水说，"你比老季年轻，但不如老季有力量。"我说，"我也三十几年没干山里人的活啦，自然退化啦。"

一路说笑，没感到疲劳，我坐在半路的一块石头上，吹着凉风，真潇洒，眼界真开阔。真开阔的还在上面呢。老季说。沱沱想坐下来歇一会，老季说，不能坐，一坐脚筋收紧，走路会更吃力。我说，还是走之字形的路省力，可以把陡坡当平路，尽管路长了，但可以曲线救国呢。不过，防火线里没有之字路，有些陡崖还得拉绳子上去。

我们继续行路，防火线走完了，向右走一段横路，再走一段上坡路，登上山脊，两边全是高大树木，树下许多大石是风化破碎的，杂陈身周，已被草木掩盖。我走到树林外，站在崖顶之上，从这里看去，寒山湖近水和远山都笼罩在轻雾之中了。山上清一色的都是松树，崖下恰好留出一个缺口，刚好眺望。老季为我和沱沱拍了许多照片。从崖端际走几步，一条很宽大的石板路，旁边一个亭子，刚好坐着歇息，这时遇到了两个驴友，是"锋"和台湾的陈逸民。他们走的路比我远得多了，从寒山湖来，绕过涂鸦村石板路上岭，越过麒麟峰，去青尖山，到雷马坑，他们是为徒步寒山探路的。

从凉亭里走出来，继续行路。"锋"和陈逸民往东北方向走，我往西南行走，从路边看去，脚下是金满坑村，有七八里的路，六七百米的高度，村里高音喇叭播放的越剧唱段听得一清二楚，很温和、温馨、温情，很和合，估计台湾来的陈逸民也能听出个一二三四。

我走上宽度一米的游步道，石条垒砌的，中间用乱石铺成，从山顶延伸而下，可是真正的林中大道。凉亭下面是一段陡坡，六十度左右，从上面下来，脚步轻松，走起来轻飘飘的，就像季少波说的仙女下凡。树林越来越高大，把对面的远山和金满坑挡住了，山上的松树居多。另外还有枫树，树枝上还是一片通红，但是落叶已经萧萧，在风中打转，将整条大路铺得严严实实，脚一踏上飒飒地响。我很喜欢听这种自然的让人心醉的声音，但身边没有泉流，要是有水的激越叮咚，那该多好，

在麒麟峰鸟瞰寒山湖

沿着寒山石径走向涂鸦村

但我听到林鸟的啁啾。走了几个平缓和陡峭的坡路，林子中间看见一间长长的廊屋，看老瓦覆盖的屋顶，在树隙中非常宁静安谧，我们在廊屋里小坐了一会，树叶舞动着，就像为我击掌。太阳从云层中露出脸来，渐渐地消隐了。

在树林里横走，转了一个之字形，一片地垄种着覆盆子，当地叫作"牛奶荡"，春天插秧时节收获，颗粒如大拇指，甜美非常，可以做药，据说能防癌，卖得很贵。路边一条细小泉流，我们与泉流一起绕过石屋的墙基，就来到金满坑的路口。路边一块指示牌，写着"寒山石径"四个字，农家山墙上画着寒山子和拾得，笑得开心甜美。幸福快乐的笑容，就像绚丽阳光。

蓦然回首，看见麒麟峰顶上凉亭犹在天上，宽阔石径一路倔强地上升，也有好几千级台阶，需要劳力一块一块扛上去垒砌的，这也是一个大工程啊！

漫步走进村画中

金满坑的涂鸦故事

金满坑村口，梅东灶老早在方岩村赶来了，原来丁舒鸣打电话叫来的。

梅东灶说，很早以前，金满坑村住着一位老人，养了一头猪，好几年一点也不长大，徒唤奈何。有一天来了个收宝客，看了看猪说，这是宝，你卖不？老人说，不卖。收宝客说，不卖算了，我看过这村是聚宝盆，山顶灯盏岩上面泉水就是灯油，但没有灯芯。你把猪杀了，将猪肠风干后，就可以做灯芯，月圆之夜把灯芯放灯盏里点亮，天神就赶着宝车来。你赶紧吹灭天灯不让人知道就可。老人依计而行，果然村里风调雨顺五谷丰登，六畜兴旺，富起来了。几年后，村里来了个风水先生，说是老人远房亲戚，他千方百计献殷勤，获得老人信任，老人临终前把秘密告诉了他。他圆月之夜点天灯，见天神赶宝车来，反把灯弄得更亮，天机泄露了，天神回去了，天灯盏也没了。山间一条神龙拼死夺回一块白金石，放天灯盏对面的山崖上，并奏玉皇大帝，派神鹰看守。老鹰化成岩石，雄踞山冈上。

有歌谣唱道：金满坑，银满谷，金银坑谷种五谷。金满坑，寄托着穷苦百姓的愿望，它坐落在寒山湖西北这个山谷里，偏僻而幽静。丁舒鸣和陈达梁等觉得徒步寒山线路的拓展，可以带动娄金冈和金满坑等周边村庄的发展，他找到天台文联书画家陈虹，认为金满坑最适合搞艺术活动。房屋墙上可以画画，能变得更加有特色和活力，与徒步寒山形成和谐的互动，能吸引更多的人过来。丁舒鸣说，金满坑与寒岩明岩不远，寒山、拾得也经常行走附近的石径上，随手在竹木石头岩壁和农家墙上涂诗句，他是边徒步边涂鸦的祖师爷。不过现在人们涂的是画作。诗画同源诗情画意，在这里是最淋漓尽致地发挥了。这一动议得到金满坑全体村民一致支持，画家朋友陈达桢和陈法军、许绪印、王英枪率先在金满坑村农家墙上作画，后来许多人都参与进来。

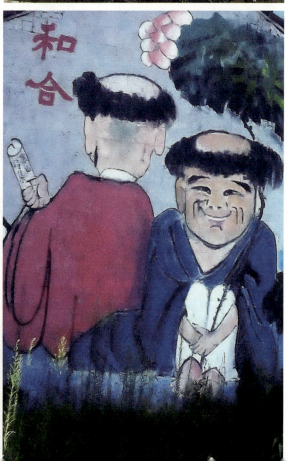

涂鸦村墙体绘画

男女老少都在墙上挥洒，书法绘画美化村庄，亲身体会创作成功的愉悦，留下自己的作品，很有成就感和满足感。墙院就成了画布，村庄成了画廊。金满坑涂鸦村活了，名声在外，有许多人从上海、杭州一带过来涂鸦，每到假日人满为患。

村道边上，几户人家墙上搭起脚手架。有人在打招呼，原来是陈法军。他身上全是颜料，脸被太阳晒得通红，满头大汗。他下来与我聊，我说你还是忙你的活，颜料干了是不能画的，他点了点头。陈法军是天台当地人，从小就喜欢绘画，在金满坑画画时已经五十三岁了。他带了十几个人来，村中间的重要景点，那黑熊门口就是他花了一个多月的时间完成的，水泥就用了好几吨，电焊就花了十多天。他曾经在村里墙上画了一个大门，村里七十多岁的老人跑过去头上撞了一个包，他捂着头骂，你不该画画捉弄我。他在一个名叫蔡嫦娥村民的屋墙上画了嫦娥奔月，名副其实，许多人来这里拍照，她也摆摊卖东西，笑得合不拢嘴。几个朋友也在脚手架上挥洒，又有人叫我名字，原来是搞平面设计和艺术策划的许绪印，他曾在中国美院接受过两年的专业培训，正在墙上画千手观音。村庄里他和王英枪画了一些作品，水墨画、年画、儿童画、漫画等什么都有，艺术形式多样，表达真、善、美的主题。

梅东灶与村民很熟悉，一路打着招呼。蓦一抬头，望见有一头恐龙，或一只猛虎破墙而出冲来，令人魂飞魄散；一架飞机坠落，火光冲天，大家丧魂落魄地狂奔，在惊悚中得到愉悦；一只山鹰雄踞村口山墙举翅欲飞，背后红日出林，前方是一棵苍劲的老树。涂鸦村如此先声夺人。村庄之前两溪汇合，沿着右边的溪岸东行，在一家农户墙上呈现温馨的夜空意境：屋瓦之下，弯月高挂，月牙上垂下两根绳子，系住窗台，成了一个惬意的秋千。人们坐在窗台上，手拉着绳子，就倏地荡到云端去了。小孩子高兴，年轻的情侣更喜欢，拍照的人最多。隔溪对面，一处房子的山墙上画了两只硕大的翅膀，年轻姑娘站在下面，双臂展开，翅膀就舞动飞扬起来，把她们化成了翱翔空中的天使。这是涂鸦村无可替代的标志画面。无论是作画和画下拍摄互动的过程，都是一种独特的刺激，一种感官和精神的狂欢。

涂鸦村山墙廊下和路边溪石，只要有空的地方，都涂满了各种风格的绘画，从古代岩画到现代的动漫，从幼稚的童趣画到传统的年画，甚或现代抽象风格一应俱全。墙上行走在花丛中的一群村姑，边歌边舞，墙上的花丛与野地的草丛连成一片。人好像走进了画中，又好像从画中走出来。彩色金鱼游动，猫和老鼠在悠然对弈，藤蔓在墙上缠绕，顶着灿烂的花朵，航船在海面驶向一片霞光，鱼儿穿梭，婴孩躺在星夜被下酣睡，少女与小猫坐在木架子上钓鱼，女巫骑着扫帚在空中飞行，美人鱼在静卧遐想，大漠敦煌的香乐神悠然飞天，年轻情侣在美好的时刻许愿相爱，崖壁上，唐僧师徒取经途中巧遇寒山，是"梅真君和朋友一起合作，巧妙利用石壁和天然痕迹与边上的树枝藤蔓，创作出一幅高水平的涂鸦"。山墙画上荷花和寒山、拾得，绘有寒山村景，还有大大的和合文字外，吉祥的中国结，民间乡土风味十足，体现和合文化的精髓。每一块石头每一个坛子都长着眼睛鼻子，都绽开笑脸，四面八方的游人，投身到富有大众娱乐情趣的涂鸦中去。这里已经举行了好几届涂鸦大赛，金满坑村大多是老房子，要涂只管放手涂，那些房子闲着空落落的，一涂鸦乡村的文化提升了，经济发展了。村庄既出名，县外、省外、国际友人也纷纷前来，参与自然山水村落的艺术创作中，乐而忘返。渐渐地，农家乐比肩接踵开起来了。村民觉得房屋上涂得越多越光彩。

沿着金满坑的东边山谷走过去，到丁荣富家喝茶，丁荣富对山水情有独钟，在天台城里开了一家工作室。丁荣富的樱桃谷农家乐在金满坑东边谷口的别墅里，边上有木头搭的茶室，很有原始山林味道，双休日有许多朋友到他家挖笋采果聚餐喝茶。从他家后山陡坡上去，横走到一个栽满樱花树的山谷。樱花正在含苞还未盛开，但感受到芬芳。复经一个小村庄，古朴的泥墙屋空在那里，转过一片田地，又是一个桃林，花儿热情地绽放。最上面山顶上一个农场，一间小屋，视线开阔，远山缥缈，是修身养性的好地方。公路行到这里就戛然而止了，一条游步道通向对面山脊，一个精致的小亭在路旁静候。路在树林里穿行上升，过一个陡坡，就是麒麟峰上翼然而飞的亭子，与我走过的石径形成徒步寒山的小环线。

我又回到金满坑村道上。村口文化礼堂坐满了人，正在排练越剧，台上挂着会标"天台好越剧金满坑票友大赛"，各地选手在这里大显身手，角逐高低，气氛热烈。村主任蔡显东说，涂鸦加越剧，是金满坑的两张金名片。这村里出了一个越剧演员，叫蔡丽娟，她演唱了《祥林嫂》中的《我老六今年活了三十多》，赢得满堂喝彩。说到曹操，曹操就到。我遇到了她父亲，七十四岁的蔡显锐却开着一辆轿车过来，笑吟吟地与我握手。我与蔡显锐老人一见如故，从谈话中，得知他出生金满坑里村，与我一样是"斫柴人"出身，阶级身份不好，初中毕业就不让升学了。"在村里干活，真苦死了，除了放牛，都要挑着那么高的肥桶，下田、割草、斫柴，什么重体力活都干，我不甘心，我要跑，树挪死，人挪活。我不能总是窝在生产队，我就偷偷跑出去做生意，遭批斗，但照样去做生意，我进了学习班，照样做。"改革开放后，蔡显锐被解放了，买了车让儿子跑运输。后来发现网箱养殖很兴盛，但没有无结网，便开了第一家无结网厂，没有资本就让儿子把车卖了，自己又去朋友亲戚家借，凑起了二十五万元，在天台城里清溪一〇四国道旁租用了一座三层楼，去全国各地拉业务，签订了五十多万元产值的合同。第一批五吨半无结网片销往辽宁。"那时生意的确好，但因为我是农民，贷款非常难。听说上海在开发，就让儿子去上海开有机玻璃厂，自己留

涂鸦村举办的越剧大赛

在天台，刚好浙江省私营企业代表第一次会议召开，我受到当时省委书记李泽民的接见。县里领导重视起来，我终于在天台城西建起了自己的厂房，还在一〇四国道旁造起了一幢六层楼。"他亲笔书写"天阳楼"三个大字，镶嵌在高楼上。他在"天阳楼"里办起一家"华夏宾馆"，是无结网厂的下属企业。

我问蔡显锐是怎样把女儿培养成越剧演员的，他说，"我觉得自己是个农民，但我们要有文化，喜欢写字画画，女儿喜欢唱戏，我觉得农民不能永远当农民，要跑出农村跳出农门，完成角色转换，进入广阔天地。她喜欢唱越剧，我就拿电影放映机，反反复复地放映越剧片子，让她跟着电影学，结果她考上了越剧团"，"看到女儿演出，看到乡亲们高兴，我也高兴！"蔡显锐脸上洋溢着欢愉。天台山北麓是越剧的发祥地，乱弹、词调、高腔、坐唱、曲艺和戏曲剧种众多。新昌嵊县的那些女子的笃班，都出自天台山的北麓。施家岙的祖上是天台孟岸迁过去的，越剧在上海走红，上海人也喜欢唱越剧。看到这金满坑的越剧大赛，上海人也喜欢得不得了。许多上海人喜欢睡村里人的雕花床，对着床上的越剧"老孩"（图画与雕刻）出神。

蔡显锐和蔡显东都很自豪，以前全村一年集体收入只有三千多元，现在有些人家一天就卖上千元，一个星期就上万元。金满坑是浙江省委党校的联系单位，正在打造国际涂鸦村品牌，并邀请法国的街头涂鸦艺术家 Julien Malland 在这里留下自己的作品，Julien Malland 曾遍游世界，将自己的涂鸦力作留在各地，引起人们的关注。

在村东边，我看见一个农户在做蒸笼，这种炊具没污染，以毛竹为材料，用它蒸馒头、包子有竹子的清香呢。他们感激那些画家，还有参与涂鸦的游人。一个村庄就像白纸一样，好写最美的文字，好画最美的图画。

街头镇又叫嘉图镇，这嘉图也是好图有涂。how do you do！好途有图，好图有涂啊！

青尖山顶杜鹃林

青尖山上看杜鹃和茶

青尖山在金满坑的后山，在金满坑前面看去，这山峰更加缥缈神秘。青尖山顶树林依然茂密，远远望去，郁郁青青。许宝灿告诉我，这座山绵延二十多里，东端主峰青尖海拔九百七十五米，是天台的第四高峰。去青尖山的岭叫作金坑岭。从金满坑的西面沿溪进去，看到了古朴的村庄，新建的房子不多，有些是泥墙建造，村后山冈也是人家，墙上有许多书法。

溪边一座金满庙，供奉白鹤大帝还有辅佐他的朱、叶、王、铁四位相公。每年八月十六白鹤大帝寿辰，这里都会演戏。更有趣的是，我看见一个手拿弹子的瓷观音，听说这弹子除保平安外，还有诞子意思，弹子观音实际上就是诞子观音。从庙前公路沿溪东行，过溪北经木勺岙村，顺着东田埂走到山脚，沿山坡而上，看到一个牌子：你已经进入监控范围，落款是庵基茶园。走了一段路终于看见茶园，偶遇一条很善良的小狗，它身上满是泥土。眼神纯粹，也跟着我们一起徒步。

庵基与我们隔着一个山岙，从茶园北边山坡前行，路越来越小，最后潜行在树林里。这是雷马坑到金满坑的古道，现在也少人走，得弯着腰前进，而小狗畅通无阻，天空全被树木封得严严实实，但树下行走凉快，山花寂寞地开着，拨开杂草藤蔓，看见许多山海萝（党参）。从一个缺口上去，我们又来到公路上。公路上下被开垦出许多梯田，但光秃着没有一点水，到底种什么呢，我惘然无知。绕过梯田从北面再往山顶进发，发现一个小池，有小水流滴滴答答，这点水怎么能灌溉梯田啊？不过一下雨就有了。我便释然了。阳光在丛树的枝叶跳跃，让我们感到一种惬意，走出树林往上行走，我们到一个岩板壳头崖顶，看着朝南方向，寒山湖和金满坑及周围的山峦全收眼底。这是一个绝好的观景平台和拍摄点，驴友们纷纷摆造型拍照片。

空气中充满着负氧离子，让我们身心清新非常。

青尖山的坡度并不陡，路边荆棘少，正是花期，随便转一个弯，就看到许多殷红的杜鹃花，先是一朵两朵，然后是无数朵，先是一棵两棵，然后是无数棵，在花海沉浮，前后左右，眼光所及，伸手所触的都是杜鹃花。它们与别的树木和平相处。有的花朵被其他更强大的树木枝条抢尽了风头，夺去了眼球，但是它不恚怒，不嗔恨，依然对我笑脸相迎。在人迹罕至的山顶上，也不会因此怨声载道牢骚满腹，我觉得，我的精神人格不及它的半分半毫，我自惭形秽，低头含羞，轻轻抬头仰视。我听到有人唱歌。

夜半三更哟，盼天明，寒冬腊月哟，盼春风。

若要等到哟，红军来，满山开遍哟，映山红。

我打趣道，锋不就是风么，他的"红军户外"不也就是红军吗？

到了山顶，我们就停下来，把地上柴草清理了，在杜鹃花林里烧面条吃干粮，这是最温馨的时刻。我躺在落叶上，双脚架在树丫上，仰望树林漏下的蓝天和阳光，也是够惬意的。我出神地遐想着，我的食欲非常好。那条狗也跟着，大家给它一份火腿肠，狗吃得很高兴，我看着狗的笑脸，也与它一样傻笑着。

休息片刻，继续行路，花丛上的一棵松树，枝条一盘一盘横生，活脱脱像个瞭望台，大家很快地爬上去，拍摄，做各种造型，非常刺激的，我也三下两下爬上去，在树顶上学打坐，把树木花朵当成了同志。在松树上闹腾了很长时间，到了又一个岩板壳头上，它是往西边的，我看到了大水坑。许宝灿告诉我，西首主峰大水坑一千零十九米，是天台西部最高峰，也是西来天台第一峰。大水坑的西边就是磐安管辖的地儿，以东十余里是天台与磐安的界山，山脊线为分界线，北为磐安南为天台。他指着对面的山脊线说，大水坑的山脊线是黄狗盘。黄狗盘中的山路，是可以通到磐安尚湖镇，平时焦坑茶坑的人贩牛，都是走这条路去的，这条路是寒山古道，也是真正意义的"牛贩子山道"，整个山形就像一条睡着的狗，现在长满树木，看不清狗的模样。许宝灿说，这里有一个大墓穴，葬在黄狗卵子的地方，还是寒山子看的。据说这坟墓的主人公是当地的劣绅，请寒山看风水，寒山子说，这地方会出王的，让那些人挖下去，挖呀挖，挖呀挖，一股泉水冒出来，主人问，还要挖吗，寒山子说，挖，挖，泉水越来越大，他们过来问，还要继续挖吗。寒山子说，继续，继续。结果，泉水越来越大，最后一点不剩。原来这泉水就是风水，全流走了，风水被破坏了，那户人家也就绝后代了。

大水坑尖的得名是因为山顶上有水源，而且很大。许宝灿第一次徒步这里的时候，是请娄金冈的李先生带路的，带了几笼屉的小笼包子，还捎上一个三四十厘米口径

焦坑村道

的大铝锅，但是也找不到水了。不过，在青尖往东一里左右，稍低的一个山冈一侧，就在往后屋村的小道边，有一股水源叫乌糯潭。他们用树叶将水接出来，用竹筒装着饮用。乌糯潭是因为这小水潭的周围原本长着大片的乌糯。乌糯是蕨根，捣烂后取淀粉作食。乌糯潭就如同沙漠中的绿洲，对于驴行十分难得。许宝灿说的是富有野趣的山中找水故事。

许宝灿说，海拔七百米左右是植物的分界线，七百米以下是松树为代表的常绿树木，七百米以上是落叶林，主要是杂生的红杜鹃和栎树。"我们三月份上得山来，下半部一片浓绿，可过了山腰，基本看不到树叶，一棵棵三四米甚至更高的树木都光秃秃的，山坡上铺了一层褐黄的地毯，枝上一片绿叶也难寻。到了四月下旬，当我们再上来时，鲜艳的红杜鹃绽放在我们的头顶，真是'红云头顶过，游人花下行'"。与许宝灿说着话，我们站立在岩石上，视线更广阔，继续前行，到了对面山顶的一个崖顶，那是朝东的，边上成片盛开的映山红，拍摄的意境更好。远处，看见寒山湖的全景，再上去，就到了青尖山顶。我们从大水坑和青尖山中间的山坳里下山，在这里，我看到了成片的茶园，现在已经没有管理，基本上荒芜了，茶树长得比人还要高，成为正宗的野茶了。但还是有人到这里来采摘的，因为没有任何污染，这野茶的价格特别金贵。

茶园下一条细细的泉水，在岩石中间流淌着，然后钻到地底下，走了好长的路，它突然之间在脚前冒了出来，它从茶园来的，下面的村庄与它一样同叫作茶坑。古时有个武将带来几个侍从过来探亲，外婆觉得他官小，嗤之以鼻，武将就写了一封信，送到京里，"我已经困在三十七（都），没有千军万马救不出"，京里派了好多人马过来，那外婆用大水坑茶园采制的茶叶来接待，根本不可能接待周到，只好把茶叶倾倒家门口的溪坑里，让兵士们饮用，自然的茶加上自然的水，更加和美，于是茶坑就出了名。

我们从茶坑后山下来，看到了一条防火线一样的坡道。驴友说，这是溜树用的。树砍下后，就在这坡道上溜下去，刚好到屋后，尤其方便。同行的驴友们竟然发现路边的一棵野樱桃，颗颗红黑，一尝竟然特别甜美，许宝灿说可与这樱桃媲美的牛奶荡（大覆盆子），但现在不是采摘的季节，起码要一个月之后。转了一个弯后，一棵大树和下面的屋顶被夕阳照亮。那是焦坑村。焦坑静如处子。

金坑村汽摩越野赛道

在金坑徒步越野

站在焦坑的村口上，同行的驴友告知，这是金坑行政村村委会所在地。金坑由焦坑、茶坑和娄金冈组成。我们在焦坑村行走，问正在晒太阳的村里人村名的来历，是不是住着姓焦的人，或者山土岩石如烧焦一般呢？他们也答不上来。村庄寥寥落落，唯有村口的大树在风中呼啦作响。树下，一座黄泥墙屋已经裂成两半，摇摇欲坠。公路就在下面延伸，在一座土老庙的前面迂回前进，下面则是淙淙的溪流。阳光把我们的影子投在路面上，热气蒸腾。

经过一个山口，公路从劈开的岩层下穿过去，这乌黑的岩层细碎的石砾，告诉我这焦山焦坑与寺峦乌石溪性质一样，是古时候火山活动的遗迹，乃是很好的科普基地。去年我与沱沱穿过这崖谷，她说风景没有南方的妩媚，倒有北方的粗犷刚悍，孔武有力，全是乱石的山，泉流缕缕细细，树木扭曲歪斜，这里的山坑谷就像北京的爨底下，也是缺水的地方。我们从山间梯田小道中下去，路边黄色的花在斜阳下尤其明亮，而坑谷早已黝黑。这村庄叫作上茶坑，坑谷从村中间穿过去。茶坑的房子石头墙居多，空寥得很。溪坑被小坝拦住，西斜的阳光，被西边的山峰所遮挡，一片黝黑落入坑谷，一边是黑黝黝的，另一半山坡和房子被阳光照亮，成为一个美丽的映衬，树木和房舍落在溪中，荡漾着倒影。外茶坑的农舍一半落在山的阴影里，一半被阳光照亮，尤当玄妙。溪坑把外茶坑分为两半，村西边新旧农舍并存，最里面是老人活动中心。溪边有风景墙，酒坛也成了美好的装饰，两棵老树横探在溪坑之上，身姿婀娜，有如舞蹈杂技。小桥流水人家，一片安详。在这里我见到"荆狼

金坑如金

谷"三个字。原来就是我刚才走过的那个岩层里劈出的隘口，道路如同狂奔的野狼，带领村民披荆斩棘，奔向美好的生活，其实这荆狼是那些勇士胯下的坐骑，越野摩托和汽车。

这里是一个远近闻名的越野赛场。金坑村党支部书记叶万波和天台汽摩协会的会长朱山，带我们从村后面转弯抹角的公路上往山冈上攀登，公路很陡峭，汽车冒着黑烟，步步艰难，这对赛车手们来说是最刺激不过的，而我们徒步并不吃力，反更悠然。站在山顶上，山风拂面，蓦然回首，村落沉浸在夕照余晖里，很偏僻很弱小，前后都是山峰，就像夹缝里求生存，地理的封闭也造就净土和天堂，最接近自然生活，村民耕耘砍樵，乐天知命，每天太阳升沉的时候，炊烟从白墙黑瓦中袅袅，翠竹苍松鸟鸣牛哞，足以让人找到失落的自己。外面的人要走进来，这里的人要走出去。金满坑涂鸦村走红了，与它相依的金坑村自然地想改变完善自己，除了在山梁中间劈开一条通天大路，建成了盘山大道之外，在金坑前面的荆狼谷建造了国际越野赛道。

荆狼谷是一片丘陵，山顶上却展开一片平和的盆地，原是黄茶种植基地，叶万波陪同天台县汽摩协会会长朱山到了这里考察。朱山一下看上了这个地方。天台汽摩协会在国际的赛事上也获得不少优异成绩，但苦于没有训练的地方。上海汽摩协会越野 e 族俱乐部也认准了这里。这里坡度落差大，赛道可以沿着茶园的地垄设计，道路又是原始的，山野味十足，天然的场地，无论从哪个地方看去，视线都没有遮挡，道路落差大，转弯多，独一无二。

朱山他们在这里住了两个月，反复细致进行考察设计，在这个占地五百八十亩的赛场里，先设计了全场十一公里的赛道，高低落差七八十米，最陡的坡度超过五十度。2018 年 2 月，这里举办一次荣远杯摩托车越野挑战赛，国内一百多名赛车手参赛。赛事那天，周围许多村庄的农民都来了，地垄上站满了观赛的人，吸引了大量周边村民观赛，越野汽车赛手嘉宾进行表演互动。总结这次摩托车越野赛的成功经验，5 月 17 日至 20 日，又举办了全国数一数二的国际赛事——2018 年天台山"圣泉杯"摩托车综合越野赛。此次赛事为综合性越野赛，涵盖了高速林道、场地冲坡、古道台阶、木桩障碍、轮胎障碍、乱石障碍、河滩天然障碍，设置 T2 团赛。来自德国、日本等二十五个国家的选手及两百多名国内越野摩托车手，展开激烈的角逐，场面惊险刺激，后岸村的溪谷当了副赛场。这两场体育赛事，一下子就吸引了人们的眼球，金坑村的汽摩越野比赛和训练场地，获得了全社会的高度关注。

与此同时，村里又设计总里程五十八公里的赛道，改造出十八个越野坡道，名之曰"金坑十八坡"，以高速林道和冲坡为主，赛道整体难度中等，加上设置障碍，可玩度极高。赛道以梯田式的低丘缓坡分布与上下纵横均匀分布相结合，任何角度都极具观赏性。在上海专业户外人士的指点下，金坑村有了建造"飞拉达""高空秋千""玻璃栈道""攀岩"等等一系列户外运动项目的设想；三个自然村的山道和青尖山山脉连线，形成理想的山地越野和徒步的赛道；金坑村有天然生成的西峰冈，有核心区三百八十亩，属丘陵地貌，紫岩与黄土堆积，冈上由低丘缓坡改造的泥路依势而筑，线路近六公里高低有致，弯曲逶迤，形成一道非常适合机车越野的大型赛道。周围三千多亩的山坡地，更为机车各种赛道和相应的产业开发提供了无限想象的空间。"这里完全可以打造成国际汽车摩托越野的赛场，成为训练基地，这里可以打造成'越野金坑'，成为国内越野赛基地。"为此，金坑村人欢欣鼓舞。

从汽摩越野赛场出来，沿溪一条山路能通到金满坑，原是一条古道，现在也修了一段公路，几天前在公路的尽头，我们沿着溪的右岸行走，走进一个阳光充足、安静平和、草木葳蕤的山谷，但越往里走头顶上的树木也越浓密，然后上坡在一个小冈下去，在茅剑草下低头，步步仔细，一不小心长着小锯齿的草叶拉破手和脸。阳光强烈，茅剑草下燠热非常，茅草与汁液蒸发的气味萦绕在身周。走上大约五六里左右，我们跳过溪流，站在金满坑的村口的山弯上，那里正在修停车场。金满坑涂鸦一出名，村里车都停不下，只能停在这里了。

从金满坑沿着公路行走，路下的坑谷溪流淙淙，小瀑布在岩石上面跳跃，树木丛丛，林相丰富，各种品种的树都有。我清楚看到对面有一片落叶树林，在秋日下尤其亮丽，路外有许多枫树，反射着阳光，枝叶明亮，走在溪山深处的风里，好不惬意。

我们到了金满坑村的乡村驿站，前面就是天磬公路的高架桥。丁舒鸣与我们从公路里边上去，又是一条登山道，原来是古老的山路，现在当徒步道了，我们向上走了三四十米，再横走，两旁都是高大的松树。跨过一块横在路边的崖石，看到寒山湖非常清幽。回首这崖石长长的，犹如鱼的背脊。我说这条路很适合中小学生徒步的，就按照岩形就叫"占鳌崖"，"独占鳌头"金榜题名，风光无限。这样一个山弯一个山弯、一个崖峰一个崖峰、一个村庄一个村庄地走过去，每每看到的景致不同地完美。丁舒鸣说，这个名字好吉祥啊。

我们在吉祥的徒步中穿过树林，在乱石中跳跃，在山坡上穿过去，上了一个小坡。我的徒步与国道线平行，最后走向寒山湖和寒山，那是寒山和我居住的地方，我看见那里的悬崖树林和屋顶下寒山子在前面招手。我回到我的乐土，那是旅人诗歌山水与阳光和合的仙界。

茶坑秋色

第九章

寒山徒步者印象

丁舒鸣

跟着老丁去徒步

在这里，我很有必要记录下寒山徒步旅途中遇到的人。为了照顾到叙述连贯性和文气顺畅性，我把写人的单列一章，为这些朋友留一个文字和影像，在这里先喊一声口号，寒山风行万万岁。"风"，是走路风快的风，拉风的风，兜风的风，像寒山那样的疯。不管怎样的风怎样的疯，都是有生命情感的投入的，就像寒山子一样边走边唱，在徒步寒山的时候留下欢乐的歌声和身影，人生倏忽，高兴就好。当几十年过去，我们老去，看到我们徒步寒山风行疯癫的身影，我们觉得我们这一生很充实，我们的世界非常美好！

"因为好吃懒做，长得胖乎乎，朋友鼓动走走能减肥，去年开始学着走路，走着走着，肥肉掉了，人精神了，慢慢喜欢上了。走着走着，认识很多户外朋友，他们说走路叫徒步，还有更好玩的，爬山赏美景，跟着跟着又喜欢上了，每天听他们说着一个地方：'十里铁甲龙'，早就想走走，好多帮驴队组织活动，不是这事就是那事错过。最近，上海好多家驴友队叫我发'十里铁甲龙'路线，我都转发了朋友圈现成链接，最近在我的鼓动下，上海、温州、温岭的徒步者走了'铁甲龙'，外界朋友一致叫好。"

丁舒鸣自我介绍说。

丁舒鸣是徒步寒山的组织者。他也将近六十了，头发白了，身体发福，但走路轻松，依然飞快，一路上笑容可掬，温馨富有亲和力。尽管他的身份是老总。在山中徒步的时候，照样坐在土堆石头上吃干粮，到了陡坡上一屁股坐下去，像个孩子似的嘟嘟嘟地溜下去，到了崖石上，依旧四肢着地，当标准驴。但他说身体太胖，特别高、特别陡、特别险的爬不了，那就做好后勤保障吧。寒石山、寒山湖周边的风景老早就有的，但是岑寂的，大概是偏僻边远的缘故，没有挖掘。但近年热闹了起来，吸引了很多人的视线，全国各地，上海、江苏等地的旅游者也纷至沓来。这个，丁舒鸣是功不可没的。

我与丁舒鸣微信上聊得很知己，相见恨晚，2016 年夏，我到天台在唐诗之路宾馆住下，丁舒鸣就一大早约我去修缘食坊品尝天台的饺饼筒糊拉汰。我们一边闲聊，他说寒山湖一带也是人们心目中的和合文化圣地，但现在的旅游事业还是不尽人意，天台的寒山湖是需要文学相携的。我说，寒山在寒岩居住，吴冠中也来过寒山脚下张家桐，诗画合璧。但是这个资源我们还是没利用出来。丁舒鸣和我的想法不分左右，谈得很畅快。不知不觉，日已中天。

丁舒鸣的老家离寒山不远，他从小就听闻过许多寒山的诗歌与传说。他一直有很浓的乡土情结，尤其是寒山一样有文人行旅襟怀。他年轻的时候就当了兵。此乃军旅也，算是一种特别的徒步方式。后来他抛弃铁饭碗，开始自己的事业与旅行。他把事业寄托在这寒山的湖光山色和田野村庄中。

我经常看到丁舒鸣在手机里发表徒步寒山的文字和照片，他介绍了寒山西部的寺家坑村，尽管坐落在天台，但没有通天台的路，只能绕道经过仙居。他的文字和图片勾起了我们徒步的兴趣与激情。今年终于徒步到寺家坑，看到那些老民居，老树木，还有田野森林瀑布，有种到了世外桃源的感觉。

每天早上，丁舒鸣都在徒步群和朋友圈里问好，我感到他的亲和力，喜欢用文字徒步结合起来，开辟徒步寒山新路线，在他的策划组织下，2014 中国·天台首届"寒山湖"杯徒步大赛暨户外运动节成功举办，在微信群、论坛上被炒得通红。他还组织了寒山跑团，经常举行徒步运动，倡导运用民间资金，开辟了这条天台西部寒山徒步线路，对当年寒山走过的全长约三公里的"寒山石径"进行了规划整修，不随意砍伐路边的草木，要修旧如旧，不事雕琢。荒废已久的千年古道，现在又焕发了魅力。在他和周边百姓的心目中，形成了一个寒山徒步禅的概念。

徒步也就是僧人所说的云水行脚、云游飞锡。徒步禅是生活禅，与静坐禅、空腹禅、茶禅、瑜伽禅一样，是一种修行方式，也给人带来更多的健康和愉悦。丁舒鸣说，寒山就是徒步禅的胜地，我们要做很多的事，完全可以做出国际影响的。寒山诗里有许多关于山道和徒步的作品流传于世，影响到国外，寒山子义务宣传了寒山道，沿途的岩石洞穴和村落山林，美不胜收，我们不能荒废这个资源，需要更多努力，寂寂古道中的徒步，终会迎来了四方游旅。

他又请词曲作家姜维克专门创作演唱寒山湖旅游歌曲《风情依旧寒山湖》，请徐中威等人拍摄音乐 MV，在网上点击量无数，好评连连，还举办了国际寒山诗歌吟

271

诵会，组织了浙江省的诗人在度假村举行诗歌笔会，出版了《在寒山湖》诗集，资助编印农民梅东灶的土溜诗集《寒山湖放歌》，随后天台民间创作团体纷纷涌现，什么"十三点欢吞疯"等，都来寒山采风，还有"红军户外""寒山户外"等都来举行活动，得到他的帮助和支持。

寒山湖西北娄金冈，是很原始的村落，站在村边的山冈上，可以俯瞰寒山湖全景。丁舒鸣让李之缘他们在上面用毛竹搭建了一个观景台，人们可以爬上去放眼眺望，做各种惊险动作，身心自由放松。娄金冈也成了游人们流连忘返的摄影村。

去年夏天，我与丁舒鸣、胡晓曼、梅东灶一起，陪著名生态专家徐凤翔教授徒步到这里，在村口，丁舒鸣向她介绍村口的古梨树，请教保护古树名木的方法，得到了徐教授的建议后，丁舒鸣立即组织人清除古树周边的杂物，进行保护。他带着徐凤翔教授一一探访娄金冈的其他古木，徐教授抚摸着保存完好长势健康的红豆杉时说，这就像他久违的老友啊！先是热泪盈眶，然后是欣喜若狂。那几天，丁舒鸣开车带她四处转，去了寒石山寒岩洞和张家桐。徐教授住在寒山湖好几天，得到他们的悉心关照。在寒山湖向晚的水边，听虫鸟的鸣叫，和风的吹拂，喝一杯清茶，以山水秀色佐餐，是最惬意的事儿。徐凤翔真的爱上了这里的山水，说，这里确实是修身养性的好地方，她对丁舒鸣和我说，你们住在这里，是天人啊。

我心里想，我和丁舒鸣是天台人，简称为天人，这倒是真的。至少在我心目中他是个快乐人。

丁舒鸣陪同徐凤翔徒步寒山

来自波兰的徒步者柳寿晨

柳寿晨：来自波兰的徒步者

柳寿晨是个蓝眼高鼻的波兰人，他是天台山也是寒山子的粉丝。

我徒步寒山，在寒山湖小住，接到朋友张祖瑛的一个电话，说有个波兰朋友柳寿晨找我好几年了。他在天台的时候，我在北京；我在天台的时候，他在上海；他到北京的时候，我又跑外地。机缘就这样错过了。我此前也听朋友说起他，但没有任何联系方式，谁也找不到谁。正巧朋友庞亨福来寒山湖，他把我带到天台国清寺外的紫竹居，让朋友通知他过来。庞亨福热情地接待了我们，一个喜欢徒步的木讷的东方人和一个奔放的西方人聚在一起，一开始竟聊得很投机，连饭也忘了吃。柳寿晨说这几天正巧住在国清宾馆，是陪着他的家人一起来，他的女儿要考学，想要找到一个安静的地方复习，就自然跑到天台山来。

柳寿晨的波兰名叫雅雷克（Jarek Szymanski），1965年出生于波兰的波兹南。20世纪80年代初，他看到一个刻着中国字的笔筒，觉得中国很神秘，就向往中国了。后来看了李小龙的电影不下二十遍，爱上了中国的文化、中国的功夫。1984～1989年，在波兹南科技大学学核电技术获得了工程硕士学位；1988年因学习成绩不错，学校允许他另考密茨凯维奇大学中文系学习汉语，大二毕业后派他到北京深造，"一派我到中国，我就不想回波兰了"，柳寿晨说。1990年辞职后到中国生活，现在上海从事翻译和商业咨询，操一口纯熟流利的中文，并用中文写作。他的汉语说得比中国人还要熟溜顺畅。

在工作之余，柳寿晨到中国各地游历，广为寻师问道，学习中国武术，除了八卦掌、太极拳、形意拳外，还学坐禅，并学弹奏古琴，开办了一个专门介绍中国武术的网站。1997年，柳寿晨第一次走到天台山，深爱上这里的风景与人文，并结交了许多天台当地的朋友。2007年开始，柳寿晨全家每年至少两次都到天台山居住，并且徒步天台山水每个角落。

柳寿晨说，既然爱上天台了，就一一搜集有关天台山的所有文字图像资料，他在网络上看到我的新浪博客和《天台行旅》《天台茶》以及《蛤蟆居随笔》中有关天台山的风情散文，就找过来了。凑巧的是柳寿晨和我、庞亨福都同年，生肖为蛇。更有趣的是，他的妻子和女儿也生肖为蛇。柳寿晨的名字是他学太极拳的时候，师父刘武年取的，有两种意思，一是刘武年传授陈式太极拳，二是柳树生命力强，顺手一插就成活，寿是长寿健康，晨是早晨，太阳升起，万物充满生机。

我们一见如故，去了天台桃源坑。汉永平年间，来自剡县的青年刘晨、阮肇到这里采药，遇到两位仙女，结为伉俪，这与寒山诗一样，也是和合的文学经典。柳寿晨说，我的名字中就有刘（柳）晨两个字，我也是遇仙女的。桃源没有得到有效开发，没有游步道，我们像青蛙一样在溪石上蹦跳前进。跳了一段路后，柳寿晨一再坚持，从西侧攀缘杂草崖壁而上，他人高大腿长，上山飞快，行到桃源坑水库大坝，对着削壁千仞，他欣喜地举起相机。他站在悬崖顶上拍个没完，连一棵小树都不放过。我为他担惊受怕，担心他掉下去，担心时间太晚回不到家，他说你放心，我是资深徒步者。

柳寿晨徒步了天台很多地方，偏僻天封灵墟山都去过，万马渡去了不知多少次。说到徒步寒山，他的兴致来了，在岐石山，柳寿晨还在摇铃石上面打太极拳踢腿。为探究寒岩的龙须洞，柳寿晨竟从龙须洞上洞的水井瀑爬下来，又从洞里探到十里铁甲龙的顶部，沿着山脊线一路行走。它去了九遮山蛤蟆田，惊险的是，在那里遇到了一条手臂那么粗的五步蛇，在其他地方还差点踩到野猪夹上。

他认为，天台尤其寒山草木水石都是神灵。"不过，我是怀着对天台山的敬畏来的。天台人和生灵都对我友善！"在徒步寒山时，他看到农民在地垄烧草木灰，大叫着要注意防火，"村庄的好房子还是要保留的；盲目地开发会导致生态的破坏，经济发展以破坏生态为代价，我感到很难过，寒山的风景环境很好，这也是我喜欢的；现在讲究寒山、拾得为标志的和合文化，自然环境的优美与老百姓生活的幸福应该是同步和谐的。"

曾写过《空谷幽兰》《禅的行囊》的比尔·波特，是柳寿晨多年结交的朋友，比尔·波特写终南山的隐士，但比终南山更被真正修行人看重的是天台山，因为终南山被司马承祯指为做官的捷径，司马承祯和张伯端等高道就住在桐柏山上。何况天台山是徐霞客首游之地，唐诗之路精华与和合文化的发祥地之一。比尔·波特是因为寒山子和石屋清珙的诗才走到中国的，他把寒山子和石屋请珙的诗歌翻译成英文，但他

柳寿晨一边徒步一边拍摄天台山风景

第一本书没写天台山，最后两本书却写到了，其中《寻人不遇》把寒山作为结束。"我打算好好地写写天台山。在有生之年，写一本我在天台山游历的书，尤其是寒山，这是我的灵魂高地，是我朝圣的地方。"柳寿晨笑着对我说，"我写天台山的书，可以用中文写，也可以用英文写。中文写，我不如你，英文写，你不如我。"

我说，有空念念寒山诗，愉快，开心，比念什么都好。他说，"我普通话能说，能听，但天台话听不懂，天台那些文化人，普通话夹杂天台话，不知道说什么，"我说，"寒山子是最早用天台话写诗的。""真的？"他很惊讶。我说普通话念寒山诗不好听，用天台话念更好。我为他用天台话念"重岩我卜居""寒山中，足清风"，他立即录像，担心效果不好，让我用天台话重念一遍，要求让我教他说天台话。

隔了几天他回上海，没过几天在微信上说，今天带朋友过来走寒山，已经在寒山茅舍订好房间了，我们一起徒步寒山，请你念寒山诗。我也安排时间一起徒步。但是，时间很不凑巧，他朋友的妻子生病了，不得不回去，他很遗憾，要回上海去，他对我说，"每次离开天台山，都堵得慌，心头一酸，想哭。因为我离开家，在波兰，波兹南是我家，在中国，天台山是我家，天台山是我所朝拜的圣山，我把天台山的一切当作我的知音"，"我是个西方人，"柳寿晨说，"但我喜欢天台山，是因为天台人好，热情，正直豪爽，尽管执拗扭歪，打架斗狠，但是天性自然的流露。当时有人问起我为什么喜欢天台，是因为天台有许多好人。天台人绝对不坏。"

柳寿晨不但是一个标准的中国迷，更是地道的天台通，经常与天台文化朋友交谈，对天台文化了如指掌，知道认识不少天台人，比如许尚枢、朱封鳌、曹志天、徐永恩、

柳寿晨讲述徒步寒山的经历

陆树栋等，"我的第一本导徒书，不是你的《天台行旅》，而是陆树栋的《策杖天台山》。学术论文太严肃了，看起来吃力，我喜欢散文化的表述。2007年开始到现在，我每年都要到天台住两次，上半年一次，下半年一次，会会朋友，走走山水，能消除我的浮躁之气，能重新使内心回归平静。司马承祯有诗说'山居洗心'，我也是，我到这里是洗心。"

柳寿晨说，"我只是一个徒步者，我不喜欢走驴这个名字，它把人动物化了。因为天台和寒山对我而言不仅仅是走的好去处，其实说走不如说云游，因为我大部分时间选择徒步的路是依靠直觉来的，不是目的性太强的事先安排好了的。就像我们当初在桃源那里的时候。我觉得想要爬坡了，就去爬坡。"

目前有个最大的愿望，就是探索寒岩洞上面寒山子修炼的那个更小的山洞。他约我一起徒步去。在行走的途中，我与柳寿晨说起寒山子一样的波兰诗人，比如米沃什，他走到村庄中，看见一只恪尽职守的小狗冲着他汪汪吠叫。"盘桓于我脑际的，不仅是百年来生活在这一带的人，还有参与人们忙忙碌碌的日常生活的一代又一代的狗，让他在脑际里忽然产生了一个可笑而又可亲的称呼：途中狗友"，我也是他的"途中狗友"啊。我徒步寒山的时候，兴致一来，就忘情地在山顶上学狗叫，学得特别像，特别传神，然后说起寒山子的"我见百十狗，个个毛狰狞，卧者渠自卧，行者渠自行，投之一块骨，相与睚眦争，良由为骨少，狗多分不平。"两个国度的人尽管写狗说狗，但话语方式不一样，但主旨精神与情感是相通的。

我还谈到波兰诗人密茨凯维支的诗剧《先人祭》，他说这是记述立陶宛民族的祭祀先人的仪式，其中这样的一个句子：

我们的民族像座火山

表面上又冷又硬，又干枯，又卑贱

但是它蕴藏的火焰能燃烧千百年

我说这火山也像冰雪积压的寒山。外面冰冷但内心火热，就像赵传的歌一样，我很丑我很温柔，我有音乐与啤酒。我说我是死火山。柳寿晨说，寒山子的境界就是这样。

台湾徒步者陈逸民（俞元锋　摄）

台湾老蛋陈逸民

陈逸民是台湾人，是专业的徒步者，网名叫"蛋包饭"。蛋包饭是先将打匀的蛋汁倒入平底锅煎成厚薄均匀的蛋皮，然后再放进炒好的炒饭、韩式辣椒酱、番茄酱、色拉油和其他各种材料卷好，有些用上咖喱和牛腩汁等。在韩国、日本或中国台湾地区是非常受人喜欢的。台湾蛋包饭的口味很浓，就像陈逸民的徒步激情。陈逸民在网络上自称老蛋。

老蛋性格很温和，很平静的，不像一般的徒步者风风火火，很内敛，网上的信息非常少，但在朋友圈里，看到他寒山徒步的照片，他与"锋"是最好的搭档。平时他在外面徒步，与他联系只能在手机上。

陈逸民今年四十四岁了，1974年出生，台湾高雄人，2000年到上海，当时才二十六岁，做石化工程。上海是工作事业发展的地方，也是他成家的地方。他爱人是上海人，生了一个小孩子叫小蛋，今年七岁了，2018年夏天幼儿园毕业，就要上小学了，他也喜欢跟老蛋一起运动，骑车、跑步、游泳、爬山，什么都来。"2015年后，我把工程事业交给内地的股东做了，自己抽出身来做徒步，将这个当事业了。我除了内蒙古以外，基本上把大陆的省市自治区都走遍了"。陈逸民是从2000年开始徒步天台寒山的。后来次数越来越多，大多是从宁海和新昌的步道走过来的，三年前，陈逸民认识丁舒鸣，还有身边一群热爱户外的驴友，比如"锋"，才开始真正有系统性地徒步，寒山山径中经常留下他的身影。

277

我经常看到他人与山水和合的照片。他带领驴友从张家桐开始走十里铁甲龙，背着绳索，从绝壁岩洞上缒下去，也徒手抓着双脚踩着崖壁岩钉蝓行。他们走了两天，天还下着细雨，很是辛苦。老蛋徒步过九遮山、煞夹尖等，见到许多美景，尤其是九遮山腹地李家岙的天柱岩，云朵在脚下飘荡，他紧贴在崖壁之上，上下虚空。

今年四月，他组织四十多位上海幼儿园的小朋友来寒山湖进行四天三夜的乡野体验活动，有一整天要深入小溪坑农村生活。出生在小溪坑的小俞，特意让在县城工作的爱人和弟弟等五人请假回来帮忙，给四十位小朋友吃到一顿乡土味十足的午餐，为此他感激不尽。晚上在寒山湖举行幼儿园的篝火晚会，我也参加了，空地里点燃一团篝火，那些老师和小朋友围在一起读绘本唱歌跳舞。陈逸民忙前跑后，他联系活动，同当地村民沟通，安排活动场地，编制自然野外体验节目，弄得他满头大汗，连采访都没有时间。

回京后，我向他问起对徒步寒山的感受。他说，我感受到最多的是人情味，在徒步过程中得到许多朋友的帮助，他认识接触过近百位当地的驴友，户外徒步是日常生活不可缺少的一部分。他们没有其他太大的目的，也没有什么物质上的追求，除了锻炼健康之外，促进人与人之间的交往，这种交往是坦诚的无私的，也是纯粹的。"但可能也是当地的户外资源太丰富吧，当地的驴友基本上在本地走，能出去看看的动机不太强，像参与越野跑、攀岩、雪山攀登、铁人三项等户外活动，就比较少了。

陈逸民与俞元锋在麒麟峰

三年前，陈逸民曾经在一家赛事公司做业务开发，认识了丁舒鸣，两个人结上了朋友，看到丁舒鸣不遗余力地推广天台寒山文化及寒山湖周边的户外资源，并为之深深佩服。丁舒鸣邀请他实地徒步行走，他满心欢喜，于是就有了我和他在麒麟峰的巧遇。丁舒鸣与他不约而同地想起美国的阿巴拉契亚山径，这条由驴友徒步形成的线路，给了许多启发，提出了"寒山一百"徒步线路的设想，很快形成一个可行性很强的操作方案。

对徒步寒山的现在和将来，陈逸民充满美好的憧憬。寒石山和寒山湖周边的步道，经过当地山民近年来的努力，形成系统性的十数条徒步线路，如一日线、三天小环线、一百五十公里十段大环线、 三天百公里竞技线，当地特有的山景湖景、纯朴的田园村落和浓浓的人情味，足够引起户外驴友的向往。现在，许多地方的人都来了，上海的、江苏的，还有杭州的、宁波的、绍兴的，纷至沓来，还有许多国外热衷于徒步的各路人士。一路上他们在树枝上吊着红驴标，相信因为寒山诗的影响，这里线路完全可以与国际接轨的。

老蛋是徒步寒山的主力。我问他，徒步是否影响到家庭和生活，假如产生矛盾如何平衡调和。他说，做户外体育旅游事业对我家庭的影响很好，我以前兼顾市场业务开发的，天天要出差，几乎把家当旅馆了，我爱人孩子也都适应习惯成自然的生活，就像林忆莲唱的那首歌，爱上一个不回家的人，等待一扇开启的门，她也等待我天天在家的生活，但也理解我的追求。我老婆和岳母是撑起家庭一片天的两根支柱，说起上海女人能干，我是高高举起双手赞成。

陈逸民平时也经常去台湾，组织推广大陆徒步者去台湾进行登山， 跑马拉松，单车环岛活动， 许多都是他策划并带队的，去台湾的次数也多了。台湾有得天独厚的户外资源， 当地人从小就养成了喜爱自然、爱护地球资源的良好习惯，"我在寒山的徒步中，也努力将台湾的户外机构和人士引到寒山来，让他们在这里读寒山诗，观赏寒山景，得到身心与自然和合圆融，我希望进行这方面的交流期待能以一己之力，把对户外的热情感染给更多的朋友， 并推动两岸户外运动的交流往来。"陈逸民说。

对徒步寒山，陈逸民情有独钟，信心满满。四十四岁的他，正是青春活力的年华。他戴着眼镜，笑容可掬，温柔可亲，但不是文弱书生。他"脚马"甚好，在寒山顶上健步如飞。

梅东灶陪同徐凤翔考察娄金冈古木

土溜诗人梅东灶

梅东灶年龄比我小，不上五十岁；文化比我低，小学五年级毕业。但他能扮演寒山子，能出口成章，名气大得很。去年夏天，我和沱沱考察古村落，住在石梁镇龙皇堂山上工作室。丁舒鸣也在那里参加会议，坐下来又是一番畅谈。丁舒鸣说梅东灶喜欢顺口溜，唱山歌，很有天赋趣味的，许多作品在网络上发布，就请他当导游，为徒步寒山的游客带路。梅东灶土溜得更顺畅多了。他想把梅东灶的东西结集印出来。

丁舒鸣开车把我带到寒山湖，打了一个电话，把梅东灶叫来了。梅东灶很直爽，江湖气十足，果然能七步成诗，溜得顺畅。我返京后，丁舒鸣让梅东灶把所有顺口溜发给了我，让我编辑下，我把它理出章节，前期初选，再来寒山湖补充润色。丁舒鸣把我安排寒山湖边度假村进行后期编辑。为了更好地适应徒步驴友阅读，我把梅东灶的诗集开本设计得小巧一些，便于旅游时塞进口袋里携带，同时配上我和师友拍摄徒步寒山的照片，图文并茂，旅途愉悦。书印出后，在寒山湖召开首发式，许多文友都过来了。丁舒鸣作了热情洋溢的讲话，给予大力肯定和鼓励。我们皆大欢喜。

看到梅东灶活泛，会唱会溜词儿，同时又会打拳踢腿做武术动作，我与丁舒鸣合议让他扮演寒山子，桦皮冠找不到，就戴柳条帽，穿着特制的寒山服，背着一个竹筒，一路上笃笃笃地敲，唱歌念诗，这形象如游本昌演的济公一样，独一无二，好像注册了似的。梅东灶真的扮演寒山子出名了，电视报纸里有声有色，成为天台山网络红人。在徒步寒山的路上，梅东灶有时与我一路同行，有人故意歪叫他"煤气灶"，他笑了笑说：煤气灶就是煤气灶，心中一团火，满腔热情，煮粥烧饭，用场多多，那是脾气好的缘故；如脾气不好的话，惹毛了，心一急，"轰"的一声爆了。他很投缘，人气很旺，他一出行，周围的伴儿很多，前呼后拥的，尤其是许多小女子们，总是围着他团团转，看他打拳，听他唱歌，听他顺口溜，落联押韵，味道十足。东灶有刚性，但有时候很害羞，腼腆得像个小女子，有人又给了一个"没胸罩"的名字，故意逗他。他也乐意被人玩。他一路上边走边唱，哇啦啦哇啦啦，旁若无人，似乎几里外都能听得清他的大嗓门震天价地响。他唱道：

　　　　乡间诗人成称号，如同明星把头冒。徒步之友丁舒鸣，日久相伴情义深。

　　　　提议要我扮寒山，从此以后如痴癫。拍照写诗如神仙，钱财之物全靠边。

　　　　半年超过诗三百，大家说我赛李白，虽然文化确实低，但也每天写东西。

　　尽管东灶唱歌老跑调，说话洋夹土，但是大家喜欢，他有趣，好玩，与他一起，不知道如何哭鼻子，一路轻松，逍遥自在，游客乐意与他交朋友，口口声声保证，以后多请他带路，米西米西的大大的有啊。

　　东灶眉飞色舞地说着过去的光荣史，练过武，办过馆，打过拳，撑过船，江湖气十足，经常为朋友两肋插刀，到了外地，当过公司的保安经理，辗转流离漂泊，回来后空着两手。即使后来又搞装修，做木匠，可惜的是，现在农村许多人都到城里去了，乡下的老房子倒掉了，新房子都成了空巢，更何况城里人家搞装修，讲究现代设计要素，需要资金预算什么的。东灶做不来，再精明也比不过他们，活路儿总是有一搭没一搭。东灶爽直人缘很好，老婆对他感情深，总是与人说起他的爱情故事。东灶说，当年他们两个人相好的时候，岳父岳母不同意，因此他一气之下去了外地，几年后回来，发现她并没有出嫁，因为东灶讲江湖义气，在关键的时候，帮助了爱人兄弟的大忙，他鼓励东灶再续前缘，与她相见。两个人更是如胶似漆。东灶很珍惜机会，不顾一切地下决心死命追她到手，不然就不是男人，不是东灶，更不是东西！许多个半夜三更，他骑车到了她的村庄，把车往小弄堂里一扔，然后一搭墙头，"嗖"的一下，从窗口飞了进去，两个人拥抱缠绵，天亮后回去。不料有一天夜里下了雨，他双手搭墙头一滑，下巴重重地搁在墙头上，眼冒金星。他痛歪了嘴，很恼火，就干脆直截了当找岳父母摊牌了，发最后通牒，我再也不能像小偷样钻窗了。老岳父一看，哎呀，生米煮成熟饭，怎么办？只好干瞪眼，默许了。岳父心里一直窝火，不上东灶家。当东灶带着哇哇叫的小孩去叩拜他的时候，岳父多少心动了，但自尊心还是放不下。东灶对老婆很体贴，两个人从没有红过脸，尽管有时候总是与人家梗脖子，但对老婆细心细语，轻柔温暖，尽管生活清贫，积累不了多少铜板，但生活还是有滋有味。东灶喜欢喝酒，老婆也给他买好菜，做上几个，东灶喝得半醉，就扯开喉咙唱山歌，老婆听得眯眯笑。

梅东灶与朋友一起搞"天台十三点"群，出了一本集子，现在又组织了采风队，也经常举行活动，但更多的是在城里替人家室内装修。我在寒山徒步的时候，我听见梅东灶的一些故事，几年前涂鸦村搞活动的时候，一个三岁的男孩找不到父母，哇哇大哭。梅东灶把他带到舞台上一喊话，一下解决了问题。还在大户丁村的巷道里行走，看见有人在舞着刀打架，他大喊一声喝退了打架的人，然后帮助将伤员拉到医院救助。我还听到几年前，他还救起一个被烫伤的老人。在雷马坑的溪谷中行走，梅东灶还特意带了个小竹篮，说爱人喜欢吃覆盆子，找了许久，一颗也没有，但让我觉得他心细，想得周到。他与妻子很恩爱，女儿也在读高中了，会写会画，将来希望考个美术学校什么的。

梅东灶很爽直善良，很江湖，他同我说，母亲这样教育他，待上不如待下，坐轿不如骑马。做人的道德底线要有的，他不会轻易向有权有势的人低头。硬来硬到底，硬来不吃米，这是他的底线，村民们对他很敬重，并推选他当了三个小村的负责人。

寒山徒步空闲的时候，东灶邀请我去他家就餐，镬灶打在老屋的东边，名副其实。丁舒鸣老是对我说，东灶这个名字很好，可以适宜做农家乐的，东灶生产乡村饮食，什么东灶鸡、东灶肉、东灶土菜、东灶洋芋、东灶番薯等等，别人是拿不动的；东灶既演寒山唱山歌出了名，老家离方山寒山湖这么近，在徒步寒山道上，开个顺口溜小吃店，让人家停车吃饭歇息打尖，这个建议不错。

梅东灶扮演寒山子在当地成了红人（王文斌　摄）

大雷山顶好摄影

一路行摄的徒步者

在徒步寒山路上，我遇到了许多摄影家。天台是中国摄影家创作基地，云集了一大批的摄影人，本地的有，外地的也有。几年前在寒岩村看荷花，遇到挎着相机的应先云，她与我一起拍同一朵荷花，抬头打了一个照面，她叫我的名字，我却把她当成了张清秀。离乡三十年，人面对不上了是常事。张清秀是中国摄影家协会会员，曾经在2008年6月在街头镇街一村担任农村工作指导员，拍摄了寒山一带农村、农民、农业的照片，出版了摄影集，在寒山农民家门口举办摄影展，这很独特，她对这寒山一带情有独钟的。

在徒步途中，应先云打电话说，要出一本诗集了，就像她的摄影一样，在寒山湖度假村，我发现墙壁上挂的是寒山湖夕光的摄影，阳光从山后云中露出，犹如幻梦一般，同时也读到她的《云的应答》，很空灵，很柔情。如果配上摄影，更好。

在寒山，我好几次遇到了蒋冰之，他摄影、散文左右开弓，出了两本摄影集，一本是《荷》，一本是《家山影像》，赏心悦目，我很喜欢。他在文联工作，经常拍摄寒山。他老家就在平桥的岸头村，流过村前的溪水就是寒山湖和岩前溪淌下来的。他写寒岩隐逸的风味，只要合心契、动心仪，清凡心，人在景中，景在心中，风景就是人心。寒山湖的秋深湖光，田芯村的美食，心平即水平，能在文字和摄影中给人领会到一派清平景象，消除心中的不平坎坷，回归宁静世界，也是寒山徒步的真境界。

陈舟宝是中国摄影家协会会员，退休老教师，也喜欢把散文和摄影结合起来，

283

逆光中摄影的徐中威

拍摄天台手工艺，他去了寒山附近的龙溪拍摄水捣碓和竹拍，到九遮山明堂村拍水车，也到街头镇寒山边上成州村人陈林海的打铁铺里拍摄天台独有的"寒山刀"。这本《打捞沉船——天台老手艺寻踪》的书在学苑出版社出版后，影响很大，我看到好几个版本。因为年龄和工作关系，他也不能与我一起徒步寒山，但我在行走的时候，也把他的这本书当作教材，与影像同行。

徒步寒山与我同行时间最多的影像师是徐中威。他来自我老家外湖村下面的毛竹蓬，我每天上学，都路过他家门口。他家老屋是乱石墙，位于村庄的最西端，徐霞客古道就在门口经过。他在天台开了一家"鼎立影视"，后来改成"威立影视文化工作室"，专事摄像，同时为一些政府单位和企业拍摄专题片。几年前，他为街头镇拍摄了一部《魅力街头》宣传片，在拍摄的过程中，自然要拍到寒山。于是也就认识了丁舒鸣。丁舒鸣说要举行寒山徒步大赛，我说开幕式与其放别人的歌，还不如自己创作一首，可以先用电子琴伴奏，简单地唱，条件成熟再用乐队歌手。丁舒鸣请姜维克作词作曲，先录出小样，然后请歌唱家演唱，让徐中威拍摄 MV，负责总体设计策划，他写了分镜头剧本，拍得非常卖力，如期完成全片，放在网上，点击无数。

我们徒步寒山时，徐中威也在跟拍《寒山一百》的宣传片。我们在小溪坑上去，他们则开车在磐安天仙谷过来，在杀人桥等候，我们一步一个脚印地攀登，他们一一进行航拍，再拍我们一队人在杀人桥顶上漫行的风景，镜头在空中旋转，由近而远，然后升高。我们摇旗呐喊，画面气派甚大。此前徐中威拍摄了红衣少女在杀人桥舞剑的画面，用到宣传片上，成为绝好的对应。

拍了杀人桥徒步的镜头，徐中威马不停蹄，去了龙溪岭里村，到村庄时已经是傍晚了，我们在村里行走，看到一树桃花，一墙绿藤，一段竹篱，一棵老树，一座古桥，还有一溪清流，一片竹林，都感动不已，按动快门，夕阳西下的时候，我们爬上村后的竹林，作为前景的竹叶被阳光照得透亮，背景山色青黛，中景黑色屋顶蓝色炊烟升袅。他说这是极美好的光影。我们异常亢奋。翌日清早，我起来散步，他早就在小桥上拍摄朝阳照亮竹林村庄的岩石。

八点钟，所有徒步者都来了。大家在田埂上走过，他先跑到溪对面拍远景；大家走过村庄和小桥，他跑到路下仰拍，一个镜头要反复拍摄多次，直到画面满意为止，他忙前忙后，说，这要有意境的，要有视觉效果。他说拍了许多条，可能一条也用不上。驴友走完，他又开车带我们赶在驴友的前面，守候在山口上，从岭里村到捣臼孔的路很小，也很难开，他很轻松地开过去，从捣臼孔到大雷山停车场的路，几乎被山洪冲得七零八落，车子一路乱蹦。他把车停好，背着重重的器材箱，沿着陡峭的山

徐中威在岭里村拍摄

路飞快而上，一路走一路拍摄，走了四五里路，我们到了山顶，看见岩上的一个坑洼，上有泉水，他说这水很清甜，把坑洼挖大些，然后发在朋友圈里，让大家注意珍惜水源。在山顶上，同行姑娘在玛尼堆上加石头，蹦跳如飞，他都一一细致地拍摄了下来。在大雷极顶上自在漫步，这是最开阔恢宏的景象，假如天上有云多好，但云多了，光线又模糊了，他很纠结。

渐渐地，驴友们从对面的小雷山的冈上出现了，他兴奋地大喊起来。那些人近了，他拍登峰的镜头，然后放飞无人机，从各个角度去拍摄驴友举旗在山顶上雄起起气昂昂的前进景象。在那个测量标志下欢呼，显得那么豪放。

隔几天，他约我们去了涂鸦村樱花谷，但樱花没开，遗憾地下来，又转上方山，拍红衣女子在胡公庙前缓步，然后去龙溪拍驴友在溪流的石碇步上漫行。我知道他是认真的人。这些镜头原来拍过，但是不够理想，还得多拍几个，然后，我与他一起在岐石山航拍卢震在摇铃岩上打太极拳的镜头，成片后发现我站得太高，衣服颜色不协调，尽管后期有所处理，但对意境还是有所破坏，很感遗憾。

徐中威是天台玩航拍最早的人，但作品出得少，这是他太认真的缘故。但对航拍，他感受多多，无论在山顶上还是水面上拍，都是俯瞰、飞翔的感觉，是用上帝的视觉看世界，看人生，一切都那么渺小。寒山的思想就像湖水一般清澈，湖面一般辽阔，湖底一般深奥。看到石头屋和梯田，内心有了更多的触动，他们冰凉的外表里面有火热般的激情；石屋梯田，让人生意义一次又一次升华。徐中威经常在网上上传他拍的视频，非常精美，尤其是《韵动天台》天台流云的纪录片，飘逸大气，富有诗意。

"你怎么搞起摄影，不搞其他呢？"我问。

"这首先是服从生计的需要，"徐中威回答，"我与你一样都是山民的后代，你搞文学，我搞摄影，有情感寄托，有生活源泉，这也体现一种艺术人生价值。摄影从小就是我的梦想，摄影使人对观察事物更加仔细，从不懂摄影只会观察粗犷外表，接触摄影，就会欣赏其内在美。我搞摄影，喜欢民俗，可以更贴近生活，接触生活才不会忘记自己是个农民的孩子，六七年前，我从摄影转变成摄像，动态的画面更能表达一件事物的演变性。照片只能定格事物瞬间的一个画面，不能完整准确地表达一件事。动态的影像不一样，他会让你更完整地了解一件事，信息面更广，对前期构思要求也高，并不是一按快门了事那么简单，这有一个时间和情感的延伸，而不是凝固。"徐中威说，今后流行动态画面是大势所趋。

徐中威说小时候很喜欢鲁迅的文章，他让人在作品中看到很多很多底层人对生活美好的渴望。去年他在浙东大峡谷拍《笋农》，这是他自费撰稿拍摄的纪录片，时长半个小时，网上可以观看，记录竹林人家以笋为生的山民的原生态生活，"我没有赚到什么钱，但我很幸运地把这画面记录下来了。"片子拍好不久，纪录片里的笋农已经去世了。

在拍摄徒步寒山的过程中，我觉得徐中威拍摄很投入，用心，纯粹，"我喜欢拍摄的是没人关注的地方，那往往是现代世界仅存的净土，徒步寒山的沿途景色都是净土，我的拍摄就像你的行走，不浪费生命，远离浮躁，远离功利。拍摄是我最喜欢做的工作，我想将来也许回去耕耘一亩三分地，与世无争，但现在还是出不来，孩子老婆还要管。我要回去起码六十多岁以后，即使耕地耕不动，但还可以拍摄视频，挖笋，种菜，拍摄为生计艺术，挖笋种菜为安静，要么全部抛弃。抛弃拍摄是不可能的，就像寒山的行吟，关键找一个像寒岩明岩一样美好的地方。"

"其实回毛竹蓬村，是最好不过的。你的人生是一个影像中的徒步驴行。"我对徐中威说。

在徒步寒山的当儿，丁舒鸣打电话说，老边要过来，你陪他喝酒。老边喜欢喝酒，但更喜欢摄影。老边原名叫王文斌，是一位在网络上颇有名气和影响的职业旅行摄影家，他的新浪微博粉丝达三百多万，腾讯微博粉丝也有十几万，被人誉为原风景发现者，业内评为国内顶尖的风光摄影家之一。他从上海过来，但不是上海人，是山东人，网名叫边走边拍。于是大家叫他老边。我与他最初认识在寒岩村的荷花塘，他与其他摄影家一起拍荷花，尤其忘情，一起吃了一餐饭，然后就联系上了。后来丁舒鸣让老边在寒山湖做了个工作室，他与旅游部门合作，出了一本摄影散文书《天台山密码》。

几年前，老边把工作室做在国清寺边上，最近在欢岙做了一个工作室。五年前在蜡梅开花的季节，他走进了天台山，在山中行走，发现连绵的峰峦成了许多坐卧的佛。他写了一篇《跟着寒山子徒步寒山》发表在《人民日报·海外版》上：

　　……最迷人的还是那一条条印有寒山子足迹的寒山石径。飘落在石径上的那色彩斑斓的树叶，每一片仿佛都写着一首诗；道边树干上、岩石上，仿佛题写的还是诗；山风中都带着微醺的诗意，流水潺潺，似乎都发出平平仄仄的韵声。你不得不放慢脚步，唯恐踩着叶片上的诗。行走在如此浓荫蔽日、青苔漫生、诗情画意的古道上，恍如穿越在历史的时空隧道中。

通过摄影图片和文字的介绍，老边把徒步寒山的风景传播得更广更远。许多来自上海的驴友到寒山一带徒步，在吃饭的时候正巧遇到老边，立即与他合影留念。

他喜欢这寒山隐居地，说了为拍摄到"寒山夕照"最美的风景，他在地形险峻的旱石梁（鹊桥）守了大半天。他要拍摄好寒山子，与当地人交朋友，了解更多的寒山拾得故事。在天台寒山徒步，老边感知到九遮山有桂林山水的奇秀；小溪坑与寒山湖有九寨般清纯。他写了一篇《看山学做人》道：

　　为人学山，不是指昂首天外，居高临下，盛气凌人，目空一切，而是说为人精神境界要高，处事方法能力要高。山，不仅代表着恒久和安详，更象征着稳重、宽厚、大度和刚毅，才有它千万年的昂然矗立，挺拔于天地万物之间，高标逸韵，卓尔不群；才有蓝天的呵护，阳光的问候，白云的牵挂，江河的依偎；才有苍山叠翠，清风送爽，溪水潺潺，莺歌燕舞。

这实际上也是徒步寒山的精神所在。

王文斌拍摄寒山美食，打算出一本天台山美食书。

徒步在晨光中

三老驴后面跟着风味豆

在诸多同行的驴友中，许宝灿是喜欢徒步边写文章边拍摄的。他的笔名叫作火山，乃是灿字的拆开，繁体的"灿"为"燦"，但他喜欢这简体的"火山"。徒步寒山是需要满腔热情的，燃烧如火一样炽烈的生命。

徒步桃源仙境爱情天路的时候，我与许宝灿老师认识，他说到行走的感觉，是真正的和合。我们聊得很愉快，感同身受，他写了《水磨东来水磨西》散文，我拍了照片自作主张配图拿到报纸上发表了。他是天台职业中专的语文老师，与我外湖村隔壁的侄女同事，平时教学生之乎者也焉矣哉，还有字词句篇段落布局文采。语文课上文学是少不了的，乡土是一本语文大书，更多需要在山林村庄中行走。读万卷书，行万里路，徒步寒山给了他一个潇洒的去处。中职语文教学要有参与度，徒步旅行就是最好的方式。读书、走路、写作三位一体，也是天地人三才的和合。他在《现代语文》杂志撰文论述中学文学教育在学生素质培养中的作用，也写了《大雷山的诱惑》和《西来天台第一山》《我心中的徐霞客》，把山顶上行走的开阔境界与情调表述得淋漓尽致。他的写作与行走一样，是用心的，走心的。

许宝灿在岩缝中、山顶上和水岸边，笑得很灿烂，尽管他带着近视眼镜，看山路很清晰，走崖端和山溪，犹如骑者马走平川，又快又稳。他总是落在队伍的最后，说是因为在赏景，脚步自然是慢了，他不刻意去拼速度里程。既然徒步就得慢慢欣赏，其实我也这样。

许宝灿今年五十三，网名"看云"，源自王维一首诗："中岁颇好道，晚家南山陲。兴来每独往，胜事空自知。行到水穷处，坐看云起时。偶然值林叟，谈笑无还期。"

289

许宝灿在翠屏寺村

但徒步寒山不是独行，是有群体互动，共同享受仙道境界的。"名利对我来说，真的如浮云。"

许宝灿喜欢徒步，是从小生长在农村的缘故，开门见山一走路就在爬山徒步。他教语文写作，自然把徒步、书法、诗歌三大爱好融为一体。他骑自行车和摩托车行旅，然后跟大家一起徒步。每听说有人探索出新的徒步线路，他就立即吭哧吭哧地去了。他觉得整天站着讲课，坐着批改作业，不动动身子骨是要垮掉的，会导致气血的不顺畅，健康就保障不了，疾病也接踵而至，一徒步起先有些累，但走了之后身轻如燕，"脚马"练出来了。《水浒传》里面有个神行太保戴宗，双脚吊上两个甲马，走路飞一样，比马还要快，天台人说的"脚马"，是从这"甲马"演变过来的。

"在旅途中，我能深切地感受到，驴友之间的感情是最纯洁的。这里没有利益冲突，没有高低贵贱之别，不管你是成功的还是失意的人士，不管你是当官的还是草根，参加驴队就是兄弟姐妹。与我在一起走驴的大多数驴友，有些还是经常一起的，我至今不知道他们姓甚名谁，什么工作，家庭怎样，因为这对我并不重要。同行的驴友可以成为最好的朋友，一到山水之间，面对同样的峻岭，同样的溪流和崖石，见到同样的田野和村落，不管你是什么出身，你多高的文化和社会地位，都得相互支持，需要拉一把、助一把的，带来好吃的，都共享了，这才是真正的共产主义境界。驴友无贵贱，相见便是缘，相聚就是福。"许宝灿说。

"走驴徒步只是一种生活方式，就如同打牌唱歌读书画画一样，并不见得谁高尚。有的人把走驴当成一个社交平台，而我只是把它看成是一种生活方式，一种爱好。我欣赏着自然界的美景，享受着驴行的快乐时光。我认为驴友无所谓优缺点，谁对谁都没有负责的义务，大家互相包容珍惜在一起徒步的缘分就行。天台山众多的山村山道山峰，而这些用一生都走不完，何况心中有景处处是景呢。"

许宝灿看起来是个文弱先生，但到寒山境地就精气神十足。他老家在幸福水库边上，溪边风景特好，值得反复徒步的。一看到寒岩和明岩，他傻呆呆地站在那里，对着阳光照亮崖上飞动的瀑布，竟然看出太阳的七彩光谱来。他说寒山的开发必须存有一定的野趣，不能建得犹如城市的公园。铁甲龙脚下的寒山道自然是要建的，但不能全是一无特色的游步道。在一些崖洞上安装绳梯或用铁梯或木梯或用铆钉，让有兴趣的人都能上，也可建造一些岩降点、溜索点、攀岩点，把山冈也连成一条线，前景就更可观的了。当然，我认为还是要保持原始的野趣，保证户外运动者身心安全。许宝灿说，"对，愿到那时仍是开放式的，不是圈地卖票，让我辈再能来此赏玩，比今天更悠闲自在。"我们也存异求同了，意见和合了。

"我的走驴其实就是一种穷游，连中饭都自己带着了，除了车费，也花不了几个钱。我的家人也喜爱徒步，只是因为各种原因，参加团队的不多。"许宝灿很谦虚地说，"如果不写我这个人也行的话，还是不写吧。"我考虑到内容真实性和丰富性，还是把他原本地写出来。

老王仙叫王柏林，是我徒步桃源时候认识的，现年六十二岁，性格开朗豁达，笑容可掬，满脸生花，像个老顽童，很乐观，就取了个老王仙的名字，去桃源路上，他说曾去了新昌的桃花源村、刘门坞村、刘门山村和"刘阮阁""刘阮庙"，赞不绝口；而天台桃源坑现在还很岑寂，走路还是在溪石上跳柴草间钻，太不方便，他走了无数次，但还是心不甘。徒步寒山，我与他走大雷山，到捣臼孔，老王仙说，他就是当年五七学校的学生，他们尽管生活单调，但也有乐趣，体育课时就一起跑大雷山顶。"那时候真兴奋，不亚于现在驴行"。他还拿出一张照片，这是他们五七学校在大雷山顶的合影，当时照相机还是很珍贵的，现在这照片也更珍贵了。

老王仙进供销系统工作是在 1976 年，改革开放后代表计划经济的供销社首当其冲，最早完成历史使命。原来打好的基础崩塌了，中年遇到了最大的挑战。他在 1986 年承包商店，到 1995 年供销社拍卖，再开一家属于自己的服装店，成了名副其实的个体经营户，一直干到现在。经济上独立了，但整天耽于商务，心力交瘁，神情憔悴。徒步对人肯定有益，能保证健康，总想到野外去走走看看，但因为整天上班，一直未遂心愿，但总是嵌忙捉空地约几个人到山水里走走。

每次途中吃饭的时候，他带酒菜来，与大家分享。大家吃饱喝足，一人高叫道，老王仙骚不骚？众人喊，骚！天台人说的骚，除了风流的意思外，还有风骚的骚，骚健的骚，身体健康动作快捷。在煞夹尖徒步，他用笋壳做哨子，卷成喇叭，一路

老王仙总是走在队伍的前头　　　　梅安炜与驴友"宁静致远"交谈

嘟嘟嘟地吹。我们小时候都会做着玩，老王仙做了两个喇叭，让美女驴宝鱼也喜欢上了，两个人举着喇叭一路嘟嘟地沿着山坡吹到船上。

　　在徒步寒山的过程中，我经常听人说，老王仙的头脑里有北斗定位，并植入一颗强大的天台芯（心），比手机的导航管用，今天这条线，下次那条路，都是他精心定位谋划出来的，先把好路线分享给大家；老王仙导游一会前面，一会后面，提醒我们，这里的山水十八弯，那里的树木十八岔。"他的人脸识别技术更高一筹，东南西北中，天台山水经，没有老王仙不知道三个字"，"每次驴行，老王仙把路线复杂问题简单化，驴行宗旨做到有的放矢；他说风趣的天台话，常把人逗乐，上知天文，下知地理，什么问题都难不倒，他穿着也精干，特色鲜明，老王仙的人品、酒品、驴品都好，值得尊敬。"老王仙一直爱好户外运动，一有时间就徒步，在家时每天早上坚持打羽毛球，无论刮风下雨都是一样。

　　另外一个就是梅安炜，平时出没城里，自然想起乡村的日子温馨，我徒步寒山从寒山湖出发，不方便带干粮，就让梅老师多带了一份，中午的时候他烧饭，我看风景。他烧好了饭，就远远地叫我。他很谦虚，也很随和，性格很耐，待人也很热情，与周围的人非常融洽，这与他小学老师的身份有密切关系，他一直把驴友当同学看待，大家对他非常尊敬。

　　梅安炜现年虚岁六十三，比许宝灿大十岁。他是在学校里退休的，一直在乡村小学教语文。他的徒步本领是生活练出来的。他父亲在仙居靠近天台的子敏村一带教书，后来他也在仙居与天台接壤的地方教书。1984年调回天台滩岭，许宝灿分配到南平，有缘相识了。1991年一同调到石溪小学，与许老师又成了同事，也成为最好的朋友。梅老师和他的父亲从仙居回天台都是步行到街头坐车回城的，所以对半山、子敏、天柱一带他都相当熟悉，徒步的地图印着他脑子里，跟着他走永远不会迷失方向。去年退休之后，他像笼子里放出的小鸟一样，自在快乐地飞翔、鸣叫，每次徒步寒山活动，都有他轻快欢乐的身影。

风（俞元锋）味（吕正伟）豆（窦浩浩）在船上

许宝灿、老王仙、梅老师是徒步寒山的三老驴，他们的后面跟着的是"风味豆"，那是"风"（锋）和"味""逗号"三个人合称，名字是丁舒鸣起的。大家就一直叫着，习惯成自然了。

"锋"名叫俞元锋，今年四十四岁，性格温和，不锋芒毕露，个子小，但走路飞快，这与他在山里成长有关系。他出生在小溪坑村，是老大，兄弟四人，没有姐妹，他小时候要带弟弟们，又要在地里干活，肩膀上担子是很沉重。早时山村里什么路都没通，除了山还是山，还隔着一片水。他站在这里，看云朵飘过山头，太阳落山又上山，总是想象着神奇的外面世界。"锋"在燥坑村里读小学，再坐船到东坑寒山湖读初中，十七岁毕业，因为家里负担重，他去东北打了六年工，回到天台在县城人民西路开竹器店，有了一些积蓄后，在县城买房，二十五岁结婚，把竹器店交给父母经营，自己开了三年浴室，再到宁波开十年餐饮店，孩子要上学才回到天台。他感到生活疲累时，就开始山中的徒步。

一到户外，"锋"的思想和身体几乎是脱胎换骨了。以前在生意场上奔走，首尾难顾，现在山水之间就充满活力，笑容满面容光焕发。身边围绕着许多志同道合的朋友。在路上，"锋"一手拄登山杖，一手举相机，把美丽的寒山风景与驴友的矫健身姿映在屏幕上，让人感知看到一路风行的潇洒。他说：

我爱户外，为的就是把风景定格，把心情美丽，我喜欢给美美的队友留下醉美的回忆，哪怕只有点点滴滴。也许十年后你已模糊今天的时光，但当打开今天的相册，你会开心一笑，因为里面有你，有你一路的艰辛，有你一路的美丽，有你一路的狼狈，有你一路的灿烂容颜，有你一路的醉美记忆。户外运动，不仅锻炼了身体，增长了知识，结识了朋友，看到了风景，还磨炼了意志，克服了胆怯和懦弱，让人变得更加坚强、勇敢和自信。何乐而不为呢？

2016年春，我徒步浙东大峡谷上深坑田冈岭望海尖，认识了"味"。那时有四五十个人集体徒步，恰恰是刚刚挖笋的季节。去年夏天我参加天台山和合文化国际研讨会，又与味见面了。不久有纪录片摄制组在天台拍摄，我与丁舒鸣一起为他们当导游，我们在温泉山庄吃饭，味同我打招呼。从新昌斑竹村开始走浙东唐诗之路，沿着横渡桥走到天姥岩下的万马渡，经过绍兴、台州、新昌、天台两县交界关岭头村。在徒步寒山的过程中，"锋""味"是经常做伴的，话也聊得特别多。他自我介绍说是临海市河头镇佃坑村人，名叫昌正伟，1980年出生，十九岁到天台学习厨艺，先是国清气功疗养院、金腾云酒店，再到温泉山庄，找了个对象是天台人，2000年定居在天台山。厨师调和五味，所以网名就叫"味"。2013年他开始徒步，第一次走桐柏石门村高山沙漠，参加"绿野萍踪"驴友队，"满满地就爱上徒步，一发不可收拾"。第一次去大雷山，看到了山顶雾凇，兴奋激动不已，那天正是他的生日。也在那一天，大雷山认识了老王仙、许宝灿和梅老师，然后也就认识了"锋"和"逗"，志同道合的三个人走到一起，成为最美好的组合。他与丁舒鸣认识是第一次一起徒步到寺家坑，他说丁舒鸣很低调随和，平易近人，能把徒步寒山当成一项利益地方百姓的事业来做。因为厨师的工作关系，他不能去太远的地方徒步，只能在天台周边地方行走，徒步寒山是他最喜欢的首选。

2016年和2017年，"味"基本上是与丁舒鸣、"锋"和老王仙一起行走的。他探索济溪龙潭的时候，手机"啪"的一声掉入水里，大家千方百计捞上手机，以为光荣了，但回家一打开，手机奇迹复活了，一路拍下的美图回来了。丁舒鸣打趣说，龙王爷知道"味"宣传寒山用心良苦，万物有灵，上苍总会眷顾有爱心的人。"味"说，

"徒步就像鸦片一样，能让我上瘾！有些人为徒步而徒步，我绝对不这样，我会过滤一些不适合自己的，我爱家人，也爱山水，爱寒山风景，爱这里的唐诗之路与和合文化"，"徒步的前辈寒山子和徐霞客总是在引导我，在教育我完善超越自己的人生，只要一有空，我就想去徒步，徒步可以学到做人道理，领略乡间风情，还可以认识一些良师益友，受益匪浅啊。""徒步的时候碰到村里老人家讲村里情况传说和典故，我就喜欢，我要走完天台五百九十七个行政村。我也喜欢去寺院走走看看，喜欢寺里的氛围，我也喜欢盘玩天台的菩提子，它使我的内心平静清净。天台菩提子是名贵的收藏品和欣赏品，蕴含着浓厚的佛家气息，只有天台独有。而寒山徒步让我安详。""味"说，"我喜欢在徒步中交朋友，我认定的朋友就一心一意地待他，如果可以我想永远做徒步的小跟班！"

在驴友群里，"味"被称为"首厨"和"味大厨"。"味"曾一个人徒步到天台学当厨师，已经有二十年了，现在擅长做的拿手菜就是本地菜、杭帮菜、粤菜，在温泉山庄做石斛养生菜和素斋。"从厨师行业说，我的级别是技师，厨师级别分初级、高级、技师、高级技师。我觉得厨艺也是活到老，学到老，它可以与行走结合起来"，"对于打工者来说，我的生活算幸福的，托家人福，托朋友的福。做厨徒步两不误，路上至少为大家做好吃的，不会饿肚子。"味是道，徒步也是道，也是知味，犹如知音一样，是真境界，得道。"味"特意去了寒山湖，找我写几个"味"字，我答应了，回北京再写。

"豆"的网名叫作逗号，真名是窦浩浩，三十一岁，是河南永城来的，他是2015年来天台的，现在海星舫酒店工作，同样做厨师，与"味"在徒步寒山路上相识，两个人成为很好的知己朋友。工作之余，"豆"就跟着"味"来了。"逗号"有几个兄弟，都在外谋生，作为家里老大的他，在天台做了多年厨师又回家乡，因为他

在徒步寒山途中向老人了解当地风物

山顶中的欢跃

家要造房子。半年后，房子造好，他去了重庆，找到稳定工作，薪酬也不低，但他觉得很孤独，还是想念天台的好驴，便毅然辞掉重庆的工作，回到天台山，主业做厨师外，业余驴行。"他有一个愿望，想在天台安家，成为新天台人。"丁舒鸣说。

"逗号"与丁舒鸣是 2015 年徒步寺家坑认识的。"寒山一百"徒步项目启动后，逗号的内心雀跃不已。当时工作忙自感遗憾，但庆幸争取到了第二天和第三天的徒步，走岭里村到大雷山到范增庙的线路，从竹海起，经过雄鸡瀑，看到泄上村的香榧树，这一带寒山的风景对来自河南的他尤其新奇。南方山地真正的秀丽之美，在阳光明媚下充满诗意。

在走煞夹尖时，"逗号"与我走在队伍的最后，出了一身汗后中暑了，作痧，走路软飘飘的，但他不想中途退出，最后还是跟上了队伍，徒步就是坚持，坚韧，不服输。从范增庙到铁甲龙到寒山湖一线行走，他对寒山子隐居地的自然景观最是激奋，蓝天白云，溪流清澈，崖石秀美，心旷神怡，陶醉不已，他还反复走了好多次。"在欣赏美景时再一次挑战突破了自己，也给我的徒步画卷上增添了不少浓墨色彩。""逗号"说。

"风味豆"看到我写的毛笔字后，让我写几个给他们收藏，特意从城里带来宣纸笔墨，我为他们写了"徒步寒山"和寒山诗条幅，他们很喜欢，立即装裱好，放在镜框里，我也获得了一种成就感，有人中意就是好的，我拥有铁杆粉丝，理应高兴呢。

笑脸红花

寒山风行美女驴

俗话说，三个女人一台戏。徒步寒山没有美女驴，似乎就不热闹了。粗犷过头，豪放过头，需要温柔浪漫，路上有女驴歌唱、尖叫、嘻哈、打情骂俏，自然快乐无比，有味，有料，风景与秀色同餐，美女作陪，徒步不累。美女驴是催化剂，是快乐源，她们也乐意做这个。当然男驴们乐意为她们做驴子，背着她们蹚水，拉着她们跳过溪石。女驴有些羞涩，有些矜持，当然直截了当风风火火的女汉子也多。有些美女驴是老板，产业经营得非常不错。让一些男驴眼红眼热，但她们也名花有主啦。男驴们是不能非非想非非行的。

我第一个见到的美女驴叫"耳东"，顾名思义就是陈字的拆开，她真名叫陈雪红，老家雷马坑。她说，雷马坑是天台强度难度最大的一条溯溪路线，她说，昔日水流哗哗的溪岩，因为持续高温已长满青苔。大伙只能背部紧贴岩壁，在两手的支撑下，两脚缓慢上移，在顶上的队员帮忙拉一把，甚至借用绳索才能上去，我在她的美篇中看到龙王鸡。古道因为兴建公路和水库截断了，去年"耳东"的几个本家兄弟出钱出力，将截断了的古道修到雷马山庄。

"耳东"说自己是个中年妇女，一般般啦，很平常啊，因为有这个网名，梅老师叫她"耳朵"，其他人跟着叫开了，这不是长长竖起的兔耳朵，也算是高高扬起的驴耳朵。她也乐得呼应。眼观六路，耳听八方，脚步快健，本地户外群体都知道"耳朵"爬山厉害。"耳朵"个性比较散漫，不喜欢哗众取宠，也不喜欢作为一个女汉子的角色在外抛头露面出风头，但思想情感是独立的，她不喜欢跟风。"同样的事情别人出风头，我在后面看看就好。我有时也做美篇，注重自己独特感觉，不想人云亦云。"

"在几个寒山探路者中，我是唯一一个女性，被几个老哥哥昵称为独生女，属牛，今年虚岁四十六，我在保险公司上班，周末节假日都休息，才有时间跟着驴行。我

297

最早参加丁舒鸣组织的'徒步寒山'应该是四五年前了。""耳朵"说。"寒山周边的山山水水，曾被驴友冷落过，多年来没有什么活动。因为丁舒鸣等人努力付出，寒山日渐成为户外徒步者的天堂，所以才有了徒步寒山项目。随着梅老师、许宝灿、老王仙等几位的加入，我开始围着寒山周边的深山老林里转悠探路。在丁舒鸣他们的统筹下，徒步寒山的方向日益明朗了。丁舒鸣心系西部发展，为了'徒步寒山'的兴起，从一个不喜欢走路锻炼的人，一直跟着我们一天到晚在山沟沟爬上爬下，洒下辛苦汗水，走出一条又一条的徒步线路，还锻炼了身体。我个人感想，寒山周边随着越来越多的徒步线路的推出，必将成为户外运动的新兴之地。""耳朵"说。

经常与"耳朵"在一起徒步的是"宝鱼"。她的真名是宝红，天台话"红"和"鱼"发音一样，ng。原来刚参加驴友队的时候，她把名字起为"鲍鱼"，一种生猛海鲜，但驴友说"鲍鱼"太美味，要被人吃掉，怎么办？她想了想，改名为"暴鱼"，性格很暴的鱼，你胆敢吃我，我就暴你。驴友又说，暴鱼，我猛火用油爆鱼，照样吃。"那我改成'宝鱼'，多宝鱼的宝鱼，是宝贝鱼，可以观赏的，价值连城的鱼，你们心痛哪，不敢吃了吧。"众驴笑了笑，不吃了不吃了，你就当"宝鱼"吧。

"宝鱼"有将近四岁的驴龄，第一次徒步寒山，走寒山湖的小溪坑，开始时"沿途风景"吸引了，结果是走得一身酸痛，酸痛后一身轻松和无拘无束！没徒步前遇到大事小事都会把它放大，徒步后会一切看淡了。"徒步就是自虐啊，徒的是路，虐的是身体精神，但喜欢是不需要理由的。""宝鱼"性格很爽直，做事风风火火，效率特别高。参加徒步寒山活动，一直担任后勤保障工作，结识了"海阔天空""雨露""会飞的鱼""王华峰""千里单行""自立"等驴友，"收获健康的同时，还收获了友谊，将会徒步到底！"在杀人桥陪徐中威拍摄徒步影像，她开着一辆大奔车，运送一些食品来。车很大，能塞好多东西。杀人桥回来，车子开到外井坑上面，车胎瘪了下去，就像穿着拖鞋，一路啪嗒啪嗒地响。再开下去车子吃不消的，只好停下来。她打电话到4S店，对方说等拖车拖到临海去。在这磐安的山区里，拖车要价不菲，她拦下一辆过路车，让同行的驴友到方前镇找修车铺，如没有，就去街头镇平桥镇或城里。因为时间紧，几个同行的驴友先赶路，把她这个女子丢在半路上。她饿了一个中午。我们到了龙溪村岭里村，太阳下山的时候，她开着车上来，说师傅过来把轮胎换好了。她的工作效率高，大家公认，做后勤是最好不过的。夜幕降临，吃了晚饭，她们开车到城里，第二天一早七点钟，她又开车上来了。"宝鱼"在城里开了一家家具店。除了徒步之外，还参加一个礼仪培训，我看过她受训的照片，文质彬彬，显得更秀气，富有青春活力。

与"宝鱼"一样起怪名的美女驴叫作"螃蟹"。她从小随着父母亲在外地长大，

寒山风行美女驴

父亲退休之后才回来天台，看到老家的山水，她着迷了。尽情行走其中，那种青春浪漫的激情也就焕发出来了，她每次行走，就像父母臂弯中一样。我问她："为什么要起螃蟹这个名字？"她说："我名字叫茉莉，但群里许多人名字和我一样，我姓庞，所以起了庞字同音的名字，所以改'螃蟹'了。"

"是不是因为宝红说自己是暴鱼的缘故，你也跟着热闹？"

"那是凑巧哦。后来发现'宝鱼'和'螃蟹'都是海鲜，我觉得驴友队伍因为有了宝鱼和螃蟹，就更加充满活力，鲜爽了，畅快了。"不过，徒步时遇到陡峭的山峰和嶙峋的崖石，会把人打成四条腿着地的毛驴，我们的美女驴，四条腿着地不够，要八条腿才能撑住，前面两个螃蟹钳，夹住柴草树木，后面八条腿一齐踩踏，才能上去，那真正地向螃蟹学习，当螃蟹了。大家经常逗她们乐儿，一路欢声笑语。

"螃蟹"说，自从加入了徒步团队，好像所有的生活重心都围绕着徒步了，因为周围的朋友也都是徒步爱好者。"我感到欢喜。""螃蟹"第一次徒步是在小溪坑，和宝鱼感受到美丽的山山水水，一路说笑自在，一下子就喜欢上了，接着两个人一起参加三州徒步大赛，建立了一个徒步群。徒步可以强身健体，可以尽情呼吸户外的新鲜空气，是减压放松又前卫时尚的潮流运动方式，虽然皮肤被晒得黝黑，路途中会遇到一些难以攀登的陡峭山峰，在同伴的携手帮助下也到了顶巅。在青山绿水之间，放松身心疲惫，感受大自然赐予的美景和鬼斧神工，在"螃蟹"看来，现代人生活压力大，徒步就是一种最完美的运动减压方式。

"螃蟹"刚参加徒步寒山，心情是忐忑和顾虑重重的，寒山徒步一百公里，有些强驴一天走一百里，还没走就被一百公里这个数字打倒了。当时她想先报名，能走多久走多久，因为丁舒鸣和"宝鱼"都做了详尽安全的下撤工作，后勤保障服务质量非常高，实在走不了就量力而行，随时可以结束这次徒步，于是心就定下来了。"第一天大家说说笑笑，脚步都非常轻松，以近乎行军的速度前进，完美结束了第一天的路程，走完下来感觉身体并不觉得疲累，心情与身体都非常兴奋和愉悦，所以就决定继续寒山一百第二天的路程，第二天路程的强度挺大，大家互相鼓励互相打气，也很愉快地完成了；走完第二天，心里的底气更足了，觉得自己可以完成一百公里的挑战，最后也完美地完成了，这次参加徒步寒山一百最大的感受就是，要相信自己，只要敢挑战并坚持，没有什么不可以的！"

"螃蟹"说，"参加徒步寒山不仅拓宽了朋友圈，也让身体越来越健康，我认识了你，也让我们'娇宝莉'的友谊越来越深，'娇'和'宝'（宝鱼）的性格很直爽，不鬼，都是好女人好驴友好朋友。我们仨一起学茶艺，一起走驴，一起经历了时间的考验，一起经历酸甜苦辣的日子，希望我们的友谊和徒步运动一样，一直走下去，一直。""螃

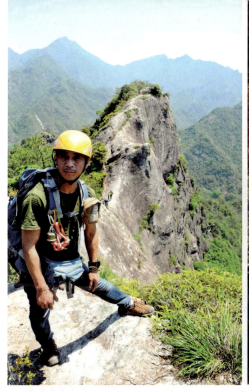

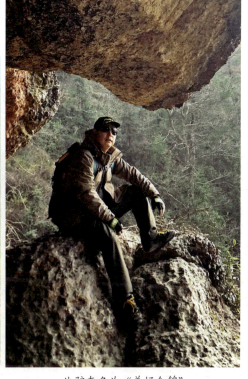

领队的五哥（金优雅摄）　　　　　　　此驴友名为"美好全锦"

蟹"说。"我觉得爽直的人朋友多，爽直的人值得做朋友，鬼主意太多的人，没意思，"我们不和那样的人交往的，鬼主意多的人可以骗我一两次，但不能骗第三次。事不过三，这是我交友的原则。我热爱徒步就像热爱朋友一样，热爱上了就停不下来了。"

在大盘山徒步路上，我遇到摄影的美女驴友，名叫"优雅"，老家是天台苍山脚下坦头大横金田洋村人，真名金优雅。她一边走路，一边举起大相机拍个不停，也往往落在队伍的最后，她说每次徒步之后，都要把图片传到网上。优雅很爽直、纯粹、随和，开着一家童装店，她被驴友尊称为"第五空间的五嫂"，"五哥"真名胡麾军，四十七岁，天台南山前杨村人，他开了一家文玩店，属于自由职业，爱好旅游、摄影。以前他看到一位朋友老搓麻将导致颈椎病，为了陪朋友锻炼，两个人开始徒步。"两人"曾随朋友自驾游于云南、四川等地，拍摄了许多风光照片。 在去大盘山的路上，"五哥"成了领队，大踏步昂首挺胸地带着驴队往前走，收队的是"第五空间"超级帅的"猴哥"。猴哥来自天台城关东门，与领队一样很是辛苦的。"五哥"组建了"第五空间"驴友队，是 2009 年开始一个带一个带起来的，后来就发展成四百多人的大群。

说到徒步寒山，金优雅眉飞色舞。他们夫唱妇随，携手徒步大自然，留影于青山绿水间。尤其是寒山风景，每走一次都有不同的美美的感觉，所有这一切都将永远留在她的相机和美篇里。

天生一个仙人洞

第十章

寒山一百伴你风行

探路涉水

探路者和驴友群

真正的徒步寒山线路开拓，是在 2015 年 12 月 26 日开始的。

诸多驴友都异口同声地说，徒步寒山的推出，就是因为有丁舒鸣在主持、支持、坚持。许宝灿说，"我只是喜爱徒步，喜爱设计徒步线路，这是我个人的爱好，那么丁舒鸣把徒步寒山当工作事业来做的。他为徒步寒山付出了许多时间精力和物力财力。说实在的，我是深深地被丁舒鸣的事业心感动了。"

许宝灿虽然是老驴，但真正参加群体驴友的时间并不长，他是 2012 年春加入五哥组织的驴队，其实三十五年前，他就骑着自行车来寒山十里铁甲龙了，远远地观看，现在走的次数多了，甚至在山顶上自由上下，"我是越来越喜爱这里的风光了。"许宝灿设计出沿着寒山崖脚行走再从崖顶部回来一天驴行的线路，他把这个设计说给梅老师和老王仙听，他们一致觉得切实可行，然后让"锋"组织驴行，经过一番实地行走，这条线路最先推出，成为徒步寒山的经典精华。

听"锋"说，他们所走的五号线从小溪坑走到银坑龙溪岩坦村出来，是徒步寒山所有路线中是最长的，但是好久没有人走，需要仔细踩线踩点。老王仙和锋几个人一路钻爬滑攀，但没有走弯路，因为老王仙是公认的活地图，老驴识途。一路上没有走过弯路也没乱绕绕。

去年，丁舒鸣在杭州开会，得知天目山一带徒步活动如火如荼，心想天台也完全可以搞寒山徒步项目，一些线路梅老师、老王仙和锋都曾走过，将它们连接起来，非锋、老王仙和梅老师莫属。

丁舒鸣对梅安炜印象最深刻的有这么几件事：百度上都说杀人桥是磐安的，天台人也习惯认为是磐安的，后来经梅老师实地查勘，才知道是天台的地界；岐石山顶人们以为是一块岩石，实地考察知是五棵巨大石笋；他了解到最大的行政区域村是井坑村；发现潘岙杨小溪坑的雄鸡瀑、蘑菇云；发现最长青尖山杜鹃林；最虐的煞夹尖；最美山脊线盘龙岭，寒山湖最佳拍摄线路望龙冈。

梅安炜与"耳东"和"宁静致远"等是徒步寒山的骨干开拓者、践行者。梅安炜总是拿着柴刀，开路探路，把挡途的杂草树枝砍掉，让后来者方便，梅老师和几位驴友探出了由岐石山通往十里铁甲龙的新路，是沿着山脊线行走的，经岐石山、九遮山到寒岩，从岐石山出发，经腾龙岭、雪上通向大雷山以及更远的远方。从张家桐村开始，沿没有修缮的石阶和羊肠小道翻越到寒岩山顶，朝九遮山方向沿着山脊线上下，穿过茂密的狼其丛和杂木林，几番升沉起伏。据他们统计，从寒岩山背翻过五个大山尖，才能到达岐石山，岐石山有两支垂直高度近六十米的巨石和三支垂直高度近三十米的巨石，大小高低不同、突兀而生的五支笋石，宛若雨后春笋般地破土而出，直插云霄。这与我远望岐石山如仰手的感觉相同的。"这里稍加整理，也许会成为岩降、溜索的好地方。""三老驴"都说，这条山脊线的贯通，使西部的徒步线路如魔方般可多种组合，或半天、或全天；或穿越、或闭环，随心所欲，大大提升西部徒步层次，只有人力脚步才能够企及，也只有徒步者才能最亲密的接触山林和美景。

我记忆最深切的是在煞夹尖徒步，走到萝卜冈的时候，梅安炜首先沿着防火线去探路，走了三个冈，发现路已经被杂草藤蔓掩盖得严严实实，只好退回来，改道从另一个方向走路。徒步寒山的探路，基本上是由寒山一百驴友线路先锋队完成的。在网络中，我见到这样的表述：

> 2017 年 12 月 10 日，天台山旅游志愿者先锋队在旅发委商量主题为"和合圣地·徒步寒山"的活动方案。2017 年 12 月 15 日，丁舒鸣邀请本届寒山徒步节天台驴界十支队伍优秀领队齐聚法兰奇咖啡，共商活动细节。2018 年 1 月 13 日，上午 9 点左右，寒山湖码头天台山首届"徒步寒山"大会隆重举行。

这也是徒步寒山前期的主要日程，在此之前所做的开拓性的准备工作，也不再一一罗列了。

行走在旅途中，我自然要知道驴友队的一些情况。以前，梅东灶等人建了一个"十三点"群，一边行走一边创作，新体诗旧体诗顺口溜的也有，出过《寒山湖放歌》、一本《天台山十三点诗集》，在寒山湖召开首发式，后来十三点群分成古体诗的一群、顺口溜的一群。梅东灶新建了一个顺口溜采风队，一边驴行，一边草根顺口溜。丁舒鸣一直鼓励梅东灶做下去。我徒步寒山的时候，丁舒鸣特意把梅东灶叫到寒山湖，对他说，顺口溜是你的精神所在，顺口溜与徒步是你潇洒下去的唯一理由。

老季既是导驴又是船老大

　　丁舒鸣曾经让梅东灶他们组织了"寒山跑团"，由王叶会负责具体事务召集活动，在寒山马拉松比赛活动，他们积极参与鼓劲。老家在娄金冈的李之缘，也组织了"寒山徒步驴友队"，与"寒山跑团"一起成为徒步寒山线路中的亮点之一。在天台山，目前徒步成了非常时尚的文化健身项目，正常开展活动的各种驴友队两百多个，除了"寒山徒步"驴友队外，"宝鱼"和锋组织了"红军户外"，锋还组织了另一个"山峰户外"。除此，还有"农民"的开心之旅，"一草一木"的"自由户外"，"沉淀的驴"的"天下户外"，另外还有个"学子"的，一段时期也比较活跃，"驴天下"还玩岩降溜索攀岩。与我同行的"拼搏人生"，丁舒鸣说，他是寒山湖边的东坑自然村人，原来的村庄已经沉在水底了，现在从事汽车用品生意。他年纪四十多点，体能和技能都很好，他是拼里程和速度的，一天狂走上百里。

　　2018年4月，寒山湖度假村举行了"寒山徒步"和"红军户外"的两次年会，大家唱歌跳舞，表演节目、抽奖，讲驴走心得体会。丁舒鸣在会上发表热情洋溢的讲话，对驴友的努力表示肯定赞赏和鼓励。听说我曾经在舞厅做过DJ，他们让我播放音乐，我把节目编排了一下，插上背景音乐，氛围还弄得不错，大家都感到很愉快。

　　"寒山一百"把现成的寒山古道、山路联通古村、景点，从而助推乡村旅游发展，是丁舒鸣的热切希望。他首先联系上"锋"。"锋"在一次徒步三州红军岭之后，觉得徒步就像红军的长征，"红军不怕远征难，万水千山只等闲"的歌声在心头响起。他成立"红军户外"，这个提议立即丁舒鸣的支持，得到大家的响应，几乎每个月都有两次徒步活动，"锋"直接在微信中直发通知，大家约定时间，实行 AA 制，明确注意事项和安全措施，带齐什么装备等，时间一到天公作美，就立即出发登程。"红军户外"现在有三百人，现在成立了一个"山峰户外"，每星期举行两次徒步活动。到了夏天，天气酷热，考虑安全因素，山林穿越少了，基本上是溪流行走，秋天一来，枫叶红火，满目流金，冬天一到，银装素裹，雾凇雪凇，春天一来，万紫千红，芳草如茵，那是真正的寒山风味。

登大盘山，寻始丰源之旅，是"第五空间"组织的。这个驴友群，是 2009 年创建的，驴友叶梅芳告诉我，她是 2010 年开始跟着五哥徒步寒山的。"那时候天台山上还没有几个正规户外团队，就我知道的不超过五个，现在很多户外团队都是五哥带出来的。那时候真的很开心，大家都和兄弟姐妹一样，没大没小的。五哥人情味比较浓，但总是像个小孩似的，爱发点小脾气，比如别的驴友队可以喝酒，他不允许，更不允许一个人掉队。"后来大群开始分成好几个小群。第五空间的人换了一拨又一拨，连五哥自己也搞不清有多少人。人数超过五百人微信群容不下，再建另一个群。

我问优雅：现在第五空间分出了几个群？

优雅回答：大一点的群有"开心之旅""驴天下"等，小群就更多了，不清楚了。天台有一个很出名的徒步线路叫南黄古道，最早是"沧海一声笑"（驴友们叫他"笑声"）当群主的"纵情山水"炒起来的。现在南黄古道已经走红了，举行梯田文化节，上了中央电视台。2012 年前后，"信天游"也很活跃，石门村后洞天村前的高山沙漠也是他们炒起来的。

在国家级五 A 旅游区天台山，许宝灿说，各种形式的户外群，可能上百个。户外驴友群遍地开花，相当繁荣，与丁舒鸣都有联系。有个"电力户外休闲俱乐部"，组织者是电力公司的书记陈伟铭，网名铭哥，这次徒步寒山我与他成了好友。这"电力户外"在天台很出名的，原来是天台供电公司工会组织的，当时工会有许多小组，如乒乓、摄影、象棋等，经常举行活动，登山是工会活动小组之一，原来有两三十个人，发展到四五十个人，现在这群里人数将近一百，其中电力工会小组的有二十多个人，其他来自社会各界，先通过走驴活动变成了朋友，然后一起走驴。汤敏坚是天台电力公司的办公室主任，电力驴友队的主力，他先在微信里发布徒步信息，一般选在周六或周日的一天进行，通过接龙报名参加，驴友自愿接送到指定地点，拼车满了，严格按照预定线路按计划行走。2017 年和 2018 年过年后，他们分别组织登山比赛，驴走完毕，也做了美篇发表在网络上。

汤敏坚说，在徒步寒山线路中，印象深刻的是黄水岐石山、笔架岩环线徒步，查考了岐石山"岐"的意思，即物的分支或事有分歧，古亦通"崎"，崎岖之意。

攀登者

聚餐也是快乐共享

岐（qí）形声，字从山从支，支亦声。"支"意为"分叉"。"山"与"支"联合起来表示"大山上分布着几座叉开去的小山""像植物本体上长出分枝那样的山形""像树木枝条那样的山地"，岐石山就是山顶有分叉的石头，"岐"和"歧"两个字都对。他们去的时候正是秋天，山上朱红柿灯笼一般挂在树枝上，与山石形成绝妙的对应，奇石或站或立，或躺或卧，或孤苦伶仃，或三五成堆，让他们欣喜非常。岐石山洞穴多，"穿云洞大伙都要钻一钻"，他们在岩缝里挤着侧着蹲着进去，同行的领导也一视同仁，他们坐在岐石山顶上，"会当凌绝顶，歇。一览众山小，拍！"然后在柿林穿行而下，返回驻车地黄水村。一上午经历阳光和毛毛雨，天气闷热，驴友们的速干衣还是湿的。徒步寒山，一冷一热，有美景有故事。

　　"徒步寒山大会"隆重举行之时，气温低至零下5度，冒着严寒，"电力户外"在这里参加读寒山诗、走寒山路户外徒步活动。步入会场，人头攒动，红旗招展，锣鼓喧天，热闹非凡，一支支驴队秩序井然，队员个个精神抖擞。"电力户外"一行五十五人在队长陈伟铭、领队肖宏、向导裘志英的带领下整队出发，穿越田芯村、太子湾（昭明太子避难天台，常在此读书、习武）、盘龙岭（爹姆坑防火带）、白术尖、黄岩坦码头、茶园村。那时候天气很寒冷，一路上他们看到冰挂，感受到寒山之寒，回来之后，举行篝火晚会，其乐无穷。工会活动登山比赛那天，他们选择了麒麟坡的徒步，那是春节过后（立春日），他们在山顶还见到残雪，亦蛮惊喜，但他们在天气高寒中感到行走的温暖，也遇到丁鸣组织的志愿者服务队。

　　从稻蓬岩徒步到寒岩张家桐的时候，就有张家桐人陈坚刚带领的寒山徒步志愿者服务队，他们把路上的垃圾一一捡起来，带回村里。天台有许多公益的志愿服务队。叶敏芳告诉我，最近比较活跃的旅游志愿者先锋队，群主是叶彩肖。前不久非遗文化活动，他们又整装出场了。据说现在天台的旅游志愿者有四五千人，我想，户外徒步旅游的数量更多。徒步寒山，给他们提供了更加自由奔放的空间。

在徒步路上，留下美丽身影（上页和本页合影照片为徒步寒山一百先锋队提供　金优雅　俞元锋等摄）

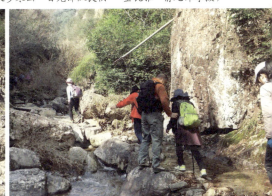

在水边，在花前

在寒山湖的晚光里读寒山诗有什么样的感觉呢？

文字在青山中运步

在徒步寒山的日子里，我会遇到刮风下雨，也在路上的农家里带几本书去阅读，除了寒山诗外，更多的是与行走和寒山有关的书。比尔·波特《寻人不遇》和《江南之旅》，这两本书都写到天台的寒山。我的许多天台山朋友与这个名叫红松（赤松）的大胡子美国人聊天合影。当年一本石屋清珙的诗集，一本寒山诗集，给比尔·波特以无上殊胜的因缘。他曾把整本寒山诗翻译成英文。寒山诗境是心灵和艺术的高地，因此他找到真正生命与灵魂的归宿。在寒山之巅，他放怀大笑，白胡子飘扬，那是寻找到乐土的真正快乐。比尔·波特像我们徒步寒山的人，了解中国诗歌和山水的真正含义。

我在张家桐村庄看寒山悬崖，忽然想到钟玲的《施耐德与中国文化》书中的加里·施耐德画的一幅插图，他用毛笔写了一个单词"RIPRAP"，意思是乱石，看起来就像寒山的崖壁，我不知道他是否到过寒岩，这也许是一种心灵感应。他还用毛笔写COLD MOUNTIAN寒山，就像一个logo设计。施耐德生活在美国西部的山村农庄里，开门就是高山森林。家乡没有寒山连绵的石峰，但山顶上有积雪，谷中小河潺潺流过，是名副其实的寒山风景。他在北宋时期的山水画中勾起对中国的向往。1952年，他在美国贝克山国家森林公园五千多米海拔的克雷特山上，住在小小的瞭望台里，用没有把手的杯子喝茶，用筷子吃饭。1952年，他跟随陈世骧先生学中国古典文学，读了四个学期，接触到寒山诗的时候，犹如醍醐灌顶，如武陵渔夫进入桃花源。他开始翻译寒山诗以及更多的中国古诗。斯耐德写了一些诗，直接化用寒山的意境，一中一西，异曲同工。

施耐德是把寒山诗翻译到美国的代表性人物。我在徒步寒山的过程中，自然地把他的《河山无尽》和《禅定荒野》作为必读书。《河山无尽》充满寒山行旅的韵味，有一种虚玄的味道。施耐德就是一个标准的寒山徒步者，如驼背的笛手，四处漫游，坐在大盆地周围的巨砾上，他的驼背就是背包。他想，西天取经的玄奘也是一个徒步者，他的驼背是曲架背包，装的是经卷，是遮阳伞，背着空和唯识。这与寒山背着装米的竹筒一样，也是理想中难以逃脱沉重的现实生活，但徒步的笛手终归一边行走一边吟唱，唱着美好的诗句。

走中走

脚下　大地在转

溪山无尽　永不停歇

我觉得施耐德就像陈函辉一样，也是寒山子在西方的来生。

施耐德在日本生活过，他在日本接触寒山禅道，他在日本天台宗总本山比叡山的寺庙里，读到道元法师的一句话，青山常运步。而今在我寒山的徒步中，也像僧人对行止坐卧四威仪保持着虔敬一样，徒步寒山实际上就是虔诚的拜谒。寒山是圣山，是圣灵居住之地，天台山自然引得寒山高士的栖居。寒山就像施耐德所说的，凸显一种神话中神山圣岳的风格：是阳性的，干燥、阳刚、坚硬、抗行、刚毅，而水属于阴，有温润、柔软，流动不失强壮，寻求最低点，具有灵性，富有生命，形态万千。人的行走出发归结于自然。佛家僧人行走云游，看是出家，但行走时又是

岐石山顶上卢震的书室，壁上的字"鸟衔花落碧岩前"有寒山诗的味道。

归家。处处青山处处家，是以宇宙为家。徒步寒山，我们每个人的脚步都踏在净土家园之上。徒步中，我们每个人都成了寒山子。

施耐德与小说家凯鲁亚克、诗人金斯堡都是朋友，他在行走中翻译寒山诗，施耐德成为凯鲁亚克和金斯堡最尊崇的人，他在静虑中用静坐思维的方法，以期彻悟自心。相比金斯堡声嘶力竭的嚎叫和凯鲁亚克狂躁中的幻灭，施耐德是属于更平静恬淡的一个人。在凯鲁亚克的小说《在路上》中，写到萨尔与迪安、玛丽卢等精神空虚垮掉的一代，或者开车或搭车，沿着公路从东向西穿过了美国大陆到了墨西哥，最后从纽约游荡到旧金山，四顾茫然，四散而去，一事无成，毫无出路。但在《达摩流浪者》中，他写了两个热情洋溢的青年贾菲与雷蒙。在书中施耐德成了贾菲，他用筷子吃饭，读茶经，喝中国茶，翻译寒山诗，把寒山诗读给雷蒙听。贾菲居住的木屋很小，只有十二平方米，他在这里苦修。

贾菲告诉雷蒙，"我在翻译寒山子的名诗，那是一千年前写成的。部分诗句是他在离人烟几百英里远的悬崖峭壁写成的，就写在岩壁的上面，"贾菲说，"想听我念一些寒山子写的诗吗？想知道一些寒山子这个人的事情吗？……寒山子是一个中国的士人，他由于厌倦了城市和这个世界，所以躲到深山去隐居。"

"唔，听起来跟你很像。"

"在那个时代，你是可以干这种事的。他住离佛寺不远的一个洞穴里，唯一的朋友是一个有趣的禅疯子，名叫拾得。……每过一阵子，寒山子就会穿着他的树皮衣服，下山一次，到佛寺那暖烘烘的厨房里等待吃饭，但寺里的僧人却不愿意给他饭吃，那是因为他不愿意出家的缘故。"

他念寒山诗的时候，雷蒙从他肩膀旁边伸长脖子，看那些像乌鸦爪印一样的中国字。先是"登陟寒山道，寒山路不穷，"然后，又念"一向寒山坐，淹留三十年"，"山中何太冷，自古非今年"，贾菲为什么会这么迷寒山子，是因为"寒山子是个诗人，是个山居者，是个矢志通过打坐来参透万事万物本质的人，而且又是个素食主义者"，"我景仰寒山子，还有就是他过的是一种孤独、纯粹和忠于自己的生活。"读了寒山诗，他们相约爬马特峰，开始寒山子一样的徒步。在凯鲁亚克眼里，贾菲就是施耐德，也是寒山子的化身。所以凯鲁亚克把这本书献给了寒山子，也献给了施耐德。

在当时的美国，文化信仰已经缺失，当时美国的文化一片荒凉，寒山子的行为情感与他们最为接近，崇尚自由，张扬个性，在山野路上一路蹦跳狂欢，达到精神上的高度契合。寒山诗恰恰如一场甘霖，滋润着他们的圣灵，他们在诗歌和行走的方式，在营构自己独立的自由的世界观，在一步一步地"追寻着生命的直觉、纯净与唯美，完成对自由的美好的诠释，经过马特峰与孤凉峰的超拔洗涤，让尘世显得

徒步寒山——和合文化源头探秘

寒山湖波光里跳跃的就是寒山的诗句

如此澄澈"。寒山诗中，人与山合二为一，心态平静旷达随和，也体现了一种真正的大爱，抚慰人们的心灵，使迷惘的一代有心灯照耀，使垮掉的一代有所归靠，尽管垮掉的一代已经进入历史，但寒山诗在现在经济繁荣科技发达战争纷繁的年代，在人们前面展开一条通向极乐善美的道路。每个人徒步都在这条路上。

寒山诗说，人问寒山道，寒山路不通。是因为人类社会越来越自私越来越功利越来越绝望。前几年我看到一部电影小说《冷山》，是应该翻译成《寒山》的，出生在寒山的青年英曼在战场中负了重伤，感念到生命无多，就从战场上逃离出来，拖着病躯，徒步回到故乡，想见到自己心爱的艾达。他们走在回家的路上，但是，在见到一面温柔一夜之后，英曼还是被追杀，死在艾达的怀里，原著是大团圆结局，而电影却变成了悲剧，显然让观众掬一把同情之泪。但主题升华了，尽管寒山一带的桃花源境界寻不到，但每个人的心里都有一座寒山。

而今，自在地徒步在寒山的襟怀之中，我们为什么不感到幸福呢？

315

寒山一带夕光里

在寒山道上说美国山径

在徒步寒山的空余时间里，我读梭罗的《瓦尔登湖》，看他的《缅因森林》。那是真正的荒野，我为这段文字感动着："这里的自然是某种美丽但却野蛮、令人生畏的东西。我惊异地看着我所站的地面，想看出造化之力在那里的杰作"，"这就是我们所听说的大地，是从混沌和古夜中造出来的。它不是任何人的花园，是一个未经人手的地球。"这是天荒地老的亘古以来的雄伟与壮丽，就像天台寒山一样，呈现出诗歌和山水宗教融合的国度。

天台寒山也就像美国的约塞米蒂公园，约塞米蒂有另外一个译名，叫作优山美地，多么充满诗意的表述，约翰·缪尔是美国国家公园的创始者，他的那本《夏日走过山间》，则记述了他在 1869 年 5 月的夏季里，他赶着羊群从内华达山经过布朗平原，攀登主教峰，穿越布拉地峡谷，来到优山美地的故事。他伴着羊群，越过山麓小丘，"置身于群山之中，群山也进入了我的体内"。"眺望这峡谷月色，一轮明月突然探出峡谷的绝壁，俯瞰着我"，脸上满是焦虑和关切，让我看到美国摄影家安塞尔·亚当斯拍摄的优山美地《圆月与半圆山》和《月出》，我觉得这与寒山的圆月没有两样。亚当斯和约翰·缪尔实际上就是真正寒山的徒步者。只不过一个记录成文字，一个形之于摄影罢了。

在徒步寒山的道上，我也细细阅读利奥波德的《沙乡年鉴》，非常喜欢书中的一句话，"像山一样思考"。"我觉得徒步与思考是一种奋斗。我们每个人都在为安全繁荣舒适长寿和平静而奋斗，所有这一切都是同一种东西，我们这一时代的和平"，利奥波德说，这世界的启示在于野性。野性被群山理解，但很少被人感悟。这也是美国人崇尚山径徒步的缘由。

无论是施耐德、凯鲁亚克，还是约翰·缪尔、利奥波德，他们的文字与徒步是密不可分的。说到山上的徒步是人与山的拔河和较量，人可以被山踩在脚下，也可以踩在山的头顶上。但总不能老是停留在山上，最终还是要下来，"别跟山过不去"。这是《万物简史》的美国作家比尔·波莱森写的一本书的名字，他在英国生活了20年后回到美国，徒步穿越阿巴拉契亚小道，行程三千里，这是很冒险刺激挑战自己的过程，但是他用幽默风趣的语言消解，作有趣的陈述。这也像寒山子一样，乐得自在。他从山林深入到乔治亚州，往北攀越白山山脉，"我告诉自己：懒散了这么多年，这样的健行可使我健康，还能学习在野地里保护自己。甚至，当那些穿迷彩装的家伙大谈特谈他们在野外干的好事时，我也不用觉得自己渺小。"徒步寒山，亦复如是。

读了《别跟山过不去》，我也在网上看过同名电影。那画面足够让我动心了。我问丁舒鸣：你们如何得到徒步寒山的设计灵感的？他说，这是从比尔·波莱森走过的阿巴拉契亚山径得出的灵感，1921年，一批民间志愿者，自发徒步在这贯通美国境内的阿巴拉契亚山脉，南起美国南部的亚拉巴马州、北至加拿大的新不伦瑞克省的简易小径上，经过多年的努力，将这道路连贯成两千一百七十五英里的山径，穿越了十四个州、八个国家森林公园和两座国家公园，走完全程必须花上好几个月的时间。不过阿巴拉契亚山径，可以机动灵活地选取其中的一小段，自由随意组合，所以这里每年吸引了几千位徒步者。由此，这条山径成为美国徒步经典线路，1968年它被美国国会列为美国国家级步道系统之一，渐渐地成为世界十大徒步线路之一。

而浙东天台的徒步寒山线路，与大洋彼岸的阿巴拉契亚山径形成了一个美好的对应，而一路撒落的寒山诗句，则是阿巴拉契亚山径所无。"边走边拍"说：

中国有句古话："仁者乐山，智者乐水"，"浙江天台西部的寒山，山中有水，水中有山，是典型的'仁智之山'。一千两百多年前，寒山子从遥远的咸阳出发，历经磨难，来到我们的寒山，并深深爱上了这片土地，并在此徘徊流连近七十年，留下了三百多首人与自然和谐的优美诗篇，向世界昭示了这座圣山无穷的徒步魅力。

寒山中蕴藏着丰富多彩的徒步线路，正是吸引徒步者的魅力所在。徒步寒山经典线路，从寒山湖出发，看烟波云海，观日落晚霞，或溯溪，或攀岩，或走寒山石径、行羊肠小道穿越丛林，全程原生态相伴，让人尽享徒步乐趣。寒山对于徒步者的最大魅力，除了深厚的文化底蕴之外，在于得天独厚、丰富多彩的徒步线路。不同级别的驴友来到寒山，可随心所欲自由选择线路组合，半日、一日或多日，都能在这里找到适合自己的线路。"寒山一百"徒步线路，就是在这个环境下横空出世的。

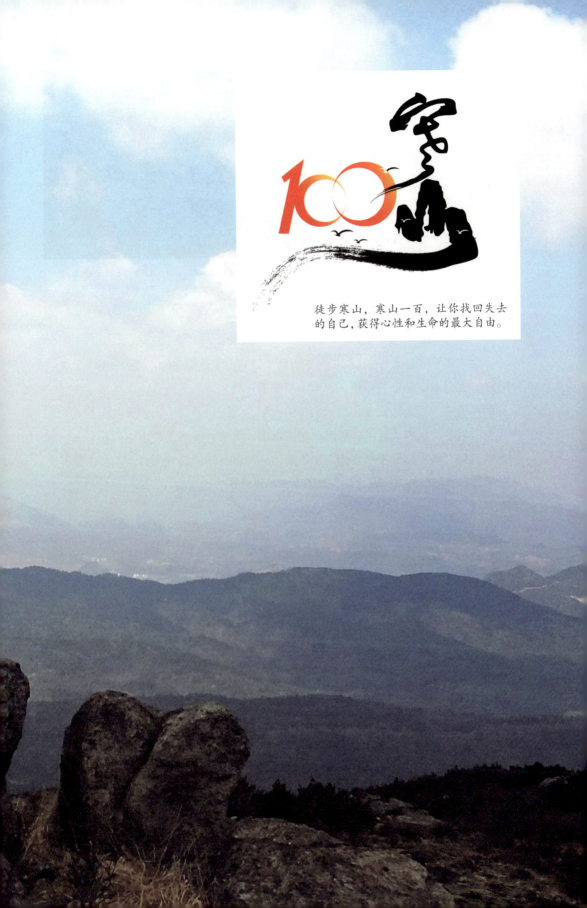

徒步寒山，寒山一百，让你找回失去
的自己，获得心性和生命的最大自由。

徒步寒山，我迎来一个又一个绚丽的早晨。

寒山一百我在等你

"为了宣传和运行方便，我们便把百公里的登山步道简称为'寒山一百'。"

"一百五十多公里的环线，以寒山湖度假村的麒麟坡为起点，十条线路连通了天台西部的青尖、大水坑尖、白术尖、杀人桥、九遮山、寒石山、大雷山顶峰。将寒山湖、雷马坑水库、三跳岩水库、龙溪水库、黄浪水库等大大小小的众多人工湖泊连成一体，溪岩林木相映成趣。驴行其间，与雷马溪的猛龙、黄水溪的潜龙、银坑的柔龙、寒石山的铁甲龙相伴，与原生态的山峰幽谷亲密接触，享尽驴行野趣。"丁舒鸣说。

以寒山隐居地和寒山湖为中心，寒山一百徒步线路，将这里的自然山水和人文有机地贯穿起来，在唐朝，寒山子和拾得已经用生命行走，用艺术性极强的诗歌进行了大力宣传，直到现在这条线路更受到人们的青睐。因为寒山的诗歌，这条寒山一百徒步线路会扬名中外。他给我看的是一个考虑得较为周到全面的线路设计，不久以后，这里与寒山一百的自行车赛道、机车赛道等形成一个全面的总体。随着时间的推进，"寒山一百"徒步线路会安排得更加科学合理。我相信，徒步寒山路线就像一个人的成长一样，会变得越走越成熟，越走越完善。

寒山一百，向你招手，寒山一百，伴你风行。

在徒步的每时每刻，我在山水中边走边唱，感受到寒山诗与山水之间的和合之美。我感到人与人的和合，人与艺术的和合，人与生活的和合，人与自然的和合，这一切构成了谐美的极致。寒山诗和寒山道是雅俗共赏的，它在赞美自然风物和人间智慧融合的大美，更是用艺术的方式来警励世俗，它鼓励人们注重自己的修为；它在不断的徒步中慷慨作歌，劝世劝善，以求天下大同。只有天台山，只有寒山的奇峰秀水幽谷翠林，才能出现这独特的人文佳构，流传千古，影响寰宇。

在今年夏天，我参加天台山和合文化国际研讨会，写了一篇《论和合文化在现代生活中的延伸》论文，建议将现实生活和文学艺术尤其是徒步健身结合起来诠释寒山为代表的和合文化的特质精神。在会上，我得知天台山和合文化被确认为中华和合文化的三大源头（龙图腾文化、三祖文化、天台山文化）之一，被写进中国国家行政学院主编的全国领导干部国学教材中，成为全社会的共识。天台山自然风光与儒释道文化和百姓生活和谐共荣；被人奉为和合二仙的寒山拾得和他吟唱的美好诗意，以及与我们零距离接触的奇山秀水，理所当然是这里成为举世无双的和合圣地，名副其实，众望所归。我感知到"高山流水，琴瑟共鸣"的另一种"优山美地"的无上情味。

山间泉水，高天飞云。以寒山、拾得为代表的天台山和合文化在现实社会更受到人们的关注和重视。总书记曾高度评价说："和合"理念是中华民族一贯的文化追求"，"中华文化崇尚和谐，中国'和'文化源远流长，蕴含着天人合一的宇宙观、协和万邦的国际观、和而不同的社会观、人心和善的道德观"，"中华民族几千年来形成了兼爱非攻、亲仁善邻、以和为贵、和而不同的理念"，"要认真汲取中华优秀传统文化的思想精华，深入挖掘和阐发其讲仁爱、重民本、守诚信、崇正义、尚和合、求大同的时代价值"，"运用与时俱进的'和'文化理念，讲述中国故事、传播'和合'智慧，引领国际新秩序，构建人类命运共同体。"和合文化才是我们的指导思想。在当今世界弘扬传播和合文化，是高屋建瓴高瞻远瞩，它是中华民族智慧的结晶！建设和谐社会，让"和合"文化基因助推社会善治，让"和合"美好的价值观，每时每刻影响世界和平的处世原则和交往理念，体现于中国社会的制度建设。"和合"的美好基因不仅活在每一个中国人的血液中，也渗透到我的心灵中。

在寒山徒步已不下几十次，自始至终感受到和合文化的亲和力。我感知到一种无限幸福源头，自始至终充满着对天台家山的敬仰和推崇。位于中国东南黄金海岸线山水秀美古奇清幽的天台山，是浙东唐诗之路的精华地带，和合文化的圣地。"一带一路"尤其是海上丝绸之路的关键节点，内地经济文化通向海洋的出口，除了谢灵运、徐霞客等徒步游圣之外，寒山子更是用诗歌的方式，把天台山的美景和智慧传播到海外，在国际文化上的影响极为深远，这像佛教天台宗的传播海外一样，功不可没，是不可忽视的文化标高。徒步寒山，"寒山一百"徒步线路的推出，给大众在行走中得到山水的熏陶、艺术的欣赏、心灵的放松、智慧的启迪、身体的健康。这是造福当代、功在千秋的大公益行动。

在寒山湖临水的小筑中，我与朋友一起品茶，进行了一番推心置腹的畅谈。

　　"徒步寒山，尤其是寒山一百徒步线路的推出，尽得天时地利人和。它是顺时而生，应运而起，横空出世，是有独特的时代和地理背景的。天台山被人尊奉为和合圣地，打造浙东唐诗之路、霞客古道，打造山海水城、和合胜地和制造之都，已经成为全社会的共识。和合二字早已贯穿一方水土百姓生命情感的永恒主题。"

　　当今世界，"旅游＋体育"模式成为人们休闲出游的新趋势，将成为一种时尚。全民健身，大众健康，成为中国人的需求，天台山不仅是佛道胜地，也是真正的武术之乡，历史上，就有明代紫凝道人托名达摩著《易筋经》，成为少林武术的经典，民间则有大洪拳、皇都南拳和奚家拳等，民间习武健身蔚然成风，而作为佛道修行的云水行脚徒步方式，也成了大众健身强体的首选，天台山华顶石梁、桐柏琼台、桃源万年，以及南山古道，还有这西部寒山一带，更是人们徒步的好去处。"寒山一百"徒步线路，正引领越来越多的人走向乡野，纵情于山水之间，在大自然中寻求人生的真谛，在风雨中锻炼自己的意志，在汗水、泪水与血水中变得坚强。超越自己，提振自己，升华自己。徒步寒山，是体育健身与文化旅游的延续，行走的生命，与诗歌同步，与山水同在，与星辰同辉。

　　随着美丽乡村"一处美"趋向"一片美"和"全域美"，美丽风景终归发挥美丽资源优势，转化为美丽文化美丽生活，创造美丽财富美丽经济，通过不断地挖掘和深化，将旅游新业态农村新生态、农业和旅游业相结合，加强宣传力度，丰富配套的项目，徒步寒山线路将会不断提升人们的幸福指数，使山水社会经济文化实现良好的组合，形成集束效应。在寒山徒步，我们走过美丽宁静的四季山林田野，为美丽乡村建设的实施提供了一个美好的机遇，使徒步寒山的经典精品路线更加完美。

　　虽然走在村野中，我难免看到因城市化的建设和人口的迁移导致乡村的空败和荒寂，但因为徒步旅游的发展，也给古村落带来了新的人气和生机，发现被人忽视的自然人文生态重新振作，使之焕发了青春生命。随着徒步旅游运动的深入，寒山一百徒步沿线乡村旅游风景资源得到开发，比如寒山对面的后岸村，已经被中央电视台和新华社报道，成为中国美丽乡村建设的经典案例，进入中央电视台焦点访谈栏目，徒步旅游方面活动的宣传开展所起到的作用是不可低估的。它有民间百姓的热情与自觉。

　　无论中外，类似于徒步寒山等户外运动是自在的、潇洒的、轻松的、逍遥的，它不像旅游团赶鸭子那样匆忙，而是随心所欲，有许多别致的套餐组合。如单纯强身健体的，挑战速度和里程极限的，还有纯粹的山水欣赏人文考察的，摄影美术和文学采风的，即使是单纯的徒步，让人休闲旅游在同质化、程式化和规模化的窠臼里走出来，在更具独特性、参与性和随意性，徒步让激情和精神得到极大的张扬。

寒山风景美不胜收，我在寒山等你。

我的眼前呈现出这样一个前景：

——"寒山一百"徒步线路，具备自然的丰富感、历史的深远感、沿途多样的人文交流感，在不久的将来融入华东长距离明星登山步道之中，成为华东"领略山间美景的最好方式"之一。

——"寒山一百"徒步线路覆盖的景区与乡村旅游资源串联，形成"银河带"进行 IP 推广。借户外旅游突出地域特色，体现差异性和多元化，形成一村一品集束效应。

——"寒山一百"徒步线路建立、建设步道的低度生态侵扰工作方式，以简易的徒步小径作为步道，运用自然的方式建造修整完善，以保护当地生态资源。

——"寒山一百"徒步线路游步道的建设与贯通全程由志愿者完成，政府部门与民间组织建立合作伙伴关系，管理山径，由志愿者和沿途村庄组织协作的民间力量，守护山径，形成新的全民健身全域旅行的活动方式。

——寒山一百徒步线路，与寒山一百自行车骑行线路和寒山一百汽车摩托车比赛线路相互和合，互融一体，进入国际视野，将打造成为天台山西部闪亮的自然人文名片。徒步寒山线路的推出，为中国体育旅游超级 IP 时代发展提供了重要的参照系。

这是一个美好的中国梦，也是和合的世界梦。让我们一起走吧，寒山一百！是百分百的大众成就，是百分百的功德圆满。为此，我们内心充满着欢喜。

让我们一起徒步寒山，登上最美丽的山顶，看脚下云水涌动的风景。让我们一起徒步寒山吧，让诗情画意一直伴随着旅程，充满青春生命力量的律动，带给我们欢乐幸福充满激情的美好时光！让我们一起徒步寒山，相信不久的将来，寒山一带将会被打造成户外的经典，成为人们放纵身心、净化我们的情感和灵魂、让生命情怀得到幸福的寄托和归宿。让我们一起徒步寒山吧，我在天台寒山等你。

2017 年 12 月至 2018 年 6 月于浙江天台寒山——北京通州大运河畔

徒步寒山，高扬你的生命激情。

徒步寒山一百攻略

编制 许宝灿

A "寒山一百" 环寒山湖十段驴行线

"寒山一百" 环寒山湖十段驴行线，总长约一百英里，合一百六十多千米，每段大约十五公里左右，多数线路午餐自备。二十座以下车辆均可直达每段线路的起讫点。如果连续走两天或数天，这十段线路的起讫点大多可住宿，也可由车辆接送，或住宿民宿相对集中的后岸村等。每一段也可根据实际适当调整，或自驾走环线，或走其中一截。

第一段：麒麟峰—雷马坑

基本线路： 寒山湖度假村→麒麟坡→麒麟峰→樱花谷→雷马坑村→雷马坑（龙王鸡、龙潭）→雷马坑水库大坝→安基茶场→金满坑村（涂鸦村）

自驾环线： 寒山湖度假村→麒麟坡→麒麟峰→樱花谷→雷马坑村→雷马坑（龙王鸡、龙潭）→雷马坑水库大坝→安基茶场→金满坑村（涂鸦村）→寒山湖度假村

线路简况： 一路可观甚多。寒山湖度假村位于寒山湖景区内，融旅游、餐饮、住宿于一体，可餐可宿，更可免费游赏湖光山色。麒麟坡是寒山湖度假村附近茶园边上的一条防火带，四五十度的斜坡，两排高大的木荷树，攀爬颇为刺激。其山顶麒麟峰观景台，鸟瞰寒山湖如一块不规则的金镶玉。时节适宜，樱花谷中樱花、桃花灿烂如云霞。雷马坑因暴雨来时，坑中如雷声轰鸣，如万马奔腾而得名，是天台夏天溯溪最险的一条线，瀑布众多，多彩多姿。尤为奇特的是其中的龙潭，深不见底，崖壁上一个直径三四米深两三米宽的圆形洞穴，中有一块平放的直径近两米的圆形巨石，如巨蚌含珠，吸引着大批团队来此。坑边有古道可通。金满坑村是远近闻名的涂鸦村。

雷马坑有水，中餐可带户外炉灶。也可就餐于雷马溪山庄。

第二段：青尖山—娄金冈

基本线路：金满坑村（涂鸦村）→安基茶场→青尖→黄狗盘→大水坑尖→摇铃岩→娄金冈村→田芯村

自驾环线：金满坑村（涂鸦村）→安基茶场→青尖→黄狗盘→大水坑尖→摇铃岩→娄金冈村→双坑口→金满坑村（涂鸦村）

线路简况：金满坑村是远近闻名的涂鸦村。青尖海拔上千米，七百米线以下冬天常绿，以上全为落叶林，深冬季节泾渭分明。映山红遍布落叶林带，两三米高。清明节后，映山红尽情绽放，如云霞，粉红一片，将青山与蓝天分隔。人行其下，头顶云霞，脸不用傅粉而自红，心不依玩笑而自芳。山顶一棵古松，树巅四五根粗大树枝向四周平展，上可站人，南面天台，北边磐安，尽收眼底。几年前，一位椒江驴友曾在树巅表演瑜伽。大水坑尖附近，野生黄精随处可见，野生樱桃甘甜可口。摄影村娄金冈，是俯瞰寒山湖的最佳观赏点之一。一棵梨树树龄八百余年，堪称梨树精。金坑汽车摩托车山地越野赛场在荆狼谷旁边。

山上少水，务须备足，中餐干粮为宜。

第三段：盘龙岭—小溪坑

基本线路：田芯村→彰嘉庙→太子湾→盘龙岭（木荷道）→白术尖→黄岩坦→燥坑村→茶园村→新屋王村

自驾环线：大姆坑→防火带→盘龙岭（木荷道）→宗曹北防火带→黄岩坦→白术尖→宗曹机耕路→大姆坑

线路简况：该条线路以防火带木荷道为主。田芯村是寒山湖湖边村庄，有

民宿服务。彰嘉庙在寒山湖小岛上，该岛不足一公顷，如珍珠镶嵌碧波之上，须坐船前往，然后再坐船往对岸的太子湾（也可绕公路前往）。盘龙岭防火带，两排木荷树，树径三四十厘米，整齐得如行道树木列队迎宾，颇有震撼力。树下落叶厚过脚踝，似金色地毯。白术尖是防火带最高点，视野开阔。白术尖以东木荷道，柴草全无，落叶少见，土岩相间，忽陡忽缓，别有特色。小溪坑是一条纯净溪坑，上游无丝毫污染，是一个世外桃源式胜地。

白术尖东，有一条小山涧，泉水可饮用。

第四段：天仙谷—杀人桥

基本线路：新屋王村→马家田→大屋基→天仙谷（外井坑村）→罗城岩→杀人桥→大屋基→三跳岩水库大坝

自驾环线：新屋王村→马家田→大屋基→天仙谷（外井坑村）→罗城岩→杀人桥→大屋基→三跳岩水库大坝→新屋王村

线路简况：此线路分上午下午两个时段经过小溪坑上游溪涧，即上午从大屋基上溯天仙谷外井坑村，下午由大屋基下行三跳岩水库。溪床开阔，涧水清澈，婉曲多姿，时见深潭，岩石洁净，可坐可卧，可动可静，两岸青山夹峙，天仙谷名不虚传。杀人桥是一段天然岩梁，四五十米长，高数十米，狭窄处宽仅两三米，如一艘巨型翘首古战船，所以叫船岩。相传白头军在此杀人，身甩左侧绝壁，头抛右侧悬崖，甚是凶险，于是又有了杀人桥的称谓。

外井坑村是个旅游村，有农家乐可解决中饭。村外溪边有长廊，可供休息。

第五段：银坑—井坑

基本线路：三跳岩水库大坝→银坑→子敏村→半山村→滥田湖冈→滥田湖村→井坑村→岩坦村

自驾环线：新屋王村→三跳岩水库大坝→银坑→银坑西小道→三跳岩水库大坝→新屋王

线路简况：银坑是一条一年四季均可行走的溪坑，长达八公里。两岸崖壁陡峭，水潭深

邃而可见底，形状大小不一，偶见小瀑，泉水叮咚，在岩石上攀爬跳跃，尽享天然野趣。坑中心的岩板上有两眼深潭，圆形，径三米，深数米，甚为奇特，被村民形象地称为捣臼。还有一处溪床，一例平板，两三个篮球场那么大。井坑行政村是由七八个自然村组成的天台最边远的村落之一，越滥田湖冈，跨银坑两侧，自然村之间远者相距十几里。

该线路也可从寒山湖度假村附近的码头坐渡船到黄岩坦码头进小溪坑，溯银坑，上滥田湖冈后，往左走古道至安基村，车接回。中餐于银坑中。

第六段：大雷山—潘岙杨

基本线路：岩坦村→经过平村→百步森→后岭头→小大雷山→大雷山顶→前岭头→捣臼孔→竹觅潭→潘岙杨村

自驾环线：潘岙杨竹觅潭→雄鸡瀑→大灯盏岩（高山草甸旅游区）→后岭头→小大雷山→大雷山顶→前岭头→捣臼孔→潘岙杨竹觅潭

线路简介：大雷山闻名遐迩。海拔一千二百多米，山顶无树木遮挡，视野开阔，众山览小，天台、临海、仙居三县尽收眼底。近年来，众多驴友在山顶叠石蔚成奇观。每年五一前后，山上映山红盛开，吸引大批户外爱好者前来，山顶如热闹集市。山顶温度比山下低七八度，每到寒冬，雪深半米，雪松雾凇，蔚为壮观。如果气候合适，春秋雾海也很可观。但山顶大雾弥漫时，不辨西东，容易迷路，慎勿上山。雄鸡瀑离竹觅潭仅半里，高近五十米，每逢暴雨初过，山水充盈，瀑布喷洒而下，极为壮丽。高山草甸旅游度假区正在花巨资打造。

山顶少水，不可饮用。用水务必备足。

第七段：泄上村—腾龙岭

基本线路：潘岙杨村→茶场→泄上村→腾龙岭→东江岭→东江村

自驾环线：东江村→东江岭→腾龙岭→泄上村→仙人浴潭→明堂村→东江村

线路简介：潘岙杨村古村落有数百年历史，因节远近闻名。泄上村至今不通公路，其五洞连环，其拱桥飞瀑，均令人称奇。腾龙岭是一条蜿蜒在山脊线上的防火带，如长龙翩翩起舞。随着山脊起伏，行走其上，有土路有岩道，上上下下，多有变化，木荷相伴，充满乐趣。东面九遮幽谷，石柱冲天，对面山脊线岩石嶙峋，仙人浴潭处尤为精彩；西面龙溪水库，水质全优，青山绕绿水，绿水映蓝天，画面极美。

中饭于腾龙岭，山脊无水，得自备。

第八段：九遮山—亚父庙

基本线路： 东江村→明堂村→仙人浴潭→九遮山脊→范增庙

自驾环线： 范增庙→桐桥村→东江村→明堂村→仙人浴潭→九遮山脊→范增庙

线路简介： 这一段被许多驴友称为天台第一驴线。九遮秀谷景区的山坳，每隔一段就有山如屏风挡住视线，转过去就是一片各自精彩的天地，其地因而得名。明堂村南有一棵晋樟，距今一千六百余年，仍枝繁叶茂，年年果实累累。驴线精华在仙人浴潭到范增庙后的一段山脊线。仙人浴潭是崖壁中间的一个瀑布潭，现在已有阶梯可上。九狮争霸是其精华中的精华，岩石如许多狮子在山顶嬉戏，其中一处如群狮争相起舞，各具形态，精彩纷呈。亚父庙又称范增庙、仙皇殿。传说范增离开项羽，施金蝉脱壳之计，隐居九遮山，有亚父石船、亚父洞等遗迹。

山脊无水。九遮山各村及亚父庙都有农家乐。

第九段：狮子峰—铁甲龙

基本线路： 亚父庙→稻蓬岩村→狮子峰→半盏瀑→仰坦→寒岩洞→十里铁甲龙→张家桐村→后岸村

自驾环线： 稻蓬岩村→狮子峰→半盏瀑→仰坦（或奇岩山山脊）→寒岩洞→十里铁甲龙→张家桐村→明岩→稻蓬岩村

线路简介：这是一条吸引着大量外地团队前来的天台最热门驴线之一。稻蓬岩因村中一块巨石上长有一棵古松，形如稻秆蓬而得名，也是九遮第一遮所在地。其对面狮子峰，裸露高耸的岩石群如狮子在山顶狂舞，也叫天峰独秀。岐石山（奇岩山）由矗立山顶，高五六十米的五块巨石组成。其中一个岩洞顶上，夹着一块近十米长的巨石而不掉下，被驴友戏称为造人石。寒山，又叫寒石山，是唐朝白话诗人和合二仙之一寒山子隐居地，其南明岩，其北寒岩为居住地。十里铁甲龙，是指寒山西北侧岩石群，重岩叠嶂，绵延十里，是玩溜索、岩降的极好场所。其中洞穴众多，尤以寒岩洞、龙须洞、猫鱼洞、金牛洞最为著名。鹊桥，又名旱石梁，徐霞客叹为观止。张家桐村是著名画家吴冠中最推崇的写生地，后岸村是乡村旅游示范村。

自备中餐于寒岩洞及附近，也可于后岸村农家乐就餐。

第十段：望龙冈—寒山湖度假村

基本线路：后岸村→里石门村→望龙冈→（张白布→）胜利谷→寒山湖度假村

自驾环线：寒山湖度假村→胜利谷→望龙冈→（张白布→）里石门水库大坝→寒山湖北机耕路→寒山湖度假村

线路简介：寒山湖从卫星地形图上看，像一条巨龙，张牙舞爪，在青山中飞舞。望龙冈是寒山湖北山脊线防火带，远眺俯瞰，寒山湖尽收眼底，是拍摄寒山湖的最佳摄影线之一。湖中小岛，玲珑剔透，仿佛可在手中把玩。湖边吃水线，像一圈金腰带，隔开青山与绿水，却把上下青山捆在了一起。防火带有四段呈"V"字形，坡度极陡，攀上爬下，难度较大，期待爱探险的驴友挑战——当然也可选择绕道。寒山湖度假村坐落在美丽的寒山湖景区之内，寒山湖碧波荡漾，群山如黛，度假村处湖岸沙湾，更让人流连忘返。

山脊无水。张白布村有水，可绕道。

B "寒山一百" 环寒山湖三日精英线

"寒山一百"环寒山湖三日精英线，以寒山湖度假村为起讫点，以十段线为基础，精简了部分难度稍大的路段，总长约一百公里，分三日完成，强度较大，适宜强驴行走。

每天结束点都是可饭可宿之地。可以走一天，也可以走两天，甚至可以全程三天连走。可以顺时针对，也可以逆时针走，区别不大。

第一日：望龙冈—铁甲龙

基本线路： 寒山湖度假村→胜利谷→望龙冈→张白布→望龙冈→石门村→黄水村→岐石山→仰坦→寒岩洞→后岸村→十里铁甲龙（山脊）→张家桐村→明岩→黄茶基地→奇岩山→半盔瀑→狮子峰→稻蓬岩→亚父庙

第二日：雄鸡瀑—大雷山

基本线路： 亚父庙→桐桥村→东江村→明堂村→仙人浴潭→泄上村→大窑坤→雷音寺→高山草甸牧场旅游度假区→大灯盏岩→雄鸡瀑→竹笕潭→捣白孔→前岭头→大雷山顶→小大雷山→后岭头→百步嵩→岭里

第三日：杀人桥—小溪坑

基本线路： 岭里村→平村→岩坦村→井坑村→路坑村→叶家山村→寺家坑村→杀人桥→大屋基→小溪坑（天仙谷）→三跳岩水库→新屋王村→茶园村→燥坑村→黄岩坦码头→宗曹→大姆坑→田芯村→寒山湖度假村

C "寒山一百" 环寒山湖一日暴走线

"寒山一百" 环寒山湖一日暴走线，总长约一百华里，以古道为主，辅之以公路，起讫点仍是寒山湖度假村。

基本线路： 寒山湖度假村→田芯村→大姆坑→宗曹→黄岩坦码头→燥坑村→茶园村（①→平坑；或②新屋王→银坑小道→半山村→滥田湖冈→安基村）→柱峰村→石门村→里石门水库大坝→寒山湖北机耕路→寒山湖村→寒山湖度假村

徒步寒山赋

应绿霞

今之人也，久困水泥丛林，偏安逼仄陋室，红尘纷扰，血气滞凝，四体不勤，百病横生。于是有识之士，纷效古贤，尚旅游，崇徒步，寄望于行。双脚丈量天地，一心融入自然，磨砺意志，感悟安宁。穷体力之极限，畅超然之高情。

恰有天台者，以石瀑洞云取胜，因雄奇险秀著称，山水之秀，冠绝天下。更藏寒山，栖居往哲，一湖碧水，荡漾千顷生机；十里铁甲，高悬万载图画。道盘羊肠，荆蔓横空；云迷山径，林荫遮野。夕烟朝露，深受和合之气之滋；绝壁奇峰，状犹蟠卧之龙所化。间多溪坑清流，洗涤纯净；农墙涂鸦，平添秀雅。

于是乎执登山之杖，背远足之囊，行者沓来纷到。入深林，攀高岭，循溪涧，访僻峤。抛烦恼于步途，获殊景于古道。青山似屏，翠色罗围，寒湖如镜，金鳞闪耀。登方山顶兮，瞻胡公庙之恢宏；踏望龙冈兮，瞰寒山湖之浩渺。过井坑兮，知山道之盘曲；经岭里兮，窥竹海之幽窅。张家桐外，讶始丰之澄清，杀人桥前，惊苍峰之陡峭。立足小憩，引吭长啸，群山呼应，回音袅袅。及至大雷，小瀑成群，青苔夹道以迎；山色空蒙，野莺啼树而笑。衰草掩前履之浅深，落花馈香风之缥缈。

夫放眼而望，携乐以行。九遮山也，嵯峨山峦，争献其妩；嶙峋石柱，各展其峥。寒岩洞兮，龟蛇守扃，卫寒山子之故地；潜真题额，留米南宫之表旌。行走阡陌，迷醉后岸之秀丽，守望乡村，探访寺家之和恒。

涉水跋山，行者无倦；荡胸舒意，诗情井喷。披荆斩棘，现探索山野之勇气；守望相助，养团队合作之精神。步阔以致身健，景秀不觉途辛。行走春秋，渐磨生活躁气；亲近山川，深体自然本真。问四海宾朋，能不为此行徒步所迷乎？

（作者系中国楹联学会对联文化研究院发展部主任、中华辞赋社会员、浙江省辞赋学会常务理事兼副秘书长、浙江省楹联研究会常务理事兼副秘书长，《浙江诗联》杂志编辑。）

后　记

　　家乡的朋友一直鼓励我徒步寒山，而寒山一带的家乡风景，自然是我最熟悉不过的。与我枯坐苦思冥想完全不同，寒山徒步让我走进了一个新的境界。我总想起与诸多驴友一起的好时光。在寒山诗歌和山水营构的和美境界中，边走边拍边说边看风景，是最好的互动和合。我终于明白，行走徒步是一种生命的体验，是强身健体的途径。

　　于是我兴高采烈地来了，与诸多徒步人生的驴友一起，在登高临深中，释放飞扬我的激情，有了全新的生活生命体验。徒步寒山，我的情感和精神得到了极大提升，我发现我更乐观了，心胸更旷达了，更欣喜的是，我结交了许多志同道合的兄弟姐妹们。他们将给予我前进的力量。

　　自去年十月份开始到现在，我花了将近一年时间徒步阅读写作。其实这本书包括我以前诸多寒山行走，更确切地说我总体上已经写了五六年。写这本书有两个目的，一是为美丽无限的天台山尽微薄之力，另一个为徒步寒山留下一个美好的乡土记忆。徒步寒山是大众参与成就，徒步中的文字和影像，则是一种永远的纪念，永恒的存在。当我们感到老之将至的时候，重新翻出这本书，内心就充满欣喜。寒山曾慰藉过我，幸福曾伴随着我，我已经足够，我觉得时光没有虚度，世界上我们没有白来。

　　在此我感念我的家人和所有的朋友。丁舒鸣先生为我写作本书提供了一个极好的机会，九旬老人高汉先生和何善蒙先生为我作序，应绿霞女士为我作跋，陈益民先生为本书题签，许宝灿先生仔细及时细心地为我纠正文中错误，寒山湖度假村诸多员工提供热情细致的方便与服务。书中部分合影照片为徒步寒山一百先锋队成员提供，在此一一致谢。同时我感念一起徒步寒山的驴友，以及一直关注我的家人师友，在这里表示衷心的感恩。

　　我相信大家阅读这本书后，会因此与我们一起徒步寒山，相信大家在健身强体的同时，得到更多的愉悦，认识更多的朋友，得到自然山水文化和风土民情的陶镕，享受到人生真正幸福快乐的情趣。

　　寒山一百我在等你。让我们在寒山相见。

胡明刚

2018 年 7 月 25 日于北京通州大运河畔

登陟寒山道
寒山路不穷
溪长石磊磊
涧阔草濛濛
苔滑非关雨
松鸣不假风
谁能超世累
共坐白云中
君问寒山道
寒山路不通
夏天冰未释
日出雾朦胧
似我何由届
与君心不同
君心若似我
还得到其中

——寒山子

寒山缥缈云水间